梦萦桃花源

万奕 ◎ 著

中国文史出版社

图书在版编目（CIP）数据

梦萦桃花源 / 万奕著. -- 北京：中国文史出版社，
2024.1

ISBN 978-7-5205-4207-4

Ⅰ. ①梦… Ⅱ. ①万… Ⅲ. ①长篇小说—中国—当代

Ⅳ. ①I247.5

中国国家版本馆CIP数据核字(2023)第137818号

责任编辑：蔡晓欧

出版发行：**中国文史出版社**

社　　址：北京市海淀区西八里庄路 69 号院　　邮编：100142

电　　话：010-81136606　81136602　81136603（发行部)

传　　真：010-81136655

印　　装：廊坊市海涛印刷有限公司

经　　销：全国新华书店

开　　本：720×1020　1/16

印　　张：19.5　　　　字数：296 千字

版　　次：2024 年 1 月第 1 版

印　　次：2024 年 1 月第 1 次印刷

定　　价：65.00 元

桃花源记

陶渊明

晋太元中，武陵人捕鱼为业。缘溪行，忘路之远近。忽逢桃花林，夹岸数百步，中无杂树，芳草鲜美，落英缤纷。渔人甚异之。复前行，欲穷其林。

林尽水源，便得一山，山有小口，仿佛若有光。便舍船，从口入。初极狭，才通人。复行数十步，豁然开朗。土地平旷，屋舍俨然，有良田美池桑竹之属。阡陌交通，鸡犬相闻。其中往来种作，男女衣着，悉如外人。黄发垂髫，并怡然自乐。

见渔人，乃大惊，问所从来。具答之。便要还家，设酒杀鸡作食。村中闻有此人，咸来问讯。自云先世避秦时乱，率妻子邑人来此绝境，不复出焉，遂与外人间隔。问今是何世，乃不知有汉，无论魏晋。此人一一为具言所闻，皆叹惋。余人各复延至其家，皆出酒食。停数日，辞去。此中人语云："不足为外人道也。"

既出，得其船，便扶向路，处处志之。及郡下，诣太守，说如此。太守即遣人随其往，寻向所志，遂迷，不复得路。

南阳刘子骥，高尚士也，闻之，欣然规往。未果，寻病终，后遂无问津者。

写在开头的结尾

二十世纪九十年代，苏州城里一间空空荡荡的小平房里，孤零零地住着一个老妇人。她已年过九十，身患绝症，只能靠当工人的小女儿抽空照顾她的生活。

唯一可以供她消遣的就是窗外景物的变换，但眼前这座新耸起的大楼却弄得她心烦意乱。

夕阳偏偏要照射到那镶满宝石蓝玻璃的大楼上，又反射过来刺得她眼花泪流，她不由得咬牙切齿："它本该是属于我的，本该是我的。"

从小算命先生就给她算了个大富大贵之命，童年时又听了个杜十娘的故事，她立志也要有一个百宝箱。但当她真的有了万贯家财之后，不知怎么自己却变成朱买臣之妻，落得个人财两空。

"该死的算命先生，要是他能算到我现在的命就好了，唉，我这一辈子又是何苦呢？"

引　子

辛亥革命后不久，在苏州城里的一个小茶馆里。

一个六岁左右的小女孩，站在一张茶桌旁，一面嗑着客人剩下的瓜子，一面聚精会神地听那美妙动人的故事。

今天唱的是《杜十娘怒沉百宝箱》。

现在已经唱到尾声，只听那姑娘唱道："好一个杜十娘，全身戴满金珠玉翠，手托一只闪闪发光的百宝箱。她走上船头，怒目面向李甲：'原指望跳出火坑和你夫唱妇随到白头，没想到你丧尽天良，又把我卖了一千两。'……

"十娘随手拿出一支镶满珠宝的凤头钗，只在李甲面前一晃，就见霞光一道，随着滚滚江水卷入浪底。十娘又拿出一挂颗颗黄豆大的珍珠串，说道：'李甲，你来看看这串珍珠值几个一千两？'一霎间那珠串也被十娘抛入江中。"

说书的又唱了许多稀世珍宝，都被十娘一件件抛进江中，听书的一个个也仿佛眼花缭乱起来。猛地又听得唱起："十娘举起那金光璨璨的空箱，说道：'你这个没有福分的小李甲，这只宝匣就够你一世享受。只怪我有眼无珠，到今天才看清你这唯利是图的小人。'……十娘化作一只火凤凰，怀抱宝箱投入波涛，转眼间无影无踪……"

听书的人散尽了，小姑娘还在发呆，连桌上剩下的瓜子也来不及往袋里装。要不是那刚才为评弹姑娘弹弦子的爹爹喊她："阿大，回家了，你娘还在等我们买米回去做饭呢"，她不觉已渐入梦境。

一路上，她幻想着自己化作了杜十娘，自言自语："我没有那么憨，那么多的宝贝丢进江里，憨头，憨头。"

爹爹说："那是说书，谁能有那么多的宝贝。再说，她刚刚脱离虎口，怎么肯去给人做小老婆，她也是被逼得走投无路了。"

阿大的犟脾气又来了："我就要有许多许多宝贝，谁逼我，我也不丢，我还要当阔太太，小老婆怎么了，我就不会凶吗？"

爹爹不由得打她一巴掌，说："还不快走，下次不带你来了。怪不得你娘不许你来，真是碰到鬼了。你爱听书，以后我送你学唱戏吧。"

小姑娘不理爹爹，心中还是忘不了那个百宝箱，她暗地里下了决心，她一定要有自己的百宝箱，一定要当阔太太。

这个小姑娘就是书中的女主角，小名阿大，大名张怀馨。

若干年后，她真的有了自己的百宝箱，真的当了阔太太。

就为了从小的这个心愿，她踢开了一个个绊脚石，折腾了一辈子。

目　录

引　子 -- 1

第一章 -- 1

第二章 -- 15

第三章 -- 33

第四章 -- 54

第五章 -- 72

第六章 -- 89

第七章 -- 109

第八章 -- 127

第九章 -- 149

第十章 -- 162

第十一章 -- 178

第十二章 -- 194

第十三章 -- 213

第十四章 -- 224

第十五章 -- 237

第十六章 -- 250

第十七章 -- 265

第十八章 -- 284

后　记 -- 302

第 一 章

苏州是一座历史悠久的名城，也是一座风景如画的都市。

在东周时期吴楚相争的故事中，在清朝乾隆皇帝下江南的传说中，都有关于它的描述。

说到它的美丽，中国人常用"上有天堂，下有苏杭"这句话来赞誉它。在外国人的眼里，它简直就是"东方的威尼斯"。这里有数不清的园林美景，有享不尽的丰盛佳肴，有优雅动人的乡音，还有美丽善良的姑娘 …… 由此引出了不少动人的传说。

但是，不同的人，从不同的角度，却有着不同的感受 ……

二十世纪二十年代的一天，苏州城里刚刚下过一场大雨。高高的白墙下面，一条普普通通的长巷里，出现了两辆人力车。车夫在又湿又滑的石子路上艰难地奔跑，好不容易才听到坐车的说："停下，到了。"

路旁是个普普通通的大门。长长的巷子，石子铺成的小路，黑漆漆的大门，在旧苏州城里到处都一样，生人很难辨别。

从车上走下一男一女，提着一只皮箱和不少大大小小的礼品盒。女的从一只精致的钱包里拿出两枚两角的银币，打发了车夫，两个车夫连连道谢。

男的说："阿姐，到家了，进去吧。"

他叫沈根生，刚从火车站把阿姐接回来。阿姐名叫沈天香，三十岁上下，看上去是位阔太太。虽然从北平来，却是道道地地的苏州人。这房子才买下不久，她还是第一次走进自己的家门。

开门的是一个丫鬟模样的小姑娘，瘦弱一些，却也生得清秀。大门一开，随即飘来一阵香气，原来小院里种了两棵桂花树，客堂门口还摆着两大盆盛开的夹竹桃。

这房子不大，客堂两边各有一间卧室，西边那间根生住，东边是父亲沈阿福的卧室。根生径直把阿姐带到父亲床前。

天香快步走过去，沈阿福欠起身子，紧紧握住女儿伸过来的双手，老泪纵横："阿香，老天保佑，想不到今生今世还能再见到你，我和你娘快要到一道了，可是我又舍不得你们姐弟两个……"接着是一阵剧烈的咳嗽。

沈天香在家时小名阿香，做父亲的当然还是这样称呼她。阿香一面流着泪，一面给爹爹把上身垫好，轻轻地给爹爹捶捶背、揉揉胸，一面安慰老人："爹爹，伤心的话不要说了，如今我们有了房子，根生也长大了。以后我还会寄钱回来给你们过日子，给你看病，叫根生去读书，你就享清福吧。"

老人有些疲倦，天香服侍他睡下，然后悄悄走到房前屋后，仔细察看。

正房前就是进门时走过的那个有两三间房大的小院，正房后是灶披间、柴屋和小姑娘阿大的卧室。屋边有水井、瓜豆架，还有一块小小的空地，是阿大择菜、洗衣和活动的场所。一切虽然简陋，却也还整洁。

天香看后很满意。她转了一圈，又悄悄回到父亲床前。

看着父亲那苍老、干枯的面颊，天香不觉热泪盈眶，却又不敢哭出声来。她离家十九年了，这十几年的重担真不知父亲是怎么挑过来的，再壮的汉子在那样的年月里也会被拖垮，更何况他还有沉疴痼疾呢。

根生怕阿姐伤心，忙说："阿姐，你还没吃早饭吧，我去叫阿大。"

天香这才想起："早饭我吃过了。刚才那丫头是阿大吗？她也有十六了吧？怎么还是那么瘦小，该不是有什么病吧？"

根生喊："阿大！刚才你到哪里去了？这么半天，你也不过来给阿姐见个礼。"

阿大连忙跑过来给天香鞠躬。天香打量了一番，说："看你这寒酸样，明天叫根生带你去观前街，做两件新衣服。"

阿大忙不迭地鞠躬："谢谢阿姐，谢谢阿姐。"谢了半天，才回到后面做饭去了。

沈阿福家从祖父起就是苏州城外的菜农，父亲去世早，阿福到三十多岁才结婚。妻子王三巧，生下女儿阿香。为了营造一个简陋的小巢，这对夫妇不惜用尽全身精力，面对重重艰难苦苦挣扎。

原先阿福每天早起挑一担空粪桶进城收粪，回来倒进大池沤成熟粪，再用它种菜。后来女儿大些，他就和妻子两人一起进城干活。三巧给大户人家刷马桶，回来还可以多挑一担粪，菜也就能多种一些了。几年后，他们用省吃俭用的钱买了一只小小的粪船，这样就增加到四五担粪，沤在大池子里，自己用不完，还可以卖掉一些。

王三巧手脚麻利，马桶刷得干净，不少人家愿意找她。除此以外，她还用空船从城外帮人家捎些稻草、蔬菜，有时还帮人家做点缝缝补补的杂活，逢年过节带上几捆自家种的茭白、荸荠、青菜等按户送到家。无怪许多城里的主妇都夸她会做人，不免也送一些花布、旧衣给她的女儿。

捐税太重，再加上地头蛇的剥削，他家虽能吃饱饭，却总也积攒不起多余的钱。那旧草房早该重盖了，可因为没钱，每逢阴雨天漏得厉害时，只能加点新草凑合凑合，有时来不及，就只好由它漏吧。

阿香十一岁那年，王三巧又有喜了。因为多年没有生养，他们不住地烧香许愿，第二年还真生下一个儿子。一家人说不尽的欢天喜地，给他取名根生。

母亲下不了床，这可忙坏了阿香。做饭，洗尿布，家里的活总也干不完。而城里人家倒马桶的事，一天也等不得。可现在阿香不能去，阿福就没法办，因为有些人家不许男人家进房。这营生稍稍不能满足人家的要求，就会丢了。无可奈何，十二岁的阿香只好代替妈妈去城里倒马桶。

马桶都是木板做的，有些比较小，又有拎手，可以提起来。但对瘦小的阿香来说，这已经很不容易了。而有些人家用的是旧式的大马桶，足有阿香半人多高，又没有拎手，她只能抱起来走。石子路凹凸不平，阿香一脚高，一脚低，一步一晃，粪水溅了她一身一脸。

下雨了，天上落的雨水和阿香的泪水混成一片。看不清道路，却不敢摔倒，心里想着：万一跌下去，宁可跌痛自己，让粪水流满全身，也要紧紧地抱着和自己差不多大的大马桶，不然，跌破了是要赔钱的。

阿香走着哭着，好不容易等到爹爹赶来帮她端起大马桶。阿福把粪倒进自家的粪桶，又到河边把马桶洗刷干净。阿香也洗净了自己身上的粪便，尽管全身已经湿透，还得把马桶再挨家挨户送回去。

王三巧在家里坐月子也没得到清闲，除了要照顾儿子和自己外，还得给那父女俩做饭。他俩忙了一天了，三巧怎忍心让他们饿肚子呢。她每天都这样顾这顾那，忙里忙外，不承想就落下个头晕的毛病。

这年大旱，越旱虫越多，菜被虫吃了大半。收成不好，可捐税却一点儿也没减少。外面人都说，皇帝被赶下台了，县太爷换成了县长。可是阿福他们不懂政治，只知道不论是县太爷还是县长，谁也不会给穷人减轻一些赋税。

靠天吃饭的人有什么办法，卖命地干活儿就是了。儿子刚一百天，王三巧就叫阿香在家里照顾弟弟，自己却又拖着有病的身子跟随丈夫进城挑粪去了。

妈妈奶水越来越少了，弟弟才几个月就断了奶，靠吃粥和芋艿填饱肚子。根生虽然瘦弱，却也聪明可爱，刚一岁多就会走路、说话了，这对穷苦的一家人来说是莫大的安慰了。

为了光景能渐渐好起来，他们每天都起早贪黑，尽可能多干一些。就这样一晃三年过去了。那一天，新添了几个主顾，粪也多了不少。沈阿福的船小，本来不该装那么多粪水。但是，粪就是钱，怎么舍得丢掉，他咬咬牙："阿囡娘，当心点就是了，这一船粪值不少钱呢。"

王三巧也只得硬撑着。天越来越阴，还有些小风。本来一早起她就犯了头晕的毛病，后来只顾着刷马桶，一忙就忘了，好像轻松了一些。现在这船不停地摇晃，阴风吹得她从心里往外冷，搅得她直想吐，头也越来越重。但是她还是咬牙忍着，站不住的身体慢慢往下滑，半躺，半坐，靠在那大橹旁，深深地吸了口气。

"是啊，阿香十五岁了，也该找个人家了。再过两年，还要送根生去读书，都得用钱啊。不能让孩子们和我们一样，整天泡在粪水里，被人家看不起。"

天本来就阴着，忽然吹起一阵南风，云更低了。才下午两三点钟，怎么一下子暗得像夜晚一样。天，开始下雨了。

雨越下越大，阿福眼前迷迷茫茫，一篙子撑下去打不到底，他不由得心里发慌，嘴里不停地喊着，一会儿是"推梢"，一会儿又是"扳梢"。

王三巧也知道事情不妙，死命地抱着那个大橹，可已经是推也推不动，扳也扳不动了，嘴里不停地念叨着："今天是哪位菩萨路过，救救我们吧！救苦救难的观音菩萨，保佑保佑我们一家吧！我家里还有三四岁的小囡，救救我们吧！"

小船里的粪水本来已经太满，雨越下越大，眼看着小船就要被淹没了。王三巧顾不上再求菩萨，她一面忙不迭地将粪水往船外舀，一面高声呼救。这时沈阿福才发现船早已撑过了自己的家门，漂到大运河当中了。雨里夹着雾，一眼望不到边。在汹涌的波涛中，只有他们这一条船。

沈阿福已经没了主意，他想掉转船头，可是手中的竹篙已经不听使唤，他用劲一撑，竹篙没有到底，反而把小船蹬翻了。整个船扣了下去，没有提防的王三巧猛地被扣在了船下。

待沈阿福好不容易由水中挣扎上了岸，只见一只底朝天的小船在河里晃荡，王三巧早已不知去向了，水面上只留下黄澄澄的一片。

他重新钻进水下摸呀摸呀，粪水和着河水灌了他一肚子，却仍见不到妻子的踪影。忽然，他想起了家里的两个孩子，就马上拼命地游到岸边，奋力爬上岸去，不顾一切地往家跑。此时，那只底朝天的小船已经被大水冲走了。

狂风掀开了沈阿福家茅房上的稻草，屋顶又漏了。地上，床头摆满了接水的破盆、瓦罐，两个孩子依偎在床的一角。阿香正哄着弟弟："爹爹、姆妈就要回家了，给根生买饼饼，买果果。"

当沈阿福全身湿透，跌跌撞撞地回到家里时，两个孩子正在床角发抖。

阿福颓丧地坐在灶前，呆呆地望着两个不停喊姆妈的孩子。他脑子里空空荡荡，眼睛里模模糊糊，似乎他们在很远很远的地方。

一家人就这么坐着，坐着。直到阿香抱来一捆稻草丢在灶旁，阿福这才猛然清醒，一手拉着阿香，一手抱起根生。四十多岁的汉子，不顾一切地号啕大哭："船沉了，你们的姆妈掉到河里不见了，她死了……"阿香一听，立刻跳了起来，一面摇着爹爹的肩膀，一面哭叫："姆妈在哪里？船在哪里？"

她不顾一切地向大河奔去，沈阿福抱着根生也随后赶来。但是，哪里有姆妈，哪里有船？除了眼前密密麻麻的雨点，在浓雾弥漫的大河里，什么也看不到，连他们的哭声也被风雨吞没了。

家里几天没有做饭，多亏好心的邻居送来点吃的。他们知道这意外的悲痛绝不是几句言语所能抹掉的，只好送点吃的，抚慰一下孩子，然后默默地离去。

灶台前本应该是姆妈的座位，谁也不愿占据它，都希望她能突然回来，仍旧坐在那老地方，挽起一个个草把，再一个个填进灶膛里，红红的火焰里又出现她那秀丽的面容。

根生究竟太小，不依不饶地要吃饭，拉不动爹爹就拉阿姐。他们只得打起精神安排以后的生活。阿福想，尽管三巧尸骨无存，也还是要砌个坟，立个牌位，找和尚超度超度。他勉强走了出去，不料两条腿却挪不动了，膝盖以下，脚踝骨，脚趾，脚掌，没有一处不是痛得钻心。

正好这时邻居张才来看他。张才叫他卷起裤腿一看，哎呀，全肿了。张才说："一定是那天你泡在河里的时间太长，上岸后又没有擦干，就把湿裤子裹在腿上焐干了，湿气渗进骨髓，搞不好会变成风湿病，那一辈子可就……"

在邻居们的帮忙下，阿福好歹办完了丧事。可是现在船没有了，人也没的没、病的病了，孩子又太小，这日子怎么过呀？菜地里的粪用完了，可阿福却再也不能像过去那样挑起粪桶进城去收粪了。粪沤不成了，菜也种不成了，必须另谋生路了。

第一年勉强混了过去。可是以前省下来的那点钱用光了，可以卖的也卖光了，眼看一家人就要走上绝路了。就在这当口，隔壁张才由城里打听到一个消息，就连忙跑来告诉阿福："城门口贴了一张海报，说无锡有个缫丝厂到苏州招女工。阿香不是快十六岁了吗？年纪正相当，你要是愿意就自己去找他们。"

沈阿福不愿女儿离他远去，说："自从她娘死后，只有阿香能帮我分点忧愁，要是她再一走，五岁的弟弟怎么办？那几分薄田怎么办？"

张才说："那倒也是。可是三张嘴不是比两张嘴吃得更多？没有进账，你的日子不是越过越难吗？"

两个人吧嗒吧嗒抽了半天烟，还是阿香自己开了口："爹爹，就让我去吧，不管怎样，他们得先给二十块大洋，你先拿去做点小生意，阿弟白天和张家两个小妹妹玩，也不用你照顾。等我三年满师，有了工钱，就能养活你们了。"

沈阿福上无父母，下无兄弟，平时有事都只能和张才商议。既然张才说合适，阿香自己也愿意，这事只好就这么定了。

阿香已经横下一条心，反正怎么也是吃苦，那就让自己多吃些苦，让父亲和弟弟暂时摆脱困境吧。能给老人家留一点希望，她也就安心了。

做父亲的尽管眼泪不住地往肚里流，嘴里却不停地说："阿囡，你就放心吧，我和根生能过好的。"

三天后，阿香夹着一个小布包，随着另外几个和她一般大小的姑娘上了招工的船。沈阿福领着根生一步一跛地也来到了码头。奇怪，船舱里走出来一个手里拿着折扇，说话怪声怪气的男人。他身穿湖色纺绸长衫，外罩花缎子背心，一面用扇子敲着手心，一面从头到脚地打量女孩子们。沈阿福不由得倒吸一口冷气，暗自思忖："这人好像不是正经人，难道不是去做工，而是……"他刚想走上前去问个明白，只见那个人把手一挥，大吼一声："开船。"沈阿福还没来得及说话，船就已经开走了。

阿香一去再无下文，沈阿福感到凶多吉少，心里不停地祷告："阿囡啊，就看你自己的命了。我家一辈子没做过坏事，菩萨总该保佑我阿囡碰到好人吧？"

阿香走后，沈阿福只得用阿香的卖身钱做起小生意来。开始他还能不顾脚痛，挑点青菜、菱角、鸡头米之类到城里去卖。后来实在挑不动了，只能就近摆个小摊，生意也越做越小了。虽说是远亲不如近邻，但是救急救不了穷，像张才这些邻居也都已经心有余而力不足了。阿福勉强苦撑，真是叫天天不应，叫地地不灵啊！

张才是从杭州迁来的，据说他原籍是绍兴，祖上还出过举人，他父亲也中过秀才。偏偏这张才不爱读书，整天游手好闲，除了没事时拉拉胡琴消磨时光外，就再没有其他喜爱的事了。三十多岁那年，父亲去世了。从此他更加肆无忌惮，整天和狐朋狗友们到处游逛，吃喝玩乐，没多久就把家业败光了，连祖传的一片房屋也卖得干干净净。

直到新来的房主赶他出门，糊涂的张才才明白过来，自己该对以后的生活负责了。还清了债务，还剩下十几两银子。他就背上胡琴，揣上这点银子，一路游逛，来到了杭州。

来到这天堂般的地方，他更加忘乎所以了。每天从这个山转到那个山，所有的峰，所有的寺，所有的塔，所有的湖，他都玩到了。高兴了就拉一段胡琴，真觉得是神仙过的日子。

没听说神仙要吃饭，可要让张才不吃，那可不行。不到一个月，银子就花光了。找点事情做吧。人家问："会做什么？"他涨红了脸，没法回答。不由得可怜起自己来："张才啊张才！你怎么一点本事都没有，要是拉胡琴能挣钱，兴许还能活下去，不然……"

那天也凑巧，他到一家茶馆找剩茶喝，突然发现唱的小曲味道不对，原来只有唱的，没有伴奏的。他不觉手痒起来，走过去对姑娘说："我来帮你拉一段可好？"也不等对方答话，他已经拉了起来。

他俩配合得不错，一曲下来，居然赢得不少掌声，师父手里的笸箩也收到比平常多一倍的铜钱。散场后，师父请他回家吃饭。原来他们也是到处流浪的穷艺人，姑娘从小没了爹娘，被师父收为养女，带她串茶馆卖唱为生。开始师父为她伴奏，生意倒还不错，后来师父老了，拉起琴来总是走调，只得让姑娘自己清唱，挣的钱也少多了。

张才别的不会，提起说唱，他还算是半个行家。他们越谈越投机，渐渐谈到他的家世以及他目前的困境。这师父为人也很实在，他主动提出："这样吧，穷帮穷，富帮富，你我各有各的难处，倒不如你给桂花拉琴，和我们一起吃饭。要是能多挣几个钱，就分几个给你零花，要是挣钱不多，能填饱肚子就算不错了。"

老人又问起他会不会弹弦子，因为再往北走，许多人爱听评弹，得用三弦琴伴奏。老人愿意把自己的手艺都教给他。后来，他竟然也学会了。

当张才说起他现在已经付不起住店的钱时，桂花主动提出把后院堆破旧东西的小屋收拾干净给他安身。

从此张才虽然再也找不回以前当大少爷的年月，却也乐得吃住不愁了。

师父知道自己的日子不多了，心想着把张才留下当自家人。老人还没说出口，却发现他二人不知从何时起早已将"桂花妹子""张大哥"，改称"桂花"和"大哥"了。一个三十多，一个也已二十出头，没多久这家人就有了个上门女婿。

不久，老人去世了，张才的老毛病也又犯了。他吃呀、喝呀，又一次卖掉了房子，流落到了苏州。

也可以说是沈阿福救了这对夫妇。沈家世代住在苏州城外一块河边高地上。那天早起张才两口子又冻又饿，倒在阿福门前，被三巧发现后，阿福一家就为他们忙里忙外。先是在空地上搭了个窝棚给他们安身，后来又帮他们开出一块半亩多的荒地。张才也就从此定居下来。桂花跟三巧学会了种菜，张才又常到城里给说唱的姑娘伴奏，后来他们还生下两个女儿，盖起两间草房。

这两个女孩，大的比根生小一岁，小的小他三岁。张才这些年真的戒酒了，日子还过得去，但是他也不想再生个儿子为他传宗接代。他和桂花商议把女儿当作儿子养，大的取名阿大，小的叫阿二。他想：与其将来把姑娘赔钱嫁出去，还不如留下给自己养老送终。

张家沈家有这么多年的交情，阿香走后，沈家缝缝补补的活计，都亏了桂花帮忙。她还很照顾根生，早惦记着有一天能与沈家结亲。她那小女儿，虽然不爱说话，却能给根生带来不少安慰。而那个自认为能当阔太太的阿大，却常常欺侮他。

阿香一去七八年没有音讯，杳如石沉大海。沈阿福又穷又愁，不单是两条腿行动不便，不能再做小生意，近两年又得了个咳喘病。阿香的卖身钱早已用完，外面还有十多元的亏空。才十二岁的根生不得不代替爹爹干活。正当阿福贫病交加，快要成为饿殍的时候，忽然张才拿来一封信，说是阿香从北平寄来的。

阿福激动得哭了起来。张才也是哆哆嗦嗦，好不容易才抽出信来。信上说：

　　爹爹，我在六年前到了北平，日子还过得去，就是时常挂念爹爹和弟弟。可惜我现在还不能回去。几年来我攒下一点钱，先寄上三十元，以后我还会寄来。爹爹年岁大了，不要再做许多事，根生也要去读书。只要你们省吃俭用，我能养活你们。

　　我现在的大名叫沈天香，地址是北平京畿道十二号，希望你们收到信后回封信。

女儿阿香叩首

信中真的有一张汇票，只不过日期是半年以前的了。

看了信，沈阿福才知道女儿已改名叫沈天香了，现在住在北平。他真是又惊又喜："不是说阿香去了无锡丝厂做工吗？怎么会到了北平？为什么不告诉我们她这几年的事？怎么会有钱寄来，以后还能养活我和根生？"随着心中这一连串的问题，不由得想起阿香刚上船时那个只露了一面，一边手拿扇子往手心上敲，一边歪着脑袋盯着姑娘看的穿花背心、绸长衫的男人。"莫不是阿香真的被卖到那见不得人的地方了？不然为什么这么多年没有信来……"他自言自语，却不敢叫张才听到。一会儿心里又嘀咕："不会，不会，她不是说日子过得还好吗？不是说攒下钱了以后还要给我寄来吗？阿香啊，阿香，亏了你，我这一生总算是有依靠了。"

桂花和阿二也过来道贺。那阿大此时也突然换了一张面孔来凑热闹，皮笑肉不笑的让人恶心。根生背过身去不理她。阿福看不过去，说了根生几句。这两个做父亲的都各自暗地里盘算好了，想让这两个冤家凑成一对。这样结婚费用、彩礼、嫁妆，不都可以大大节省了吗？只是谁都还没挑明。但他们心里都觉得，这两个孩子从小一起长大，应该谁也不会嫌弃谁，终能结成连理的。可他们哪里想得到，这个一心想当阔太太的小姑娘阿大，年龄虽小，却能挖空心思，抓住一切机遇去攀龙附凤。

自从沈阿福有了这些钱，感觉病情也好多了。以后阿香果真每两个月给家里寄来三十元，说其中十元给爹爹看病和供弟弟读书，其余全供他们家用。这样一来，真是吃穿不愁了。

又过了两年，他家那破草房实在没法修了，不得不写信告诉阿香。阿香很快寄来一百块钱，说是女婿给他买房的。到这时，沈阿福才知道女儿在北平结了婚，还有了儿女，女婿家境也不错。

父子俩高高兴兴地在苏州城里买下一个半新不旧的小院。前门出去是一条长长的巷子，后门临河，很是幽静，这就是他们现在住的房子。

看房，买房，直到搬家，都是张才帮的忙。他早就盘算着，想把阿大许配给根生，可又怕阿香在北平干的是那种事，所以一直未提。这几年沈家来往的信件他全都琢磨过，沈家要办的事他也全插过手。他心里嘀咕：人家女婿连房都给买了，还怕人家是……

正当他还在犹豫不决的时候，阿大却自己促成了这件事。一听说根生要搬家，她立刻就想到：这可是做城里人的好机会。于是赶忙拉着她爹去找沈家伯伯。别看她只有十五岁，却天生一口伶牙俐齿。她兜着圈子说："你家搬过去，根生要读书，还要做点小生意，谁来照应伯伯呢？让我跟你们去吧，我会做饭、洗衣、收拾房屋。你们说行不行？"

这话正说到两个老人心里去了。但根生不同意，他说："她那么凶还不如叫阿二去呢。"可是由不得根生做主，两家很快就找了个中人，吃了定亲酒，还写了封信告诉阿香。阿香又给他们寄来一些钱当作彩礼。

这一搬家，阿大感觉自己是乌鸡变凤凰了，从一个乡下丫头一下子变成了城里姑娘。不论是走路的架势，还是看人的样子，处处都透着一副趾高气扬的样子；就连对自己的亲妹妹，也是那么的盛气凌人，怎么看都不顺眼。

刚到城里来时，阿大对他们父子俩还肯卖点力气。当时阿福也还没有卧床不起，他那几分薄地已交给张家代管，可自己却又闲不住，每天仍旧起早贪黑地在那小天井里忙活。他在后院里搭上棚架，种上丝瓜、黄瓜、扁豆，甚至还有几棵茄子和青椒。前院不好浇粪，只好种点鲜花，又种上两棵桂花树，一棵石榴树，既好看，多少还能结点果子。他这样忙里忙外，弄得阿大也不敢偷懒。

日子一长，阿福和根生也就习惯把阿大当作自家人了，对她谁也没存戒心。

又过了两年，阿福的病一天比一天加重了，根生每天要去饭馆做学徒。父子俩一个一天到晚不出房，一个一天到晚不着家。阿大连个说话的人都没有，不由得对这父子俩厌烦起来。她想："以前住在乡下，我还能不时地跟爹爹进城去听听评弹，现在虽说住在城里，那老鬼反倒把我看了起来，不让我出门。他整天又是鼻涕，又是浓痰的脏死了，害得我连个瓜子都吃不成。唉，我上当了。"

一天，她乘阿福不注意，从他抽屉里摸了几个钱，就跑去听评弹了。听完评弹，还在巷口吃了一碗肉汤团，那父子俩竟然没有发现。从此，她明里拿暗里偷，存下不少私房钱。有了钱，她经常出入茶馆，甚至有时还溜进戏院，看上一段越剧。

城里小贩多，他们一面挑着担子走街串巷，一面高声叫卖，十分诱人，阿大也就成了他们的常客。偏偏这一天，阿福咳嗽一阵后起来解手，于是阿大开小灶的事败露了。以后这种事又发生了多起，沈阿福终于忍不住告诉了根生。

有一次，阿大偷钱，被根生当场抓住。谁知她当时认了错，过后依然照旧。特别是近半年来，她不但偷偷摸摸，还对他们公开顶撞，弄得合家不安。阿福一生气，病情更重了。他开始考虑后事："根生太老实，将来会受气的，这门亲事做错了，要是当初依了根生定下阿二也许比现在强多了。可这事能找谁帮忙呢，只好叫阿香回来一趟了。"

他们父子俩都不会写信，有些话又不能对张才说，只好请他写："父亲病危，务必回来。"

沈天香回家的事，父子俩本来没有惊动四邻，但是不一会儿，隔壁邻居都来了，还不是阿大嘴快。

原来苏州的妇女看上去都关在大门里，但是后门却关不住。因为她们习惯到后面河边去洗菜、淘米、洗衣服。刚搬来不久，阿大很快就学会了在这不招自来的会场上把家里的事都抖搂出来。今天来了这么一位阔气的阿姐，她当然更要炫耀一番啦。于是很快，左邻右舍就挤满了一屋子。那阿大竟然指手画脚，好像她是这家的主人。根生和阿香只得拿出从北平带来的糖果热情地招待一番。好不容易把他们一家一家地打发走，张才一家也到了。

张才好久没过酒瘾了，一见这满桌的鸡、鱼、肉、蛋，就不顾一切地吃喝起来，三杯酒下肚又满口胡言："你该谢谢你张大伯，要不是我给你找的这件好事，你哪有今天？"

阿香一阵心酸，几乎哭了出来，连忙背过脸去。这动作只有做爹的心里明白，他忙叫大家吃菜，这才岔开了话题。

这几年张才的日子也不好过，他年纪大了，弹弦子的手指不听使唤了，哪个姑娘也不愿再找他。阿香给的彩礼已经花完，阿福托他代种的地他也不会摆弄。要不是桂花和阿二还能干，说不定他就要在阿二身上打主意了。

很久没喝酒的张才出尽洋相，酩酊大醉，被根生找了一个推柴的小车送走了。沈阿福原来想说的话一句也没有说，只好自己喝几口闷酒，一不小心被呛得大咳起来。他全身颤抖，大小便失禁，脸也憋紫了，要不是阿香马上给他掐人中，怕都缓不过来了。

阿大怒气冲冲地打扫沈阿福在地上吐的、床上拉的，嘴里不停地骂："老不死的，叫你吃，叫你吃，都快见阎王了，还不要命地吃 …… 叫别人跟你受罪 …… 死脱拉倒！"

阿香正忙着给爹爹擦洗换衣，听不清她在说什么。沈阿福不用听，从她那声调、那神情，心中早就明白了，但嘴里却说不出来，只好指指后院叫阿香去听。

阿香也听不清她在说些什么，仍旧回来给爹爹捶捶背、揉揉胸，好言好语安慰他，分散他的注意力。一阵痉挛过后，他似睡非睡，握着女儿的手说："我不行了，你能等我死后再走吗？"

"不会的，爹爹，你不会死，不要瞎想了，好好休息吧。"阿大在门外偷听，一探头被阿香看见。阿香忙示意父亲不要再说下去。

第二天，阿香打发根生带阿大上街买布料，又叫他们找裁缝做衣服。父女俩这才能有个说话的机会，沈阿福终于吐出了心中的积怨。他说："本来以为现在吃穿不愁，根生一成亲，一家人可以安安稳稳过日子，不想她那么蛮横，看我有病，根生老实，都快骑到我们头上了。你和她爹爹说，叫她回家吧，这门亲事还是不做的好。"

虽然才来了一天，尽管阿大"阿姐"长，"阿姐"短地巴结，但阿香早已把一切都看在眼里了。

阿福接着说："我不知道这几年你在外面做的什么事，也不知道孩子他爹是做什么的，你不想说就别说了。我只求你在我死后好好照顾弟弟，帮他安排好以后的日子。"

一提起过去，阿香确实无法启齿，只好说："我出去不久就结婚了，孩子他爹在衙门里做事，以后我再详详细细对你说，现在先说根生的事吧。"

阿香答应爹爹不走，她说："我会把家里的事情都安排好的。不过你现在起不了床，根生每天要去饭馆学手艺，我一个人忙不过来，还是等你好一些我再去找她爹，好在我在这里她也不敢怎么样。"

沈阿福果然一天不如一天，阿香开始忙着给他准备后事。当她问起根生对阿大的看法时，根生说："我从小就受她欺侮，这亲事是两个老人做的主。他爹说算命先生早就给她算过她是大富大贵的命，还说能让我沾她的光。我这辈子也发不了财，她能跟我一辈子？再说她从小就蛮横，连她妈都欺侮，那阿二更是受气包，还不如那时把阿二许配给我呢。"

沈阿福在弥留之际，再三把根生的事托付给了阿香后就辞世了。安葬了爹爹以后，阿香果然去找张才夫妇商量退婚。阿大娘知道是女儿不好，她无话可说。张才早已把彩礼钱花光了，只要不叫他退钱，他也不敢反对。

谁知阿大一听坚决不干，她说："谁说要退婚，我犯了哪一条？我一个大姑娘家白白地伺候他们父子俩好几年，说叫我走就得走，我不干！"

阿香一再劝说："你做了几年事也不能让你白做。彩礼我们不要了，另外再给你几十块钱。"

"那不行，要他们说清楚，我哪点不好？"她开始要赖了，"阿姐，你刚来，良心要摆在当中。他们说我不好，我还说他们骗人呢！你不信就把我带到北平去，我情愿伺候你，伺候不好，你再送我回来。"接着又阿姐、阿姐地叫个不停。

张才也心照不宣，心想，如果让阿大出去闯一闯，说不定也能赶上阿香。于是，他马上接着说："我看这也是个办法。叫他们俩先分开一两年，要是她能学好，就叫他们结婚；要是她不听话，你就给她买张车票送她回家，我们也就没什么可说的了。"

也怪阿香心太软，下不了狠心退掉这门婚事。她只在心中盘算："反正她离家远了，无依无靠的，不就全都得听我的了吗？"谁知比她小十几岁的阿大，算盘打得可比她精多了。

沈天香把家里安顿好，再三叮嘱根生，除了学习厨师的手艺外，还要再学点写写算算，将来有条件就自己开个店。有合适的姑娘，就定下来。

临走前，当着张才的面，她又向阿大交代清楚："我家孩子他爹是在衙门里做事的，家里下人都叫他老爷，叫我太太。你也要叫我们老爷、太太。你一定要记牢，我会好好待你的。"张家的人谁也没说个不字，阿大更是满口答应："我一定叫老爷、太太，我一定听阿姐的话。"阿香这才放下了一颗心。

第 二 章

　　二十世纪二十年代初期的北京城只是中国北方的政治中心。辛亥革命以后，本来应该是革命党的领袖孙中山当大总统，不料却被清朝降官袁世凯篡了权。当了皇帝的袁世凯不久就一命呜呼了，接着是直、皖、奉三路军阀混战。孙中山在南方组织了护法军，打算重新统一中国。可惜护法军内部也有矛盾，一时无法北上。这样，各派军阀又在北方维持了好几年的统治，直到北伐战争。

　　当时北京的这个政府，后来被称为北洋政府，下设几个部。各部除部长外，还有次长、司长等。沈天香的丈夫这时已是财政部的司长，可是沈天香并不是真正的司长夫人，她仅仅是那西边偏院里的"太太"，实际上不过是个姨太太。一个被人看不起的"小老婆"。

　　那年沈阿福拿到二十块钱，说是给阿香的"预付工资"，或者说是"安家费"，实际是真正的卖身钱。说是无锡缫丝厂来招工，实际是北京一个长三堂子到苏州买妓女。

　　苏州姑娘大多生得明眸皓齿，红扑扑的鹅蛋脸，亮晶晶的大眼睛，一口柔和的苏州话，骂起人来那腔调也叫你舒服。

　　那时的沈阿香，虽然又干又瘦，不像个姑娘，但她那双眼睛透着灵气，身段也很匀称。来买姑娘的人本不想要她，可是穷人也没几家肯卖亲生闺女的，他怕凑不够数，回去挨"鸨儿"的骂，只好拿她凑数了。

　　那天她和几个女孩子一起上了船，一坐就是两天，下船后又上了火车，又过了两天才算到了站。

　　这地方的人说话她们听不懂，只好糊里糊涂地跟着那带她们的人走，好不容易来到一个很大的院落。院子里很热闹，许多穿红戴绿的年轻姑娘，搀着穿戴讲究的男人嘻嘻哈哈地往屋里走，那情境实在让阿香她们看不下去。"天哪，这哪里是什么工厂啊！"一个姑娘叫了起来，其他姑娘也在嘀咕。

"过来，过来，都给我过来。"一个满脸肉褶里都填满白粉的妇人一面尖着嗓子呼喊，一面拿着一块手帕向她们招呼。姑娘们愣了半天才知道是在叫自己。

容不得她们犹豫，过来两个男人把她们拽到那女人身边，叫她们喊："妈妈。"那女的把她们一个个从头看到脚，"不行，不行，都是些干粗活的料。"她把嘴一撇，眼一斜，往椅子上一坐，又冲着那男的骂："小四子，你这是怎么搞的？钱没少花，可一个用得上的也没有，我是叫你去苏州玩去了不是？"说着就用那尖尖的手指往那男的脸上戳，戳得小四子直捂着脸，还得赔笑。

"算我倒霉，老娘还得白养她们几个月。先领下去干几天粗活再说。"说完，她就忙着去招呼客人了。姑娘们被带到一间有一铺大炕和几床破被的小屋里，连晚饭都不给吃。

第二天一早，天还没亮，她们就被叫醒，开始干活：拆被褥，拖地板，洗马桶；连原本由男人干的重活，挑水、劈柴等，现在也全叫她们去做，而那几个"兔子"却在一边聊大天儿。这些活儿都干完了，又让她们搓煤球儿，眼看快到中午了，才有人来叫她们吃饭。

一天到晚地干活儿，吃的却是两顿窝头和一点儿咸菜，而几个家丁却还冲着她们不时地说些不堪入耳的话，这个说："这样的饭食就算不错了，街上那些要饭的，连这个都没有呢。"那个说："要想吃香的、喝辣的，陪阔老爷睡睡觉就都有了。哈哈哈……"

刚住了一天，一切就全明白了。晚上歇下来后，一个叫新宝的说："以前听人说有一种坏人开的妓院，莫不是我们被卖到这种地方来了？"别的姑娘也吓得哭起来。哭声招来了灾难，忽然一声咳嗽，原来那个"妈妈"就站在门口。她一只手叉着腰，一只手指着她们："你们的爹妈已经把你们卖给了我，在这里不管是谁都得听我的，叫你们做什么就得做什么，不听话就剥了你们的皮！"

说着，她就从小四子手里拿过一根鞭子，狠狠地抽到新宝身上，一边还骂："小×养的，再号我就再抽！"接着又是几鞭子抽下去，新宝不敢哭了，其他人也吓得不敢出声了。

后来她们才知道，这里的妓女大部分是苏州人。这个院子叫作群芳院，是北京一家有名的长三堂子。那鸨儿姓姚，妓院里许多人背后都叫她老妖精。其实她也是妓女出身，在一个大官僚的帮衬下开了这个妓院。有了点儿钱，就忘了一切。她只记得一条，那就是：当妓女没有自愿的，都是皮鞭子打出来的。

姑娘们此时才明白，她们这一生就算完了，就是能活着回去，也没脸见人了，今后的日子可怎么过啊？！

几个月过去了，姑娘们渐渐地发育、成熟了，浑身都散发出美妙的青春气息。这个年龄本应该是她们享受人生欢乐时光之际，但是在这里却成了她们大难临头之时。

老鸨让姑娘们接客的日子到了，只要哪个不顺从，就会被两个壮汉拖进小黑屋，一顿皮鞭，直打到屈服为止。第一天拖去两个，以后又一个接一个。沈阿香每日忐忑不安，不知这灾难哪一天会降临到自己头上。

说也奇怪，阿香眼看着十七岁了，看上去还只是个十三四岁的小女孩，妓院里的窝头只够半饱，压在她身上的活太重，她又怎能发育起来呢？同来的阿姐们尽管都已去陪客，却还是惦记着阿香，每次她去打扫房间，不管哪个阿姐总要拉着她说几句悄悄话，还偷偷塞给她一些小点心、闲食之类，让她免于挨饿。

在老妖精看来，阿香虽然也长高了一些，但是她面黄肌瘦，再加上笨手笨脚，不会招男人喜欢；不过她干重活倒从不偷懒，能比别人多干一倍。老妖精心中暗暗合计，反正粗活也得有人去干，就让她干几年再说吧。

时光一天天过去了。同来的小姐妹们每天都得戴上珍珠翡翠，穿得花枝招展地去接待客人。她们当着人有说有笑，背地里却哭天抹泪。沈阿香不由得安慰自己："我干的这些活儿虽然又脏又累，总还能保住清白之身。姆妈呀，你可要保佑你的女儿啊！"

然而，人总是要长大的，天也帮不了忙。阿香十八岁来潮，破旧的布衣和头巾再也遮不住她那渐渐丰满起来的身体和秀丽的面容了。什么也逃不过老妖精的眼睛，她开始打起阿香的主意来了。

一天，财政部的王处长以自己发了一笔小财为由，在群芳院摆花酒，想借此机会巴结司长高君鹏，同时也能笼络其他几位同僚。

　　一下子来了五六位老爷，陪酒的姑娘就不够了。老妖精怎能放过阿香，她马上让四儿去找阿香，叫她快换身衣服出来陪客。阿香借口有一大盆衣服要洗，想躲过去。可鸨儿却亲自来哄劝："只陪酒，不进房，看你这副寒碜相，人家客人还相不中你呢！"见阿香还站着不动，那鸨儿立刻换了副面孔，威逼道："还不快给我换衣服去，不干就抽你！"

　　阿香自知斗不过她，只好换了件衣服，插上一朵花儿，跟在老妖精后面走出来。老妖精像怕她跑了似的，硬把她推到一位年纪较轻的老爷身旁，还赔着笑脸说："这丫头年纪小，不懂事，请老爷们开导。"她一面说，一面在阿香大腿上拧了一把，悄悄说："还不给个笑脸儿？"阿香勉强一笑，真比哭还难看。

　　那位老爷似乎并没有注意她，只叫她坐下吃菜。阿香勉强拿起筷子，要不是老爷问话，她的眼泪都快流下来了。好在这位老爷没有计较，只问她叫什么名字，今年几岁了，还说："你的牌子呢，指给我看看好吗？"老妖精看老爷高兴，忙替阿香回答："我这个女儿笨嘴笨舌，不会说话，她今年刚十七岁，还没有挂牌。她叫沈——"

　　话还没说完，她忽然发现这老爷的酒已经喝光了，赶忙叫阿香添酒，嘴里一个劲儿地说："添，添——"那老爷笑了："哦，沈天——，天什么？"她连忙接着说："阿香。"那老爷一高兴，摇头晃脑地说："噢，我明白了，是沈天香吧？好一个天香，国色天香嘛，好极了！"他那书生气十足的样子惹得大家都笑起来，连鸨儿也笑了。阿香竟也聪明起来，忙给老爷鞠了个躬，说："谢谢老爷给我取了个好名字。"

　　这位老爷姓杨，也就三十出头，面带善相。别人吃酒划拳，他不参加，反而和阿香聊起了家常。他仔仔细细地问了阿香家里还有什么人，怎么到的妓院，几时开始接客，刚才为什么眼泪汪汪的，等等。

　　离家后，还是第一次有人关心，阿香也动了感情，她说："我是被他们用二十块钱骗来的，在这里已经整整两年了，也不知爹爹和弟弟是死是活。我长得丑，妈妈说没有哪个男人看得上我，所以一直叫我干粗活，今天因为姑娘实在不够了，才叫我出来陪酒。"

　　老爷不明白："陪客人喝酒，吃点好的，还不用干粗活，为什么要哭呢？"

阿香说："其实我倒宁愿受苦受累干粗活。这陪酒的事一开头，就会叫你去接客，那不就掉进火坑里了吗？"

"这就怪了，你那些小姐妹陪着客人喝酒，一个个不都是高高兴兴的吗？"

"别看在这里她们嘻嘻哈哈的，背地里没人时就暗自流泪。我们都是好人家出身，谁愿意干这见不得人的事？"

"那你们不会不干吗？"

"那就要被他们用皮鞭抽死，每个姑娘在接客前只要说个不字，都得被抽个半死。其实我倒宁可去死，只是家里还有生病的爹爹和一个才七八岁的弟弟，他们还等我挣钱养活呢！"说着，阿香又忍不住流下泪来，她怕被别人看到，连忙偷偷擦掉。好在那边的几位爷正喝得高兴，谁也没有注意这边的事。

她擦干眼泪，一边给老爷斟酒，嘴里还一边"老爷、老爷"不停地叫。

见她想说又不敢说的样子，杨老爷便问道："你想说什么？"

"我想，我是说……"她话到嘴边，心也提到了嗓子眼儿，就是开不了口。老爷叫她喝了一小口酒，眼神里透着善意，使她终于鼓起勇气，她轻声地说："老爷，我想问问您，您家里要不要使唤丫头？我是规规矩矩人家出身，我不怕苦，不怕累，只要能保住我的清白，做牛做马我都情愿。您就发发善心，把我买回去当丫头吧！"

几句话感动了这位年轻的老爷，但是他一时也难以决定："这可不容易……"

阿香几乎是绝望地哀求："老爷，您就算是做件善事，菩萨会保佑您的。要不，也许我真的会去寻死！"

杨老爷也看出阿香说的都是实情，不忍再拒绝她："你也得让我好好想一想，今天我可以多给姚妈妈一些钱，包你半个月不接客，如果将来我能赎你更好，如果我赎不了你，你也千万别去寻短见，以后再找合适的人从良不好吗？"

阿香急了："那不行！一过了今天，我就保不住自己了。再说以后再到哪里去找好人呢？也许我真的不如死了好！"她的话字字血、声声泪，老爷再也不能推托了，终于说："我家老母亲是想买个丫头，不知道你能不能受那个委屈？"阿香伸出那双皲裂红肿的手说："老爷，您一看就会明白了。"

杨老爷点点头，"嗯"了一声，阿香连忙磕下头去，杨老爷赶紧揽她起来。

他越怕被人看见，越是惊动了邻座的王老爷，他乐呵呵地说："杨老爷，您这是演的哪一出啊？这一席还没吃完，就忙着拜堂成亲啦？！"

高司长也凑热闹："杨老弟莫不是真的看上天香啦？是想今晚在这儿成亲呢，还是给她赎身呢？"

杨老爷很不好意思："我刚由日本回来，家眷也是刚接到京里，哪里谈得上讨小？刚才是天香再三央告，我想也可考虑买她回去伺候老母亲。"

他说的本是实情，可那几位爷已有了七分酒意，哪容分辩，反而借题发挥起来。

一位老爷说："莫不是杨老弟缺个如夫人，来这里选妃子吧？"另一位也凑热闹："我看这姑娘不错，又见过世面，准比你那位小脚夫人强。"

这几位借着酒意一起哄，真的把鸨儿找来了。

老妖精心里一盘算：这丫头不是接客的料，卖掉也合适。但她还是故意把嘴一撇："我一百块大洋买的，白吃了我两年饭，到现在还是个黄花闺女。这么着，看在高司长和诸位老爷的分上，您给一百五十块大洋，这丫头就归您啦。说实在，女儿都是娘的心头肉，卖哪个我也舍不得！"

杨老爷掏出一张一百元的银票，说："我就只有这一百元，你要是不肯，我就只好不买了。"

眼看这事能成，高司长乐得做个人情，他发话了："我看既然杨老弟有意，我们大家就来成全他。我出十块，王老爷今天做东就免了，你们三个每人五块。老板娘，一共二十五块，你就把这块心头肉卖了吧！"

那老妖精一下子赚了不少，心里乐开了花，嘴里却说："看在众位老爷的面子上，吃点亏就吃点儿亏吧，下回有生意可别忘了多照顾我点儿。"

阿香——从此改名沈天香——忙过来给几位老爷一一磕头，几位爷又开起玩笑："你要是伺候不好杨老爷，还把你卖到窑子里，就再也逃不出去喽！"

第二天一早，杨老爷就来妓院接天香，看看街上没人看到才放了心。边走边叮嘱："万万不能说你是从妓院里出来的，只能说被人骗到北京做了两年丫头。我呢，就说是朋友帮我买的，别的事我不知道。"又走了一段路，离妓院已经很远了，才叫了两辆洋车拉到杨老爷的家里。

杨公馆虽然说不上是深宅大院，却也很宽敞。进了大门，第一进是客厅和老爷的书房；第二进，正房住的是老太太、二爷和两个姑娘，他们是杨老爷的继母和她所生的弟妹们；第三进住的是老爷、太太和少爷、小姐。另外还有一个小偏院，也叫西院，有几间房屋和一些花木，给孩子们补课的家庭教师有时住在这里。仆人们都住在各院的厢房里，大门口那两间很像样的门房，住的是管家于海。

一进门，杨老爷先把天香介绍给于海："这是我给老太太新买的丫头，你看行不？"又叫天香，"过来见过于大伯。"

天香忙过来给于海行礼，于海很高兴，说："这丫头看上去还老实，老太太准保喜欢。"

听说新买了个丫头，几个年轻人都跑过来看。老太太屋里的翟妈是个热心人，她领着天香给她一个个地介绍。原来那老太太还不到五十岁，二爷继茂才十四岁，两个姑娘继贤和继淑十岁左右，而他们大哥的孩子跟他们差不多大。杨老爷的女儿，大小姐亦荃，今年已经十五岁了；儿子，大少爷亦杰，和他叔 —— 二爷 —— 只差一岁，十三岁。

杨老爷本名杨继昌，老家在山东福山县附近的杨家疃。要不是土匪横行，那里倒是一片福地。除花生、水果等特产外，还有海里的鱼虾、螃蟹和各种贝类。既有小麦、玉米，又有旱稻和地瓜。

杨继昌幼年时，家道并不富裕。祖父和父亲在世时，家里只有几亩果园和十几亩薄田。他家祖传了一些土法兽医和果木嫁接技术，因为水平不高，所以一般不收费。此外，他家几代都上过私塾，识些字，能帮助乡亲们写个对联和书信之类，因而也很受人尊敬。

继昌的父亲更敢于使用新技术，他学会了种牛痘预防天花，使不少人受益。但当时牛痘苗难买，他竟把牛的天花脓浆接种到自己女儿的大腿上。实验成功了，可那个可爱的小女儿却被他活活折腾死了。

母亲王氏心痛女儿的惨死，一病不起。继昌才十几岁，母亲就病故了。剩下父子两个虽然不愁吃喝，但是家务没人料理。好不容易熬到他十九岁，就把从小定亲的李氏接过门儿来。这李氏是富户人家的姑娘，不会治家，除每天凑合着做几顿饭外，宁肯闲着也不干活儿，那下地、喂猪、推磨、挑水的重活儿她更是从不沾手。

杨继昌自幼聪明过人，在私塾读完四书五经后，又学过吟诗作赋，在当地已小有名气。后被邻村看中，请他去教学。他也正因为妻子不贤而想外出攻读，但是又觉得将一个年纪不满五十的父亲与一个年轻的媳妇留在家中十分不便。他想来想去，只有为父亲续弦。

在那个年代五十岁就算是快要入土的人了，谁家肯将大姑娘嫁给他？后来还是继昌的舅舅给帮了忙。他说："你给父亲续弦是你的孝心，可这事不易啊。既然不易，你就不能往高处攀。所以叫我说就得高不成，低处就。我倒有个主意，只不知道你们父子俩愿不愿意？"

"舅舅说吧，你的话我都听。"

"我和你母亲有个堂妹是聋子，今年已经三十出头了，还没定亲。她是五六岁时出天花聋的，所以还能说话，有时也能听个一句半句，天花后也没留下什么麻子。这都不要紧，要紧的是她什么家务活都能干，身体也好，顶得上大半个男人，那针线活儿更没的挑了。你们要是不嫌她聋，保准能配得上你爹。"

继昌暗自琢磨：舅舅的话也实在，家里缺的就是个能跟父亲做伴和干家务活的人，聋怕什么，还少些口舌是非呢。

回家之前，舅舅故意带他到屋外转了一转，把堂妹指给他看了。她正在挑水，确实那腰板挺拔，走路有劲，模样也不错，不知底细的，谁也想不到她是个聋子。继昌回去和父亲一商议，父亲也很同意，在继昌去教馆之前就把这事办了。

儿子替老子娶妻，在当地一时传为佳话。

这位继母确实不错，因为耳背，不愿出门，家务活差不多全是她一人包了。她比儿媳晚一年进门，进门不久就伺候儿媳妇坐月子。连儿媳的大女儿也几乎是她照看大的。两年后继母生下个男孩，后来又生了两个妹妹，这就是继昌的弟弟、妹妹。那几年，李氏也生了个儿子。所以这两代年轻人的年纪都差不多。后来，继母的孩子被称作"爷和姑娘"，而李氏的孩子被称作"少爷和小姐"。

继母没进门时，继昌家是几代单传。他幼年体弱，祖父和父亲就不叫他干农活儿，只叫他读书。他们望子成龙，盼他将来能谋得一官半职，光宗耀祖。继昌也确实有出息，二十岁就考取了秀才，二十五岁又中了举人。后来他外出边教馆，边求学，又过了两三年，居然考中了进士。

本来一家人都已很满足，可继昌的妻子想让他在京里谋个差事，而他的父亲却想让他回乡办学。当时，他已经接受了一些维新的思想，想另闯出一条路，报效祖国。恰巧清政府出了个洋务派，主张派遣年轻的军官和新科进士们出国求学，杨继昌正赶上这次选派，被送往日本早稻田大学经济系学习。

几年后，当他从日本学成回国时，清朝的皇帝已被推翻。山东省政府想把他留下来，他也希望借此把全家迁往济南。可就在这时，北洋政府也刚成立，各部门也很缺人。经他的好友冯廷理推荐，他被调往北京财政部当了一名科长。

当时的财政部里，留用了许多读八股出身的前朝遗老和靠裙带关系混饭、不学无术的高官子弟。像他这样刚刚三十出头，就有前清进士和日本经济学学士这两块金字招牌的人很少。因此，他被人看作既年轻有为又学高一筹之士，很得顶头上司高君鹏司长的赏识。所以，他进财政部不过一年就被提拔为处长。

一年后，老父病逝，老家只剩下两个妇道人家和一群孩子。再加上年景不好，土匪横行，他再三考虑，觉得只有把全家接到身边才好。继母为他家操劳多年，现在年岁大了，也该过过清闲的日子。孩子们在这全国的文化中心，也将有机会受到良好的教育。

就这样，他把全部积蓄都拿出来买下这座宅院，又委托一位远房的亲戚把他的全家接到北京。这位亲戚就是于海，他不久前刚死了妻子，儿子去了关外，一直没有消息，于海也乐得自由自在。他和继昌从小一起长大，感情不错，继昌不在家的时候，家里常靠他照顾。这次来京，继昌有意将他留下当管家，他也满足于继昌给他安排的那两间门房和这个活不重、却又管事不少的差事。

杨继昌的宅院坐落在西城京畿道。民间流传：西城贵，东城富，宣武破，崇文穷。那就是说，过去许多京官、皇戚之类喜欢住西城，东城是外交和经济中心，有东交民巷、西交民巷，有各国的使馆、洋行、银行，还有许多大饭店、大医院和闻名全国的东安市场。而宣武门、哈德门一带是外城，住的大多是干卖力气活儿的老百姓。

　　继昌对房子原本也没有什么苛求。这家房主本是清朝的遗老，因为失去了皇族的供养，没法生活，不得不卖掉这座宽敞舒适的大院。这对于继昌来说，确是一个很好的机会。

　　全家搬来不久，杨继昌马上就安排弟妹和子女们上学。他们都在农村长大，识字不多，进学校，只好从小学一年级读起，但论年龄又太不合适。继昌决定给他们请一个家庭教师，强化教育。半年后每个孩子竟也插进了适当的班级。

　　为了让孩子们安心读书，也为了报答多年来一直照顾一家老小的继母，继昌给母亲和自己屋里各请了一个女仆，北京人叫老妈子。另外还请了一位厨师。

　　那李氏才三十几岁，女儿也大了，要是她勤快一些，本来不必雇老妈子。可过去习惯依赖婆婆的她，现在一分开来住，就整天无所适从，既然继昌挣的钱不少，她又为何不享享做太太的福呢？

　　继母王氏这边，虽说孩子们小点，事情比较多，但她为人勤快，再加上有了翟妈的帮助，她已经心满意足了。可是继昌心里总还觉得过意不去。想起过去离家出去教馆，后来又去日本留学，在外面做官，这十几年全亏了她伺候老父，操持家务，还要帮助那懒惰无能的媳妇养育孙子孙女。现在虽然翟妈能帮不少忙，但她毕竟年岁大了，又一直处在无声的世界里，现在搬进了这座高台阶的深宅大院，继昌担心她会感到更加孤寂。

　　买天香回来伺候老太太，继昌本来没有充分的思想准备，但是只要老母高兴，无论做什么事，他都会从内心里感到满足。现在看到老太太很喜欢天香，孩子们也很高兴，他就完全放心了。

　　接着，他又嘱咐翟妈，把天香带到太太房里去请安，自己也就赶紧去部里上班了。

　　天香是个知恩报恩的人，她非常珍惜这来之不易的机会，所以加倍勤劳地照顾老太太，还帮助翟妈干活儿，和两个姑娘也处得不错。她本性善良，对其他用人也以礼相待，自然也得到大家的礼遇。但是，在这仅有十余人的天地里却有两张异样的面孔，一张鄙视，一张敌意，给天香以后的命运种下阴暗的种子……

天香心灵手巧，又经过在妓院两年的锻炼，好像全身都有使不完的劲儿。两个姑娘发现她想读书识字，就自愿当了她的启蒙老师。一年后，她已读完了小学三年级的课本，还学了一点简单的算术。没事儿时，她还打算盘哄老太太玩儿。那天正玩着碰巧继昌回来。他无意地考了考天香，结果天香的回答使他很吃惊，这使他暗地里产生了一个想法……

原来当时财政部的老爷们私下里都有自己的生财之道。就说司长高君鹏吧，他是那西交民巷新开的交易所的大股东。他把在那里赚到的钱，又投资到早已由他掌握了大部分股权的信诚银行。他敢作敢为，但不精细，不能干具体的事，所以他不得不把继昌牢牢地攥在手里。当然，这也就使继昌的财富不断地增加了。

这是一个秘密，一个除他自己外，全家谁也不知道的秘密。但是时间一长，他也感到厌倦了，很希望能有个人给他做助手。

于是，他请家庭教师每晚教天香一些应用文和与记账有关的算法，又叫于海教她记账。半年后，天香竟然能够把他的收入和支出账目记得清清楚楚。接着他又把对外应酬的账目也交给她管，为的是有些婆婆妈妈的事，她可能比于海想得更周到。

在全家大多数人都越来越喜欢天香的同时，太太对她却总怀有戒心；再加上她屋里那个总爱搬弄口舌的刘妈，不时地把老太太屋里的事添油加醋地说给她听，弄得她一听到老爷和天香有什么接触，心里就发慌，浑身不自在。

事儿也凑巧，那天继昌回屋比较晚，太太眼皮儿也没抬，拉长了声调问了一句："你回来这么晚，吃过饭了吗？"

"吃过了，陪老太太吃的，多说了几句话，就回来晚了。"

"多说了几句？你和谁多说了几句？几个孩子在念书，老太太是个聋子，有那么多的话？是和天香吧？和她就有那么多的话说？怎么在这屋里从来没见你说上三句半话？"这几句是用加速度的语气蹦出来的，越说越快。

既然太太撕破了脸皮，打翻了醋坛子，继昌也就索性丢掉平时的耐心："你为什么总是和一个丫头计较？难道你和她一样吗？"

"我早看透了，你老往老太太屋里跑就没安好心！今天她是个丫头，明天说不定就成了你的小老婆。"

继昌看看这时正是时候，既然她已经闹翻，明天全家都会知道，叫天香怎么做人？不如干脆向她摊牌："实话对你说吧，天香本是高司长和同事们帮我买的小妾，因为我怕她和你一样无能，所以先叫她伺候老太太。现在她能写会算，还能帮我管家和来往应酬，哪点儿都比你强，就是收了房也不过分！"

太太一听，索性大哭起来。继昌也发了火，冲着刘妈说："我今晚去书房住了，要是谁在天香面前说些不堪入耳的话，我决不饶他！"

太太越想越委屈，哭闹了一番，实在无计可施，第二天一早竟跑到老太太屋里去哭诉。

这老太太因为耳背，自从嫁到杨家，除照顾丈夫、儿女外，还要操持家务，所以什么闲事都不沾边。什么东家长、西家短的，她是耳不听，心不烦。

以前，当媳妇的李氏何曾把这后婆婆放在眼里过？吃完婆婆做的现成饭，把碗一撂，不是回屋照看自己的孩子，就是出去串门、磨牙。连公公都总是让她几分，怕弄得家里不和，叫人笑话。

如今老爷要讨小，公公已不在了，家里就数这个后婆婆为大了。从这两年的情形看，老爷一直对这个后娘非常孝顺。李氏想，如果能争取到老太太出面干预，也许能把这事儿给搅黄了。

她一边大声地说，一边比画着，总算让老太太明白了。但老太太并不是糊涂人，她也有她的打算：这可是件好事，天香比她强百倍，又勤快、又能干，还体贴人，我愿意。但是面对这难对付的儿媳，她又不知说什么才好。居然，她也想出了个绝招，反正她平时说话就简单，这不正好倚聋卖聋吗？于是，她乐呵呵地说："好呀！好呀！"

那李氏连忙摆手，叫她说不好。可老太太心中有数，任凭你怎么说，我都是："好呀！好呀！"听着老太太这不紧不慢的"好呀"，李氏气坏了，她正想发作，恰巧翟妈进来了。她忽然想起老爷曾有言在先，还是不要自找没趣吧。

李氏回到自己房里，料想此事已难挽回，只好在儿女们面前发泄。继昌那大女儿亦荃也有十七岁了，平时通情达理，对天香也没有恶感，不想插手这件事，就劝她妈说："我看这也不是坏事。爹在衙门里的官做大了，外面的应酬也就多了。你平时很少出门，见了生人也不会说话，心里老犯嘀咕。现在有人出来替你顶着，你不正好乐得清闲清闲，有什么不好啊？"可她那儿子亦杰却说："娘，她不让你好过，我也不让她好过。我一定要给你报仇！"从此，他心中就种下了仇恨的种子。

转眼，沈天香到杨家已经两年了。除伺候老太太和两个姑娘外，没有什么重活，闲下来就做做针线，老太太身上穿的差不多都是她在翟妈的帮助下精心缝制的。她不但把这屋里人穿的鞋全包了，每到春节还给每个用人做一双。她母亲在世时，人人都夸她母亲会做人。现在，天香待人接物就和她妈妈当年一个样。

她快满二十岁了，过去受尽了折磨，始终发育不起来。而现在吃得饱，穿得好。以前那个面黄肌瘦的黄毛丫头，现在已逐渐出落成了另外一个人：鹅蛋般的脸庞，白里透红的皮肤，两道弯弯的秀眉，一双水灵灵的大眼睛，油亮亮的大辫子，飘飘洒洒的前刘海儿，一笑一个小酒窝儿。这不恰恰是群芳院那老鸨千方百计想弄到手的苏州美女吗？天香不仅容貌姣好，而且身材丰满、举止大方、待人热诚；还能写会算，家里家外的大事小情，都能处理得得心应手；但凡有继昌和于海照顾不过来的事，她也都能帮上一把，应对自如。

一个是婚姻不幸福的男人，一个是情窦初开的姑娘，接触多了，不免就产生了感情。原来买天香的时候不过是开开玩笑，如今却将要变成现实。眼看天香做小妾的条件已经成熟，继昌却又感到顾虑重重，不知怎么向她开这个口。可谁也没料到，捅破这层窗户纸的竟然是那个打翻醋坛子的太太！

继昌早定下规矩，做晚辈的每天回家要给长辈请安问好，他自己也不例外。李氏闹过的当天下午，继昌刚来到老太太房里，老太太就笑嘻嘻地说："我愿意！我愿意！"说着还指着屋外的天香。翟妈听到这话过来说明缘由，继昌这才知道太太来告过状了。

他搬过一把椅子，坐在老太太旁边，耐心地请她主持这件事。老太太叫来天香，边比画边说："你俩成亲，愿意吗？我做主。"天香害羞地低下了头，就算同意了。对于沈天香来说能有这么个归宿已经是非常不易了，还能有愿意和不愿意的选择吗？她最大的顾虑就是太太这关，不由得说："太太答应吗？"

继昌说："这事老太太做主，我说了算。昨天我已经对她说过了，等一会儿我带你去见她。"他又当着老太太的面交代天香："以后白天照常伺候老太太，不许偷懒，晚上老太太上床睡下后，你再到西院去。以后你就住在西院，宋老师明天就搬到客厅西房去住。"

接着，他马上召唤各屋的小姐、少爷和用人们，向他们宣布了这件事，并叫于海选个黄道吉日请客成亲。他又吩咐用人们称天香为"新太太"，少爷小姐要叫姨，二爷和姑娘们还有于海仍可叫她的名字。

嘱咐完后，继昌带着天香来到后进大太太房里。大太太爱理不理，侧身坐在上位。天香要跪下来磕头，老爷说："不必了，以后请安就行了。"于是天香请了安，叫了声："太太。"继昌说："咱们这个家从我记事起，从来都是和和睦睦的，我不想从我这辈上坏了规矩。现在家业大了，外面的应酬也多了，你清闲惯了，于海一个人又忙不过来，孩子们还小，念书要紧，就把那些麻烦的事都交给天香吧。以后我按月给你二十块零花钱，你要是闷得慌，就雇个车逛逛市场或是去戏园子里看看戏。我不愿意没事生闲气。你是大太太，以后气量也该大一些。"

这番话弄得大太太说"是"也不好，说"不是"也不好。继昌走后，她又哭了一场。刘妈在一旁不阴不阳地说："这往后啊，太太还要受更大的委屈呢。"亦荃忙说："我娘想不开，你不开导开导她，还在旁边扇小扇子，小心我去告诉我爹！"

于海看好日子，几天后老太太和继昌拿钱给天香做了几件像样的衣服，又请了高司长和衙门里的同事在家里摆了两桌酒，把天香介绍给大家。高司长和两年前去过妓院的几位同事都答应对天香的身世保密，绝不提过去的事。

这天高司长特别高兴，他总觉得自己为天香的事出过力，今天又看到天香比两年前大大地变了样，不由得从心里为继昌高兴，不但送了一份厚礼，还请天香去他家做客。后来才知道，他的那位宠妾三姨太，原来也是丫头收房的。

天香果然不负继昌的重托，在于海的帮助下，几个月就把这个家治理得井井有条。她不但把全家老小的吃用安排得妥妥当当，让大家满意，有时还陪继昌出门拜客。她谦虚大方，礼数周到，也得到不少女眷们的欢迎，使继昌在官场的应酬上得到不少帮助。但是在家里，她依然得不到大太太和她那宝贝儿子的谅解。

转眼春节到了，这是中华民族最隆重的传统节日。以前这些事都是由于海张罗，今年继昌高兴，非要天香学着他的样儿亲自动手。所以离春节还差半个多月，继昌就让天香带着新来的听差蔡成天天出去办年货。到了腊月二十三过小年时，家里过节用的供品和对外应酬的礼品，就已经全部备齐了。于海还手把手地指点天香和蔡成按以往的规矩挨家送礼。与此同时，那厨房里的"协奏曲"也已经奏响了：该蒸的蒸，该煮的煮，该炸的炸，到除夕下午，一切都已经准备妥当。

继昌家里只供祖宗，所以客厅正位的大条桌上摆的是历代祖宗的牌位。牌位前的三张大方桌上铺上了大红桌布，并摆满了供品。

今年交易所的生意不错，高司长收益不小，继昌也得到一笔奖励，恰好天香有喜了，真是双喜临门。继昌还想明年再添一个男孩。

从继昌祖父那辈起，家里就不信鬼神。继昌留过洋，思想就更加新派。他老家的女孩从小都要缠足，继昌却不让自家的女孩缠足，也不许扎耳朵眼儿。他主张男女平等，只要女孩们愿意读书，他也愿意送她们上大学，让她们成为自食其力的职业妇女。就算嫁到有钱人家，也好相夫教子，做像样的少奶奶。

但是另一方面他也接受了许多旧的传统道德观念，讲究孝悌之道。一般大小节日怎么过，比如七月十五放荷花灯，八月十五吃月饼，腊月二十三送灶王爷，三十晚上接灶王，还有那大人孩子的生日，他都从不过问，由着用人们和孩子们办得热闹，只要能让老太太高兴，能给她解闷儿就行。唯有这个春节，继昌却一定要亲自过问。

今年他高兴，和于海商量，非按老家最隆重的办法办。所有供品都是经过精细加工制成的，造型优美。最特殊的是中间的五个大盘，摆在当中的是一只"大象"，那是用填满豆腐渣的猪肚子做成的，与猪肚子相连的那段小肠被巧妙地制成了"象鼻子"，再从"象鼻子"两旁各割开一个三角形的刀口，看上去活像"大象"的两只耳朵。两棵葱芽插进"大象"的嘴里就成了"象牙"，两粒黑扁豆是最好的"眼睛"。

"大象"的左边是一只煮熟的鸡，用长长的钢针把它固定起来，活像一个蹲着的"小人"。右边是一条炸熟的鱼，被摆成要跳过龙门的架势。在鱼和鸡的两旁是用豆腐渣做成的"金塔""银塔"，外面分别用鸡蛋黄和鸡蛋白摊成薄饼，再切成细丝，分别铺在"塔"身上，作为"塔"的外衣，象征"金"和

"银"。五样东西摆好后，又请老太太亲自来加工：再给这些供品铺上一层火腿丝、鸡蛋丝和海参，最后还给它们戴上大红绒花。

五大件之外又是两大摞馒头，一摞五个，一个比一个大，最下面的那个足有两斤多，最小的也有二三两，馒头上还嵌满了红枣。馒头的两边还有两大盘堆得高高的水果。这些供品一直要摆到正月初五。在供桌的前面还要摆上当天吃的酒宴和香炉蜡台之类，那都得等到初一祭祖当天再摆，现在暂时还空着。

老太太在那里摆弄了一番后，表示满意，又指点于海和蔡成在供桌前面摆上可容两三个人同时跪拜的大红毡垫。最后老于还没有忘记在供桌旁边最好的位置，放上一把太师椅，那是给老太太明天受礼时准备的。看到一切安排得如此妥当，老人家由衷地乐了。

初一一早，一家人都穿上了新衣。杨继昌和弟弟继茂、儿子亦杰穿的是长袍马褂，老太太和大太太、姑娘们穿的是旗袍，还戴上自己最好的首饰。天香这时已有三个月的身孕，勉强支撑着忙里忙外，尽管也着意打扮了一番，还是掩盖不了苍白的面色。仆人们也都穿戴得很整齐，他们知道，让一家人高高兴兴地过个年，各房都会给赏钱的，外面来拜年的人给的也少不了。

九点整，老爷一声令下，前后各院，不管是在放鞭炮的还是在掷骰子的，全都撂下手里的玩意儿拥进了大客厅，天香挽着老太太走在最后面。

翟妈捧上一大盒宫花，天香接过来先给老太太挑了一朵，然后又请大太太和姑娘、小姐们每人选上一朵，每个女仆也都有一朵。天香自己的那朵是两个姑娘给戴上的。这一来把大厅里的热闹气氛又推上了一个新高潮。老太太和继昌都很高兴，感到这个大家庭十分幸福美满。

于海见大家到齐了，连忙把大红蜡烛点燃，宣布仪式开始。老太太接过于海为她点好的三支香，走到供桌前，拜了三拜，然后插上香，就回到自己的座位上。接着是老爷和大太太，他们也接过香插好，然后恭恭敬敬地磕了三个头。

接下来该是谁？继昌事先没有宣布，这是他的疏忽。当他醒悟过来，催促天香快去祭拜时，天香却十分胆怯，挪不开步子。待她好不容易走到拜垫前，正要往下跪但还没跪稳时，大少爷突然跑过来，抢在她的前面跪了下去，同时用胳膊肘使劲一杵，把没有提防的天香杵了个仰面朝天，滚到一边，亦杰趁机磕了头。

气坏了的继昌大骂："小畜生，还不快把你姨搀起来，你是不是疯了？！"

"我才不疯呢！我就是要争这口气。我是长房长孙，这头就该我先磕！"他还自言自语地说，"谁认她这个姨？！"

继昌还在骂："你反了天了！你姑和你叔都是长辈，你姐也比你大，他们都懂得礼数，互相谦让。你白吃了十几年饭，连畜生都不如，等会儿看我不好好收拾你！"

这时天香已被翟妈搀起，那一胳膊肘正杵在她的小腹上，怀孕三个月的胎儿哪里受得了这一下。她又痛又委屈，但是这种场合怎能扫老太太和老爷的兴呢。她既不能喊痛，更不能哭，冷汗渗出了额头。继昌强忍着怒火，也顾不得去安抚天香，怕老太太一生气搅散了这场隆重的祭典。

好不容易磕完头，草草收场，连每年由继昌发赏钱时说的话也免了，好在天香在每个红包上都已写好了名字，于海就替老爷分给了大家。

继昌憋着这口气，见老太太一退场，马上追到大太太房里，叫蔡成按住亦杰，狠狠地打了三十大板。又把大太太教训了一顿："今天的事你也有份儿，平时你不教孩子学正道，是非不分，将来你非害了他不可。以后你不管，我送他去住校，免得他惹是生非。"

还是大小姐亦荃懂事，她一面劝爹爹消气，一面数落她妈和弟弟的不对。继昌平时就喜欢这个女儿，觉得这屋里只有她能理解自己，心中的怒火也慢慢平息了。

沈天香还想勉强支撑着搀老太太回房，可是那豆大的汗珠一个劲地往下淌，两腿软绵绵的，寸步难移了。尽管如此，她还得搀着老太太，唯恐把她老人家摔倒。直到翟妈赶来才把她替换下来。

大姑娘继贤也十多岁了，平时和天香不错，今天的事更为天香不平。看着天香面色苍白，几乎无法支撑，就连忙招呼妹妹继淑，连拉带拽地把她弄到西院床上。此时天香的双腿已沾满了鲜血。

继昌连忙叫蔡成去请大夫，大夫说，如果大人调养得好，不久就能恢复，可那已经三个月快成形的男胎却保不住了。

不久西院又雇了一个老妈子，其实是个小媳妇，姓吴，才刚二十出头。结婚不久丈夫下了关东，还另外成了家，公婆不能容她，只好出来当用人。幸亏碰到天香这么一位主人，简直把她当妹妹一样看待。

天香卧床才几天就勉强起床去伺候老太太，老太太心疼她，总叫她歪在自己炕上。刚刚半个月，她又忙里忙外，一刻不停地去操持家务了。

两年后，天香的头生儿子出世了。他哭声响亮，身体健壮，继昌非常高兴，给他取名亦雄。天香让吴妈干家务活，自己给孩子吃奶，只要老太太高兴，她就带孩子到老太太屋里玩。晚上，孩子睡了，她就陪继昌谈谈家务或者和于海安排全家的吃用。

每当她看到继昌那么孝敬老娘时，就不由得想起自己的老父。一天在闲聊时，不由得吐露出她的心事。她说："原以为三年满师就能养家，现在都七八年了，我连一封信都没往家里寄过，也不知老爹爹是不是还在人世。"

继昌很同情，也很内疚："这也怪我，怎么就一直没替你想想。这样吧，我教你写信，你赶快给他们寄点钱去吧。"这就是沈阿福在最困难时收到的那封信。那信瓤儿是天香自己写的，信皮儿却是继昌写的。天香在家时不识字，继昌也不知道苏州有个葑门，就按天香的口音写成富门了。因为地址不对，这封信走了半年。幸亏这是一封挂号信，邮局千方百计地把信送到了沈阿福手里。

天香生了孩子以后，继昌每个月也给她二十元，孩子也有几块钱。天香非常节省，除每两个月给老父寄去三十元外，自己和孩子的每月零花，从不超过十块钱。当她看到老父来信说家里的房子实在没法再修补时，就把几年来的积蓄一百元全部寄给了父亲，叫他们父子在城里买下一座小院，这样沈阿福在他生命的最后几年里总算能免于冻饿，根生也找到一个当学徒的机会。

儿子三岁时，天香又生了一个小女儿，取名亦芳，可大家都叫她小芳。生她不久后杨继昌升了司长，大家都说她命好。这孩子虽不像她哥哥那么壮实，却生得玲珑清秀，活泼可爱。又因为是家里最小的孩子，被叔叔姑姑们当成了宠物，逗得她又是哭，又是笑。

小芳刚一岁多，沈阿福病重，天香不得不赶去见他最后一面，两个孩子全都托付给了吴妈。

第 三 章

天香为了让弟弟能安心学点手艺，又不好勉强阿大接受退婚，只好答应阿大的要求，把她带回北平。

天香心里盘算，如果阿大能改掉那些坏毛病，将来再送她回来和根生成亲，不然就此割断他们之间的关系。

来到北平后，阿大看到这么大的宅院，这么多的仆人，好不羡慕。不久，她便得知天香只不过是个丫头收房的姨太太，但她也没有觉得有什么不好，心里反而在想：要是自己也能有这样的机遇，可就心满意足了。

天香表示非常抱歉，事先没来得及向继昌禀告此事，如果家里用不着她，可以介绍她去别处。哪知好心肠的继昌反而怕她受委屈，决定把阿大留下来。他说："就让她代替你去伺候老太太吧。你身体不好，经管的事情又多，我也正想找个合适的人呢。"

天香忙叫阿大谢过继昌，继昌又问起她的名字，天香说临来的时候给她取名叫玉琴。

继昌说："'玉琴'这个名字太俗，我母亲和继母的名字里又都有'琴'字，必须回避。我看你们既然是亲戚，你叫'香'，她不妨叫'馨'，你叫'天'，她不能再高，就往低处说，就叫个'怀'吧，合起来就是'怀馨'，你们看怎么样？"

天香非常佩服继昌考虑问题那么周到，就叫阿大谢过老爷，又带她给老太太和大太太请过安，家里其他人也都一一见过。从此她就有了大名"怀馨"，再也没人提起那不男不女的名字"阿大"了。

别看这怀馨才十七岁，只要对她有利，那拍马屁可是她的看家本领。你说东，她不说西，你说南，她决不说北，拍得这一家人谁也看不出她有什么毛病，连天香都放松了对她的管制。

日子一长，怀馨发现大太太和天香有过节。可明知如此，她却偏偏爱往东院跑。为了讨大太太的喜欢，她就故意在大太太面前揭天香的老底儿，说她父母亲都是倒马桶的，穷得没办法才把她卖出来当丫头的。这样一来她的嘴巴痛快了，大太太的妒忌心也得到了平衡。

没多久，她居然成了大太太屋里的常客，那刘妈和她也很投缘。有时大太太出去听戏也叫她做个伴儿。

那时北平的王府井、西单的几家大戏院，天桥的落子馆都常来名角儿。开始大太太只能听刘宝全的京韵大鼓、雍剑臣的八角大鼓、乔清秀的河南坠子和马三立的相声之类，后来又喜欢上了京剧、昆曲。每当有奚啸伯、白云生、韩世昌、马祥麟的戏就马上叫蔡成去买票。即便是四大名旦的票两块钱一张，她也非看不可。

为什么大太太看戏要带怀馨？因为怀馨从小常听评弹，有些戏文连蒙带编，也能说得头头是道，把大太太哄得从心里快活。怀馨还常拿着继昌看过的报去问继昌最近几天的戏目，这些也并没有引起继昌和天香的怀疑。慢慢地，怀馨不但能看得懂戏报，讨得大太太的欢心，还借此和继昌多了一些接触的机会，但她和天香的关系却逐渐地生分起来。

自打来到北平，怀馨就一直愿意住在西院。她上午伺候老太太，等老太太歇午觉时，她就溜到东院去串门儿，晚上再回西院住。她知道老爷住西院的时候多，可以在天香照顾孩子的时候，趁机找老爷聊一会儿。

有了更多接触老爷和大太太的机会，她觉得自己的身份高了，越来越觉得当丫头太委屈，不由得在背后编排天香：她家不过是挑大粪种菜的，我家辈辈都是读书人，只是到了我爹这一代才困难起来。

她心中的这种想法逐渐升温，嘴巴又管不住，对天香也称呼起阿姐来。开始天香还及时提醒她注意，后来竟无法制止了。

大太太和刘妈很欣赏她这一套，可在老太太房里却吃不开。老太太也渐渐发现她对天香不尊重，有一天忍不住说："没见你做什么针线活儿。以前天香在我这里总要带点鞋底儿什么的，一坐下来就扎几针。"怀馨忙比画着说："她家里穷，从小不做就没得穿。我家才不做呢，从来都是买着穿。"姑娘们也不爱听，故意刺她："怕是你也不会做吧？"她更得意了："我不做，也不缺什么，还省得扎得手指头疼。"二姑娘问："你家又不缺钱，为什么出来干丫头的活儿啊？"她回答："人家都说北平地方大，好白相，我也是想来白相的。"每当这样话不投机时，她就找个借口溜出去。

一来二去，除了继昌和两个不懂事的孩子，人人都知道这小丫头肚子里的花花肠子太多了。在这个家里就是大太太有点小心眼儿，刘妈坏主意多，可她们只能在东院那个小天地里折腾。现在来了这么个小东西，三个院里一串，就成了全家谁也躲不过的灾难了。

看气候已经慢慢形成，怀馨决心抓住更好的时机，再往上爬一步。一天高司长做寿，老爷要带天香去，怀馨非要跟她去，天香不愿意，怀馨故意大声说："你身子薄，万一有什么不合适，也不好叫别人伺候，还是我跟着的好！"继昌听了，以为她一片好心，就说："我看让她跟着去也好。"天香只好同意了。

从高府回来，她算是开了眼界，逢人便说："人家高府真气派，上上下下十几个用人。三姨太当家，自立门户，关门为大。"接着又把三姨太穿什么，戴什么都描述得淋漓尽致，最后还不忘把天香贬低一番，"人家一张牌桌三位太太，哪一位身上穿的、手上戴的，都比我这阿姐强。知道的说她为了省下几个钱给她那没出息的弟弟，不知道的还以为老爷亏待了她呢！"

接着，她又添油加醋地说："人家拉她打牌，就像要她命似的，勉勉强强坐下来。后来才知道，她哪会打牌呀，自己和了都不知道，还是我帮她把牌推倒的呢！"

这话倒是真的。天香生性不爱赌，所以牌技很差。可怀馨却是天性近赌，看了两圈下来就什么都明白了。

东院的刘妈听了怀馨的话，总觉得里面有股什么味道："这小丫头怎么老是谈论咱们老爷和天香的事啊？来这里聊天儿也总是老爷、老爷的不离口，她心里在琢磨什么呀？"她似问非问地对大太太说。

这刘妈也是个"聪明"人，今年三十五岁，来杨府已六七年了。她不是非出来当老妈子不可的，只是因为她男人出门混事，她在家里既要种地，又要伺候公婆、小叔和自己的孩子，她不甘心，所以就出来了。后来男人回来了，她还是不愿回去干活儿，只不过一年回家两次，住几天就回来。如今，大少爷、大小姐都住校，她只需要伺候大太太一个人了，闲下来不就是磨牙吗？

刘妈说这番话时心里早就有了答案，可她却非要留给大太太来回答。果然，大太太明白了："是啊，每次她来，说不上两句话就绕到老爷身上，莫不是她也想学天香？"

"我看也是。在天香屋里，老爷一回家，她就事事抢着干。对天香也总是姐呀姐地叫，好像已经平起平坐了。"停了一会儿，刘妈向大太太献出一条毒计，"要是真让她攀上老爷，咱们就有乐子瞧啦！"

她俩相视而笑，大太太只图一时解气，却没想到日后自己也成了受害者。

怀馨到北平转眼已经快两年了。和天香当初一样，不仅吃得好，还不用干重活，很快也变得丰满起来。但如果细看，她哪一点也比不上天香：天香是双眼皮，大眼睛，她却是单眼皮，小三角眼；天香有两道浓淡适宜、又细又弯的秀眉，而她的半截眉淡得几乎看不见；天香有白里透红的鹅蛋脸，可她却是瘪塌塌的小尖脸；只不过天香如今已经三十出头，又生过两个孩子，所以面色总略带着几分苍白和倦怠；而怀馨此时却是十八九岁正当年的大姑娘，再加上这几年的调养，渐渐地发育成熟起来，那小脸蛋也透着几分娇嫩，眼睛里外还带着一种天生能勾引男人的媚气。如果她能再等几年，天香一定会请继昌给她物色一个品貌相当的年轻人的。但此时的怀馨，却已经是饥不择食了。

说来也不奇怪，怀馨已经到了追求异性的年龄，可她整天被关在这高墙大院里，轻易接触不到外面的男人。而这院子里面的男人，于海和厨师年纪都太大了，蔡成是个不起眼儿的听差，她哪里看得上？剩下的就只有杨老爷了。

杨继昌今年已经四十出头了，但他天生身材不高不矮，不胖不瘦，皮肤白净，又爱把胡须剃得精光。再加上天香照顾得好，里里外外干干净净。外面公事虽忙，回家来却有天香构筑的安乐窝，两个孩子承欢在堂前，所以他总是笑容满面，再加上那读书人文雅的风度，看上去也就是三十多岁，真个是百里挑一的人品。

怀馨心里不仅是想得到这样的男人，她还有一个秘密的计划……

平日里，她最不愿意看继昌对天香亲密的样子。每当他们有说有笑时，她就忍不住满腔妒火：不是抱怨天香不管孩子，弄脏了老爷的衣服，就是找个借口把老爷弄出去。她越来越恨天香，暗地里咬牙切齿：我非把老爷从你怀里夺过来不可！

有了这种心态，许多本来正常的事，在她眼里都变得扭曲起来，歪门邪道的念头日益滋长。

在老家时，她就常跟父亲去听评弹，来北平后她又常陪大太太去听戏，所以脑袋里装了不少男女之间的故事。有时看到老爷独自一人坐在西院堂屋的沙发上，她就不由得浮想联翩：该把老爷比作谁，把自己比作谁？要是把老爷比作潘必正，那我就该是妙常；若老爷是王公子，那我就是玉堂春；老爷若是那张生，我可就是崔莺莺啦。

想着想着她竟然情不自禁地边唱边扭起来。当她发现杨继昌正对她发笑时，她就更加来劲儿了。为了能进一步接近老爷，有时候她竟然大着胆子叫继昌给她讲戏文。

以前，天香为了管好这个家，写写算算都常请教继昌，继昌也十分认真地教她。如今怀馨也来请教，虽说都是戏文，继昌也不好拒绝。慢慢地，这主仆二人的关系就起了变化……

这一年春天麻疹流行，天香的两个孩子都传染上了，忙得她焦头烂额。偏偏小芳的疹子又老是发不出来。那时的风俗要供痘疹娘娘，夫妻分房，门口挂上红布，无关的人连房门都不能进。继昌虽不信鬼神，但这孩子的事他却不懂，也只好暂时搬到客厅里间去住。这下可给怀馨提供了绝好的机会，她不时地找借口去"伺候"老爷。

前几天大太太带她去看了一出小翠花的《战宛城》，戏中张绣婶娘勾引曹操的动作她越看越爱。不知怎的，走起路来，抬起手来都变了样子，说起话来就更加嗲气了。

那一天，老爷来到大太太房里。大太太问问孩子，又问问起居，然后顺藤摸瓜扯到怀馨身上，她说："你不觉得那丫头对你有意思吗？天香那么忙，你身边如果能多个人，不也省得她太劳累了吗？"

继昌没理会，刘妈却在旁边插嘴道："太太的气量可真够大了。这小丫头机灵，能给老爷解个闷儿，还能……"

这两个女人，你一言，我一语，继昌未动声色，心中却不禁一动。刘妈又趁热打铁，马上找机会对怀馨不阴不阳地说："老爷一个人住在客厅里多闷得慌，你该交好运了。"说完指指客厅，又推她一把。

偏偏第二天，继昌帮高君鹏赚了一笔钱，高君鹏一高兴，非拉继昌陪他喝酒，继昌不觉多喝了几杯。回到家里，老太太已经上床睡了。来到西院，天香又忙着孩子，也没顾得上和他说几句话。他又去了东院，谁知刘妈也不让他进去，说是今天太太不舒服，早上床了。他只好独自回到客厅。

十点多了，全家人都已入睡，连于海也在前前后后每个院子转了一圈之后，回到自己的门房上床睡觉了。只有怀馨像鬼一样溜出西院，悄悄地尾随在继昌后面来到客厅。

继昌原本不想睡觉，就靠在沙发上，顺手拿起一张报纸，不觉打起了瞌睡。一会儿又口渴难忍，他忘了今天蔡成请假去看老娘了，还是习惯地喊："蔡成，蔡成倒茶来！"蔡成没来，他生气了，想站起来大声喊人，不料从客厅后面传来一声娇滴滴、拉长了调子的京剧念白："来——也——"继昌好不惊奇。

接着一个小小巧巧的身影从影壁后走了出来，脚下迈着细碎的台步，一手托着茶盘，另一只手捏着一块大红手帕，扭到继昌面前就唱："自幼儿，生长在梅龙镇，兄妹二人做生涯——"

那声调，那身段，还真有几分像《游龙戏凤》里的凤姐。下面两句走了调，忘了词儿，可她还硬是接着唱了下去："将茶盘放置在桌案上，凤姐我要回房去绣花。"

她不但唱得还可以，再加上那一甩手帕，转身的动作，也略有些动人。继昌笑了，酒也醒了一半儿。他端起茶杯喝了一口茶，说："等会儿再走，我来问你，这出戏是谁教你的？小姑娘家，以后不许学这个。"

"谁也没教我，是大太太那天带我去看戏，我自己学的。"又故意羞羞答答地，"不是老爷你自己叫我倒茶的吗？"

"叫你倒茶，谁叫你学李凤姐？"

"李凤姐怎么啦？她不过向皇帝讨个封，我又没向你讨什么封。"

继昌被她缠得动了心，不想叫她走，又接着问："想不到你跟太太不光去听戏，还学了不少。你还会什么？"

几句话就把老爷的兴致挑起来了，怀馨更加来劲了："我呀，我会《西厢记》里的红娘;《思凡》里的妙常;《战宛城》里那曹操喜欢的女人和《贵妃醉酒》里的杨贵妃 …… 我给你唱一段。"

她说着说着就唱了起来:"你若是随了娘娘心,随了娘娘意 —— 奴便来 ——"

继昌本想开导她走正道,哪晓得迟了,怀馨已经按照刘妈的启示,一头钻进他的怀里,还不住嗲声嗲气地说:"老爷,我早就想向你讨封了 ——"

借着酒意,继昌终于钻进了那几个女人设下的圈套……

事后,尽管他很后悔,但是木已成舟。后半夜,他根本没有睡着,心里只盘算如何向老太太和天香交代,却没想到这个轻率的夜晚给这一家人埋下了惨痛的祸根。怀馨再也不肯回西院了,缠住老爷非住客厅不可。

继昌内心里深深自责,他从小受的是"正心修身,格物致知,齐家治国平天下"的教育。在家里他是集严父、长兄、孝子于一身,开口不离圣贤书的正人君子。如今干出这种苟合之事,如何是好?他费尽心机地想了个办法,决定暂时不要声张,也不给怀馨什么名分。

继昌哪里知道怀馨一大早就溜出去找刘妈商议去了。她俩的主意是非得把这事情闹大不可。心里有了谱,怀馨就理直气壮地让老爷跟她搬出去住。继昌不肯,她便冲继昌说:"我也是你的人了,不能再低三下四地当丫头了。这家里菩萨多,谁的名分都比我高。我一天挨着门子请安都请不过来,得罪谁也不行。再说人多嘴杂,连老妈子都比我来得早,他们从来就没把我放在眼里。你不肯搬出去,叫我往后的日子怎么过啊!"说罢,便哭个没完。

继昌一来考虑和老太太分开过不合适,二来怕多一份开销。他官品已到司长,但不像部里其他人一样以外财为主,所以也不愿再撑起另一个家。他劝怀馨:"你还年轻,在外面挑起个家不容易。看你阿姐,她也是后来的,可全家没有谁看不起她。"

"你总是天香、天香的不离口,你丢不了天香就不该要我。你不搬,我只能回去给老太太当丫头,反正西院我是没脸回去了。"说着,哭天抢地地闹起来,"我还不如死了呢!"

继昌无奈,只得硬着头皮去找天香商量,心中却又在自责:根生是我的小舅子,他和怀馨又没退婚,我这不成霸占小舅之妻了吗?就看天香能不能高抬贵手了。

其实继昌全是多虑了。天香本是通情达理之人，根生和怀馨又不过是挂名的未婚夫妇，拆散了也不是坏事。何况这事也怪她自己，谁叫自己当初把她带来的？她也知道继昌已被这狐狸精缠上了，她和继昌构筑的安乐窝也就随之破碎了。所以当继昌提出怀馨要求搬出去住时，天香只能忍痛答应了。

当时天香的心情非常复杂，为了不使继昌感到为难，她必须掩饰自己悲愤的心情。她强行安慰自己："随她去吧，眼不见为净。"可她却没有想到，大祸即将临头，以后的麻烦还多着呢。

继昌也是回肠万转，他实在不愿意搬出去，实在不愿意离开这个家。他舍不得老母、弟妹，也舍不得孩子，而最令他难舍难分的，还是天香。

他和天香虽是夫妻，却更像是朋友。他知道天香是他从火坑里救出来的，对他绝没有二心。天香呢，也一直把继昌当恩人，当主人，为了继昌就是肝脑涂地，她也在所不惜。几年来，他俩相依为命，谁也离不开谁。如今眼看着不能不分手了，两人不禁抱头痛哭。

他俩商量：继昌每月薪水八百元，给天香留下一半家用，其余一半再分二百给怀馨。他自己只留下二百元。可要是有什么额外的开支和应酬，他还得去找天香。

临走，他对天香千叮咛，万嘱咐："这么大的家就交给你一个人挑了，我也知道你的难处，可我又没有别的办法。我在衙门里混事多年，有一条重要的经验，那就是：国家理财是凭四个字，'量出为入'；而老百姓理财就得反过来，是'量入为出'。谁要不按这几个字办事，非吃大亏不可。"

天香忍不住了："你叫我量入为出我明白，可你们衙门里量出为入，不就是花多少就跟老百姓要多少吗？怪不得老百姓那么穷呢！"

继昌忙捂住她的嘴："这话可是革命党说的，小心把你抓起来。我是告诉你，过日子要精打细算，不然这四百元很难维持这个家。好在我还有点交易所和银行的股份，等分了红，日子就会松快一些了。"

沈天香不愿让继昌难过，勉强忍住悲痛，默默地吞下了自己带来的苦果。

过了几天，怀馨趾高气扬地搬了出去。全家人除了刘妈把她送到大门口外，谁也没看她一眼。不过她还是很得意，一副满不在乎的样子。发生了这件奇闻之后，仆人们不禁窃窃私议，但又不愿提她的名字，就用一个小手指来代替。那天翟妈和蔡成说话，被老太太看见了，他们只好比画着告诉她。老太太明白了，说："啊，那个小东西。"从此在"东院太太""西院太太"之外，又多了一个"小东西"。

继昌自从和怀馨离开家以后，明知自己做了一件蠢事，但他又没有决心改正，反而被怀馨牵着鼻子，一步一步地走进她的圈套。

他按照怀馨的意愿，在离家不远的地方租了一个小四合院，外带门房和车棚，还买了一辆崭新的洋车。怀馨要雇三个仆人，继昌只给她雇了一个老妈子，她不依，就不时借故把刘妈找来"帮忙"。

没几天，怀馨又逼着继昌请客，把她介绍给他的上司和同事。继昌怕丢面子，不想张扬，可怀馨不依不饶。继昌怕她再闹下去，心想早晚也瞒不下去，只好摆了两桌酒席。

从此，怀馨算是摸透了继昌的脾气：不论什么事，她都是说一不二，你不依，我就闹，目的达不到绝不罢休！从此，继昌出门只能带着她，还不许继昌说是他的姨太太，要说"我太太"。

她给继昌规定每天公余时间除应酬外要陪她看戏、逛街、买衣料、买首饰。除星期天外，不许他回家。

这样，怀馨该满足了吧？不，决不！她要的还多着呢。要是有机会，她为什么不能当诰命夫人，或是皇妃娘娘呢？她绝不甘心住在这小四合院，她要的是带花园的深宅大院。她嫌继昌给她买的首饰太寒酸，她要的是珍珠翡翠，至少要能和高家三姨太比个高低。她还要吃好的，吃尽小时候在观前街上见到的那些让人馋涎欲滴的小吃，吃遍北平的上等宴席……虽然她只有十八九岁，但她的贪欲却远远地超过了她的年纪。

继昌只得按照怀馨的规定办，每个星期天回家，白天陪老娘，和弟弟妹妹谈谈心。原想晚上到西院来住，可那大太太一见他也不放手。天香也不好计较。继昌想念天香就只好另找时间，等看过老太太就赶紧来到西院。第二天回去后，怀馨总要大吵大闹一顿。

一晃半年过去了，天香在于海的帮助下，把这个家治理得井井有条，孩子们也受到了严格的教育。继昌被那"小东西"缠得死死的，来一次都不容易。

开始天香觉得非常痛苦，但不久后，繁忙的家务压得她已顾不上这些，再加上她从家里许多人那里得到了不少的同情，使她略感到一些安慰。

她不忘继昌"量入为出"的话，精打细算，对人宽，对己严。虽然手头很紧，她却给每个仆人都加了工钱。老于由五块加到八块，蔡成由四块加到五块，厨师也加到八块，几个老妈子各加一块。她把小芳的奶妈打发回家，西院只留下吴妈一人。她还用自己的钱给老太太买了一个小孤女，取名小玉。这丫头才十五岁，只能陪老太太解解闷儿。

天香像当初别人教自己那样教小玉，从礼数到针线活，一样不少，还教她识字。她不让小玉叫她太太，总觉得小玉就像她的亲妹妹一样，也是那么小就被卖了出来，所以她叫小玉和她以姊妹相称。小玉在她的认真教导下，不久就成了老太太手下的得力助手。老太太一高兴，把她许配给了蔡成。

亦荃、亦杰都已上了大学。继茂成绩差一些，他想明年高中毕业就去挣钱。天香叫于海每月支给他们每人二十五元。两个姑娘都上了高中，住校，每月也支二十元。老太太、大太太每月月钱照旧，自己和两个孩子也有一份，再扣除一大家子人的伙食费，继昌给的那四百块钱就所剩无几了。幸亏继昌还有些红利拿回来，天香可以用来交学费和给亦杰一些额外的费用。其余的全部存起来，以防万一。

经过天香这样安排，全家大部分人都很满意。

大太太发现怀馨挟持了继昌，才明白自己做了一件多么愚蠢的事。虽然她和天香仍然很少来往，但也顾不上去忌恨她了。那刘妈是身在曹营心在汉，不过这阵子没找到惹是生非的机会，况且大太太也不那么容易给她当枪使了，所以略显安分了一些。

根生来信说，他已经学成了厨师的手艺，严老板邀他下南洋去开饭馆。天香和继昌商议，这样也许对他更好些，只希望他攒下一些钱，落叶归根。苏州的房子卖了可惜，不如留给张才照看。

天香把一切都安排好之后，也不再感到那么苦恼了。她只求一家大小平安无事，和自己内心的平静。

但是，事与愿违，麻烦接踵而至……

袁世凯上台不久就恢复了帝制，还与日本人签订了丧权辱国的"二十一条"。各地督军纷纷奋起讨袁，逼得他昼夜不宁，没多久就一命呜呼了。袁世凯死后，各路军阀都想到北平当霸主，结果此后很多年军阀混战，闹得民不聊生。

直系军阀曹锟原想帮黎元洪当个挂名的大总统，自己掌握实权。但后来又不甘心，自己也想弄个大总统当当，于是他又千方百计逼走了黎元洪。但是，当时当大总统也得走个形式，那就是要半数以上国会议员通过。许多议员心中不满，不同意他当大总统，就纷纷南下，或躲到别处去了。

曹锟手下有些人给他出点子，叫他许愿，谁投他一票就给五百元。有的人竟甘愿出卖自己，但索价三万元。最后经过他们讨价还价，商妥每票五千元。

那时继昌也是议员，他虽反对这种贿选，却不敢出头，只好私下里找好友冯廷理商量。

冯廷理是继昌的年兄，他才华过人，生性耿直，思想进步，虽然也当了议员，职位却不算太高。像他这样的人怎能容忍贿选，把自己当猪崽去卖？他决定绝不委曲求全，不但要公开反对，还要与军阀统治一刀两断，去广州。但这样一来，他一家老小的生活就会有问题，特别是他那在外国留学的大儿子的学费就没了着落。

继昌很赞成廷理的想法，但他却没有和冯廷理一起干的决心。思来想去，他说："冯兄，你走我支持，你的困难也就是我的困难。需要我做些什么，你就只管说吧。"

廷理说："这话真不好开口。我家每月开支最少要三四百元，我还有个在德国留学的儿子……我这一去，窟窿可不小啊！"

继昌二话没说，第二天就把六千元现款交到廷理手中，并对他诚恳地说："实在对不起，我只能凑到这一点儿。你走后家里有困难，我会尽量帮助的。"

廷理知道继昌没有骗自己，这些钱怕是他的全部积蓄了。他考虑了一会儿，从中拿出一千元交还继昌，说："不可以这样，我的事说不定会牵连到你。我走后，万一你也待不住了，可以到广州找我。这点钱还是你留着以防万一吧。只要我能在广州站住脚，你的钱我会慢慢还给你的。"

继昌认为还是他考虑得周到，就收了起来。

不久，冯廷理果然发表了他的反对贿选宣言，在议员中引起了连锁反应。

这件事激怒了曹锟，他扬言要追查冯廷理的余党。继昌和廷理的友谊是人尽皆知的事，他知道这场官司是肯定摆脱不掉的，必须马上逃走。继昌不能和怀馨商量，那小东西只知道吃喝玩乐，万一被她说出去，后果不堪设想。他只得连夜来找天香。

天香不懂国家大事，她只信任她的丈夫，继昌的一切就是她的一切，继昌的安危也就是她的安危，她决心全力支持丈夫南下。

他们的钱确实不多了，给廷理的那些钱绝大部分是最近交易所和银行分的红利。因为继昌要负担两个家，平时存不下什么钱。现在除去手里那一千元外，可说是一无所有了，而他必须留着这笔钱做南下的费用。可这一大家子又靠什么吃饭呢？

他只有呆呆地望着天香，天香不忍让继昌伤心，忙安慰他："你别急，几年来，我也存下了千把块钱，再加上我的首饰也值几百块，够我们一家人过几个月的。要是怀馨肯过来，两个家并成一个，还能节省不少。你就放心地去吧，有什么难处，我会和于海商量着办的。"

继昌回去后叫怀馨马上搬回去，谁知怀馨高低不干，她说："我怀孕了，不能回去受她们的整治，要不你也别想走，你丢下我，我就到衙门里去告你。"继昌怕她真的惹出事来，只好叫蔡成去买票，带着她当晚南下了。

临走前，继昌去看了老太太和大太太。再三叮嘱亦雄，叫他刻苦读书，孝敬母亲，照顾妹妹，长大做个有出息的好男儿。

那个不懂事的小女儿，看到好久不见的父亲，不由得犯了人来疯。她光着两只小脚丫，就往罩着白布套子的沙发上爬，弄得沙发套子上一个个小小的黑脚印。继昌一把抓住她，一面把她抱在怀里，一面轻轻地拍打她的脚心，还数着："一，二，三，叫你淘气，疼不疼？"然后父女俩相视而笑。小芳笑得那么甜，那么开心，继昌却是眼泪往肚里流。

亦芳永远记着这儿时享受的最后一次父爱。

天香终于忍不住扑到丈夫怀里失声痛哭，不住地说："菩萨保佑你快快回来。"谁能料到，这竟是他俩的生离死别，永世不能再见了！

继昌这次南下的目的原来是要投奔冯廷理，但他又没有廷理的确切地址，只好先到苏州住下再说。

一路上，继昌感到自己是前途渺茫，不住地唉声叹气。而怀馨却觉得好不风光。这是她第一次坐头等车厢，吃的是法国大菜，睡的是沙发软床，感觉自己是衣锦还乡、荣归故里了。

第二天，火车到达津浦路的终点站——浦口。去苏州还要过江到南京再坐一段火车。他们下车后正准备过江时，迎面来了两个军人。打量一番之后，就走过来，向继昌敬了个礼，说："杨老爷，我们大帅请你。"

继昌一听就明白了，但他却假装糊涂，说："对不起，我不姓杨，我也不认得你们大帅。"说着，他准备绕过他俩走开。但是迟了，那两个人已经一个搀着他，另一个搀着怀馨，直奔一辆崭新的大轿车而去。

原来，坐镇南京的军阀孙传芳急需理财之人。听说杨继昌因受反对曹锟贿选的牵连而南下，便马上派人把他"请来"，又送上大洋两千元，说什么也要他当五省财政厅长。继昌再也不想做官，他一再推托。但羊已入虎口，不给孙传芳留点面子，这个杀人不眨眼的魔王可不是好惹的。继昌一来不敢违抗，二来自己确实是南下无门。眼下已丢了饭碗，一家人吃饭都成了问题。天香已倾全力支持他，不能再难为她了。最后，他思来想去，没有别的选择，只好答应留下来给孙传芳当了半官半私的五省烟酒专卖局局长。

这烟酒专卖局局长的职位是个肥缺，虽说官衔不高，薪水可不少，每月两千元，比在财政部当司长还高。会捞的，还可以利用各种办法捞到比薪水多几倍的钱。可继昌怕事，不敢贪赃枉法，所以上任初期官声还算好。

见继昌得到这么个肥差，怀馨可就按捺不住了，她的贪欲变得越来越膨胀了。她处处往高处攀比：人家有的，她要有；人家没有的，只要她看中了，就一定要弄到手。她整天在外吃喝玩乐。每天继昌下班都到家了，她却还没有回家。无奈，继昌只好再请一个厨子做饭。这下好了，怀馨就以怀孕为由，叫厨子每天给她做四五顿饭，夜里打麻将回来还要吃夜宵。如果不是继昌加以限制，每月只交给她五百元做家用，她肯定会把他所有的钱都花个精光。

闲来无事，怀馨就去逛夫子庙。一天，她在一家古董店里看到一只红木做的首饰盒，很是喜欢，连忙买了回来。她把自己所有的首饰都放了进去也没装满，不过她想：这回总算有了自己的"百宝箱"了。以后还要弄个更大、更好的。

这段日子，继昌也觉得自己在变。如果他仍然和冯廷理在一起，头脑里还会多装一些国家大事；如果现在天香能在他身边，令他拥有一个心满意足的家，他也会信守"量入为出"的信条。然而，这里是每日都在冒着铜臭气的"泥潭"。他总觉得好像有一条虫在心里爬，闹得他寝食不安，竟也和怀馨一样，拿自己和人家比起来。他手下的那些科长、处长，个个都肥得流油。那处长坐的是自家的小卧车，可他这个局长，只有上下班时才能坐坐专卖局那辆老轿车。那些人一下班，不是去逛夫子庙，就是去游秦淮河，整天吃喝玩乐。赌起钱来，一把输赢就是上千元。可他呢，连碰都不敢碰。

孙传芳相当赏识继昌，不时找他聊天、下棋。相处久了，还拉上他一起赴宴会、搓麻将、吃花酒。继昌看到：人家的钱真是要多少，有多少。正像他对天香说的，他们是"量出为入"。这些人甚至连自己究竟已经"入"了多少也不知道，反正没了钱总能找到名堂，叫老百姓乖乖地掏出钱来，这个捐，那个税，名目繁多。只要还有一个老百姓，他就会被轧尽血汗来供养这些"土匪"。

在局里，继昌处处表现得很清高：他从不敲诈勒索，背地里也不做黑道上的生意，人家送上门来指名道姓赠给他的"礼物"，他也不收。但是"常在河边走，哪能不湿鞋"。专卖局既是做专卖的，当然有赚头，除上缴的利润外，大家都能分得一份，也没少了继昌的。局里还有大宗的罚没款，按"规定"发的提成，他也收了。实际上这也是贪污。但在那个年月，没有哪条法律管得了这种事。在专卖局里，上上下下就数继昌是个"清白"人了。

有谁知道，此时在继昌心中的那条虫——那条馋钱之虫——也开始作怪了。他也想钱，想赚更多的钱。有了钱他又何必再去做那受累不讨好的小官儿？有了钱他也就不用再害怕怀馨整天没完没了地纠缠了，他完全可以满足其无穷无尽的欲望了。

为了寻找发财之路，他私下里去过上海，接触过各种各样的有钱人。经过认真的观察分析，他发现可以把上海那些有钱人分成几类：当官的、占码头的、做买办的，还有跑生意的。当官嘛，他再也不想了；当流氓大亨呢，他也插不进去，况且像他这种文人出身的人根本干不了；当买办吧，他又不懂英文，虽懂些日文却很讨厌日本人。对于他来说，最合适的就只有当商人这一条路了。

渐渐地，他从中悟出了一个道理：不管是哪一种人，他们手里的钱最终总是要花掉的，最后都得落入商人之手。不论是农民种的粮食，工人织的布，都要先落入商人之手，再由商人拿去变卖。这一转手，钱就来了。商人们从中赚到的钱，比他们付给农民和工人的钱多得多。发财不发财，就看你会不会变这个戏法了。

继昌决心弃官经商，但是要摆脱那位大帅，谈何容易？他只好一步一步地走。

一年多来，继昌已攒下了三四万元，再加上冯廷理还他的五千元，他已经有了一笔不小的资产，正盘算该如何实施自己的计划。恰好，这时有个叫朱常发的表侄从天津来看他。此人原在天津做进出口生意。因为天津港口小，停靠不了大船，所以生意做不大。他想，要做大生意就得去上海，因此他特地远道前来，想拉继昌入伙。

继昌觉得这个主意不错，凭着他腹中的学识和这些年积累的经验，他便认真地和朱常发筹划起来。

他说："上海、南京一带大城市多，人口一两千万，大多是吃大米的。但是江南农村连年灾荒，赋税又重，余粮有限。城市居民从米商手里买到的陈米，比进口的好大米还贵。如果我们从仰光、西贡、曼谷进口大米，再换成猪鬃出口，这一出一进都会有赚头儿。"

朱常发听呆了，他十分佩服这位表叔，不由得用拳头捶了一下桌子，表示出要大干一场的决心。但是当他提出要有十几万的本钱时，继昌傻眼了。

朱常发解释说："在上海外滩租间房，雇两个伙计，这花不了多少钱。但是到国外买大米，没大本钱可不行。一次一万包大米，再加上出口的猪鬃，这一进一出，没有二十万可下不来。我这几年只攒下五万元，其余只好靠表叔你了。"

继昌心里明白，如果他能拿出十五万，就可以当这个现成的大股东。但是，他现在手头上只有四万多。不过，他竟然咬着牙应承下来，说："十五万对我来说也不是个很小的数目。这样吧，一个月后我先付十万，其余至少要半年后才能凑齐。你眼下可以先做得小一点。"

他知道这样做十分冒险，手头上的钱差得太多，只有把天香存在银行和交易所里的股份全部卖出去才勉强够。如果赚了，当然万事大吉；如果赔了，那他半生的积蓄就付之东流了！

第二天一早，他马上拍电报给天香，叫她卖掉所有的股票。天香虽然相信继昌确有急用，但是她也提着一条心。那股票是她最后的依靠，万一家里有个急需，她又能去找谁呢？不过她还是二话没说，完全遵照继昌的意思将股票卖掉，并将所得现款六万元全部寄往上海。

那时朱常发还是个比较规矩的生意人，他觉得：杨继昌做官多年，对生意又有如此高见，能攀上像他这样一个股东，真是自己的造化。因此他十分佩服继昌，对他也很尊重。继昌也为找到这样一个合伙人而感到高兴。

不久，朱常发果然在上海外滩附近开了一家进出口商行，名叫茂源粮行。他只用了两三个伙计，所有往来业务都由他亲自经营。只可惜他不懂外语，还得找中间商代理。就这样，不论从国外进口大米，还是出口猪鬃，生意都很红火。不过开始那两年，谁也没分一个钱，而是把资金积累起来，进行再投资，因此，生意越做越大。

前几年，北方战争一直不停，南方也在打。孙传芳一度做了五省总司令，但近两年时运不济，他的地盘儿越来越小，眼看就要挺不住了。

正当继昌盘算着，再过一两年就辞去这声名狼藉的专卖局局长一职时，形势却急转直下。那一年，北伐军开始向江浙一带进攻，扬威五省的孙大帅不堪一击，连吃败仗。一天夜里，他打电话给继昌："现在他们已经不远啦，咱们不能等到兵临城下的那一天。你那里还有多少？"

继昌明白，这是孙传芳要逃走的信号。他留下局里该发的薪水和给自己留下的后路，其余五十万全部送到大帅家里。

当晚孙传芳逃往大连，继昌也带着怀馨和她的两个孩子连夜去了苏州，住进原来沈阿福的那个小院。

北伐军下令通缉孙传芳和他的一些部下，杨继昌也榜上有名。吓得他一连两三个月不敢往家里寄信，也不敢寄钱。局势最紧张的时候，他索性借口商行有事，躲到上海租界里去了。

如果不是继昌发生这个事故，天香本来已经把一家人的事安排得妥妥当当。继昌刚走时，日子过得比较紧，偏偏在此时，她弟弟去南洋前又来北平告别。天香手头没有足够的钱给他做路费，只好把自己几件贵重的首饰全部给了他。继昌在南京时每月给天香寄来五百元，日子过得还不错。这时，儿子亦雄已经上小学五年级，小芳也上二年级了。天香对小芳比较放任，但对亦雄却非常严格。她认为自己一家人都没读过书，一辈子被人家看不起，现在儿子有条件读书，一定得让他出人头地。

每到期末考试，她都要再三交代非考前三名不可。这年寒假，考试成绩单又寄来了，蔡成一面跑着一面喊："成绩单，成绩单来了。"

天香忙走到堂屋门口问："是第几名？"

蔡成说："二少爷第四，二小姐第六。"

天香转身进屋，呆呆地坐在椅子上落泪。一见亦雄进来，就说："还不给我跪下。"

亦雄知道自己没能考进前三名，让母亲失望，就乖乖地跪下来。天香抄起鸡毛掸子就打，自己也不知道打了多少下。小芳对着哥哥的耳朵悄悄说："你哭吧，大声哭，妈妈就不打了。"

于海听说亦雄挨打，连忙跑来劝解。天香虽然停下不打，却不肯让他起来。就这样一直跪了一个多小时。亦雄一滴眼泪也没有，他自幼只认一句话："好男儿流血不流泪"，他轻易不哭。

打过儿子，天香大哭一场。虽然她十分疼爱儿子，但从不放松对他的要求。这也是亦雄一贯严格要求自己，从小立下远大志向的动力。

继昌逃离南京后两个月没往家里寄钱，这下可把天香急坏了。他在南京时，天香好不容易攒下两三千块钱，眼看就要用光了。

偏偏那年北平流行白喉，亦雄也在学校里被传染上，回家连续几天发高烧。中医说不清是什么病。两个姑娘提议找西医，这才知道是外国传来的白喉。

医生说："眼前这种病还无药可治，就看少爷他自己的抵抗力了。我开的不过是通便和增加抵抗力的药，没有别的办法。"他又再三叮嘱，"这病传染，家里的孩子和年轻人都不能靠近。"

叫谁来帮助天香照顾病人呢？那刘妈最合适。可一提这事，不但刘妈不愿意，大太太也不肯。天香只好叫老于去请个年岁大的嬷嬷。她支开家里所有的人，包括吴妈，自己没日没夜地照顾儿子。然而，晚了，亦芳已开始发烧，接着她自己也病倒了。

外面传来阵阵炮声，人们都急匆匆地往家里跑。谁也弄不清是奉系打直系，还是直系打奉系。老于顾不得那些，他叮嘱蔡成管好门户，就跑去找大夫了。因为过于劳累，加上身体本来就虚弱，天香发起病来竟比亦雄还厉害。吴妈去回禀大太太，不料大太太爱搭不理。刘妈还在一边吹冷风："她不是有能耐吗？何必求别人，叫她自己去扛吧！"吴妈哭着去找老于，现在这个家真正能做主的只有老于了。在亦雄刚刚被确诊是白喉时，老于就往南京写了信，谁知十来天了，一直没见回信。现在请医生护士、安排家用，哪一样不要钱。他去找天香，天香在半昏迷中把一串钥匙交给了他。

老于翻箱倒柜，好不容易找到两个包。原来一包是天香自己的，只剩下百十块钱。另一包是公的，也只有千把块钱。两包钱加在一起，除掉这个月的家用和请医生护士的费用就剩不下几个钱了。

自从天香进了杨家的门，她所走过的艰难历程，老于都清清楚楚。老于帮过她不少忙，她也十分尊敬老于，从不把他当下人看。老于心里很感激，所以他念念不忘继昌临别时的再三嘱托：一定要协助天香管好这个家。如今，天香即将走完她人生的最后路程，老于只能义不容辞地挑起她留下的担子。

这真是一副烂挑子，他该怎么挑呢？他忽然对自己说："有了，就这样！"原来，多年来他也积攒了一些钱，妻子过世多年，自己又无儿无女，只想着将来能找个老伴，回老家享享清福。可现在他想："天香病成这样，继昌一向对我不错，他的事就是我的事。我有一分能力，就不能让全家为难。"

主意已定，他就安下心来，仍旧按天香的章程安排全家的生活，谁的也不缺。好在两个姑娘放了暑假，总算有人能帮忙出出主意，拖了十几天，亦雄略有起色，高烧渐渐退下来。可天香快不行了。

天香临终前回光返照，说是要见老爷，要见儿子和女儿。老于叫嬷嬷远远地把孩子抱给她看。她迷迷糊糊地看到老于抱着亦雄，继昌抱着小芳，很远很远。她伸出一只手，想摸摸孩子，但是他们越来越远，怎么也摸不到。只得嘴里喊着："小芳，小芳，亦雄……"慢慢地没了声息。

亦雄嘶哑着嗓子喊着要妈妈，可他又喊不出来。他一辈子也忘不了这生离死别的一幕。

老于不让吴妈料理后事，只找嬷嬷一人，在他的指点下给天香换了一身新衣，草草入殓。老于查点了天香所有的东西，她竟然什么值钱的东西都没有。他当然不知道，继昌走时带走了全部金银，后来又卖掉了所有股票，根生走时又带走了她那些值钱的首饰。现在剩下的只有她日常戴的两副耳环、两枚戒指和一支翡翠簪子。老于给孩子们留下一副耳环和一枚戒指做纪念，其余全给她做了陪葬。

老于正发愁找不到给天香含在口里的珍珠。翟妈拿来一颗老太太给的珍珠，说是老太太还哭了一顿。要不是怕把病带给姑娘们，她非亲自过来不可。

办丧事要花很多钱，于海一个接一个的加急电报发往南京，南京没有消息，又发往苏州，苏州也没有消息。他忽然想到上海有一位表少爷，也许能请他帮忙找找，于是就往上海发了封电报。

其实怀馨接连收到三个电报，她看到所有天香从病危到去世的消息，心里暗自庆幸，连忙把电报烧掉。正好那天她的妹妹阿二来看两个孩子，既看到了电报，也看到了怀馨烧毁电报那一幕。阿二老实，不由得责问她："人都死了，你为什么还要烧电报啊？"怀馨反而更加得意了："我高兴！死一个少一个，我盼着她家的人都死光。要你管什么闲事，我都烧了三封了，你管得着吗？！"

继昌来上海已经十几天了，他很久没有得到家里的消息，夜里常做噩梦。今天忽然收到家里来的一封电报，还以为是什么好消息。打开一看，竟然失声痛哭。这时天香去世已经十多天了，丧事也草草地办完了，所有法事全免。因为是传染病，第二天就送往郊区，找了一家祠堂厝了起来。

办丧事大太太没给一个钱。老太太叫来于海，给他一百块，两个姑娘一人给了二十，继茂出了十块；仆人们有的出一块，有的出两块。最后还缺百十块，都是于海垫上的。

出殡那天，老太太亲自送到大门口，所有仆人都在灵前祭奠一番。刘妈没出份子，但怕惹起众怒，也赶忙去买了一串纸钱烧了。

恰巧这时大小姐大学毕业后也回来了。她一听说此事，就换上一身素服赶来了，并在灵前行了礼。当她得知是老于掏钱办丧事时，回房和她妈大吵起来，她说："娘，你为大，你们平常不和，主要怪你。如果不是你那么小心眼儿，本来是可以和天香姨相处好的。要是你们俩和和美美，何至于让那小东西缠上我爹啊？现在可好，人家死了，你看都不看一眼，还一个子儿都不掏，让老于操持发丧。看我爹回来你怎么交代？！"

大太太自知理亏，马上叫来老于，给了他一百块钱，说："先还你这些，其余的等老爷回来再说。老于本想挖苦她几句，到底还是忍住了。他想："何必惹她呢，怎么说我也是个用人。再说，她能拿出这一百块也算是不错了，两个苦命的孩子说不定还得靠她呢。"

继昌在上海收到电报后马上向茂源粮行支了两千块钱寄给老于。他越来越觉得三个妻子中，谁也比不上天香，但他最对不起的也是天香。如果他不是远离北平，如果他不是受那小东西的挟持，他早该想到天香的困难。现在她永远地离他而去，叫他到哪里再找这样的知心人呢？

他写信给老于，叫他留下家用和给孩子看病的钱后，要好好给天香办理后事：他叫老于给天香买口好棺木，找地方厝起来，将来和自己合葬；又叫老于继续按天香的章程办事，管好这个家。他嘱咐两个姑娘，让她们在暑假期间除了照顾好老母亲以外，还要抽点时间给老于帮些忙。大小姐秋后才结婚，叫她先帮助照看一下孩子。继昌故意不提大太太，就是想看看她的心。

两个孩子已渐渐清醒，医生和护士也不常来了。两个姑娘已经考上协和医院高级护士学校，并已学到了一些医护知识。所以，当孩子们的传染期一过，姑娘们就教给吴妈一些护理常识，让她学会照顾大病初愈的孩子。

亦雄本来体质不错，已能趴在床上抓苍蝇了。小芳沙哑着嗓子，老是哭着要找妈妈。吴妈哄她说，那天晚上她妈妈坐了一顶黑轿子到很远的地方去了。

于海和大太太商量请她把两个孩子管起来。她虽然不讨厌孩子，但她一向清闲惯了，跟孩子玩玩还可以，要她照顾孩子们的生活，那可太麻烦了。所以她说："我连自己的孩子都是老太太帮忙带大的，我怎么能给别人看孩子呢？"

又是大小姐不愿意了："娘，你好糊涂！天香姨生病时你不照顾，死后你又不去张罗，我爹心里已结下疙瘩了。现在于海给你个台阶下，你要是再不会做人，我爹回来非跟你闹翻了不可！再说，孩子的事主要靠吴妈动手，你只要常常问问冷暖，跟孩子们玩玩就行了。最多不就是破费你几个零花钱吗？你别那么小气，将来我有钱都还给你。"

那刘妈在一旁使眼色，想让大太太推掉这件事，看见大小姐拉下脸来，才没敢出声。

亦荃马上叫于海和吴妈把孩子接到东院，西院进行彻底消毒，封了起来。

亦雄一向大大咧咧，尽管他心中十分悲伤，但表面上却好像什么都不在乎似的。他一想念妈妈，就唱起新学来的歌，硬是把眼泪憋了回去。小芳虽然以前多次到东院来玩，但对大太太总感觉有点怕。听说叫他们搬到东院，死活不肯去。以前想哭、想闹没有机会，这次竟爆发出来……突然，一个温柔的、抗拒不了的声音出现了，那是大姐的声音。大姐比她大十八岁，既漂亮，又和气。不一会儿，他们就和大姐亲热起来。大姐带他们到大太太屋里，让他们跟着自己称呼她娘。这样一来，于海和吴妈才放下心来。

吴妈按照于海的指点，每次离开东院，都要把孩子们送到大太太屋里。有时小芳午睡，也把她放在大太太床上。时间一长，小芳对大太太也就不那么生分了。

第四章

一两年后，时局逐渐稳定，蒋介石成立了南京政府，继昌被通缉的事也没人提了，他往返上海和苏州之间做生意，也用不着再刻意地躲躲藏藏了。

怀馨始终相信算命先生的话，她是个富贵命。现在天香死了，她由第三位太太升到第二位了，她高兴得一面跷起二郎腿，一面自言自语地说："那老太婆一死，我就是名正言顺的大太太啦。我不但要做老大，往后，老爷的生意做大了，我还要做最阔的太太！不过总得先扳掉那碍事的老太婆，甩掉他那一大家子，我才能活个痛快！"

现在，怀馨从继昌的表情上，就能看透他的心思：若是哪天他从上海高高兴兴地回来了，准是赚了大钱。这可是她下手的好时机，她定会马上凑上前去死缠烂打，使出浑身解数去讨好、撒娇，非叫他给买上一两件首饰不可；再榨出一笔钱，给自己做衣服、进戏院、下馆子、搓麻将。吃喝玩乐的事，她是无一不精，无所不能。

可作为母亲，看孩子、喂奶、换尿布这些本分之事，她却完全抛在脑后，坚决不干。打从第一个孩子出生，她就甩给了奶妈。她算计好了，只有不带孩子，才可以出去自由自在地玩耍。可不承想，她一年要生一个孩子。前一个才几个月大，很快就怀上了另一个，生个没完。如今已有了两个，马上就要生第三个了。

苏州这个小院，只有两三个房间可以住人。现在他们已是四口之家，再加上一个奶妈和一男一女两个仆人，实在住不下了。继昌本打算回北平，一来可解决住房的困难，二来北平的那个家也需要照顾。但思来想去，还是不能搬回北平。最近他听人说，过去北洋政府的同事和孙传芳等军阀的下属，很多都迁往天津租界了。他想不如也搬到天津租界去住，那里熟人多，有他的活动余地，而且对他来说也比较安全。

于是，他和朱常发商量好，把他以前在天津的买卖恢复起来，再雇上两个伙计。这样，他们不但能继续做进出口的生意，还可以做南北之间的买卖。

怀馨一听说天津是全国第三大城市，到那里能见到更大的世面，早就迫不及待了。她以前就觉得继续住在这个小院里太委屈了。而且苏州地方太小，她也玩够了。但她却故意拖延，非逼着继昌给她购买各种贵重物品，还必须答应，她得有自己的小公馆，更不许妨碍她每天出去看电影、看戏、下馆子。直到这一切条件都得到满足后，她才同意搬家。临走，继昌向张才嘱咐了一番："这房子是天香买的，将来根生回来或者亦雄长大要住这房子时，你必须归还。如果他们不来，你可以住下去。"

阿二已经长成大姑娘了。因为上学晚，二十几岁还在读高中。她长相一般，但心地善良，和怀馨不一样。继昌待她像自己的妹妹，不但供她读书，还给她起了个名字叫怀柔。他原想把怀柔也带到天津去读书，怀馨不干，唯恐妹妹的长处多，将来会取代自己的位置。

到天津后，继昌租了一座曾是外国人住的小洋房。房子虽然不大，但很雅致，设备也挺齐全，比苏州那个小院儿强多了，怀馨还算满意。继昌把家安顿好后，马上去了北平。一来看望老母亲、弟妹和孩子们，二来给天香上坟；还有亦荃结婚、举家迁津等几件大事，也要和于海商量。

小芳得了中耳炎，大太太叫刘妈找了个偏方，把一种烟灰似的药面儿灌进小芳的耳朵里，结果越治越坏。她常常疼得要命，变得更加爱哭了。在东院，她跟谁也不亲近，但大小姐和吴妈除外，特别是对大小姐她感觉更亲一些。她似乎从大姐那里找到了母爱，晚上睡觉也离不开她。大小姐正好婚前事情不太多，她就叫吴妈多照看亦雄，自己则抽空照顾这个可怜的小妹妹。

亦雄也喜欢大姐，不过他的缠法不同，他总要大姐讲大学里的事，大姐也借此鼓励他好好读书，将来上大学、留洋，干一番大事业。

亦荃带着小芳去做了全身检查，结果是：左眼弱视，右眼散光，扁桃腺太大要割掉，鼻窦有炎症，心脏太弱，营养不良 …… 简直全身都是病。

大太太装作听不懂，就是不信这个检查结果："我和你奶奶在乡下生了那么多孩子，除了天花、疹子外，也没见有那么多名堂。现在你们一个个不都活得好好的吗？谁也不缺胳膊短腿。说她耳朵聋了一只，那不比她奶奶两只都聋了强多了？眼不好嘛，只要不瞎，照样能找婆家！"不管她是有意还是无意的，反正孩子看病的好时机就这样给耽误了。

继昌回到北平正好是七月十五的前一天，他一定要住西院，可刘妈说西院有鬼。其实是大太太想他了，故意让刘妈这样说。但继昌说他正想会会天香，她就是鬼也只会害坏人，不会害我。

晚上，他果然去了西院。人去屋空，真使他悲痛欲绝。要不是老于这时过来和他聊聊家事，继昌真不知道该如何度过这漫漫长夜。从老于嘴里，继昌听到了许多天香在病中以及临终时的情境。

第二天一早，老于就做好一切祭奠的准备：香炉、蜡台、锡箔做的元宝、几样菜肴、果品和点心，非常丰盛。他们还租了一辆汽车，带着两个孩子来到郊外。继昌勉强抑制住自己的感情，才不至失声痛哭。而两个孩子却不顾一切地放声大哭。过了好一会儿，亦雄拉着妹妹，一个劲地哄她别哭，可他自己的眼泪还是止不住哗哗地流。

其实小芳仍不相信母亲真的死了。她常常望着天空，以为总有一天母亲会像神仙一样从天上飞回来。更确切地说，她今天的伤心是为了爸爸。他这次回来，好像换了一个人，那么冷漠，那么严肃。妈妈不回来了，为什么那个过去那么疼爱自己的爸爸也不回来了呢？

小芳不能理解爸爸，继昌也无暇顾及这稚弱得像猫似的小女孩复杂的心情。他心里的事太多，祭奠完毕，他的思路又转到他的生意上了。不过，他没有忘记嘱咐于海：棺木稍差了一点，要找人再油漆几遍。必须长期保存，千万不可腐烂。

他又拿出一张五百元的支票和三百元现金，对于海说："这几年我不在家，多亏了你里里外外照顾。以前你垫的钱，我也不知道还够了没有。就是还够了，我也欠你的情。你妻子去世多年，你就再续娶一个吧。"他把那张支票给了于海，又说："天香在时给蔡成定下小玉这门亲事，给他一百元去完婚。吴妈也难为她了，也给她一百元。剩下的一百元，就给大家分了吧。"

继昌只在家住了三天。这期间，他还去拜访了亦荃未来的老公公，他的年兄周筠。周筠也是前清遗老，因为有些田产，就闲居在北平，打算过宁静的日子。他的儿子周之强，刚从德国留学回来，已受聘为中国大学教授。两同年多年不见，现在又成了亲家，更觉亲热。

继昌当着大太太的面给亦荃一张五千元的支票，告诉她："本来想，把你培养成为大学生就是最好的陪嫁了。可现在你兄弟亦杰在美国留学，什么也指望不了他。你是长女，今后说不定你妈和这两个弟妹还有依靠你的时候。交给你这五千元，除陪嫁、送亲外，你要留下一部分，以备万一，恐怕将来用钱的地方还多着哪！所有一切开支可全在这里面了。如果将来我能赚到更多的钱，还会再给你一些的。"

接着他又嘱咐道："你公公是我的同年，不会亏待你的。你婆婆整天吃素念经，不管家事，你嫁过去马上就得当家。他家上上下下十几口人都得照应到，你这个长嫂可不好当啊，就看你会不会做人了。"然后，他又对大太太说，"别人家的闺女出嫁，做娘的都要千叮咛万嘱咐，告诉女儿该怎样做人。你可不要把你那一套教给她，要是……"他原想说要是天香在就好了，但想了想又改口，对两人说，"不过亦荃从小懂事，她会有分寸的。"女儿点点头。

临走他看了看两个孩子，很不放心地对亦荃说："现在两个孩子你管着，我很放心。可是你结婚后怎么办？眼看学校快开学了，不要耽误他们读书。"

说着他又想起了天香，想起大太太那么无情，就冲着她冷冷地说："孩子你能留就留，不能留我再想别的办法吧。"他心里还留了一句话："就看你的气量了。你要是像对天香那样对待孩子，看我怎么和你算账！"

小芳看得不错，继昌对她确实没有以前那么疼爱了。一来，怀馨的第三个孩子即将出世，也就是说他很快就要有七个孩子了，每个孩子在他心中的位置都变得越来越小。其次，他现在是生意人，不像过去那样下了班，还有自己的时间，可以享受一下家庭的乐趣。现在他一天二十四小时除了睡觉，都要为钱而奔波。钱就是他唯一的追求，何况他在天津还没有站稳脚跟。和怀馨的关系也是剃头挑子一头热，要是他没钱了，连那头也不热了。

难怪继昌来也匆匆，去也匆匆，原来他心里惦记着赶快去找高君鹏。他来天津半个月了，还没去拜访过这位老上司。继昌拜访他的目的一来是怕礼数不周，二来就是生意上的事。当时，在天津做进出口生意的人很多，如果他能争取到高君鹏的帮助，也许能在众多的对手中夺得优势。

高君鹏是个老狐狸，北伐军还未到，他一看形势不妙就自动下了台，溜到天津来了。不久，他就拉来了一些北洋遗老，想在天津开办一家银行。另外，他自己还在做一些买空卖空的投机生意。继昌到天津不久，他就听说了。正当他在设法寻找继昌时，杨继昌却不请自来了。

两人一拍即合。不久，在继昌的帮助下，信诚银行天津分行很快就办起来了，继昌还得到了一些股份，并成了董事。此后，他又把从银行分得的红利，用于做进出口生意的本钱，使他在上海的生意发展得也很不错。更喜人的是，高君鹏打算托他到上海再办一家分行。看这形势，真有点儿财源滚滚达三江了。

亦荃出嫁的日子到了，周家来接新娘子了。两家其实相距很近，但总不能让新人步行吧，所以还是租了辆小轿车，先把新人送到了教堂。虽然他们俩都不信上帝，可亦荃却非要穿上雪白的婚纱。此时她由伴娘换着，身后还跟着捧纱的童男童女，在音乐声中，缓缓地步入了教堂。牧师给他们主持了洋婚礼。一出教堂，这对新人又赶紧乘车来到周家。新娘子连忙脱掉白衣白裙，换上了一身红衣红裙。接着，他们就按旧习俗在周家祖宗牌位前，正式拜堂成亲。这婚事办得是中西合璧。

这天宾客很多，杨家老老小小都去了，可亦雄兄妹俩就是不肯去。吴妈横劝竖劝还是不行。最后她也急了："我可不能不去帮忙。连厨房大师傅都去了，你们不去，谁给你俩做饭吃？"周家也来人催吴妈，她只好走了。

两个孩子先是呆呆地坐着，吴妈一走，小芳索性大哭起来，亦雄也强忍着泪水。这次不是哭爹，也不是哭妈，而是哭大姐。为什么疼爱他们的亲人一个个都离开了他们？好不容易有个像妈妈似的大姐疼爱他们，可她也被"抢"走了。他们恨周之强，说："以后我们再也不叫他周哥了，谁叫他抢走我们的大姐！"

他俩果然没有吃饭。等吴妈带了一包宴会上的点心跑回来时，他俩已经哭着睡着了。吴妈想把小芳抱到大太太床上。小芳死活不干，以后她就只跟吴妈睡。

亦荃结婚后，继昌反复思量：不能丢下老母亲和那一大家子人不管。但他又不能经常去北平照顾他们，怎么办？那个家现在住房很紧张，虽说有两个院儿，可西院死过人，不吉利，不能住人。继茂又快结婚了，需要有单独的住房，但老太太的正房又住不下。所以要另找住房。既然如此，就不如把全家搬到天津来。继茂和老太太都同意，别人也就没什么可说的了，一家人就准备搬家了。

但是搬个家谈何容易？这房子住了十好几年了，陆续添置的家具、零碎，不知有多少。两个姑娘已去协和高级护士学校读书，大小姐也出嫁了，继茂平时根本不管事，其他人一时谁也摸不到头绪，不知道该从何处入手。

幸亏有于海，否则真找不出能指挥的人了。于海决定：西院的事吴妈管；东院的事，除两个孩子的东西外，都由刘妈管；老太太屋里由翟妈管。把小玉抽出来，帮助自己和蔡成总管那些别人顾及不到的事。

天津的房子早已收拾妥当，有些一时用不着、丢了又可惜的东西已经提前搬走。为了等姑娘和孩子们放假，所以一直拖到腊月中旬才正式搬家。

这是一座半新不旧的三层洋楼，有洋式的卫生间，还有暖气。最下面一层有一个客厅和一个餐厅。这两厅之间的隔断是可以拉开的，打开后两厅就连成了一个大房间了。另外还有一间不小的卧室，这是准备给继茂结婚用的。二楼有两组套房，一套给老太太、翟妈和两个姑娘住；另一套是里外间，大太太和亦雄各住一间。三楼三间，小芳离不开吴妈，她俩住了一间大的，刘妈住了一间小的，剩下一间就用来堆箱子和杂物。有一条盘旋而上的楼梯一直通到三楼。从上面看下来就像是个大圆井，好不吓人。小芳想：这要是掉下去，非摔死不可。

老于说他年岁大了，怕听不见叫门，就把两间门房让给蔡成和小玉结婚用，自己独自住进后院的两间小屋。厨师就住在厨房旁边，他是新来的，也是山东人。

看完各自的房间后，大家都很满意。然后大家又把目光转向了楼外。

楼外还有一个小小的庭院，可供孩子们玩耍。大门外是沥青铺的大马路，比北平坑坑洼洼的小胡同强多了。唯一遗憾的是，这房子地处墙子河北面，离天津繁华的街道远一些，将来孩子们上中学、大学都不方便。另外，在北平时，这一大家子人各房都有各房单独的小院。小院门一关，里面有什么秘密谁也不知道。而这里可好，哪个房里说话声大了点儿，都能听得见。以前吃饭都端到各自屋里吃，现在一喊开饭就得一齐来到餐厅，围坐在一张大圆桌边吃。老太太无所谓，吃东西不爱挑拣，除了嚼不动的外，小玉给她碗里夹什么她就吃什么，还不住地说："好，好。"

可那大太太呢？老爷不在家，天香又不在了，照理说该她管家。但她从来不问家里的开支状况，也从不过问老太太和孩子们的生活，她关心的只有大师傅做的饭合不合她的口味。大师傅为了照顾老太太的牙口，滑溜软嫩的菜就做得多一些，油炸脆硬的菜就做得少一些。可她偏爱吃油炸的，否则就不满意。除此之外，她还有一件很关心的事，就是最近天津来了哪个新角儿呀？这几天都有什么好戏呀？自从怀馨走后，她只能叫蔡成去买票了。

她对天香的两个孩子不能说不好。现在，自己的女儿远在北平，儿子大学毕业时回来住了几天，就又匆匆地回美国读研究生去了。所以只有这两个孩子多少还能给她解解闷儿。不过在她的眼里，他们只是"宠物"，拿他们开开心而已。

她年岁越大，越有那么点儿"童心"。除看戏外，什么热闹她都喜欢。正月十五，市内最繁华的大街上出灯会，她非叫老于给她找一家有临街阳台的馆子，要去那里看上一晌午。春节家家放鞭炮，她也叫孩子去买，自己跟着放。有时候她还雇上洋车，到中原公司去买一种一抻就响，还能抻出玩具来的抻炮，回来关上门自己偷偷地玩儿。小芳偏食，爱吃猪舌头，她高兴时也会带上小芳去梨栈买上一斤，回来拨出一半叫吴妈留给小芳，其余的就自己端回屋里下酒去了。

跟了这个娘，小芳不知是苦还是甜。春节，娘推牌九坐庄，结果，她把小芳几个压岁钱全都输光了。娘爱看戏，有时还要带着小芳，弄得她完不成作业。小芳本来耳朵、眼睛就不好，再加上没人督促，学习成绩一直不好。

亦雄不同，从小母亲管得严，养成了很好的学习习惯，功课一直在班上名列前茅。他有时也稍稍指点指点小芳，但不能抽出更多的时间帮助她。晚上，大太太不是出去看戏，就是早早地上床睡觉了。亦雄读书读到很晚，小芳做完功课就依偎在吴妈身边。夜是多么寂静，多么难熬啊。远处传来断断续续的叫卖声，一会儿是："崩豆——萝卜（贝）——"，一会儿是："硬——面儿——饽饽"。

喊叫声划破了长夜，夹带着阵阵寒气渗入骨髓，那么阴森，那么凄凉！

只有吴妈能感觉到这孩子精神上的孤寂，会发自内心地爱怜这孩子。她把小芳安顿好，就去叫于海。不一会儿，于海拿来一些切成一片片的小青萝卜和一包崩豆来哄小芳。这两样东西，都是天津一般百姓家里再普通不过的闲食了，但此刻，对这个资产阶级家庭里的二小姐来说，却是天下最美味的佳肴了。

小芳把崩豆萝卜当成宝贝似的分成了四份：给于海、吴妈和哥哥每人一份，剩下的才是自己的。虽然最后大部分还是被她和哥哥吃了，可四个人的心却贴得更紧了。

至于大太太，她很难享受到这种乐趣，她不懂得关心别人，自然也就得不到别人的关怀。

继昌自从老太太搬到天津后，又和以前一样，每个星期最少来看她一次。赶上吃饭，就陪她吃完饭，然后再和继茂、于海以及孩子们聊聊家务和学习。继茂高中毕业后没有再上大学，已经在天津铁路上找到一份工作。以前老太爷在世时给继茂定下了一门亲事。现在姑娘的娘家一再催他完婚，继昌也想早点把这件事办完，也好了却老太太的一大心事。那一天，他们又为这件事谈到很晚，没时间顾及大太太。

大太太很难体谅继昌。自从有了怀馨，老爷就很少到她房里过夜。她总想不通："前几年，老爷住在南京、苏州，我没办法。可现在大家都在天津，老爷也能常来这边看看。可每次来，他都待在老太太屋里说个没完，就是偶尔来我房里，也只是问问孩子们的情况，而且不管多晚都要回去住。怎么这'小东西'比天香还厉害？真是坏到骨头缝里了！我非得想办法留下他不可，看他住不住！"她哪里知道，为了天香不幸去世的事继昌无法原谅她，原本在她身上那点不多的热情早已凉透了。

大太太终于想到了一个好办法。赶上有一天下大雪，继昌一进门就把大衣、帽子、围巾脱下，全挂在楼下衣帽架上。晚饭后，他又去老太太屋里和继茂、于海商议筹备结婚的事，一直谈到九点多。谁知他下楼来一看，挂在那里的衣帽全没了。这事惊动了全楼的仆人，可哪里也找不到。蔡成和厨师，都跑来说后门都关得好好的，贼不可能进来。继昌明白了，他朝楼上喊："好混账的女人，还不赶快把大衣给我拿下来！"

大太太不甘心地从屋里出来："你到我屋里来穿吧！我就不信，那'小东西'那么歹毒，在我屋里住一夜犯她什么法了？！"

继昌也撕破了脸皮："亏你想得出用这种办法整治我，这辈子也别想我再进你的房！"又叫蔡成，"快把衣服拿下来，送我回去！"

大太太自讨没趣，实在下不了台，回屋后就大哭大闹了好几天，竟然得了神经病，仆人们纷纷议论说这叫"花痴"。

大小姐特地从北平赶来。她娘指着床头柜，用家乡话骂人："你这小死蛭子，还不赶快叫你爹回来！"然后又大哭小叫。见了亲生女儿她也不认得，指着她骂道："小东西，我饶不了你！"说着还要打人。亦荃和父亲商议，把母亲带回北平，去最好的德国医院看病。大小姐叫刘妈陪她去，刘妈说："那院太太早就叫我过去伺候她了。"大小姐只好叫小玉先伺候大太太去北平。

两三个月后，大太太的病基本好了。医生建议，要想这种病不再重犯必须在精神上有所寄托。周之强的母亲吃素念经，身体很好，亦荃想不如让自己的母亲也试试。这办法果然有效。她决定不再回天津，留下来和女儿做伴，早晚也有个照应。恰巧有个和周家一墙之隔的小院，亦荃就把它租了下来，又在两家中间开了个门，每天都能来看她娘，生活费由继昌按月寄来。从此，大太太过着眼不见，心不烦的日子，再也不想回去了。

刘妈私下里去找那"小东西"，留下来做了她的心腹之人。

这场风波总算平息了。如今大太太是独守空房，孤灯一盏，木鱼一只，佛珠一串，"阿弥陀佛"，不绝于耳。看上去已是死水一潭，可内心的思潮仍在胸中起伏跌宕：回想起过去的一幕幕，她是又怨、又悔、又恨。天香在世时，老爷还常常回来，天香从来没有不让老爷进她的房。想想真是好后悔啊，要是自己气量大些，和天香和和美美的，何至于让那小东西骑到我的头上？将来若是到了阴曹地府，见到天香，可怎么说呀？她越想越怕、越恨：原以为，天香一死，少了一个和她争宠的人，老爷会对自己亲热一些；原以为自己曾帮过那小东西的忙，她会对自己好一些。可事与愿违，如今自己竟然被她逼得生不如死！怪来怪去，还是怪自己，都是听了刘妈的话造下的孽。唉，今生不修，修来世吧！

思路到了尽头，心也就死了，她又回到了"阿弥陀佛""阿弥陀佛"的境界里……

继茂在铁路局找到个差事，薪水不低，每月四十几元，比普通职员高多了，只要不出差错那就是个铁饭碗。老太太很满意。

继昌想：现在该考虑继茂的婚事了。如果能早些把媳妇娶过来，老太太高兴，自己也能放心了。

继茂的未婚妻孙桂英今年二十二岁。在农村，这个年龄不结婚，就要被人说闲话，所以她家多次催促杨家迎娶。

大太太一走，家里冷清多了，正是添人进口的好时机。

娶亲的一切费用全由继昌承担，虽办得没有像亦荃那么气派，却也非常热闹，忙得于海也是晕头转向。

结婚前十多天，孙姑娘和她娘家的四五口人就在于海临时租的一个小院里住下了，嫁妆也从烟台陆续运到了。有大床、大柜和好几口大木箱，都装满了被褥、新衣；还有木盆、木马桶、脸盆架，全是一色大红油漆的。娘家觉得很有面子。可小洋楼里白瓷的面盆、马桶、浴缸等卫生设备一应俱全，这些东西往哪儿放啊？这还嫌不够，他们又在天津的商店里买了许多搪瓷脸盆、胰子盒、刷牙缸、银刮舌、耳挖子，全是成双成对、花花绿绿的。就是没有牙刷。

婚前三天，开始送嫁妆了，十几个人抬了大半天才算搬完。杨家的仆人全体出动，布置新房。所有家具都擦得锃亮，大红的被子，大红的褥子叠得整整齐齐，大红的木床上，挂的也是大红的绣花锦缎帐。一进门满屋都是红色，红得晃眼。图的，就是个喜庆！

迎亲那天，空轿子由杨家抬出，非叫亦雄坐在里面压轿，吹吹打打地来到新娘暂住的小院。折腾了一上午，亦雄才吃上午饭。下午两点，新娘才打扮停当，由喜娘将她搀上花轿。一路上吹吹打打，后面招来一大群孩子、大人，走过两条街，用了一个多小时才转到杨家。

亦芳对二叔的婚礼也很感兴趣，要吴妈带她去看。因为家里临时雇了很多人帮忙，吴妈一时没事，就带着小芳来看热闹。

花轿到了，那新娘子袅袅婷婷地走出了轿子。只见她头顶凤冠，外罩大红绣花薄纱盖头，身穿大红绣花衣裙，肩披亮晶晶的玻璃串珠披肩，手里还拿着一条大红手帕，脚蹬大红绣鞋，真像一只红凤凰。吴妈说：这就是凤冠霞帔。

孙家是当地的财主，因此提出婚事要完全按老规矩办。继昌讨厌这个，但又不愿惹老太太不高兴，就借故去了上海。临走嘱咐于海：只要老太太高兴，不怕花钱，一切全由于海出面应酬。怀馨也因老父张才去世，躲过了这些麻烦。

亦雄因被迫坐花轿迎亲，心里有些不痛快。亦芳被叫去规规矩矩地站在那里看新人拜堂，还得陪新娘子吃饭，也觉得很别扭。但是碍着二叔的面子，他们总算把这些都应付过去了。这些俗套一完，他们才恢复了"自由"。

最开心的就是那些孩子了。仪式一结束，他们就全拥到新房里。原来在新房的柜里、箱里、盆里、抽屉里，甚至被褥里都放了许多花生、红枣、桂圆、核桃，还有红纸包的大洋钱，谁摸到就是谁的。亦雄大了，他把摸到的全给了妹妹。小芳只摸到了一些果子，却没摸到红包。还是跟来的喜娘塞了一个给她。

大太太走了，疼爱小芳的人又少了一个。老太太精力也不比以前了，有时还能打起精神和孩子们玩玩，但不多会儿就得休息。小芳没得玩，只好呆呆地坐在那里看蚂蚁打仗，或是看蜘蛛织网、抓苍蝇。老于怕她变傻了，就找人要了一只小花猫。从此，这孩子才有了真正的玩意儿。

继茂也喜欢小猫，给它取名"小花"。小花老是可怜巴巴地依偎着人，晚上她就睡在小芳床上。白天，它老是跟在老于后面。每天亦芳一放学，放下书包就去找小花，和它玩上好一会儿才去做功课。亦雄也喜欢小花，不过他功课多，没时间，就是有点空，他还想看看小说。

继茂的妻子，仆人们都叫她二太太。她可不喜欢猫，她说："俺家养狗，为的是防贼。这家里又没有耗子，养哪门子猫啊？"一听就知道，她从心眼里腻烦猫。

二太太总觉得别扭，总想发脾气："老太太聋，两个姑娘不在家。家里的事，我和继茂就能管了，为什么叫个用人当管家，充当老太爷？"边说边撇着嘴，还骂骂咧咧，"两个没人管教的孩子，弄个猫上床睡觉，没准哪天还想弄个狗上桌吃饭呢。"

亦芳弄不懂婶婶的心思，只觉得她不好接近。有时想鼓起勇气去讨好她，却落得个热面孔贴凉屁股。

一次吃饭，亦芳看见桌上有她爱吃的西红柿炒鸡蛋，不免多夹了几筷子。二太太就生气了，一下子把小芳的筷子打到地上，还恶狠狠地说："我就看不惯你这副穷酸相！有好吃的就你一个人吃，好不好？"老太太不糊涂，冲她说："有气别往孩子身上撒！"

只这一句话，二太太就受不了啦，回房就冲继茂大哭大闹起来："我这媳妇可真不易啊！侄女比婶子还尊贵！那老太太看着耳聋眼花糊里糊涂的，可骂起人来是拐弯儿抹角儿的，真能装啊！"

老于也看出这二太太的毛病不小，就抽空对她说："孩子小，您别跟她一般见识。"不说还好，这一说反惹得她更来气了。她白了老于一眼，扭头就走。虽没说出口，可心里却在骂："该死的老东西，也有你来教训我的分儿？"从此，她更把老于看成眼中钉了。

小猫长大了。春天一到，它再也不愿安安稳稳地睡在小芳床上了。晚上不知什么时候溜了出去乱跑、乱叫，惹得几个公猫也到屋顶上嚎叫、打架，弄得合家不安。几天后，它不闹了，但看得出，它那肚子一天天地大了起来。三个月后，它生下一窝小猫，一只黄的，一只白的，还有两只花的。这下子可把那兄妹俩乐坏了。蔡成帮助亦雄做了一个窝，小玉拿来一些旧棉花做了一个垫子，厨师也拿来很多好吃的。只有二太太见到后，更气得鼓鼓的。

可能是猫的嗅觉特别灵敏，小花坐月子的事不知怎么惊动了附近的一只大野猫。一到半夜，它就在小花母子的门外转悠。老于晚间查夜碰到过几次。

小猫出生有十几天了，一个个长得圆乎乎、毛茸茸的，非常可爱。小花喂过了奶，也舒舒服服地卧在一旁，眯着眼睛似睡非睡地瞧着它们。那种悠然自得的神态真是令人羡慕。

大人们盘算着将小猫送给别人，可那两兄妹就是不肯，他们不忍让小猫和他们一样过早地失去母爱。野猫的光顾，引起了于海的警惕。他想：别是冲着小猫来的。他每晚除关好通往外面的门户外，还要检查每一个可能疏忽的漏洞。那天，他照例检查完毕，便回房入睡了。半夜，他突然听到厨房旁边储藏室内一阵喧闹，接着就是凄惨的猫叫声。老于马上想到那窝小猫，莫不是真的出事了吧？

厨师胆子真大，任凭那东西怎样挣扎，他也绝不松手。老于拿来捅炉子的铁棍，几下子就把它打死了。他们定睛仔细一看，原来是个足有小豹子大小的大野猫。

猫吃猫，真是怪事。四只小猫除了一只还在喘气外，其余的都被咬死了。它们都只被吸了血，没吃肉。即便如此，也足以置小猫于死地了。就连最后那只，也没保住。小花也是遍体鳞伤，奄奄一息了。看来她曾和那只大野猫，做过一番英勇的搏斗。

这一闹，除老太太和小芳外，全楼都听到了。亦雄最先下来。继茂要出去看看，桂英不让。她说："他们闹他们的，碍你什么事儿？天亮再说吧。"继茂挣开她的手："大哥不在家，我不问不行！"桂英还是不松手说："有什么大不了的事儿，不就是那几只猫吗？"

"你怎么知道是猫？奇怪，我跟你一起去看看。"

他俩刚进厨房，就听亦雄在嚷："这门不是每天都关得严严实实的吗？那野猫是怎么进来的？于伯，是不是你忘了关门？"

于海说："我也纳闷啊！关门的事没有一天忘记过。昨晚我清清楚楚地记得，大家回屋后，我就关好了门，还又检查了一遍才回屋睡觉的。"他又说，"自打有了那野猫，我更不敢偷懒了，这两天还格外小心。不然也不会一听见响动就跑来了。"

听完老于的话，大家交头接耳：那肯定是有人开了门，又没关上。是谁呢？大家都摇摇头。

继茂越听越生气，他说："是谁干的，就老老实实地说出来！这幸亏是猫，要是进来人，不就出大事啦？！"

亦雄也说："我就不信查不出是谁开的门！要是谁开过门又不说，那就是故意放那东西进来的！"又是一片叽叽喳喳声，只有二太太站在她丈夫旁边一声不吭，反拉着继茂说："走吧，走吧，不就是几只猫吗，死了倒安稳了。"

这话可真是不中听啊，弄得继茂几乎下不来台，只好嗔怪她："你怎么像是在幸灾乐祸呢？"老于也顾不得平日的稳重了，冒出一句："说不定这门还真是有人故意开的！"

一句话刚出口，可不得了啦，二太太的气就冲着老于来了："你，你，你说这话是什么意思？！"

"我并没说您，何必生这么大的气？"

二太太的嗓门更大了："造反了，这家里真是没上没下了，欺侮我是二房的不成？"

小芳像往常一样，一起床就来看小猫。没办法，亦雄只好将昨晚的事告诉了她。虽然这时小猫的尸体都已经收拾干净了，但她仍然看到了奄奄一息的小花和那只被打死的大野猫。她想哭，却哭不出来。

吴妈指着那野猫说："它咬死了小猫，可你于伯已给它们报了仇。你就好好照顾小花吧，它以后还会再生的。"小芳哭了。以后很多天，她都是两眼发呆，好像傻了似的。从此她几乎完全失去了儿时的天真，变得郁郁寡欢，心中的创伤再也无法愈合了。

二太太心中有鬼，却又不愿落个坏名声。她自有绝招。第二天她收拾打扮了一番，跑到怀馨的小公馆去告状，说："大嫂，你搬回来吧，这个家你不在，就成了用人当家，他们都快骑到主子的头上啦！"

她把昨晚的事添油加醋地描绘了一番。那怀馨本来就觉得于海看不起她，心中早就结了疙瘩，这下子可得到机会了。她假意地劝着二太太："你别生气，气坏了身子划不来。等你大哥回来，我让他把老于辞掉就是了。"

二太太高高兴兴地回了家，立刻放出风去："想欺侮我？没那么容易！这不，我大嫂说了，早晚得辞了他！"老于知道她这一闹，再待下去也没意思了。本来继昌给过他一笔钱，叫他再讨个老婆去过自己的日子。只要他想走，早就可以走了。只是他看上一个人，还不知她是怎么想的。那人就是吴妈。

吴妈二十来岁时就被丈夫抛弃了。她没儿没女，原想一辈子就跟着天香了。不承想，她没那个福气。天香走后，她又放不下两个孩子。如今二太太做事太叫人寒心，她也不想干了。她和于海在一起多年，早就心心相印了。本来他们就是结了婚也可以留下。但是现在老于要走，她怎能独自留下？

继昌当然不愿老于走，但是事情已经弄到如此地步，也不好收场了。他想：老于多年来没有自己的家，要是他能和吴妈配成一对倒也是件好事。他怕他们回去后有困难，就说："你在我家多年，帮过我许多忙。你的事就是我的事，有什么困难，你就直说吧。"

他见老于只是摇头，就主动说："你不说我也知道，你的房子已太破旧了，现在回去没处住。你别急，我老家还有七八间房和十几亩果园，以后就全由你照看，园子里的收益也全归你。只是那房屋也该修修了。这里有五百块钱，你找人修修，有多的就留作安家费吧。"老于还想推辞，继昌忙打断他："你只管挑好房住。除非将来我有哪个孩子不争气，被送回去，否则我这一家老小怕是很难再回老家了。"说到这里两人都很伤感。

事情闹成这样，蔡成两口和翟妈几个老人也都说要走。继昌刚刚好不容易才说服他们留下来，可那一边又哭坏了两个孩子。

吴妈忙哄他们："我也舍不得你们，可是没有别的办法了，等我把家安顿好，一定叫你于伯来接你们。"可怜的孩子们，从此失去了最可靠的保护人。

继昌终于看清这位弟媳是个搅屎棍，也看出了继茂耳朵根子软，凡事没有主张。他决定暂时叫蔡成当管家，并由他和小玉两口子照顾两个孩子。不过他还是不放心，回去又和怀馨商议。

"我们搬回去吧。继茂差事忙，蔡成太老实，管家的事我实在放心不下。那边房子多，二楼原先亦杰他娘住的那间房一直空着，正好我们搬进去。亦雄搬到客厅去住，别的孩子和几个老妈子都可以住在三楼。这样不但省了一份开支，我也用不着两头忙乎了。有蔡成给你支使，你也会省心多了。"

怀馨不愿意跟老太太过，但是一时又找不到借口。她暗自琢磨："那边房子大，气派，住起来也舒服，是不错。可坏处也不少……哼，不怕，反正我自有办法。"

北洋军阀彻底失败之后，南北终于统一了。前清和北洋的遗老遗少们，曾经像惊弓之鸟般四处逃散，现在又都聚集到天津几块弹丸大的租界地里来了。他们企图在外国人的庇护下，在这资本主义的大都市里，继续用他们多年来搜刮的民脂民膏，肆意挥霍，尽情享受。妓院、赌场、餐馆、跑马、戏园子……都已玩够，于是又找到了更有趣的乐子：轮流到各家去搓麻将、抽大烟。大烟铺的中间有个小炕桌，上面放着烟具，两边是两个铺位。这些老爷、姨太太，一起吃，一起玩，嘻嘻哈哈，困了累了就往大烟铺上一躺。也不管是男是女，一边一个，对着烟灯喷云吐雾，一玩就是一个通宵。到了半夜，还有人伺候夜宵，直到五更天才回家。他们清晨睡觉，黄昏才起床。每天爬起来，吃些补品又换一家接着玩。

幸好杨继昌没有成为他们中间的一个。一是因为他在政界混的年头不多，没有捞到一辈子都花不完的钱；二是因为他家里人口多，负担较重，需要继续发掘财路。

此时的杨继昌，早已忘记当初他教导天香的那些量入为出的话，整天只想着赚钱。对家里的老人和孩子们，他也早已不放在心上，应付一下了事。就连遗老遗少们邀他去玩乐，他也只是敷敷衍衍，能推就推，推不掉的就找怀馨去抵挡。

怀馨可不在乎继昌陪不陪她，没有他在，她反倒觉得更自在。要是有人拍她马屁，说她漂亮，她立刻就觉得浑身飘飘然了，卖弄起风骚来就更加起劲儿了。麻将搓到深夜，别人都困了，可她却精力充沛，兴头正旺。对她来说，这时才是她赢钱的最佳时机啊。她两只手忙着搓麻将，嘴巴里忙着吃吃喝喝，而两只眼睛也没闲着，一个劲儿地往那些太太们身上瞟：谁戴了贵重的首饰，谁穿了时髦的衣服，她都要刨根问底是在哪里买的，回到家里就立刻跟继昌闹，非得给她买不可。几只大皮箱已经装不下了，她还是要买。她心想：怕什么？不就是再买几只皮箱的事儿吗？一到天津，她马上到劝业场买了个红木镶贝的首饰盒装首饰。尽管已装满了，可她觉得和杜十娘的比起来，还差得远呢。以后还得买更多、更漂亮、更值钱的。

怀馨从小立下的志愿不就是这些吗？现在都实现了，该满足了吧？然而，随着她涉世越来越广，见识越来越多，她的欲望也越发地膨胀起来。自从继昌和她议定搬家以后，她就开始了新一轮的打算。

二太太听说怀馨要搬过来，别提有多高兴了。她曾在怀馨的小公馆里见识过她的穿戴和她房间里的摆设，早就羡慕死了。满以为今后也可以和怀馨一样：把粗壮的腰身，裹进拖地的旗袍里；再在放大的缠足上，蹬上一双高跟皮鞋。别提多美啦！然后，妯娌俩打扮得漂漂亮亮的，一起去逛戏园、串门子。想想，她都不由得偷着乐。

这妯娌俩都各自心怀着鬼胎。搬家那天，孙桂英一面热情地为怀馨引路，一面大嫂长、大嫂短地可着劲儿地恭维。可任凭她多么卖力地巴结，怀馨也丝毫无动于衷，她的心里早就有了盘算："我才是这里的一家之主，用得着你来指指点点？我暂且不吭声，看你怎么个折腾法。"她只给了个皮笑肉不笑的面孔，弄得孙桂英摸不着头脑，不知如何是好。

吃饭时，怀馨和继昌挨着老太太一边一个，占据了桂英和继茂原来的位子。向来喜欢多嘴的桂英，此刻在严肃的大伯面前也不敢吭声了。除了原先让她讨厌的两个孩子外，现在又多了三个小的，一个比一个娇气。刘妈站在他们身后，不时地给他们往盘子里搛菜，可这几个孩子还是在为多吃一口、少吃一口而闹个不停，真让桂英从心里感觉别扭。她这时才明白，吃大伯子的饭实在是不那么自在。然而，事到如今，她已经无可奈何了。

幸而不久，孙桂英怀孕了。这可喜杀了老太太，继昌也很高兴。他吩咐，每月多给她十块零花钱。想吃什么可以叫厨房单做，也可以端到自己屋里吃，有什么难处只管说。又嘱咐怀馨要多多关心。怀馨暗自高兴，她那求之不得的机会现在终于来了。

一天，她搓完麻将早早地回来，在继昌耳边吹起了枕边风："桂英快生了，得找个老妈子伺候月子不是？孩子生下来还得多占一间房。我们现在已经够挤了，三个女孩住在三楼，两个男孩住在客厅。将来他们一个接一个地生，怎么办？除非你再找一座更大的楼，不然，让他们搬出去住？"

继昌一想：倒也是啊，我怎么就没想到这些？于是就问她："那你说怎么办？"

怀馨暗自发笑，他果然中计了，就说："我看现在就去找房，叫他们搬出去。就说坐月子需要安静，这边孩子多，会吵得她没法好好休息。这么说不就成了？"

"那，老太太呢？"

"跟着一块儿搬过去呗。你想啊，继茂是她的亲儿子，孩子生下来就是她的亲孙子。继茂搬走了，她老人家肯定不舍得。不信，你去问问她老人家，愿意跟谁过？"怀馨一看继昌点头了，又讨好地说，"你要是过意不去，每月再贴给他们百十来块钱不就行了？那不比跟着你过，更快活吗？"

第二天继昌一说，继茂果然情愿搬出去。他知道那小东西心狠手辣，住在一起绝不会有好果子吃。再说，他更怕他那糊涂老婆跟着怀馨学出一身坏毛病来。

继茂跟老太太一说，老太太也愿意。以前怀馨给她当丫头时，她就不喜欢她。现在，每天一见到她在继昌面前卖弄，浑身就起鸡皮疙瘩。

亦雄兄妹听说奶奶也要走，说不出有多么的哀伤。临上车时，老太太一手拉着一个依依不舍，最后只断断续续地吐出几个字："来——看——我——"要不是翟妈横劝竖劝，还不知什么时候才能动身呢。

这下，老太太只好从那卫生设备齐全的大洋楼里，搬进了一个只有土茅房的小四合院里。她心里跟明镜儿似的，可嘴上她什么也不说。三间正房除了堂屋，老太太和翟妈住一间，留一间给两个姑娘回来住。继茂两口子住在西厢房，东厢房是厨房和储藏室。

继昌答应：除了两个姑娘的学费和生活费外，每月再给他们一百二十元，其中五十元补助继茂，其余要全部用在老太太身上。

事到如今，桂英才发现自己做了一件多么愚蠢的事。当初她搬弄是非赶走了老于，十分得意，却不料最后连自己也被赶了出来，还连带着让老太太也跟着受罪。继茂老实，没有过多地责备她，反而开导她不要想那些非分的东西，不要再欺侮弱小和忠厚的人，以后要安分守己地过日子。从此，她也确实收敛了一些，一家人过得还算安稳。

杨继昌做了多少年的孝子，如今竟亲手把母亲赶出了家门，心中无限羞愧，却偏偏自欺欺人，说将来攒够了钱，一定要把老太太再接回来。可老太太再也没有那个福分了。

现在，在继昌的潜意识中，追求金钱才是第一位的。中国人自古流传下来的伦理道德，早就被他抛在了脑后，成了装饰门面的幌子。

不久，桂英生下了一个大胖小子，这才把满天的乌云暂时驱散。继昌给他取名亦宽。

第 五 章

怀馨生完第三个孩子后停了一年，很快又怀上了第四胎。现在她已是四个孩子的母亲了。前三个，大的是女孩，取名亦菡。第二个是男孩，取名亦麒。第三个又是女孩，取名亦莼。怀馨知道带孩子辛苦，她从不让孩子吃自己的奶。那年头，到乡下找穷人家的媳妇来当奶妈并不困难。等孩子们断奶后再一个个辞退。

现在家里还有三个女用人。一个是刘妈，她是怀馨的心腹，可继昌讨厌她。第二个是田妈，她是唯一没被辞退的奶妈。原先她是给亦莼喂奶的，留下她一是因为亦莼还小需要有人照顾，二是因为她的长相不漂亮，难入老爷的眼。田妈为人老实，什么活儿都能干，怀馨就把照顾亦菡的事也交给了她。还有那个小玉，是天香给老太太买的，现在已和蔡成结婚，没跟老太太过去。怀馨就叫她伺候两个少爷，干完活就得去厨房帮忙。反正不能让她闲着，更不能让她上楼，以免接近老爷，怀馨自己也不愿看到她。

这第四胎是个白白胖胖的大小子，淡淡的眉毛，秀气的眼睛，非常像怀馨，比他亲哥亦麒漂亮多了。怀馨乐坏了，她第一次从心底里迸发出了真正的母爱。按辈分取名，他该叫亦麟。可怀馨说："不，他叫麟儿，是我的宝贝——麟儿。"

怀馨现在抽上了鸦片，面孔总是发黄，一天到晚打不起精神，根本无法给孩子喂奶，只能找个奶妈。可该给孩子找个什么样儿的奶妈呢？怀馨费尽心思地琢磨来琢磨去：以前那些奶妈，都是因为怕她们和老爷沾上，所以都辞退了。现在怎么办？找个年轻漂亮的吧，很危险；找个丑的吧，又怕把孩子给带丑了；找个年岁大些的倒不容易出事，可又怕奶水不好。

刘妈鬼主意多，见怀馨发愁，一下子就摸透了她那小心眼儿里生的是什么虫儿。她凑到跟前说："听人家说，外国孩子长得那么好，都是因为喝牛奶长大的。咱小少爷这么漂亮，将来准能做大官，发大财。不如，咱也给小少爷喂牛奶吧？"

恰巧这话被接生的日本医生听到了，他提议把自己诊所里一个快要退休的老护士介绍来。怀馨同意了。

这位护士年近五十了，日本人，姓后藤。可这家里除继昌外谁也不会说日本话，怎么称呼她呢？继昌说："你们就叫她'欧巴桑'（老太太）吧。"

"什么？'五八三'？"怀馨不禁叫了一声，可她发不准这日本话的音。这一叫，大家都记住了。从此以后，大家就都叫她"五八三"了。

怀馨为了麟儿真是煞费了苦心：她付给"五八三"的工资要比一般奶妈的高出两三倍，还要每天给小少爷增加各种营养：牛奶、鱼肝油、水果、蜂蜜，等等。为了这个小少爷，花费再高，她也毫不吝惜。这还不算，她还要求"五八三"每天上午用小童车把麟儿推到公园去玩儿；午饭后要睡上一觉，下午再去。另外，每天至少要给他洗一次澡。麟儿睡觉时，谁也不许吵闹，不然那刘妈就会蹿出来大呼小叫。这宝贝蛋似的小少爷，刚一出生就已身价倍增了。

喝牛奶的麟儿果然与众不同，白白嫩嫩的，非常健康。但是他不合群，很少和别的孩子一起玩耍，更不许别人碰他手里的东西。他发起脾气来凶得很，完全不像其他孩子那样天真可爱。可是怀馨对她的麟儿却是百般溺爱。她自己既没有在学校里受过正规的教育，又没有从自己母亲那里接受到传统的美德，哪里懂得如何教育孩子？

每天下午起床后，怀馨吃过点心，就把麟儿找来亲昵一番，又用手向"五八三"比画着问长问短，唯恐麟儿受一点儿委屈。至于这孩子长大后会成什么样子，她想都不愿想。几个大孩子白天去上学，回家后有家庭教师管着，将来麟儿当然也是如此。不过那是他爹的事，用不着她操心，再说还早着呢。

"五八三"觉得把孩子喂得白白胖胖的，不生病，就是尽心尽力了。她本来就只会说有限的几句中国话，除孩子的事情外，没有多余的话，所以从不招惹是非。可那小少爷都两岁了，还说不出一句像样的话。一天，怀馨忍不住责怪了她几句。她虽不能完全听明白，但也能猜出个大概：麟儿不会说话似乎是因为她照顾得不好。她感到很委屈，再加上那刘妈近来常用不怀好意的目光盯着她，有时还恶言恶语地数落她，她想来想去，觉得自己年纪大了，也该回国去了，于是就向怀馨提出了辞职的请求。

怀馨担心换个人不能像她那样尽心，可那刘妈早就盘算好了，她说："她迟早是要回国的，留下她，小少爷还是不会说话，还不如让她早点儿走呢。"

"那小少爷跟谁呢？"

"就先跟我吧，反正她那一套我也看会了。等有合适的人来再换我。眼下我先帮您带着吧。"怀馨只好同意了。

这一来，刘妈的工钱加了倍，"官职"也好像一下子升了。除了她不识字不能管账，不能对外应酬，不敢得罪老爷太太外，这个家里里外外几乎没有她不管的事。正好怀馨对家里的事也无心过问，任由她胡来，她更觉得自己飘飘然了，整天指手画脚，俨然一个二主子。

刘妈白天看孩子，晚上伺候怀馨抽大烟、吃夜宵，是比以前辛苦了一些。但是她的工钱多了，又得到主子的信任，却也心甘情愿，何况她早就把打扫卫生的重活都推给了田妈，自己轻松多了。

继昌不知不觉地也染上了鸦片烟瘾，这玩意儿只要抽两次就离不开了。那时官府明里也禁止，可暗地里却是睁一只眼闭一只眼，所以烟土并不难买，只是贵得出奇。有钱人抽一个晚上的钱，够穷人家吃一个月的了。幸亏继昌的烟瘾还不算大，抽得不太厉害。至于搓麻将嘛，除了牌局轮到自己家时，他才不得不敷衍几圈。平时怀馨外出打牌，他也很少参加。晚上怀馨回来时，他已经睡下了。

夜深人静，怀馨吸足了鸦片，精神头来了，就和刘妈说说她心里的话。有时一聊就是一两个小时。待到她累了回房睡觉时，跟继昌已经无话可谈了。

继昌变得越来越郁郁寡欢了。怀馨不理他，孩子们也怕他，那些花天酒地的朋友他又看不上。此时的他，只能一心一意地扑在生意上。他精力充沛，见识广，看得远，所以做起生意来得心应手。几年下来，他竟挣下了几十万的家产。但在家里，他却成了一个十分不起眼的角色。

眼前这家里已是怀馨为王。老太太、大太太、二太太，还有于海都被她挤走了，剩下两个讨厌的孩子，尤其是那个眼睛不好、耳朵又有毛病的亦芳，她怎么看怎么不顺眼。老爷交代过不许打骂这两个没娘的孩子，这更让怀馨气得牙根儿痒痒。亦雄渐渐长大了，他时刻警惕着，不许别人随便欺侮他的妹妹。怀馨和刘妈就商议先从亦雄身上开刀。

刘妈说："这事您就交给我吧，我能让老爷亲自揍他。"

第二天，吃过晚饭，孩子们都在院子里玩。刘妈知道老爷不在家，故意指使麟儿推着自己的儿童车去撞蹲在地上看蚂蚁打仗的亦芳。亦芳被撞倒了，胳膊肘擦破一块皮，哭了起来。亦雄见那小车还压在妹妹腿上，连忙推开小车，把妹妹拉起来，却不料这下子又把麟儿撞倒了。麟儿哪里受过这种委屈，索性倒在地上撒起泼来。

这正是刘妈求之不得的效果，她马上大喊大叫起来："不好了，二少爷行凶了，要出人命了！"

老爷、太太都不在家，别的用人听见哭叫声都跑了出来。大家一看就知道准是刘妈在那里挑拨是非，又都悄悄回屋去了。小玉见两个孩子伤得都不重，就带亦芳回去上药，亦雄也回到自己房里。

偏偏这个时候老爷回来了，刘妈马上在麟儿大腿上拧了一把，麟儿又大哭起来。刘妈乘机跟在老爷身后，不停地嚷："二少爷欺侮小的，老爷不管可要出事了。这二少爷真歹毒，谁都敢打，这么小的孩子也不放过……"

这一闹果然激怒了继昌，他立刻抄起一条鸡毛掸子跑到亦雄屋里，朝他屁股上无情地抽下去："叫你记住：以后再敢欺侮弟弟妹妹，我就打烂你的皮！"

这是刘妈的第一次胜利，怀馨当然高兴了。于是她们又制订出下一个计划。不过刘妈导演的这一出戏并没能骗过亦菡和亦麒。他们心里明白，这是刘妈故意使坏，父亲被她骗了。可母亲总是那么相信刘妈，真是没法理解。

刘妈的第二步计划，就是要扯下亦芳的小姐身份。她和怀馨密谋好，要把亦芳当丫头使唤，不能让她和亦菡姐妹平起平坐。怀馨叫来亦芳："你年纪也不小了，书也念不好，以后嫁出去也不见得会有人伺候你，还不如学着干点家务活。你要是什么都不会，什么都不做，你未来的公婆和你男人可没有我这么好说话哟。"

怀馨抽了几口大烟又接着说："以后，你和小菡住的屋子和我的屋子就归你收拾。地板先归田妈擦，过一两年你再擦。"

她们就是要对亦芳施加压力，搅得她念不成书。

天凉了，怀馨给她的几个孩子都买了漂漂亮亮的新毛衣。塞给亦雄的，是一件继昌的旧毛衣。她又特地去廉价市场买了一斤又粗又硬的土毛线扔给亦芳："你十岁了，连个毛衣都不会织。要想穿，就自己织吧。"在小玉的帮助下，毛衣勉强织成了，可两个人的手都磨破了，穿到身上更是扎得难受。

亦芳虽然学习上有困难，可头脑并不笨。慢慢地田妈做的许多活儿她也都能干了。现在，她只有靠做些家务活儿，来排解心中的寂寞。自从小猫死后她一直感到非常的寂寞。吴妈和于海走后，她感到更加孤独了。她除了偶尔找小玉学做点针线活儿外，就是经常一个人坐在那里发呆。她常想把自己变成神话故事里的人物，像灰姑娘那样，有个仙女在保护自己；或者像卖火柴的小女孩一样，等待奶奶来接她。想啊想的，就总会想到妈妈：说不定真有一天妈妈会回来，将自己也带到那很远很远的地方，永远不再和她分离。

哥哥亦雄也有幻想，但和妹妹的不同。他见妹妹爱看蚂蚁打仗，一看就是一两个小时。她还爱看蜘蛛结网，待网结成，再看蜘蛛怎样缠上刚刚落上去的苍蝇。那蜘蛛缠呀缠的，把苍蝇缠成一个大大的白米粒，然后又一点点地吃到肚子里。她越看越是发呆。

看着妹妹发呆的样子，亦雄不禁想起一个主意：他上中学后，每天都要路过墙子河。他常想这河这么长，它往哪里流呢？会不会也像那《桃花源记》里所写的那样，流到一个美妙的地方呢？那里一定会和桃花源一样，没有这城市的嘈杂，没有家里那些可恨的人。他想叫亦芳和他一起走到墙子河的尽头，寻找他们的理想 —— 另一个桃花源。为了这次旅行，他们制订了一个"周密"的计划：星期六的下午，趁怀馨还没起床，其他人都在午睡的时候，他们到厨房找了几个馒头、一点咸菜，放在书包里，另外还带了一瓶水，就悄悄地溜了出去。他们下了决心，要是真能找到像桃花源那样的地方，亦雄宁愿种田，亦芳宁愿纺纱织布，反正他们再也不打算回来了！

出了家门，前面不远就是墙子河。

兄妹俩随父母到天津虽然已经有很多年了，可平时除了去上学就是回家，很少单独去别的地方。继昌给孩子们立下过严格的规矩：如果出去看电影，或者买东西，来回都必须坐车，或者由大人领着。一来，是怕坏人把孩子骗走；二来，是怕孩子去那些不该去的地方。可现在他俩没有人给引路了，该往哪里走呢？他们决定沿河向西一直走下去，不信就找不到桃花源！

《桃花源记》中说："缘溪行，忘路之远近……"那就走吧，管它有多远。可这河好长啊！似乎，这河越来越宽，小船也越来越多。他们走走歇歇，吃点东西，喝点水，不知不觉天已经黑下来了。河中的小船都陆陆续续往岸边靠，渔夫们都准备做晚饭了。

真有意思，船家大嫂在锅里煮了一些小鱼，再将黄澄澄的玉米面做成一个个圆饼子，贴在锅边上。不一会儿，饭菜就都熟了。兄妹俩看着那盛在笸箩里的贴饼子，馋得直流口水，仿佛那又焦又脆的香味儿都能闻到，要是能吃上一口该有多好啊，那味道一定是甜丝丝的。

辛苦了一天的渔民，一家人围坐在船尾，有说有笑、和和美美地吃着贴饽饽熬小鱼儿。眼前这天伦之乐的场景，真让亦雄兄妹羡慕极了。他们不禁想起了怀馨那仇视的目光和父亲那整天都紧绷着的脸。在自己家里，他们吃饭时不许说笑，不许把筷子伸到别人眼前夹菜。怀馨还动不动就会给他们脸色看。这样的罪要受到哪一天啊？！

兄妹俩默默无语，只是互相对视着。不用说，此时他俩的心情都是一样的。

继续往前走，前方似乎出现了一片阴影。天渐渐黑了，可这河还是看不到尽头。这一带尽是灰色的大高楼，隔不远就有个警察来回巡逻。他俩已疲惫不堪了，可怎么也没找到"忘路之远近"的那种感觉，更别提"忽逢桃花林"了。亦芳说："要是能休息一下就好了。"亦雄当然同意，他也走不动了。

这些大灰楼原来都是一些大银行、大公司的仓库。他俩绕到一座大楼的前门，找了一处比较干净的台阶坐了下来。不一会儿，两人就都睡着了。

一个巡夜的警察以为他们是四处流浪的醉鬼，就用脚踢了一下，发现是两个孩子，就叫他们回家。开始亦雄不肯，他说："我们要去找桃花源。"警察说："现在是秋天，哪里会有桃花？这里也没有桃花园。"后来禁不住那警察连吓带哄，他们才被劝说回家。

寻觅桃花源的梦想就这样破灭了。然而这段不寻常的经历，他们一辈子也不会忘记……

这两天，怀馨正为没赢到钱而感到气恼，总想找个机会大闹一场；再加上继昌为了两个孩子出走的事抱怨她，硬叫人把她从人家的牌桌上找了回来，她更是气上加气了。此刻，当她看到两个孩子狼狈不堪地回来时，她简直就要气炸了。

蔡成本想叫小玉带孩子们去洗洗脸，换换衣服，把事情掩饰过去。可怀馨不干，她大声喊叫着："叫他们过来！这俩家伙在家里偷了东西，又弄成这个样子回来，准是到外面去偷鸡摸狗，干了什么见不得人的事了！"

亦雄看她那么蛮横，也没好气地回了一句："什么叫偷东西？我们只带了点馒头咸菜当晚饭。什么叫见不得人？我们只是想去找桃花源。总比你们整天搓麻将、抽鸦片烟强吧？！"

怀馨哪里受得了这个："瞧！瞧！这两个瘪三要造反了！挨千刀的！我早知道，他们外婆家是挑大粪的，这两个孩子也是天生的下贱货！"

她本来就是想激怒亦雄。亦雄毕竟是个孩子，哪里懂得这些？他恨不得冲上去给她两拳，幸亏被蔡成死死地拽住了。亦雄只好冲她嚷："不许你骂人！更不许你骂我妈！"他一面喊，一面想挣脱蔡成的手。

怀馨要的就是这个效果，她乘势冲着继昌大吼："看吧！看吧！他可要打人了！这回你该信了吧？你这儿子总有一天要凶过老子。你要不好好管教他，我就死给你看！"

继昌好像也真的生气了。他一面呵斥亦雄："回你屋去！"一面抄起一把戒尺，也跟了进去。亦雄这次有了经验，马上找了两本书，一边屁股上垫上一本，一声不吭地等着挨打。继昌打了两下，听出声音不对，心里明白，但仍不动声色，把戒尺高高举起，轻轻落下，嘴里喊着："叫你下次再敢！叫你下次再敢！"

回到房里，他仍然表现得很生气："我狠狠地打了他三十大板，够他记一辈子的了!"

怀馨乘这父子俩有矛盾之机又是哭,又是闹,非要让亦雄去住校不可。还说:"小芳那丫头,要是不多给她点事情做,将来非学坏不可。如果再跑出去,说不定让坏人骗去卖了你都不知道!"

自打于海走后,继昌一直警惕着,不愿叫怀馨管亦芳的事。可这次却被她闹糊涂了,竟然点了头。这下,怀馨想要修理小芳的鬼主意得到了继昌的默许,以后不管她怎样欺侮小芳,就都可以算在继昌的头上了。

在两个孩子的心中,父亲离他们越来越远了⋯⋯

这一年暑假,亦雄初中毕业,亦芳也该升入初中了。大姐来信说,娘想两个孩子了,请父亲答应让他们去北平过暑假。自从"桃花源事件"后,继昌看出,这兄妹俩心里一直有个疙瘩,所以他觉得让他们离开一段时间也好。

两个孩子虽然生在北平,但是那时他们还小,很多地方都没去过。这次来到北平,两个准备回天津过暑假的姑姑,特地多逗留了一个星期,陪他们去逛了北海、天坛、故宫,还带他们去中南海划了船。

一天,姐夫周之强回来说:他和学校里的另外两位教授在香山租了一座小别墅。那两位教授暂时不能去,所以打算带两个孩子先去住一个星期。

一大早,他们就坐上洋车直奔西直门,再从那里雇了三头小毛驴,慢慢悠悠地逛到了颐和园。下午他们又骑上小毛驴溜达到了香山附近的樱桃沟。

樱桃沟有一股不大的泉水,流到那小别墅前的石坑里,形成一个天然的游泳池。孩子们在水里尽情地嬉戏,看着天上飘动的白云,听着叽叽喳喳的鸟叫,心想:如果再有一片桃花林多好啊!这儿不就成桃花源了吗?啊!不,不会!这里不会有桃花源,全中国哪儿都不会有⋯⋯

那次的经历伤透了他们的心,他们似乎一下子长大了许多。

姑姑们回天津了。娘怕他们寂寞,又亲自带他们去公园玩儿。她要了一壶茶,几碟小吃,边吃边喝,让孩子们尽情地玩耍,玩够了就雇洋车回家。看上去,娘比孩子们玩得还要高兴。那个曾经得过神经病的老太太,连影子都不见了。

娘还是信佛。有一次居士林有佛事,请高僧来讲经,孩子们也要跟去。他们不仅为了好奇,也是为了想尝尝娘说的那好吃的素斋。看完了喇嘛拜佛念经，果然吃到从没见过的素宴。油汪汪的扁豆、香菇、豆腐，比什么鸡鸭鱼肉都好吃。娘见他们这么高兴，认为他们有佛缘。

第二天，娘拿出两本佛经说："你爹叫你们每天写几行小楷，不如这样，你们就替我抄写佛经吧，也为你们自己修点功德。"亦雄正想了解一下佛经里的奥秘，就答应抄写《金刚经》，亦芳也接下了《般若波罗蜜多心经》。令她惊讶的是，娘竟能一字不差地把它背下来。有时亦芳碰到不认得的字，娘竟能准确地告诉她。真奇怪，她不是不识字吗？娘说，她是先把佛经背下来后，再一个字、一个字地去对。慢慢地，就认识了。不过，要是换了一个地方，她又不认识了。有时，亦芳觉得佛经里的词句文绉绉的看不懂，就去问娘："娘，什么是'色即是空，空即是色'啊？"娘说："世上一切全是假的，只有自己是真的，别的都是自己想象出来的，也就是'万物皆空'。"亦芳又问："那么我也是假的？我也是空的？本来我就是没有的，是吗？"娘说不清了。夜深人静，每每听到娘诵经时，亦芳就又开始发呆了。娘虔诚地敲着木鱼，发出美妙的节奏；她那柔和的诵经声，掺着浓浓的胶东味儿，怎能不令人神往？这简直就是一种享受！

娘还教亦芳磕大头，就是把整个身体伸直，趴在拜垫上。然后，站起来，再趴下去，再站起来……尽自己的力量去做，越多越好。她现在每天能磕几十个大头，难怪她的身体比以前强多了。

大姐的儿子也三岁了，胖乎乎的，很好玩。在北平的四合院里下大雨时，往往排水不畅，院中积水有好几寸深，溅起很多水泡。那小家伙举起小胳膊，又蹦又跳地唱起儿歌："下雨啦，冒泡啦，王八戴着草帽啦……"逗得老的、少的都跟着他乐。

这个暑假，亦芳过得十分开心。她学会了划船、包饺子、炒鸡蛋，还为娘抄了佛经。但是，光阴不饶人。继昌来信说快开学了，叫他们马上回天津。

亦芳和哥哥向娘和大姐一家人依依不舍地告别，告别了妈妈去世后第一次真正的欢乐，也告别了她的童年……

回到天津不久，亦芳升入了初中，亦雄上了住校的高中。怀馨要把他们兄妹俩分开的计划，现在实现了第一步。

那第二步，就是要想方设法来折磨这姑娘。可她后来发现，亦芳并不怕吃苦，甚至还愿意多干一些活儿，来打发她的寂寞。打她、骂她吧，也不行，要是让继昌知道了会坏事。怀馨只好和刘妈商量，想办法气她。

自从老太太和继茂搬走后，房间空了很多。怀馨为了晚上和刘妈说话方便，就把烟铺搬到原来大太太那套房的外间，叫亦芳和亦菡住在里间。这样一来，亦芳除了上学睡觉外，全都在她们的监视之下。而继昌还以为这是为他着想，免得她们影响他晚上休息。

在那姐妹俩的房间里亦菡睡在里面，外面说话，基本上听不到。亦芳睡在门口，要不是她耳背，整夜都别想睡觉。怀馨和刘妈非常清楚这种情况。她们不想让亦芳听到的话，就小声说；想让她听到的话，就故意大声说给她听。

以前亦雄没住校，亦芳总愿到哥哥房里去读书，有难题也好问他。现在哥哥住校了，弟弟妹妹又有家庭教师辅导，而她没有，就只好回自己房里读书。

怀馨每天下午三四点钟才起床，这时早已过了午饭时间。她不在乎午饭不午饭，等一会去别人家里打牌，就有好的吃了，所以此时她吃的是早餐。她要按南方的习惯吃点心：小笼包、肉馄饨、糯米汤圆、鸡丝汤面、炸春卷……都是那些观前街上的名小吃，是她少年时代想吃而吃不到的东西。

她一面吃，一面等孩子们回来。这也是继昌立的规矩，孩子们回家，一定要到父母面前叫一声，代替过去那种请安。怀馨见亦菡回来，忙喊她："小菡，妈给你留着点心哪。"亦菡答应一声，就到母亲身旁坐下，亲亲热热地说上几句话。吃过点心，才到楼下去读书。亦麒和亦莼也都有他们的一份，不过他们不一定在楼上吃。有时正赶上亦芳回来，叫声"姆妈"，怀馨一声也不吭，连眼皮都懒得抬一下。

如果亦芳要求给她一份，也许会得到一点儿。但是，亦芳绝不会向别人乞求，更不愿受刘妈的冷言冷语。平时她收拾完屋子，肚子就会感到饿了，她宁可强忍下去，也不吭声。亦菡看在眼里，有时会说："给二姐盛一碗吧。"怀馨白了她一眼："今天不够了。她也大了，等着吃晚饭吧。"

亦菡也十岁了，又很聪明，对母亲和刘妈的所作所为也有些看不惯。但是母亲除了麟儿外，最疼爱的就是她了，这又使她往往是非不分，慢慢地养成了一种万事不管的性格。

这年冬天，亦芳学校里来了一位新的体育老师。不知是什么洋规矩，非要学生上体育课穿黑色短运动裤。亦芳虽有短裤，却没有配短裤的长筒袜，只好光着大腿。一节课下来，冻得她浑身发颤。她病了。

怀馨吃过点心，拿起烟枪，忽然叫起来："今天这屋里怎么这么脏？到处都是灰。好啊！这丫头反了，想治我不成？"

亦菡告诉她二姐回家后就躺下了，可能真是不舒服。怀馨还是骂骂咧咧："别理她，装模作样，可惜不是林黛玉！"继昌听到她叫嚷，过来问，怀馨指着屋里说："该不是装死吧？别指望我管她的事！"

继昌终究不忍，进去看亦芳。她发烧了。不得已，她把没有长筒袜的事说了。这是她第一次告怀馨的状。继昌让怀馨去买，劝了半天，她才勉强答应了。

第二天，怀馨坐车去小白楼买了两双长筒毛袜和一条毛裤。回家的路上越想越不甘心，于是回过头又坐车到劝业场买了两双黑线袜。到家后，她把线袜给了亦芳，却把毛袜毛裤都给了亦菡。其实亦菡的学校里并不要求穿短裤，当然也就不需要长筒袜。

亦芳穿上了长筒线袜。虽说比光着大腿好多了，但是脚下穿的还是单薄的力士胶鞋，不久就长了冻疮。小玉心疼她，给她做了一双棉鞋，可是上体育课不能穿。这些事除了小玉，她对谁也没说，只有暗地里向妈妈哭诉。

就在这一年，中国发生了一件大事，那就是"九一八"事变。日本鬼子侵占了东北，又把魔掌伸向了华北，而蒋介石却宣布不抵抗。要不是中国人民和爱国将领们自发地奋起抵抗，给日本鬼子以沉重的打击，华北早就沦陷了。但在平津一带，已能随处感到日本人的嚣张气焰。

亦雄每星期一去学校，必须经过日租界的日军岗哨。步行的中国人都得停下来敬礼，稍有怠慢，不是挨个大嘴巴，就是被他们的皮鞋踢一脚。每逢遇到这种情况，亦雄总是端坐在车上，装作没看见这些日本兵。有什么事，就叫车夫老李去顶着。

那时的日租界，就是个小小的日本国。日本便衣可以随便进出居民家里。老百姓忽然失踪的事、无缘无故挨打的事，时有耳闻。

亦雄一下子变得成熟了，别看他外表上仍然是个文静的少年。这年代，凡是深深感到亡国之耻的人，内心都会热血澎湃，按捺不住自己的爱国热情。

寒假里，每当亦雄兄妹来看奶奶时，继茂常常带他们到郊外大坑里去溜冰，或是撑冰排子。孩子们没有冰鞋，冰排子上坐的时间长了很冷。叔叔见几个铜板能买一个烤白薯，就给他们每人买上一个。热乎乎的烤白薯揣在怀里，或是拿在手上边吃边焐手，顿时就感到不怎么冷了。那滋味别提有多甜美了。等玩够了，他们就回奶奶家里吃午饭。

春节前的那个星期天，他们又来到奶奶家。昨晚刮了一夜西北风，天气十分寒冷，桂英不让叔叔去溜冰。可亦雄在家里怎么也坐不住。叔叔说："这样吧，我带你们去粥棚看看。就怕你们不敢去，你们要是看了，恐怕连饭都吃不下了。"他越这么说，亦雄越是非去不可。叔叔又买了两个烤白薯，让他们揣在怀里，然后大家就上路了。

粥棚建在光秃秃的黄土地上，简陋的木屋架，屋顶和围墙都是用苇席做的，墙的内侧糊的是旧报纸。这几间大棚，每晚要接纳几百个无家可归的穷苦人。他们中有的是穷途末路的乞丐，有的是来到天津谋活路却无处可投的外乡人，但也有一些是吸白面的流浪汉，和输光了一切家当的赌徒。如果第二天早上还能站起来，他们就可以再领一碗稀粥喝，这样也许又能挨过一天。如果支持不住了，就会随处倒毙。

那些到天亮还起不来的，会有人拉来一口薄皮棺材，把他们一个个地装起来，然后拉到荒郊野外去。

昨夜的狂风到现在还未平息，单薄的苇席已被吹破多处，棚内遍地是粉碎的纸片儿，那些还没落下来的仍在随风飞舞，稀里哗啦地响，更让人觉得瘆得慌。

继茂他们进来时，棚内已空无一人了。他们觉得很可惜，没能见到发粥的情境。但是他们却看到在墙角处有一堆东西，用苇席盖着，仔细一看，外面露出许多脚丫。叔叔说："看到吗，这就是那些起不来的。昨夜那么冷，一定冻死不少。"亦雄数一数果然有六七十只脚。叔叔说："这还不算完，如果再加上那些冻死在街头的，该有上百人。有一年冬天，比今天还冷。第二天报上说，冻死了一两百人呢！"

回来的路上，叔叔告诉他们，这粥棚、粥和棺材都是由一个"普善堂"出面，向有钱人募捐来的。经办人中确有真心实意想为穷人办点好事的，但有些人却从中克扣钱物，中饱私囊。所以这席棚才盖得那么简陋，米粥才那么稀，简直就是一碗热汤，稀得能照见人影儿。

晚饭时，怀馨不在家。麟儿不让刘妈像往常一样，把菜夹出来放在他自己的小桌上吃，非要和大人坐在一起，可刚一上桌就把饭菜撒了一地。他哪管这些，伸出筷子就从大盘子中夹了一块肉，可只咬了一口，就又丢了回去。接着，他又是要鱼，又是要鸡，大吵大闹。气得继昌叫刘妈马上把他抱走，可那孩子还是一个劲儿地撒泼。亦雄想起上午看到的事，不由得说："这可真是朱门酒肉臭，路有冻死骨啊！"

晚上怀馨回来，刘妈马上报告："今晚吃饭时小少爷闹脾气，二少爷骂他臭死人骨头。"怀馨狠狠地说："等着吧，早晚我得跟他算账！"

春节快到了。今年继昌的生意不错，就嘱咐怀馨："年要过得好一些，给老太太送的酒席要比往常更丰富一些。"怀馨也很高兴，她到天津后买了不少首饰。在南京买的那个百宝箱已经太小了，她又在劝业场买了一个紫檀木嵌贝雕的大百宝箱。昨天，她又弄到一对翡翠手镯和一枚宝石戒指，戴上去往牌桌上一亮，肯定会让别的太太们羡慕不已的。

这还不够，她还给自己买了几件新衣，又给亦菡姐妹买了一块非常鲜艳的进口绸料：那苹果绿的面料上点缀着杏黄色和大红色的花朵，映衬在深绿色的叶子上面，煞是好看。回到家里，她又要求裁缝用这料子做面，驼绒做里，按最时兴的款式，给姐妹俩每人做一件旗袍，还必须用玻璃珠和玻璃片镶上边儿。这样的旗袍，在当时可算是最摩登、最靓丽的了。

除夕的前一天，蔡成托着那几件新衣来到怀馨房里说："太太，裁缝问还有没有什么要做的？要是没有，明天一早儿他们就回家过年了。"怀馨说："那好，你去算了工钱，打发他回去吧。"

蔡成咽下一口凉气，鼓起勇气说："那，二小姐的呢？"

怀馨心里暗骂："偏你多嘴！"可嘴上却说："嗯，对，叫他等一会儿。"

她进屋把抽屉、衣柜翻了个遍，好不容易从那包旧衣服中，找出了一件不知哪年穿剩下的单旗袍。她嫌脏，就用两个手指捏着，扔给了蔡成："就叫他拿去配个黑边，改件棉袍吧。"蔡成看了看说："这是短袖的，怎么好做长袖的棉袍？"

怀馨瞪了他一眼："这衣服长，把下面剪下来接到袖子上不就够了吗？你不懂，多什么嘴！"

春节的老规矩，自从老太太搬走后，就都废掉了。可继昌每逢大年初一，一定要全家都去给老太太拜年，随带一桌酒席，都是老太太爱吃的东西。

他们一进门，大家就发现那姐妹俩鲜艳夺目的衣着，就连那两兄弟也是缎子面儿的长袍和背心。亦雄和亦芳过了好一会儿才来。亦雄仍然穿着他的学生装。唯有亦芳最引人注目，她只能穿着那件用怀馨的旧旗袍改的又短小、又寒酸的棉旗袍。多嘴的桂英见状就想挖苦亦芳两句，她酸溜溜地说："今天就数你最时髦了……"刚一出口，继茂马上就瞪了她一眼。怀馨心里有鬼，忙说："真没办法，她长得太快，都来不及做。"

老太太虽听不清她们说了些什么，可也能猜出几分，心里感到不痛快。要不是两个姑娘一个劲儿地劝解，说不定会发作一番。继昌也没弄清是怎么一回事，对孩子们的穿戴他只当什么也没看见。可大家都不痛快，他心里也不是滋味。

继贤和继淑都已大学毕业了，继贤留校当了助教，继淑为了照顾母亲，回到天津，在一家医院当护士。过了春节，继贤就要回北平，她已经有男朋友了。

从大年三十到正月初四，孩子们可以尽情地玩：推牌九、掷骰子、放鞭炮。在这几天内，继昌什么都不管，只是不许他们出门。有客人来，就叫谁谁去磕个头，领压岁钱。

初二那天，大门外汽车喇叭直响，原来是继昌的老上司高君鹏和他那位三姨太来了。如今三姨太已经扶正，是正儿八经的高太太了。继昌忙请高君鹏到客厅，怀馨也把高太太让到楼上。亦菡姐妹过来磕了头，高太太夸奖一番，给了压岁钱。她和怀馨刚谈了没几句，就故作忘记似的说："天香那丫头呢？怎么没见？"

怀馨脸一红，忙叫刘妈："去把亦芳找来。"高太太一见亦芳的穿戴，心里就全明白了。给完压岁钱后，她对怀馨说："她长得不丑。不过人要衣装，佛要金装。将来，她要是能嫁个体面的女婿，你不也光彩吗？"

怀馨一肚子不高兴，嘴上却奉承地说："您说到我心里了。可这孩子不听话，这么大了，就是不会打扮自己，有好的也不穿，就爱叫人看她那副寒酸相！今儿幸亏是您，要是别人见了，还以为我这后娘有多亏待她呢！"高太太看出这是个歹毒的女人，怕说多了对亦芳更不利，反倒会把她当成出气筒，所以就赶紧和丈夫回去了。

晚上，亦芳在被窝里尽情地痛哭了一顿。很明显，那位太太是妈妈的朋友，可是自己却不能和她说上一句话，也不可能指望她来解救自己。她哭累了，就开始责怪自己太容易动感情，别人稍有同情就会大哭一场。她生怕别人知道，不停地用凉水洗脸。可是第二天，眼睛还是有些红肿。

高太太走后，怀馨还在琢磨下午的那一幕。她咬牙切齿地对刘妈嚷："这女人和天香是一路货，都是丫头收的房！在我面前摆什么谱儿，敢来教训我？！"又冲屋里喊，"那丫头越发不懂事，装得可怜巴巴的，做给谁看？！等有一天我非把她赶出去不可！"刘妈连忙摆手，悄悄地说："不如找个人家，早点嫁出去算了。"

春节过后，很快就开学了。亦雄住校去了。他一走，亦芳感到更加寂寞，更加孤立无援了。与此同时，学习上的困难也更加多了。可偏偏在这个时候，怀馨又给她增加了家务活，把本该是刘妈和田妈做的事也叫她来做。刘妈除了照看麟儿和伺候怀馨吃夜宵外，几乎什么事也不用干了。

亦雄住校后，亦芳就成了怀馨的下一个急待清除的目标，也是最后一个目标。好多天以来，这都成了她和刘妈讨论的主要话题。

一天，怀馨起床较早，吃过点心后，就躺上烟铺想抽口大烟，可烟泡没有了。她拿起烟扦子，在烟缸里搅起一坨烟膏，放在油灯上慢慢地烤着，等它开始起泡就趁热把它放在一个铜做的小板上，搓成一个大约一厘米高的圆柱体，这就是烟泡。她把这又香又脆的烟泡黏在烟斗上，就可以尽情地享受那飘飘欲仙的乐趣了。

如有时间，也可以把烟泡烧好后放在一个小盒子里存着，随抽随取。平时，继昌两口子都抽大烟，每天有十几个也就够了。如果有人来打牌，就得备上二三十个。每天光是花在烧烟泡上的时间，就得两三个小时。那些阔佬们往往有专门伺候他们的丫头干这个。以前怀馨都是随抽随烧，继昌抽得不多，有怀馨剩的也够了，没有剩的，他自己也会烧。

这时亦芳正在这屋里拾掇房间，看见那烟膏在怀馨手里慢慢地变成了烟泡，不自觉地又像看蚂蚁打仗那样看傻了。不料，这傻相却被怀馨发现了，一个新的坏主意就油然而生了。

"小芳，你过来，你瞧这玩意有意思吧？过来，我教你，学会了给你爹烧。"

亦芳哪里能想得到学会这玩意会有什么后果，再说怀馨叫她，她也不敢不去。她像学包饺子、织毛衣那样，认认真真地学，很快就学会了。可是没想到，她从此又背上了一个非常沉重的负担。放学后她再也没有休息的时间了。不论老师留的作业有多多，也不论考试的任务有多重，她每天都得先把房间收拾好，再把烟泡做够数才行。

从此，怀馨不但省了雇人烧烟泡的钱，也给自己省出许多时间。亦芳一步步地走入陷阱，怀馨想把她当丫头使唤的预谋，开始实现了。

一天，怀馨有意无意地指着烟盘中的三个小罐对亦芳说："这三个小罐可不要弄错了。这第一罐是烟灰，我们每天抽完后，你要把烟斗里的灰挖出来，倒进这个罐里。这第二罐是放烟泡的，烧好后要趁热取下来，放进这里。"然后，她指着第三个罐子说，"最要紧的是这一罐。这里是用大烟土熬成的烟膏，比金子还贵，还有毒，吃了会死人的。谁要是不想活了，可以试试。"说完，她冷冷地一笑，像是话中有话。

哥哥一个星期才回来一天，如果碰到考试或有其他活动，两个星期也回不来。亦芳本来眼睛耳朵就有毛病，学习中自然会有很多困难，回到家既没有时间复习，又没有人辅导，学习成绩一天不如一天。初二下学期竟有四门功课不及格，一是音乐，二是体育，三是党义，四是英语，数学成绩也很差。

在学校里，她也得不到老师的关心。上音乐课，除了C调以外，她弄不清其他的音调。上体育课，她只会像"端尿盆儿"那样投篮，还碰不到篮筐；发排球她从来没能发过网；推铅球差一点儿砸了自己的脚。最糟糕的是，她听不清英语老师的发音，每次听写，往往前一个单词还没听清，后一个词已经念完了。尽管她考试前也开夜车，可临考时一着急，那脑袋疼得就像要爆炸一样。

所以，这几门功课她总也考不好。不过她有些功课，成绩还挺不错：像语文、历史、地理之类，她都能背得很熟，成绩也不差。甚至生物、化学之类，她也能背下许多。可是那数学，尽管她死记硬背能解决一些问题，但是只要题目稍有变化，她就不会了。

继昌对亦芳的成绩很不满意，这更增加了他们父女之间的隔阂。

第 六 章

"九一八"已经过去了两年。

日本鬼子侵占东北后，又把魔掌伸向了华北，平津形势日益紧张。蒋介石对日本鬼子不但不抵抗，反而采取了"先安内，后攘外"的政策，把所有兵力都用来打共产党。其结果使日军变得更加疯狂，逐步逼近平津。

杨继昌深谋远虑，他知道天津的生意将会很不保险。而上海，看上去西洋人的势力比较强大，他以为可以依靠他们的保护，所以就决定把主要投资转移到上海去。听说上海有一家织布厂正想扩充资本，朋友介绍他和该厂的王老板认识，他打算亲自去上海洽谈合资经营的事。因为要去很长时间，需要个跑腿的人，可蔡成走不开，就叫老李跟去了。

临走时，继昌再三嘱咐怀馨要把孩子们照顾好，小事由她做主，大事要等他回来再定。他知道怀馨忌恨亦芳，所以又嘱咐蔡成夫妇，请他们多多关心这个小孤女。但是他自己，却没有亲自给她一点儿父爱。

怀馨对继昌的嘱咐答应得非常痛快。她原想和继昌一起去，可继昌说在上海找地方抽鸦片非常困难，那大烟馆可不是有身份的女人去的地方。怀馨只好答应不去，但她要继昌给她买很多上海最时髦的穿戴，还说这次不去，下次一定要让她去。

老爷刚走不久，刘妈就开始实施她的下一步计划了。她带麟儿来到亦芳的房间，任凭他胡闹，把亦芳多年来存下来的小玩意儿、姑姑们给的花手绢，随意乱丢，特别是天香仅存的几张照片，也被他糟蹋得不像样子。恰巧正赶上亦芳放学回来，看到这种情况，她急得一面冲刘妈喊了几句，一面从麟儿手里夺回她妈妈的照片。这个被娇惯坏了的孩子揪住亦芳又是抓，又是咬，乱成一团。

这一闹，正中了两个女人设下的圈套，那怀馨往房门口一站，说："好啊，你爹刚走，你就欺负起小弟弟来了，连刘妈都惹不起你。你别以为有你爹宠着你，你就能胡来！你还想骑到我们母子头上不成？我告诉你，他这一去一年半载也回不来！"

刘妈更是火上浇油："我还是第一次见到像她这样的小姐。小少爷不就是过来玩了玩吗，她都不依不饶。我看将来非得嫁个要饭的，连我都不如！"

她们本想激怒亦芳，让她反抗，她们就可以加重她的罪名，以便进一步整治她。谁知亦芳毕竟太小，哪里斗得过这两张利口。她只好退缩了，无可奈何地趴到床上痛哭起来，哭她多年来所受的委屈，哭她那死去的亲娘，任凭那两个女人还在一旁骂不绝口。

亦芳哭了一会儿，忽然想起今天在学校里发生的事：高年级同学发起了为抗日义勇军募捐的活动。这是全市很多学校的联合行动，所以亦芳的学校里也有许多同学都参加了。校方是禁止学生参加政治活动的，他们把所有参加活动的积极分子都监视起来。

亦芳一向功课不好，又胆怯，一般的活动从不参加。但是近来，她从哥哥那里懂得了一些抗日的道理。因此，在这次募捐活动中，她表现得非常积极。她主动帮助高年级同学在自己班里做宣传工作，动员大家募捐。

见她说得那么起劲儿，有的同学不禁问她："你光叫别人捐，你自己呢？"

她傻眼了，怎么她就没想到自己一个铜板都没有，拿什么捐啊？可到了这时已容不得她退缩了。那同学故意激她说："我给你写上两元了。"于芳一时不知该如何回答，可别人就当她默认了。

放学后，亦芳后悔了。她到哪里去找这两元钱呢？亦芳的学校是所教会学校，学生们的家长一般都会给孩子一些零花钱。以前天香在时，每个上学的弟弟妹妹都有零花钱。自从怀馨当家，继茂兄妹也都挣钱了，这规矩就没了。后来亦雄住校，每星期才给他一元钱，别人都没有。亦蔺姐弟当然不缺钱，怀馨每次赢了钱，都会给他们每人三元五元，另有需要时还可以再要，可她从不给亦芳一个钱。继昌也忽略了，也没给过她钱。现在父亲不在家，蔡成虽然管账，但不能随意给她钱；哥哥要到周末才能回来，可今天才是星期二，明天就要交钱了，怎么办啊？真把她难死了！

原本亦芳也是想硬着头皮去向怀馨要的，可没想到一回家就碰到这么一场灾难，她也就把要钱的事忘记了。不多会儿，怀馨出去搓麻将了，亦芳也擦干眼泪去收拾房间。她一边擦桌子一边想着募捐的事："啊，怀馨平时不就是把钱放在这个抽屉里吗？没有别的办法，先在这里拿了再说吧。"

她打开抽屉，果然有钱，但没有零钱，她只好拿了一张五元的钞票，却不小心碰倒了一个小瓷盒，盒子里有两个赤裸裸的小人。亦芳害怕了，来不及收拾，忙把抽屉关好。

第二天，亦芳拿了这五元的票子去交款，找回来的却是一大堆零票。当天，亦芳因为帮忙算账，回家时怀馨已经出门搓麻将了。半夜里，怀馨回来发现那碰倒的小瓷盒，接着又发现少了钱。她不管孩子们是否都已入睡，就大声吵闹起来。

刘妈凑过来说："我看没有别人，准是那丫头干的。这个屋除了她，别人难得进来。"

她们俩很快就在亦芳的抽屉里发现了那一大堆零票，怀馨立刻就歇斯底里地叫骂起来："我早就看出挑大粪的人家养不出好东西来！从她外公外婆开始就挑大粪，一家子都臭！这不，天香就是臭货，养下来的丫头就更臭！竟做起贼来了！这么点大的人就知道看春宫，真不要脸！"

刘妈也在一旁帮腔："她根本就不是当小姐的命，找个拉车的，把她嫁出去算了……"接着，她又在怀馨的耳边嘀咕了几句。

怀馨却故意大声说给亦芳听："不能就这样便宜了她！等她爹回来，得叫他亲自揍她一顿！要不是他老护着，我早就把她管教得服服帖帖的了。"一阵冷笑之后，她好像还不解气，又接着骂，"就她这副长相，嫁出去也讨不到男人的喜欢。"骂着骂着她不禁得意起来，"哼"了一声又说，"那伺候男人的事也是个功夫！就凭她？还差得远呢！"接着就是一阵淫荡的笑声。

原打算向怀馨说清事实的亦芳被骂傻了，此时她真不知如何解释才好。本来她已想好，等怀馨回来后，就把找回来的零钱交给她，所以她根本没打算藏起来。如今这钱却成了自己的罪证。现在说什么也晚了。直到这主仆俩骂累了，去睡觉了，亦芳也没想出说清这件事的办法。

她一夜没睡好。第二天早上，她感到脑袋晕晕乎乎的。虽然她实在不想上学校，但是在这样的家里又怎能待得下去呢？她只好勉强打起精神来到学校。谁知等待她的，是更沉重的打击。

募捐的事，当局认为是共产党发动的，便命令各学校立即调查有赤化嫌疑的学生，尤其是对那些平时学习不够好的学生，要立即开除。亦芳的学校，当然也必须遵照执行。老师们把所有积极参加募捐的学生都排了个队，亦芳也被排在里面。那些平时学习成绩还过得去的学生都被逐个排除了。唯有亦芳，平时学习较差，最近又在日记上写了一些"反动言论"，自然成了校方的"首选目标"。

亦芳的日记怎么会到了老师的手里呢？原来，学校训育处要求语文老师安排每个学生都要写日记，美其名曰是为了帮助学生提高写作能力，实际上是为了随时掌握学生的思想动态。别的同学写的都是些家庭生活如何的温暖啊，与朋友去郊游如何的欢乐啊，以及自己的学习心得等琐事。而这些事情，亦芳都没的可写。她遭受的是欺辱，看到的是悲哀。她同情那些受苦受难的百姓，她所能写的当然也就只有那些冻死在街头的穷人，日本宪兵的横行霸道等不公平的现象了。她的这些看法早已引起了老师的注意，偏偏她最近又提出了些极其敏感的问题："我常在报纸上看到有关剿匪的消息。真奇怪！报纸上不是说，他们全部都被消灭了吗？为什么最近还在不断报道，某地某处仍在剿匪呢？他们究竟是些什么样的土匪？为什么这里消灭了，却又在那里出现了呢？是官逼民反，不得不反吗？"

这一大串的问题，亦芳是真的不懂，可老师却认为她这分明是对当局的指责。于是，杨亦芳的几条罪名就都成立了：第一，违反了学生不能过问政治的规定；第二，胆敢指责当局；第三，联系到她前几次所写的日记，可以得出结论：她的思想已被赤化了。

真可叹！怀疑来怀疑去，这么大的学校，几百名学生，竟然逼迫一个十三四岁的孩子去充当"赤化嫌疑分子"！校方可不管那么多，只要能向上级交差就行。

接下来就是讨论如何处理的问题。训育主任主张开除，他说："要不是她年纪还小，早就够得上赤化分子了。我们没把她送到局子里就够便宜她了！"但是大部分老师都持怀疑态度，他们中更有些人不愿过分伤害这样一个傻乎乎的小女孩。尤其是地理和历史老师，他们认为亦芳还是很用功的，她的地理和历史成绩都不错。最后，教务主任出来折中了一下："我看就给她个休学处分吧。这和开除差不多，但是也还是给她留有余地，仍有改过自新的机会，家长也不会来找我们的麻烦，对其他赤化分子也能敲起警钟。"

事情一定，下午班主任就找亦芳谈话："你要老老实实地讲，你这篇日记是什么意思？影射什么问题？指责谁？"

亦芳摸不着头脑，结结巴巴地说："不 …… 不 …… 不是老师您叫我们写日记的吗？我 …… 我 …… 我想不出该写什么，就去翻报纸，这些都是登在第一版上的。我看不懂，又 …… 又不知道该问谁，就写到日记上了。我没有指责谁的意思。不是您说过写日记没有题目可以到报纸上面找 …… 找的吗？"

班主任一听吓坏了，再问下去就把自己也卷进去了。他连忙把学校的决定告诉亦芳，声色俱厉地吓唬她："哼！你别装糊涂，别看你学习成绩不好，这赤化思想还挺严重。学校已决定叫你休学了。明天我们会通知你的家长，以后你就不必来上学了。现在你就回去吧。"

亦芳吓傻了，怎么一篇日记会惹出这么大的麻烦啊？家里那件大事还没法解决呢，又出这事！真是祸不单行啊！她昏昏沉沉地夹起书包，在放学以前溜出了校门。

该到哪里去呢？她不知不觉地又走到了墙子河边。"地理上不是说墙子河通大海吗？那就去大海吧。《长恨歌》中有'忽闻海上有仙山，山在虚无缥缈间'。是不是真有仙山？妈妈也许就在那里 …… 不，那是假的！"她感到彻底失望了。

冬天夜长昼短，她迷迷糊糊地回到家时，天已经黑了下来。怀馨已经出去打麻将了，别人谁都没有注意她。从餐厅出来，她突然被家庭教师阮老师叫住，吓了她一跳。阮老师说："你怎么饭也吃不下，脸色那么难看，是不是生病了？"亦芳摇摇头。阮老师又说："你要小心，她们在商量要找个拉洋车的，把你嫁出去！你不如出去躲一躲吧。"她说完就马上走开了。

平时，亦芳很少和阮老师说话，但是她心里明白，阮老师不是坏人，绝不会说谎。"可是我又能往哪里躲呢？现在怀馨没回来，家里其他人都睡了。对，去奶奶家，这些事对别人不能说，对二姑还是可以说的，也只有二姑能帮助我了。"

晚上九点刚过，楼里静悄悄的，亦芳一步一哆嗦地从后门溜了出去。

天色乌黑，这条路她本来很熟，又不太远，可眼下已经是数九寒天了，加上风大，亦芳冻得浑身发抖，两条腿也不听使唤了。但她还是咬着牙，在寒风里挣扎着，摇摇晃晃地到了奶奶家。

她靠在门上歇了一会儿，刚要鼓起勇气敲门，却又担心没法对二姑说清楚。二姑会不会也说她犯了不可饶恕的罪过呢？这门是敲还是不敲？她犹豫了半天：敲，也许二姑肯帮忙；不敲，只有死路一条。她把眼睛一闭，举起手敲了下去。

奇怪，往常敲门很快就有人答应，今天是不是全睡着了？是不是风太大听不见？亦芳无奈，又敲了半天，还是没有回声。她哪里知道，今天清早奶奶摔了一跤，大腿骨折，昏迷不醒。此时叔叔、二姑和翟妈都在医院里等待她从昏迷中醒来。现在家里只有二婶和她那不满周岁的儿子。

孙桂英其实早已听见有人敲门，但她一来忙了一天，很累，很疲倦，二来天这么冷，实在不想起床。就翻了个身，冲门外喊道："谁？谁啊？"亦芳忙叫："二姑，二姑，二姑，快！快开门！是我，我是亦芳。二姑……"

孙桂英听说是找二姑，心想："不关我的事。"拉起被子蒙住头，很快又睡着了。亦芳的哭声，也被大风吞噬了……

失魂落魄的亦芳在黑暗的小路上转来转去，不知该去哪里。回家吗？死路一条；去找哥哥吗？又不知道他的学校在哪里。去北平找大姐，又没有买车票的钱……哎呀，不好！不知不觉她已经快到家了。突然，她看见斜对面那家灯火辉煌，又是吹，又是敲的，似乎还有人诵经，那灯笼全是白色的。是死人了吧？她忽然感到，也许还不如死了痛快。

亦芳最后的希望就是蔡成和小玉了。她慌忙去敲大门，谁知也没人答应，大门是反锁的，说明他们两人都不在家。这一下亦芳的心彻底凉了。其实蔡成两口正在为办丧事的那家帮忙，只需半个小时就会回来。亦芳哪里知道。她已经快冻僵了，连心都死了。她不愿倒毙街头，和那些乞丐和吸白面的一起被人收尸。

后门仍是她出门时的样子 —— 虚掩着。此时于海已回老家，老李随继昌去了上海，剩下厨师一人，门户就看得不那么严实了。他忙了一天，睡得很死，亦芳走出走进，他都没有听到。

亦芳连忙闩上后门，悄悄地回到楼上。这时怀馨还没回来，刘妈和弟妹们仍在睡觉。

人到了什么指望都没有时，反而什么都不怕了。如果这时有一个人能来保护她，或者说上几句安慰她的话，她也不至于走上绝路。现在她只能先倒在床上，蒙上被，止住全身不停的哆嗦，然后冷冷静静地想一个最好的死法。

怀馨回来了，亦芳已准备好她来大闹一场。谁知她却一直没有出声。刘妈忍不住，大声问："是不是把她拉起来审一审？"怀馨狠劲地吸了一口大烟，又缓缓地吐出一阵烟雾，这才说："不着急，不如把这件事留给老爷，等他回来，一生气，还不揍她个半死？然后我就叫老爷把她赶出去，嫁给一个拉洋车的拉倒，让她一辈子受罪！这不比你我两人出头露面，遭人埋怨强多了吗？"刘妈说："可也是，反正老爷也快回来了，咱们就等着瞧好吧！"

她又像想起什么似的："太太，您要是愿意，我们村有个赶大车的，正想找个媳妇。我和他一说，保准行。就看您怎么跟老爷说了。咳，人活到这个份儿上，真不如死了好！自己少受罪，也省得别人别扭。"

怀馨说："好啊！明天你就回去叫他们来接人，老爷回来我自有办法。"

她们俩都放开喉咙，分明是故意说给亦芳听。其实，即使她们不说，亦芳也已经从阮老师那里听到她们要设计陷害自己的事了。此时她心里也在想，真不如死了好！她们的话，倒好像是在为她着想似的。

那两个女人走后，亦芳关上房门，开始收拾东西。她穿上自己最好的衣服，将母亲的遗像，姑姑们给她的小玩意儿、小手帕统统放进衣兜里。然后走到外屋，决心选择这条路 —— 死！

她走到烟炕前，打开第一个小罐，那是烟灰，第二个罐原是装烟泡的，现在空着。第三个才是她要找的鸦片烟膏。可惜不多了，只有半罐，不知够不够。时间已不容亦芳再犹豫。她只考虑到吞鸦片究竟比上吊容易，也没有跳楼和抹脖子那么可怕，更不会惊动很多人。

一切都准备好了，但是她还是不敢往嘴里送。她问自己："能不喝吗？"回答是："不！"明天怀馨会向全家宣布她偷了钱，还看了她的什么东西；学校也会派人来宣布她被停学；父亲回来还要打她，赶她出门 …… 不必再想了，还是死了干净，也许还能见到妈妈。她一手拿起烟膏，一手拿着一杯开水，就像吃中药那样硬灌了下去。

她开始头晕、恶心，挣扎着去厕所吐了一次，又回来躺下。只觉得头昏昏沉沉的，身体越来越重，眼前漆黑一片。她想起要去找妈妈，但是什么也看不见，终于失去了知觉 ……

第二天一早，亦菡见二姐没有起床，喊她也不答应，推又推不醒。掀起棉被一看，吓得她跑出来大声喊叫。田妈听到喊声马上跑来。她一看也吓得要死，忙一面喊刘妈，一面把亦菡姐妹带到楼下，也不许亦麒上楼。

刘妈把麟儿交给田妈，便跑到亦芳房里。只见那亦芳双眼紧闭，面色蜡黄，嘴角流出黑乎乎的东西，一股子大烟味。她忙去叫醒怀馨。

怀馨先是一惊，问："死了吗？"

刘妈说："事情到了这份儿上，不死更麻烦，还不如早点弄出去埋了的好。"

怀馨一听，马上来了主意，心里琢磨："这可真像一出戏。不管是死是活，也只能当戏演了。"她稳住神，扯着嗓子喊蔡成。又悄悄地对刘妈说，"不是那老东西叫他们两口子照顾这死丫头的吗？那就叫他俩给这丫头收尸吧！"看她那副咬牙切齿的样子，好像就算人死了，也解不了她的心头之恨似的。

蔡成不相信亦芳这么快就死了，就说："是不是找个大夫来瞧瞧？"

不承想，怀馨大动肝火地叫道："你少多事！人都死透了，你还想叫我丢人现眼不成？快去买口棺材，把她抬出去！"

"那也得停一停，装殓一下吧？"

"要停也不能停在活人住的地方。你先把她弄出去停在原先老于住的那间空屋里，装好棺材从后门抬出去也方便。"

没办法，蔡成只好向她要钱买棺材，她不情愿地拿出五十块钱。这点钱根本不够，蔡成觉得很为难。怀馨又发脾气了："她是你什么人呢？要怎样发送你才称心呢？"

"太太，我总不能一个人扛着一口棺材跑到郊外去埋吧？总得雇上几个人吧？"蔡成忍气吞声地说，"再说也得修个坟，老爷回来也好有个交代。万一碰上什么保长、甲长的，还得塞给他们几个钱不是？"他用"老爷"将了怀馨一军，她只好很不情愿地又拿出二百块钱，气哼哼地说："多下来的就便宜你吧！"

蔡成用亦芳自己的被把她裹好，心中十分哀伤。一面流着泪，一面暗暗地骂："好歹毒的后妈，这孩子尸骨未寒，就叫我送出去埋……"他叫来小玉一起收拾好原先老于住的房，生上火。又叫小玉给亦芳洗脸、擦身。他要叫这受尽委屈的孩子干干净净地走。小玉害怕死人，蔡成说："别怕，就当她是你的亲妹子吧。看在他娘的分儿上，咱也不能不管。再说老爷临走时还托付过我，我们也没把她照顾好。"

小玉不敢看亦芳的脸，侧着头，摸索着擦，擦到身上时，不由得叫起来："哎，哎，快来！快来呀！"

"还不快擦！又怎么啦？我还得赶紧去买棺材呢！不然，那两个恶鬼又要来催啦！"

小玉忙把他拉过来，叫他摸摸，又悄悄说："我看这件事很奇怪。她昨天还好好的，怎么一夜就死了？你闻闻她满嘴的大烟味，该不是吃了那玩意儿吧？我看没准还没死，这身上还热着呢。"

想起刚才那两个女人的神情，蔡成这才明白过来："原来她们是想借我的手活埋了亦芳。真够狠毒的！"正好厨师进来，一看这情形，二话没说，偷偷到厨房里烧了一大锅绿豆汤，然后招呼蔡成给亦芳灌下去。

刚灌了多半碗，亦芳就呕吐起来，全是大烟水。他们一面叫小玉接着灌，一面商量：老爷一时半会儿回不来，那边院里老太太也管不了，这家里再没有别的主心骨了。如果亦芳真的死不了，早晚还得被她们害死。

蔡成说："老爷既然把她托付给我了，我不管谁管？这里是不能待了……"他决心承担责任，但一时又想不出别的办法。

厨师毕竟年纪大一些，处事经验也比较多，他想了一会儿说："不错，不管真死假死这里也搁不住了。你家里不是有个老娘吗？离天津又不远，不如先到那里住几天，等老爷回来再说。"

"这办法倒是不错。可我怎么能不让那小东西知道亦芳没有死啊？"

厨师想了想就凑到蔡成耳边悄悄说了几句，蔡成乐了。厨师又说："你先去买棺材吧。这里要收拾干净，说不定那刘妈还会过来看的。"

亦芳被灌了几次，吐了不少。但由于中毒时间太长了，她仍然昏迷不醒，脸色蜡黄，还是和死人一样。

这边刚收拾好，那边蔡成已经把一口白皮棺材抬进了后门。刘妈对这样的棺材表示满意，冲蔡成吩咐道："赶快装好抬走！等会儿太太起来看见你们还没把她弄出去，会发脾气的。"

蔡成还是那么慢腾腾地说："你去回太太，我刚才算了一卦，那先生说要酉时出门，向西走出三十里才能除掉晦气。不然，这年纪轻轻的大姑娘，又不是好死的，是要倒大霉的！"他一边说一边观察刘妈的脸色。他发现，当他说到"不是好死"时，刘妈一惊，却又没敢说什么。他心里暗喜，但又不动声色地接着说，"现在满街都是人，问起来不好对付。我已经雇好人了，天一黑就来抬。今天晚上一定能把她埋了，叫太太放心吧！"

怀馨听了刘妈的回话，以为蔡成是想多要点赏钱，就说："哼！走着瞧吧！他不过是条看门的狗。等有机会，看我不把这两个浑蛋赶出去！"

这一天，小玉也不知道给亦芳灌了多少次绿豆汤。现在她吐出来的已经不多了，大烟的味道也很少了。不过她还是处在昏迷之中。天一黑，蔡成就叫小玉给亦芳换上新买来的棉袄棉裤，又向刘妈要了一些亦芳的旧衣服，说是来不及买送葬用的纸衣，用旧衣服代替，还能去去晦气。刘妈正巴不得把亦芳所有的东西都扔掉，消灭亦芳的一切痕迹，即使她的鬼魂来了也没有存身之处。尽管她怕摸亦芳的东西，但也只得硬着头皮将亦芳的衣物包了一个大包，扔给了小玉。

刘妈不敢进屋去看亦芳，但又不放心，就一直站在屋外。听着蔡成给棺材钉上大钉，又亲自看着棺材抬出了后门，最后看着蔡成和小玉一直向西走，直到看不见影子后，她才放下一颗心，深深地吸了一口气，关上了后门。

第二天上午，小玉回来了。她向怀馨禀报："蔡成还没有把坟修好。他还想请两天假，顺便回家看看老娘。"又说，"等他回来，让他陪太太去看看那坟，要嫌不好再重修。"怀馨啐了一口："我才懒得管这闲事。好不好的，等她爹去看吧！"

大约过了一个星期，继昌才回到天津。

这一趟收获不小，上海生意很顺利。进口大米，出口猪鬃，货源足，销售快，每月净利几万元。现在他也算得上是个不大不小的富翁了。除了这个茂源粮行外，他又和一个宏丰织布厂厂长谈好，出资几十万，帮他建一个印染车间，使这个原来只能生产坯布的小厂，变成了一个能生产时新花布和士林布的中型工厂。继昌自己也成为仅次于王老板的第二大股东。他和王老板很谈得来，还给他出了不少做生意的点子。他说："在办好工厂的同时，咱们也不妨做点其他生意，比如多进口一些便宜棉纱，只要看得准，就能赚钱，何必一条道走到黑？"

王老板非常感谢继昌，临别时将厂里试生产的印花布、各色府绸和五福细布包了一大捆，随继昌的行李一起托运到了天津。又谆谆嘱咐，希望继昌举家迁往上海。

继昌高高兴兴地回到家里，正好赶上星期天。孩子们和仆人们都跟着他来到客厅，行李也陆续拿了进来。继昌先拿起一个小包递给怀馨说："这是你要的东西。"又指着那一大捆布料对孩子们说："那是王老板送的，给老太太、继茂、两个姑娘和亦荃都分一份，剩下的给每个仆人每人做一身衣服。那两包点心是给老太太的，谁也不许动。另外那两个大包才是你们兄弟姐妹的。"

他见亦麒正在他身边，就说："你来分吧。你二哥二姐大了，可以多分些文具，小的多分些糖果和玩具。别忘了你大姐的两个孩子和亦宽也得分一份。今天你二哥没在家，就考考你办事的才干吧。"

亦麒心里很不是滋味，又不敢让父亲发现，只好背过脸低头分东西。麟儿又跑过来捣乱，他一把抓到一个带发条的小汽车，就溜了出去。继昌把一个月来积压下的信件都看完了才想起来问："小芳呢？小芳为什么没来？今天不是星期天吗？"

帮助亦麒分东西的亦莼再也忍不住了，哭了起来："二姐她……二姐她死了！"继昌惊呆了："你说什么？你二姐她，她怎么啦？你妈呢？她上哪儿去啦？这半天怎么一字不提？"他急急忙忙走到门口喊起来，"赶快给我叫她下来！"

怀馨心怀鬼胎，但是她毕竟听过不少戏文，见识不少。她稳住神，慢慢悠悠地走下楼来，接着往沙发上一坐，鼓足了劲，以攻为守，软硬兼施："你先别吹胡子瞪眼好不好？这些天我心里也不是滋味，吃不下，睡不着的。你刚回来，这不吉利的事我本来想慢慢再说。其实我也不知道，她怎么这么快就死了。"

继昌一听更火了："你给我说，小芳是什么时候死的？怎么死的？为什么不给我打电报？"几句话像连珠炮似的，砸得怀馨没法回答。刘妈怕露馅儿，忙插嘴："我看是得了绞肠痧（霍乱）。上礼拜，她去奶奶家，回来就说肚子疼，早早上床睡了，谁知第二天一早就走了。"

"你说是绞肠痧，你怎么知道的？找大夫看了没有？"

怀馨这才想好了说辞，连忙答话："人都凉了，硬了，还找什么大夫呀？是蔡成两口子装殓的、埋的。不信，你去问他们吧。"她把皮球踢给了蔡成。蔡成也不敢说出真情，只能禀告说亦芳是哪天死的，哪天埋的，人就安葬在北仓。

乘兴而归的继昌，此刻一下子陷入了悲哀。

这一年，亦雄已上高中三年级了。他一直在学校里，打算利用寒假前的几个星期复习功课，准备考试。他好久都没有回过家了，所以亦芳的事他一点儿也不知道。上星期他打过电话给蔡成，说如果父亲回家就马上叫他回来。

蔡成想起此事，请继昌拿主意，继昌说："万万不可让他回来，不然，他就没法安心考试了。说不定家里还得出事。"他嘱咐蔡成马上带上亦雄爱吃的菜肴、点心、衣服和零花钱去学校，嘱咐他在考试结束前不要回家。

亦雄好容易盼到考试结束，要放寒假了。他正打算回家，蔡成又来了，说娘病了，想他，叫他先去北平。不用等亦芳，因为她有两门功课要补考，所以要晚几天再去。

亦雄从北平回来后，继昌又赶紧叫蔡成把他从车站直接送到学校，给他带了足够的衣物和花费，并一再嘱咐他不要回家，要安心准备毕业考试。就这样，在这半年中，继昌一直瞒着亦雄，使他顺利地完成了毕业考试，接着又通过了南京中央大学的入学考试。

刚刚考完试，亦雄就急急忙忙地回家来找妹妹。别人告诉他，亦芳去了北平，他说他也要去北平。继昌知道没法再隐瞒下去了，只好全都告诉了他。亦雄一听就急了，一个劲儿地问亦芳是什么时候死的，怎么死的，为什么不找大夫……这些问题和继昌当初问的一样。继昌支支吾吾的答不出来，亦雄马上明白了，这事一定和怀馨有关。他抄起家伙就要上楼，如果不是几个男仆死命地拉住他，非出事不可。

亦雄怒气冲冲地说："你们不让我揍她，好吧，这个家我也不要了！明天我去给妹妹上坟，然后就去北平等大学发榜，再从那里直接去学校，反正我再也不会回来了！"接着，他又对继昌说，"爹，你也有错，你对不起妹妹，也对不起我妈！我现在还得用你的钱上学，将来我一定还你！蔡叔，你明天陪我走一趟吧。"

亦雄的几句话刺痛了继昌的心。天香只给他留下两个孩子，亦芳已不在了，眼看着这个孩子也要离他而去。但是在这种场合下，他又能说什么呢？只有含着眼泪嘱咐蔡成，明天他也要和亦雄一起去上坟。

第二天，父子俩来到北仓。他们在亦芳的坟前失声痛哭，哭了亦芳又哭天香。继昌只会一个劲地说对不起，亦雄却是又哭又骂，还不停地抱怨父亲竟然看不透这个坏女人和她的那个狗腿子。

继昌被他骂得无话可说，只能默默地流泪，心中不停地在埋怨自己：这几年只顾挣钱，把整个家都丢下不管了。他责怪自己赶走了老娘，逼死了亲生骨肉，犯下了对不起祖宗的罪孽。他现在才终于看清了，怀馨是个多么可怕的女人！可是他还是难以放弃那个以她为核心的家，她毕竟是他另外几个孩子的妈妈。他的哀伤更甚于亦雄，不仅是为了过去，也是为了将来：今天过后，他就要和眼前这个儿子分别，不知哪年才能相聚。

祭奠完毕后，蔡成几次想张口，但又咽了回去。直到过了中午，看到这父子俩还是舍不得离去时，他才下了决心，在继昌面前跪下说："老爷，二少爷，你们都别哭了，听我说几句。"继昌困惑不解，赶忙拉起蔡成，说："你这是干什么？"

蔡成说："老爷要是不怪罪我，我才能说。"

亦雄很敏感，急忙问："难道小芳是你们活埋的？你说，你快说！"

蔡成忙说："不，不是，这坟是假的，二小姐并没有死！"

继昌听了几乎跌倒，亦雄忙扶他坐下，蔡成这才慢慢地说出了真情：

原来，那天小玉发现亦芳还有一口气，他们就在厨师的帮助下给亦芳灌了几次绿豆汤，发现她似乎有些好转，就决心救她出去。厨师给他们出了个主意：就是在怀馨和刘妈的眼皮底下，演一场给活人"出殡"的戏。

当天下午，蔡成叫小玉守灵，不许任何人进屋。他还在各处挂了些白布，并在亦芳的脚前点上蜡烛，这样房间里就更显得阴森恐怖了。蔡成故意拖延时间，直到下午三四点，才禀报说该办的事都办得差不多了。这之前，刘妈跑来催促了好几次，只是不敢进屋。小玉也故意装着很害怕的样子，吓得刘妈更是不敢靠近了。

蔡成故意买了口白皮棺材，做做样子。但这棺材还算严实，不透风。刘妈见这棺材没花几个钱，很满意，却没敢往里面看。其实，蔡成不仅往棺材里放了两套全新的铺盖，还有棉袄棉裤、四季单夹衣，就连那头上戴的、脚上穿的，也样样不缺，简直就可以做姑娘的嫁妆了。

小玉把亦芳最后吐的东西收拾干净，又给她穿上全套新衣，再把旧被新被全都放在棺材里面，垫好铺好，然后把亦芳抬了进去，裹得严严实实的。刚刚准备停当，刘妈又来催，蔡成故意喊："谁要磕头快来，也省得她冤魂不散，找来算账！"刘妈一听，吓得跑开了。

天傍黑时，蔡成果然叫来四个壮工，盖上棺盖。蔡成亲自拿起大锤，把大钉敲得山响。棺材盖裂开一条缝，正好透气。天已黑了，很难被人发现。当刘妈又要来催时，棺材已被抬了出去。只见蔡成提着一盒子祭品，小玉拎着一篮子纸钱，棺材盖上还放上几只花花绿绿的纸花。他俩一面走一面哭，渐渐地走远了。刘妈没看出一点毛病，十分满意地向主子报信去了。

来到北仓时，已是半夜了。蔡成叫那几个壮工先把坑挖好，再把棺材放进去，铲上几铲土，然后对他们说："今晚大家都累了，先歇息吧，明天早起再接着干。这儿有五块钱，哥儿几个找地方歇歇脚，喝它几盅，我俩在这儿守着就行了。"几个壮工高高兴兴地走了。

蔡成连忙撬开棺材盖，把亦芳抱了出来。亦芳被风一吹，已经有了些知觉。蔡成见她没事，心里很高兴。夫妻俩轮流把她背到附近的一个开烧饼铺的亲戚家里。蔡成说这是他的亲侄女，回家去看奶奶的，不想路上受了风寒，只好先在这里歇上一会儿，讨碗热水喝。那亲戚只顾自己做烧饼，让他们随意吃喝。蔡成也就不客气了。他用开水泡了几个烧饼，两口子就狼吞虎咽地吃开了。他俩吃饱后，又给亦芳泡上稀糊糊的一碗，亦芳竟然能够咽下去。

吃了半碗后，亦芳睁开了眼睛。她有些明白了，也认出了他们俩，只是还不能说话。蔡成忙说："你别害怕，我带你回我家。我家里就只有我老娘一个人，不会亏待你的。"亦芳点点头。

蔡成又去坟上忙乎了一阵，把有用的东西全都拿出来，然后盖上棺盖，又铲上几铲土，看上去和原来一样。

第二天一早，壮工们回来了。蔡成让他们修好坟，立了个木牌，烧过纸钱，摆上一些祭品，这才回到烧饼铺。留下两块钱给那个亲戚，又打发小玉回天津，这才雇了一辆带篷的骡车，把亦芳带到他的老家——河北省安次县附近的一个农村。

蔡大娘也是快六十岁的人了。她丈夫在蔡成生下来不久后，就带着大儿子到天津去谋生，后来又进了开滦煤矿当了矿工。开始还能寄几个钱回来，不幸的是，几年后他在一次井下事故中遇难。他那个才十五岁的大儿子只好也下了矿井。但是他力气小，挣不了几个钱，没法养活家。蔡大娘只得又把小儿子送到了北平，经一个亲戚介绍，来到杨家当了听差。现在老大已在矿上成家，很久没有回来过了，所以家里只有老人自己。

这几年老人家身体还硬朗，能种点菜，养几只鸡，蔡成每月还能捎点钱回来，她也就吃穿不愁了。只是孤身一人，不免觉得有些寂寞。今天一见蔡成带回一个闺女，虽像有病，却也眉清目秀，招人心疼，老太太很是高兴。蔡成哄她："您猜她是谁？她是您的亲孙女，叫小芳，今年十五了。"

老太太不信，问道："是你的？"

"您听我说，她是我大哥的闺女。大哥孩子多，养活不了。这孩子身子骨又弱，干不了活。大哥和我商议把孩子带回老家，一来少一口人吃饭，二来也好跟您做个伴儿。这开销归我，以后我每月多捎几块钱给您也就够了。"

老太太见这闺女文文静静、细皮嫩肉的，又是自己的亲孙女，简直就像得了个宝贝，不知怎么疼她才好。蔡成生怕露馅，忙叫亦芳喊奶奶。他又把那新买的被褥分了一套给老人，说是小玉孝敬老婆婆的，祭品没用掉，也留下给这一老一小，还剩一些，叫她们分给街坊们。

亦芳吃过奶奶做的面片汤，睡了一个安稳觉。第二天早起，她感到完全清醒了。蔡成就把带她来这里的经过，详详细细地告诉了她。又说："你爹还没回来，你哥正在准备大考，也没敢让他知道，是我和小玉做的主。你要是愿意就多住几天，要是不愿意，过几天我就带你回去。"亦芳非常感动，边听边哭，她再也不愿回到那伤心的地方了。

蔡成嘱咐她眼下只好冒充是他大哥的女儿，不要让街坊们知道。他又讲了一些他大哥家的情况。亦芳见蔡大娘非常和善可亲，就表示愿意住下来。

蔡成老家离廊坊县城不远。下午，他来到廊坊县中，办理亦芳插班学习的事。那时学校穷，只要交足学费，手续就不那么严格。很快这件事就办妥了。怀馨给的那二百五十块钱，除了买棺材和出殡用的东西外，还剩下一百多块。蔡成交了学费，又给了老娘五十块钱作为亦芳半年的花费，手里剩下的就不多了。他把自己的那点钱也掏了出来，全都给了亦芳。

蔡成说："明天我就得赶回去，早起我先送你去学校报到。好在这个学期也快结束了，考完试你再好好休息，行不？"

亦芳听说蔡成要走，就哭了。蔡成安慰她："过几天我还会来，你一定要好好读书，争口气！别的什么都不要想。"

第二天，蔡成送亦芳去学校报完到后，就回天津了。

亦芳现在已经不存在任何压力了。她集中全部精力努力学习。这个学校水平又比天津的学校低一些，大考结束，竟然门门及格。

不久，蔡成趁春节又回来一次。对亦芳的考试成绩很满意，给她很多鼓励。他还带来几个仆人凑的二十几块钱，说："这是我们几个人的心意。下学期你功课忙，天天来回跑也不安全。大家的意思是，你最好住校。钱，你不用发愁，把书念好就行。"

就这样，亦芳住进了学校，她把全部精力都放在了学习上。学校里的老师也很关心这个毕业班，尤其是对这个新来的插班生，她们给予了更多的照顾。不久，亦芳不但能跟上学习的进度，而且她每次的测验成绩也都有了进步。取得这样的成绩，除了她自己的努力之外，和老师们的关怀也是分不开的。

使亦芳高兴的事还不仅如此，她还得到了一个新的家和一个比亲奶奶更亲的老奶奶。每到星期六下午，她就急急忙忙地跑回家去看奶奶，奶奶也把最好吃的东西留给她。她依偎在奶奶身边，好像又回到她的幼儿时代。

几个月后，亦芳顺利地通过了毕业考试，拿到了初中毕业文凭。

继昌父子俩好像是做了一场梦，一时还没完全清醒过来。呆了好一会儿，亦雄才问："那以后呢？"

蔡成说："我已经写信和于海大爷商量好了。他说，小芳的事他一定管！他要让她读高中、上大学。还说叫我马上送她去烟台。"

继昌听了很感动，不知说什么好，只是不住地点头。亦雄却抢着说："这主意不错，你明天就去接她吧。不，明天我和你一起去接她，咱们一块儿去烟台，我也该去看看自己的老家啦！"

在离开那座空坟前，三个人相对苦笑。亦雄说："蔡叔，看不出你还挺会演戏的，还真把那小东西给骗了。咱们该给这出戏起个名字才好，就叫《蔡大叔智救'灰姑娘'》吧。"

他们找了个小饭馆，边吃边商量。继昌也认为送亦芳去烟台读书的确是上策，决定回天津后马上打发他俩动身。

亦芳自从拿到毕业证书后，就整天坐卧不安。她急切地盼望蔡成快些回来，安排她升学的事，却没想到情况发生了更大的变化。

今天，蔡成一到家，祖孙俩就乐坏了。可看起来，蔡成比她俩还高兴。他说："小芳，我给你带来一个人，你猜猜是谁？"

当亦雄出现在大门口时，亦芳大吃了一惊。她一下子跑到哥哥跟前，兄妹俩抱成了一团。现在什么都不用再隐瞒下去了。亦芳把哥哥介绍给奶奶，并讲述了自己不幸的遭遇。奶奶听了，又是哭，又是笑。她说："怎么就像是说古人的事儿似的？就差个现世报了！"说着就乐开了。蔡成告诉她，要送亦芳去烟台。她听完后很伤心，抹着眼泪说："好不容易来了个孙女儿，可又是假的，留也留不住，我好命苦啊！"

大家劝了半天，亦芳也答应以后一定会来看她，她才安定下来。亦雄把父亲送的二百块钱塞到她手里，说："我爹说，以后他一定给您养老。"

告别了蔡奶奶，亦雄兄妹俩由塘沽坐上轮船，向烟台驶去。

望着茫茫的大海，亦芳感慨万千。她想，如果当初她沿着墙子河走下去，就能找到通往海口的路，那她也许就会投身大海了。亦雄见她发呆，忙走过来。直到这时，亦芳才把自杀的原因和经过原原本本地告诉哥哥。沉默了一会儿，她又说："到现在我也不明白，一篇日记怎么会有那么大的罪过？"

亦雄也说不清楚，但他究竟比亦芳懂得多一些。他告诉亦芳："你以后要小心，千万不能再写这些东西了。对与自己思想不同的人，千万不要轻易地表示自己的看法。我相信，大多数的中国人都是要抗日的。要是有一天真和小日本打起来，我也一定会上前线！"

船到了烟台，于海早已套了一辆大车在码头上等候了。寒暄了一阵后，于海将他们的行李搬上车，就一溜烟地向杨家疃驶去。

杨家疃离烟台不到二十里，不一会儿就到了。那村子背靠大海，空气十分新鲜。

还没进门，吴妈就迎了出来。亦芳刚想扑上去大哭一场，亦雄却拉着她往外跑，到处瞎转悠，好像他是这里的主人似的。

这院子虽然不大，却呈现出一片生机勃勃的景象。院子四周的篱笆上开满了紫色的扁豆花和黄色的丝瓜花，脸盆大的向日葵花从篱笆外探过头来。这绚丽的色彩不能不让兄妹俩佩服吴妈的"艺术"天才。至于那房前的葡萄架和那几棵海棠树，既美观、又实用，恐怕就是于海的杰作了。

一群半大的小鸡在瓜豆架下啄食，一只大黄狗在人群中蹭来蹭去，好像生怕显不出它似的。三只花猪不停地哼哼，像是提醒吴妈别忘了它们的午饭。可吴妈只顾招呼那两只大摇大摆走进门儿的、嘴里还嘎嘎叫个不停的旱鸭子，似乎早把猪崽们给忘了。亦芳看得直乐，现在就是叫她哭，她也哭不出来了。

这天，他们都灌了一肚子的酒，把多少年存在心里的话都倒了出来，别提有多痛快了！

亦雄代表父亲叫亦芳认于海作义父，认吴妈作干妈。当时就磕了头，改名于芳。这可把老两口乐坏了。于海担保一定要培养亦芳上大学，将来还要找个好姑爷，找个上门女婿，这辈子绝不让于芳再受委屈。

亦雄叫于海带他去拜见了族里的长辈，又到祠堂里给祖先牌位磕了头。不少人听说杨继昌的二少爷一表人才，又刚刚考上了大学，都邀请他去吃饭，可他都谢绝了。他现在只想利用这有限的时间帮妹妹考上高中。

这兄妹俩去了一趟烟台，看中了两所高中，一所是市立的，一所是私立的。亦芳在这两所学校都报了名。离考试还有一个月的时间，亦雄给妹妹规定了严格的作息制度：每天一清早就叫亦芳读英语，背单词；吃过早饭，他给妹妹辅导数理化；下午，他到海边游泳，亦芳有中耳炎，不能下水，就让她在岸上陪他，顺便背语文和历史、地理；晚上没事，他还常常谈谈自己的学习心得，对亦芳启发很大。

山东农民都很朴实，待人热情，他们的孩子们也一样。亦芳不久就和村里的女孩儿混熟了，也学会怎样在退潮后找留下的螃蟹、蛤蜊，怎样剁礁石上的海蛎子了。可有时，她又会呆呆地望着大海的尽头，想起那诗句："忽闻海上有仙山……"，妈妈会不会就在那座山上呢？

如今，从亦芳的身上已经找不到过去那种忧伤的阴影了，她几乎又恢复了儿时的纯真和可爱，同时还增添了几分少女的文雅气质。她现在已经有了一个温暖而又安全的家。一个多月来，吴妈无微不至地照顾她，使她原来苍白的面容红润起来了，身体也长高了。更令她惊奇的是：她觉得自己的弱视程度也减轻了，连耳朵都变得好使多了。

经过一个月的刻苦学习，亦芳果然没有辜负哥哥的期望，考上了那所市立中学。与此同时，亦雄也收到了南京中央大学的录取通知书，两个人都高兴得跳了起来。

该是分别的时候了。亦雄把父亲嘱托他的事交代给于海："这里有两千块钱，这一千块是小芳高中三年的学费和生活费，另一千块留着，以防万一时局有变化。如果亦芳不能继续读大学，可以由于伯您做主，给她许配个人家。"

于海说："你爹真是太见外了，我虽然不太富裕，可于芳的生活和学费我还负担得起。将来她上大学，要是我有困难再找你爹要。这些钱你还是带回去吧。"

他俩推让了半天。最后，于海终于答应收下了，并把自己的打算告诉了亦雄："这些天我也想了很多。东三省的事儿，不见得到不了山东。这些钱存在银行里也靠不住。我想把留给小芳做学费的钱换成银圆埋起来，剩下的就去烟台盘下一个饭铺。我在你家多年，常向大师傅学做菜，现在自己也能做几个。这样小芳就不必住校，更不必每星期来回跑几十里路了。如果生意过得去，我们三人吃饭都足够了。"

亦雄很赞成他的想法："这办法很好。可是你们多年来辛辛苦苦建立起来的家，不是就丢了吗？"

吴妈说："不怕，我们有空还可以经常回来看看。猪和鸭可以不养了，果树嘛，可以托邻居照看照看。要是小芳放假了，我们还是回来住。你以后每年放暑假还可以来这里游泳。说实在的，为了小芳，我们还有什么舍不得的。"

这些都是吴妈的心里话。她二十几岁就被丈夫遗弃，在杨家一干就是十几年，如今已是近四十的人了。她的青春，她的生育期都被耽误了。实际上，她早已把亦雄兄妹当成了自己的孩子，她要把中国妇女特有的母爱都献给这对兄妹。

亦芳——于芳，含泪送走了哥哥。但这次，她并未感到十分的悲伤。一来他们都有了安全感，二来他们也都长大了。

亦雄直接去了南京中央大学。继昌借口给大儿子亦杰相亲也去了南京。

亦杰在美国拿到了硕士学位后就回国了。后来他在南京政府教育部当了个秘书。他不甘居人下，为了向上爬，使尽了各种手段：吹牛、拍马、钻营、拉拢，样样在行，果然不久就升了科长。也是机会来了，一位部长嫁不出去的老千金看上了他，非嫁他不可。亦杰虽嫌她丑，却又不愿失去这个能改变自己命运的好机会，也就认了这门亲事。这件事倒给继昌去南京看亦雄创造了条件。

亦雄一见到父亲，就把去烟台的一切情况和于海的打算都告诉了他。继昌十分欣慰，心中暗暗称赞亦雄办事妥当，是个人才。将来一定要送他出洋读书，或帮他开创一番事业。怕只怕他思想偏激，有离经叛道之虞。

第 七 章

怀馨面前碍眼的人都已一个个地消失了。现在，在这幢大楼里除了蔡成两口子和刘妈外，已没有一个是从北平老宅带过来的人了，也就是说，已没什么人知道怀馨曾经当过下人这件令她丢脸的事了。

尽管如此，她的老毛病还是扰得她心中发痒，总想着要算计个什么人：孩子是自己的，动不得；继昌现在还是她的依靠，也不能动；厨师、老李和田妈离了又不行；蔡成夫妇难得到楼里来，眼前又是老爷的红人，动了怕扎手；刘妈是她的军师，自己又有把柄攥在她手里，也不行。似乎谁都动不得。

想来想去，还有一个人，那就是阮老师。

亦芳自杀前，校方虽已决定叫她休学回家，却又不敢公开宣布，怕学生们闹事。过了几天，学校才派了一位老师去杨家找亦芳，听说她已得急病死了，正好不了了之，从此学校再也不提此事。

怀馨并不知道亦芳学校里发生了什么事，所以她心里总在嘀咕：亦芳肯定是发现自己和刘妈想要暗算她，才自杀的。而知道这件事的人除了自己和刘妈外，就只有阮老师了。

阮老师五十多岁了，原来是个小学教师，已退休多年。因丈夫有病，不得不出来当家庭教师，贴补家用。她心地善良，不好多说话。怀馨有时过足了烟瘾，看看出门时间还早，也会找她聊聊。那时怀馨最恨亦雄兄妹，所以她经常对阮老师说他们的坏话：亦雄兄妹是当丫头的妈养的，他们的外公外婆是倒马桶的，等等。亦芳自杀前，她曾眉飞色舞地向阮老师描述，亦芳如何偷看了她的"春宫"，还偷了她五块钱，等等。看她那得意的神态，就好像抓到了亦芳天大的把柄似的。

说到高兴之处，她还神秘地说："我才不打她呢。我早跟刘妈商量好了，干脆等老爷回来叫他自己处理，保准罚她跪上三天三夜，再打她个皮开肉绽！"她冷笑了几声，又悄悄地说，"要是老爷不管，刘妈说她们村上有个赶大车的，二十七八岁了，把亦芳嫁给他也不算委屈她。就她这块料，这辈子也是穷命！"

阮老师当时听了心里一惊。她虽不完全相信怀馨真敢那么做，但她们想谋害亦芳却是真的。她难得和亦芳说话，只是一见亦芳那哀伤的眼神，心里就有一种说不出的同情。为了五元钱就想把这孩子赶出门，还想要她的命，好狠心的后娘。她想：要救亦芳，最好的办法就是提醒她出去躲一躲。没想到亦芳竟然自杀了。她以为她也有责任，所以心里感到十分懊悔。

其实，怀馨心里非常清楚：不是阮老师泄露了她的机密。那天晚上和刘妈商量这个计谋的时候，她故意提高了嗓音，就是为了让亦芳听见。她料定亦芳都亲耳听到了，心里很得意，她要在精神上折磨亦芳的目的达到了。可现在她却偏偏不肯承认了，想把这罪名嫁祸到阮老师头上。她要向她施加压力，把她赶走，心里才痛快。

她越想越气，暗暗发脾气，自言自语地说："平时我待你不薄，什么话都对你说，从不把你当外人，你倒反过来拆我的台，看我怎么收拾你！"

刚巧这天是自己家的牌局，她准备好，装着要去吩咐晚饭的样子，下楼来到客厅。

阮老师这些天一直感到怀馨对自己的态度不对劲儿，已有所警惕："我没揭你的底，你倒找到我头上来了。可能我告诉亦芳那事她知道了。好吧，来者不善，善者不来，你要欺侮我，我就和你算总账！"她已做好了准备：士可杀不可辱！

阮老师只瞄了一眼，就感觉到怀馨正怒气冲冲地走来，一副兴师问罪的架势。但她却头也不抬，神情自若地指导着亦麒做数学作业。怀馨走到跟前，对着阮老师把脸一沉，说："阮老师，你把书放下，我有话对你说。"

"你想说什么，就快说，我在教课。"

"我叫你把书放下，你就给我放下！我问你，亦芳临死前是你对她说了什么吧？"

"说了什么？说了什么！"阮老师知道今天是躲不过去了，"你想说我说了什么，我就说了什么！"

"那你是承认了？是你说了什么，她才……"

"她才，她才怎样？明明是你逼得她吞了鸦片自杀的，你却欺老爷、骗孩子，瞒着上上下下，说她得的是绞肠痧……"

其实并没有人告诉她这些事，她是从孩子们的只言片语中猜测到的，谁知果然打中怀馨的要害。

孩子们这才明白二姐是服毒自杀的，而且这事又和他们的母亲有关，心里很不是滋味。

怀馨被镇住了，但她还要背水一战："你放屁！你胡说！她是病死的，是你害的！"她已语无伦次了，"你这种人也配当老师？谁叫你来管我家的闲事！"

"闲事是你叫管的，阴谋是你自己策划的。这人命关天的大事谁都能管！你是不是想吃官司？我要不是看在老爷和孩子们的分上，早就去告你了！行啊，看来你是算计到我的头上了。我还不干了呢！"

继昌已在门口站了半天了，早就听到了她们的争吵。当他听说阮老师要走时，赶忙过来劝她留下。阮老师说："我早就想对你说了，这种女人就是祸水，她连一个孩子都容不下，千方百计地想整死她……你可得小心点儿！"她借机把憋闷在心中的话全都倒了出来，然后算好了工钱，真的走了。

阮老师一面往外走，一面口里还在骂："害人精！苏姐己！该送她上绞架……"怀馨被骂得晕头转向，一时竟没了主意。她不敢再对骂了，她知道她越回嘴，那阮老师会骂得更凶，只好骂骂咧咧、哭哭啼啼地上楼去了。她以为她这么一闹，继昌定会上来劝解，她就可以继续编排阮老师的不是了。没料到，这一次她错了，继昌并没有上楼，而是默不作声地坐了下来，看孩子们继续读书。

怀馨弄了个自讨没趣，闷声不响地回房间去了。继昌终于从阮老师口中进一步了解到了亦芳自杀的原因，以及她当时所面临的艰难处境。他深深地责备自己没有尽到做父亲的责任，同时也进一步看清了怀馨那张可恶的嘴脸。

经过这场"风波"，孩子们也懂得了什么是"是"，什么是"非"。不过怀馨毕竟是他们的母亲，所以他们认为，应该把账算在刘妈身上。

　　亦芳自杀那天，第一个发现这件事的人是亦菡。她看得真真切切，还不停地摇晃那个"死人"。凭自己往日的观察，她也猜到二姐是有一肚子委屈的，是被冤死的。她心里总在嘀咕：二姐会不会还阳来讨回公道呢？好可怕啊！

　　以后，亦菡宁可和妹妹、田妈挤在三楼睡觉，也再不肯回那个房间了。继昌和怀馨商量：自从张才死后，怀柔就去上海读大学了，只剩怀馨的母亲一人在家，肯定会感觉寂寞。不如趁寒假，把亦菡送到苏州，换换环境。此事一定下来，亦菡就动身去苏州了。

　　现在家里只有亦麒、亦莼和麟儿三个孩子了。亦麒上了中学，亦莼也快小学毕业了，他俩功课都较忙。麟儿也上了小学，可他不但贪玩，而且还飞扬跋扈，在学校和同学打架，回家欺负哥哥姐姐。亦麒天性老实，不愿和他计较；亦莼爱好绘画、艺术，常常自寻其乐，也不爱理他。他只好和一条狼狗打闹，有时竟跑到外面去玩耍、闹事，家里人除了继昌外谁也不敢管他。他不好好学习，留了好几级，气得继昌要打他，可每次都被怀馨和刘妈给拦下了。

　　继昌觉得这孩子很令人头疼，想来想去，还是得请个家庭教师。谁知请了好几位都干不了，不是学问不行，就是管不了麟儿。后来他在报上登了个启事，不久竟来了个大学生应聘。

　　她叫梁映竹，东北人，沈阳师范学院毕业，三十出头，"九一八"后，随老母和兄长来到天津。她老娘有病急需用钱，可哥哥的收入又不够养家，所以她对家庭教师这份工作很感兴趣。继昌给的薪水不低，还管一顿晚饭，她很满意。这样她白天可以照顾老娘，下午等哥哥回家后，她就出来教课，两不耽误。

　　梁老师面黄肌瘦，不算漂亮，怀馨也就没的可挑了。这老师还真有些本领，她不但会唱歌，还会弹琴。家里有架旧风琴，梁老师能边弹边唱。她不仅给孩子们辅导功课，有空时还教小莼弹琴，孩子们都很喜欢她。连麟儿也能乖乖地坐下来温习功课了，几个月后，成绩竟有些起色。

　　吃过晚饭，大人们常常都要休息一会儿。这时，孩子们就围着老师唱歌、玩耍。继昌有时也坐在一边看着他们解闷。

　　自从亦雄、亦芳、亦菡相继离开家后，继昌越来越觉得这个家像个冰窖，他和怀馨几乎已无话可说了。怀馨每天出门前总要刻意地梳妆打扮一番，抹上厚厚的白粉，涂上红红的胭脂，又精细地描出两道弯弯的黑眉，不知底细的人还以为她依然是那么楚楚动人呢。可等到后半夜，怀馨搓完麻将回到家，洗掉脂粉后，就露出了她那张发黄的面孔和那双吸鸦片烟成瘾的黑眼窝，再配上稀疏散乱的头发，在继昌眼里她简直就是个女鬼、狐狸精。

这些天来，继昌总隐隐觉得怀馨不对劲儿：她过去的日子是黑白颠倒的，可近来似乎有些不一样了，不总是半夜才回家了。对待继昌，她也常常是不冷不热，皮笑肉不笑的，再不像以前那样动不动就撒娇了。有时继昌问她为什么这么早就回来了，她也总是推托说手气不好，不想打了。其实，她现在几乎每天都要往小白楼跑。

天津英租界有个叫小白楼的地区，很多外国人在这里开店做生意。起士林西餐店、惠罗公司、三洋公司，全开设在这里。怀馨常去那里买东西。她最喜欢的是外国进口的化妆品、印度产的绸缎、英国的毛料。她觉得，现在自己也是有身份的人了，所以国产的衣料她决不上身。

三洋公司的容副经理早就注意到这位阔太太了。此人叫容承，已在洋行里混了二十几年了，可如今还不到四十岁。他总是小分头梳得锃亮，身上香气袭人，举止斯文，风流倜傥，还能讲一口流利的英语。他什么样的人物都能应付，因此特别能讨太太小姐们的欢心。每次怀馨一来，容副经理总是亲自向她推荐店里新到的进口商品，帮她挑选衣料。整夜陪着一个年近六十岁老头睡觉的怀馨，实在不能不动心思。

就这样，两人从眉来眼去，互相勾引，发展到经常一起去喝茶、跳舞、吃西餐，很快就由主顾变成了情侣。自从学会了跳舞，怀馨鸦片烟也少抽了，整天想的就是与容副经理厮守。每次约会，她都先到咖啡馆等他下班，然后一起去跳舞、听戏。不久，她按捺不住心头的欲火，竟瞒着继昌到饭店开房间，鬼鬼祟祟地和容某偷起情来了。

继昌生意忙，心里有很多事，哪有心思去琢磨这其中的奥秘呀。可怀馨偏偏管不住自己这张嘴，总爱时不时地向刘妈炫耀，眉飞色舞地描述吃西餐是如何如何的讲究，跳舞厅又是如何如何的排场，等等。说到兴头上，她还忍不住迈着舞步扭起来。从她讲话时那得意扬扬的神情，和她走路时那扭怩作态的样子，浑身贼心眼儿、满肚子坏水儿的刘妈一眼就看出：怀馨必定是有了外遇了。

怀馨越是得意扬扬，继昌就越感到孤寂。他们每天很少见面，见面也没有几句话好说。他和怀馨的距离越来越远了，但他又不肯承认这个事实。现在怀馨是他身边唯一的太太，她的事传出去不好听，他不愿叫人家笑话，只好在自欺欺人的日子中打发光阴。

但感情的事是骗不了人的。怀馨也觉察出继昌的疏远。但她并不在乎，反而觉得非常得意，不时地哼着舞场里的流行歌曲进进出出，根本不把继昌放在眼里。继昌也懒得搭理她，一见她来，就躲到书房里去。怀馨出门后，继昌才会觉得心情轻松了许多。这时，他常常会去看看孩子们玩耍、唱歌。慢慢地，他和梁老师接触的机会也就多了一些。时间长了，和梁老师聊天就成了继昌精神上的寄托。

有一天吃饭时，梁老师端着饭碗直发呆，一口饭放进口里半天，就是咽不下去，面色也带着忧伤。继昌不免问道："梁老师，今天是不舒服吗？要不要叫车夫送你回家？"

"不必，不必。"梁老师马上回绝，接着又犹豫不决地说，"不过，不过 ……有件事，能不能对您说说？"

继昌说："请别客气，有什么为难的事，你只管说吧。是不是我给的薪水太少，老太太缺钱花了？"

梁老师没有回答，似乎很难开口。继昌忙把她让到客厅，又打发孩子们到院子里去玩。梁老师这才放心地说："您知道，我有个哥哥。"她看继昌很关心她，就接着说，"他在报社做编辑。前几天突然被捕了，说他是共产党 ……"说到这里，她停了一下，观察继昌的反应，如果他害怕，她就不说了。

继昌是久经风雨之人，心里虽很吃惊，脸上却丝毫不露声色，反而鼓励她说下去。

"我家原在东北，父亲早已去世，母亲只生了我兄妹二人。哥哥一贯有爱国思想，说话偏激。东北沦陷后，母亲怕他出事，就搬来天津。多亏朋友帮忙，把他介绍到报馆，我又来府上教书，一家三口人生活还过得去。现在他被抓走了，我们的生活不但会发生困难，我母亲也会急出病来。"

从这些话中可以听出，她以为被捕就是坐几年牢，并没有往更坏的地方想。但她的意思已很清楚，不是想请继昌帮忙还会是什么呢？继昌一口答应：一定马上找人打听消息。随后，他又拿出一百元钱叫映竹去安排好家里的生活。

第二天，继昌果然去找了高君鹏，说有个远房亲戚出了这样的事。他以为高君鹏认识不少官场上的人，这事到他手里一定好办。不料高君鹏一听共产党三个字，吓了一跳，说："你听到过吉鸿昌的事吧？那是要杀头的！"

高君鹏见继昌害怕，又安慰道，他有个朋友在警察局做事，只要塞点钱，就可以先打听清楚，然后再想办法把他保出来。杨继昌交给他五百块钱，再三求他务必帮忙。

一星期一晃就过去了，高君鹏那里仍然毫无消息。杨继昌又带上五百块钱去了高府，这才有了回话，但却是个极其不幸的消息：原来梁映竹的哥哥是和另外几个人同时被捕的。他的一个同事，因在一篇文章中流露了一些抗日思想，就被警察局抓去了。他禁不住严刑拷打，不但承认自己是共产党，还胡乱牵扯上了一些人，其中就有映竹的哥哥。他们只被提审过一次，就在没有任何证据的情况下，给糊里糊涂地枪毙了。

继昌瞒着怀馨给梁家办了丧事，还替她们搬了家。经过这件事，他对梁映竹的感情也由原来的同情转变成了爱情。

他虽有三个妻子，但他却从来没有恋爱过。他与大太太的婚姻根本就没什么感情。如今她又皈依了佛门，他也不希望再见到她。和天香的感情最好，但天香一直把他当作自己的主人。至于怀馨，以前不过是他的宠物，如今也就是靠她维持这个家而已。他时常觉得身边连个可以说话儿的人都没有，再加上几个年龄大的孩子都一一离他而去，更使得他感到凄凉，感到寂寞。他也是人，也需要温暖，需要爱抚。现在，在怀馨的心中已经没有他的位置，而映竹却能给他一个寄托情感之处。他该怎么办呢？

映竹在母亲面前始终不敢透露哥哥的真情，只说他受朋友的牵连，要到南方去躲一躲。她也一样，需要有个可以和她说知心话的人，这人就在眼前。爱情就这样产生了，于是一个年近六十的男人和一个三十多岁的大姑娘生平第一次恋爱了，他比她大二十八岁。

梁映竹是个大学生，虽说不上漂亮，却也生得端端正正，仪态大方，性格开朗，通情达理；再加上近日来她正处在热恋中，原本清瘦的外貌也变得丰满起来，显得十分妩媚动人。继昌下决心要娶她。

不知为什么，他总觉得难以向怀馨启齿，不像以前要纳妾时那样理直气壮了。于是他想先把生米煮成熟饭再说，就借口去给天香修坟，带着映竹到北平玩了十来天，也算是度了蜜月。二人商量好一回天津就正式操办婚事。

怀馨发现继昌去了北平，想起他和梁老师最近的神情，又听了刘妈的小报告，心中也有了数。她对刘妈说："这鬼我是抓定了，非弄得她见不得人不可。"她俩密谋了半天，终于有了主意。

继昌本不想结束这十来天真正幸福的生活，但为了赚更多的钱，他不得不和映竹暂时分别。怀馨一听说继昌打电报叫老李到车站接他，就马上叫来亦麒："去，你跟老李的车，去车站接你爹。"亦麒觉察到母亲不怀好意，就说："老李一个人去不就行了吗？"

"不行！叫你去你就去！看看还有没有别人跟他一块儿回来。"

亦麒并没在意，谁知爹爹刚一下车，后面果然还跟着一个人，那就是梁老师。亦麒很不好意思，梁老师也没说什么，低着头走开了。继昌很生气地冲着亦麒嚷道："说，你来做什么！是不是你妈叫你来的？你回去打算怎么说？"

"我不知道，我就说只看见爹爹一个人。"他嘟囔着。

亦麒果然没有出卖爹爹，但从他那吞吞吐吐、局促不安的神情上，怀馨也猜出了几分。她挖空心思，终于打听到映竹的地址，于是就带着刘妈闯到她家。

梁映竹觉得她们来者不善，但仍若无其事地和母亲热情地接待她们。怀馨说有事找映竹，叫刘妈把老太太骗到厨房，缠住她。怀馨关上映竹内室的门，从钱包里拿出了一支手枪。

这只枪是继昌在南京当烟酒专卖局局长时，孙传芳手下的一个军官在搓麻将时输给他的。继昌怕孩子们玩耍时伤了人，就把子弹全扔了，只留下了这把空枪，准备在遇到万一时吓唬吓唬人。

怀馨把枪往桌上一拍，说："梁映竹，今天你要是不向我忏悔，我就毙了你！"

"忏悔什么？我又没做什么坏事⋯⋯"她的话音有些颤抖。

"忏悔什么，你心里明白。你跟我家老爷到北平干什么去了？"其实怀馨是在诈唬她。

梁映竹不知有诈，心想隐瞒也没有用，就横下一条心说："不错，我去了。你要怎么样？"

"怎么样？哼！我告诉你，继昌已向我坦白了，答应今后不再见你，你就别指望他会再来找你了！"她见映竹有点怕了，就软硬兼施地说，"你废话少说！这里有两千块钱，这是一张纸，你马上给我写一份忏悔书。你要是不写，哼！可别怪老娘我不客气！"

映竹怕了，心想这种女人说不定真会玩儿命，只好说："你叫我写，写什么？"

"你就写你和杨继昌的事是你的错。是你勾引他，保证以后决不再和他来往！这两千块是我替继昌给你的遮羞钱，你马上给我搬家，走得越远越好。"

梁老师一听"遮羞钱"三个字，真是羞愧得无地自容。都怪自己一时把握不住，落到这个女流氓手中。她想要顶住，可是那女人却步步紧逼。想想老娘还要靠自己过日子，万一那婆娘不依不饶，再把哥哥的事捅了出来，岂不害苦了老娘？她觉得已没了退路，只好屈服了。

怀馨一面当婊子，一面却要立贞节牌坊。她拿了这张"忏悔书"凯旋，当面质问继昌。被抓到小辫子的继昌理屈词穷，只好让她占了上风。

过了几天，继昌看看风头已过，又去找映竹。不料，映竹却真的搬走了。

自从怀馨走后，映竹就下决心割断这短暂的恋情。临走，她嘱咐房东，万一有人来找，就说她已回东北老家，不再回来了。继昌碰了几次钉子，只好死了心。

这段黄昏恋虽然像昙花一现那样，很快地就消失了，但继昌却从此变得整天失魂落魄，魂不守舍。他平时那大老爷的威风和男子汉的尊严已荡然无存，竟答应怀馨不再纳妾，不再拈花惹草，他甘愿委曲求全，服服帖帖地受这个泼妇的管制。

再找一个像映竹这么好的家庭教师可不是件容易的事。继昌看着刘妈那扬扬自得的神情，知道此事肯定有她参与，说不定还是她主谋。孩子们也能猜出一二，都对刘妈憋着一肚子的气。

没有老师管着，麟儿又开始放肆起来。那晚亦麒正在复习功课，麟儿就在旁边捣乱，还用弹弓弹哥哥。亦麒气急了，狠狠地打了他几拳，麟儿就大哭大闹起来。刘妈跑来，一面哄麟儿，一面嗔怪亦麒，说："弟弟小，不懂事，你做哥哥的就该让着他点儿，怎么就动手打人呢？！"

"我管教自己的弟弟，与你有什么相干？以后你少在我们家挑拨是非！"

刘妈不干了，也拉下脸来，气势汹汹地对亦麒说："说我在你家挑拨是非？我在你家二十年了，你还没出世，我就伺候东院太太了。要是我有什么不好，那么多下人都换了，为什么能让我待到现在？"

亦麒也一不做二不休地吵起来："你有本事嘛！你就靠拍马屁、挑拨是非，硬赖在这里不走！"

亦莼也在一旁帮着哥哥："我也早就知道你坏透了。是你出的主意赶走了我奶奶，气走了我二哥，二姐也是你害死的！"

刘妈一听这话，干脆大哭大闹起来："老爷、太太快来呀！这少爷小姐伺候不了啦！杨公馆真够邪乎的，欺来欺去，欺侮到我头上来了！血口喷人啦，我可活不成啦……"接着就撒泼打滚儿，闹个没完。

其实继昌早在门外听见了，这时他再也听不下去了，就不急不慢地说："你待不下去就算了，谁也不勉强你，明天叫蔡成给你算算工钱，你就回家吧。"

"我早没家了！叫我到哪儿去呀？我在杨家二十年了，这里就是我的家！我得等太太回家，让她评评我到底有什么不是……"她好不容易想到这个台阶，以为太太一说话，老爷就一定会改变主意。

刘妈说她无家可归，其实是不想回家伺候年迈的婆婆和坐月子的儿媳妇。回家后要受苦受累，哪有在这大公馆里当二主子好。

"不能就这样咽下这口气！"刘妈铁了心，就这么哭天抹泪地闹了一晚上，直到怀馨半夜回家。刘妈听见怀馨上了楼，忙跑到她吸大烟的屋里。

"太太，这公馆里我是待不下去了，老爷叫我明天算工钱回家！"

"什么？岂有此理，你做了什么错事，惹老爷生气了？"

"还不是为了麟儿少爷！是三少爷欺侮他，我说他不该打弟弟，惹来三少爷一大堆的话。那小莼也偏说是我害死了她姐姐，气走了她奶奶……太太，那些事哪是我干的呀？您不是都知道吗？不都是您自己的主意吗？我不过就哭了几声，老爷就，就……"

"够了，别说了！"怀馨一听，可不得了，这刘妈竟跟我算起老账来了！如果老爷真要抓住不放，她岂不得把我的事全招出来？真是难了，护着她吧，老的小的都不依，可得罪了她也不行。怀馨思索了一会儿说，"先别急，让我抽口烟再想想。"

刘妈下楼去取夜宵了，怀馨这时也计上心来：她明白，继昌已经知道刘妈是她的军师。刘妈不走，早晚会捅出她那些见不得人的事，不如尽早把她打发掉来得干净。趁现在和容某的事她还不十分清楚，赶紧辞退她，免得将来又多一个把柄落在她手里。

夜宵端来了，怀馨态度大变，慢条斯理地说："刘妈，你在杨公馆已经二十年了，一直也没能回去照顾自己的家。现在你婆婆也老了，媳妇又快生了，我看不如你先回去避一避。这里老爷正在气头上，我也不敢惹他生气。过个一年半载，我再捎信叫你回来。"

"怎么？太太，您也叫我回家？"刘妈万万没想到怀馨也不留她，心想："好吧，你也叫我走，我也不叫你好过！等明天，我就跟老爷全说了……"心里虽然这么想，可她脸上还是装出一副可怜相："太太，这么多年，我伺候您，伺候小少爷从来没敢不尽心。您有事儿都和我商量，我走了，您有话儿跟谁说呀？"停了一下，她又说，"太太，您心里可得有数啊！"

怀馨止住她的话，答应除工钱外，另外再给她二百块，又在首饰盒里找出一个以前天香给她的金戒指，一再嘱咐："咱们好聚好散，这些你拿回去，也够买上几亩地的了，你也该给自己留条后路。将来，我还会叫你回来的。"就这样，她总算堵住了刘妈的嘴。第二天，怀馨还没起床，刘妈就扛着铺盖不声不响地走了，谁也没去送她。

有人还担心麟儿会想刘妈，谁知那孩子是个无情无义之人，早把她给忘了。刘妈早上临走时还拉着他哭哭啼啼，他却爱理不理地走开了。刘妈一走，全家上下别提有多高兴了，就连怀馨都觉得松快了许多，她终于甩掉了一个大包袱。

眼看快要大考了，家庭教师还没有找到。像语文、地理、历史之类的课程，继昌还可以帮助孩子们复习复习；但那数学、物理、化学等课程，他就几乎一窍不通了。

正在无可奈何的时候，全市各大、中学校突然都被迫停课了。原来蒋介石只顾集中兵力打共产党，不惜一而再、再而三地出卖国家利益。一九三五年他派亲信何应钦到天津，与日本鬼子签订了割让冀东五个县的《何梅协定》。为此，北平学生发起了大规模的抗议游行，全国各地的民众也纷纷响应。蒋介石只好用停课来分散和瓦解学生的力量，迫使学生们离开学校。

早在这件事情发生之前，继昌就考虑过：一方面，东北几个省一个个地失陷了，日本人占领平津只不过是迟早的事。另一方面，他现在在上海宏丰印染厂已拥有了很多股份，需要去打理。所以不如趁现在南方生意好做，索性把全家搬往南方。于是他就让朱常发替他安排。不久，朱常发果然在上海打听到有一处小洋楼要出售，继昌决定把它买下来。

学校虽然停课，但学生们仍在分散活动。而此时，日本鬼子也已在天津增加了大量的兵力，这更促使继昌下决心立即南迁了。

这些年，继昌一直在为让老太太分出去住而感到内疚。听说上海那房子不小，老太太和继茂都搬进去也住得下。他就和怀馨商量，想让大家都住在一起。怀馨虽没反对，却提出要在苏州再买一处房子，她说："万一跟老太太和二太太合不来，我还可以去苏州住些天，缓和一下。再说苏州树木多，凉快，孩子们放了假，全家都可以去避暑。"她又说，"你有娘，我也有娘。你娘不跟你住，你觉得没尽孝道，那我娘呢？如果我们在苏州也买个房子，我不就可以去给我娘尽孝了吗！"总之，她说得合情合理。

继昌一来扭不过她，二来他做事也从来不愿在一棵树上吊死，怀馨的主意也合他意，所以就同意了。现在，继昌除了做进出口生意外，还炒股，还在一些工厂、矿山入股，总之能赚钱的生意他都想做。他早已把"量入为出、量出为入"的话抛在脑后了，只想着"财源茂盛达三江"，他要的是：多条道路，齐头并进。

苏州的房子也不难买，已看好一处带花园的楼房，还有一处花厅和池塘，他俩都很满意，就买了下来。钱是继昌付，房契按理也该写在继昌名下。但怀馨不干，她说："从你和梁映竹相好这件事来看，你这人不老实，将来说不定什么时候有了外遇就把我遗弃了。这次，无论如何得写在我名下。"继昌懒得和她争，他想写谁的名都一样，反正都是要留给儿女的。

继昌哪里知道，这件事是怀馨和那个容承早就密谋好了的。他们知道继昌一到上海就脱不开身了，不可能常去苏州，这样他俩就可以有一个自己的安乐窝了。怀馨有了自己名下的房子，就不怕没有退路了。

继昌打算在下学期开学之前把家搬好，于是两个家都忙活起来。继昌又趁机去了一次北平，说是向天香告别，顺便去看看大太太和亦荃。其实，对他来说更重要的是，想通过映竹的同学打听她的下落。结果，又是白跑一趟。

春节草草地过去了，老太太突然生起病来。她那曾经摔坏过的腿从里面痛起来。医生来看过了，说是旧伤没好利落，现在已转变成骨癌了。她年纪大了，不能动手术了，怕有生命危险。当前最重要的是卧床休息。搬家难免会遭受旅途劳累，自然是不行了。

继昌只好决定自己先搬，并告诉仆人们去留自便。

蔡成夫妇早就提出要回家照顾老娘了。继昌给了他们一些钱，让他们回去做点儿小生意。谢过老爷，他俩就双双辞了工。厨师对怀馨的不仁不义很寒心，借口说只会做北方菜肴，到南方对不上口味，也不干了。田妈舍不得小莼，愿意跟去。再就是车夫老李也愿意去，不过他说："听说上海公共汽车多，用不着洋车；再说我现在年纪大了，拉车的活儿怕也干不长了，要是老爷不再叫我拉车，我孤身一人，到哪里都一样。"继昌心想：老李在杨公馆干了快十年了，为人可靠，办事也还活泛，又识几个字，当个管家，可能比蔡成还好。于是，他就答应了老李的要求。最后，愿意去上海的仆人，就只剩下田妈和老李两个。

几个孩子第一次坐火车出远门，非常高兴。继昌两口子包了一间头等房，三个孩子和田妈四人刚好包了一间二等房。两个男孩睡在上铺，爬上爬下的，别提多开心了。只有老李一个人，去坐三等没有卧铺的硬板凳。好在每到吃饭的时间，三个孩子和爹娘一起到餐车去吃西餐时，他就趁机跑到二等车来享受一下。

孩子们难得吃一次西餐，一见到这么好吃的菜肴，就不顾一切地狼吞虎咽起来，早就把父亲"食不言，寝不语"的规矩忘得一干二净了。继昌的胃口和心情也都不差，对他们也就不那么苛刻了。非但如此，他还不时地给他们讲些历史故事和典故：途经兖州，就讲一段《水浒传》；到了济南，就说开了《老残游记》；经过曲阜、泰山、邹县，自然要聊一聊孔夫子、孟夫子……望着车厢两旁匆匆闪过的美景，大家的心情都格外的舒畅。

听着有趣的故事和孩子们的笑声，怀馨却怎么也乐不起来。她一路上总喊头晕，想吐又吐不出来，面对着那么好的西餐也吃不下去。继昌感到有些奇怪：自从怀馨跟了他，由北平到南京，又到苏州，再由苏州到天津，坐的都是火车，从来就没听她说过晕车。这次是怎么了？真要是晕车，也许一会儿就会好的，不用管她。

一到上海，一家人就迫不及待地拥进了新居。

这栋洋楼有四层：最下面是底层，有几个房间和厨房；一层有一个大客厅和一个餐厅，还有两间卧室；二层有两套卧室，都带卫生间；三层也有一套卧室，另外还有两个小房间。楼前有一个不大的院落，除几棵树木外还有一个藤萝架、一些零散的花木和一块小小的草坪。

继昌打算将一层的两个卧室留给继茂两口子和亦宽兄弟；二层的两套卧室，他和怀馨住一套，另外一套留给老太太和翟妈；亦麒和弟妹以及田妈都住三层。底层除了老李外，又新找了一个厨师，能做一手鲁菜。后来，看田妈忙不过来，又找了一个本地的小阿姨叫阿宝。

大家安顿停当后，继昌想：这第一件要做的大事应该是赶紧给孩子们找个可以插班的学校。可王老板说，第一件应做的大事是赶紧拜个山头。他说："要是没有个帮会做靠山，过不了半年，你家中不是遭抢劫，就是有人被绑票。所以你必须先拜个老大，好得到他们的保护。"入乡随俗，继昌只好拜了一位不知是闻兰亭还是杜月笙的第几代徒孙做"老大"。不过，继昌只管交保护费，出面应酬的事，就全交给老李了。

怀馨到了上海，并不像别人那么兴奋。她下火车后，仍是全身无力，吃不下饭，只是一个劲儿地闹着要去苏州。继昌觉得也该去苏州看看怀馨她娘，顺便看看亦菡和那栋带花园的楼房。另外他还有件很重要的事要做，就是要去苏州监狱一趟。因此继昌答应尽快成行。

一到苏州，继昌就借口有要事要办，甩开了怀馨，直奔苏州监狱。

原来，继昌的好友冯廷理公开反对国民党打内战、不抗日，又一次遭到通缉，还被当作政治犯投入了监狱。继昌没有能力救他，但不能连看都不看一下。他不顾可能因此而带来的麻烦，用钱打开了一条"通道"，竟然见到了冯廷理。冯廷理对他的情况还算满意，但仍一再嘱咐他：在任何情况下，决不可做伤天害理之事，尤其不能与人民为敌和卖国求荣。这些话对继昌的后半生都很有帮助。

临别前，继昌答应帮他把一封重要的信件寄出去，还留给他一些钱，以备急需。他从狱中走出时也很顺利，没遇到麻烦，毕竟钱能通"神"嘛！

苏州的房子果然不错，据说是清朝一个大官的后裔建造的。但这位阔少只享受了几年，就把家业败光了，连苦心建造的这栋房子也没能保住。

从外面看，这房子和其他的房子没什么两样，只是墙里面那些高大的树木告诉人们，这里一定有个较大的庭院。果然，进了大门，绕过影壁，眼前顿时豁然开朗起来。

首先映入眼帘的，是那园中错落有致、形状怪异的太湖石，石隙中还点缀着各种花木：黄色的迎春、红色的梅花正在争相斗艳，粉色的杜鹃、白色的玉兰也都含苞待放。两条碎石子铺成的小路，蜿蜒穿梭在翠绿的灌木林和丛丛的蓑草之间；两条长长的走廊，一条通往花厅，一条通往主楼。

花园东面有一个怪石环绕的小池塘，成群的金鱼和绿毛乌龟在自由地游荡；池塘中央有座假山，上面矗立着一座用琉璃瓦砌成的佛龛，一对假仙鹤正翩翩起舞，好似蓬莱仙阁一般。

池塘的北边就是花厅，门上、窗上到处都镶满了红、黄、蓝、绿、白五色玻璃，显得那么富丽堂皇；所有的家具都是红木雕花的，上面还镶嵌着大理石。虽然旧了一些，但仍可看出这厅堂昔日的风采。

最令人意想不到的是，花厅两旁各有一间藏书室，一排排的书架上摆满了线装的古书，其中不仅有众多的历史名著，还有大量的笔记小说。最显眼的，要数全套的四书、五经、唐诗、宋词、二十四史等名著了，真是应有尽有啊。继昌惊喜万分，好一个清新优雅的修身养性之处！同时他也不由得为这败家子的祖先感到十分惋惜。这个不肖子孙卖楼时，完全不懂这些书的价值。其实仅这些书，就和这座楼的价值所差无几了。但继昌自己也万万没有想到，它们的命运后来会变得更加凄惨！

另一条长廊一直延伸到主楼。这主楼是后修的，看上去很新，构造和家具也比较新式。楼后面还有厨房和供仆人住的小屋。总的印象还不错，主要的缺点是，没有西式卫生设备。

既然这房子这么大，暂时又没有人住，为什么不让怀馨她妈和怀柔搬来呢？继昌一心为怀馨着想，便以主人的身份主动提出了这个想法。没想到，怀馨却也以主人的口气表示不行。她说："这院子这么大，从楼里出来到大门口得走半天。我娘小脚，不方便，搬来住不合适。"

继昌懒得和她理论。怀馨便私下里找了一对姓胡的夫妇，来看房子并兼做用人。男的收拾庭院，女的收拾房间，外带洗衣做饭。怀馨每隔一两个月就来住上十天半个月，继昌以为她是为了探望老娘和女儿，也就没多过问。但他怎么也没料到，怀馨和那个容某竟利用自己买的房子，构筑起他们的安乐窝，一面干着无耻的勾当，一面还在偷偷讥笑着他的昏庸。

继昌为老太太来上海团聚已经准备好了一切，正要去接她时，却突然接到继茂的电报："母病危，速来。"但当他急急忙忙赶回天津时，老太太已经带着遗憾离开了人世。

为老太太治病的是一家外国医院，尸体不让久放，装好棺木后马上就转放在一家殡仪馆里。丧事办得不很隆重，整个法事只有七天。参加的人数也不多，因为孩子们都已开学了，所以除了继茂、继贤、继淑以及亦宽兄弟外，谁也来不了。继昌很不喜欢旧习俗的做法，但怕惹来非议，还是请了些和尚、道士来念经。继茂和两个妹妹都很通情达理，他们知道哥哥一直在承受着那个不贤妻子带给他的痛苦，所以并未因丧事的简朴而抱怨哥哥，他们看重的只是兄妹的情谊。

七天后，老太太的棺木被安厝在天津郊外，准备运回山东安葬。

老母去世后，继贤又返回了北平；继茂以不愿辞掉铁路上的工作为由留了下来；而继淑也说要为老母守灵三年，不去上海。继昌清楚：这些全是借口，实际上他们都是想躲着怀馨。他不好勉强，就和继茂说好，以后每月仍补助他几十元，老太太的一些未了事宜也全交给他去打点。翟妈老了，继昌也送她一些钱，叫她回去置几亩地养老，老太太的遗物她用得着的，也全给了她。

让继昌最不放心的是小妹妹继淑，他再三嘱咐：如果天津的工作不如意，她可到上海找他，或者去北平和姐姐住在一起。今后如找到合适的人家，他也会送她一份满意的嫁妆。

一切安排停当后，继昌离开了天津。

搬到上海没多久，怀馨的肚子就大了。中秋节前她去了趟苏州，在那里生下了一个女孩。继昌感到有些奇怪：搬家前他俩一直为梁老师的事闹别扭，没有亲近过。搬到上海后，他俩的关系才有所改善，但掐指算来也只有六七个月。怎么这么快？难道是早产？

继昌哪里晓得，怀馨在来上海的途中就发现自己已经怀上了容某的孩子。为了遮丑，她故意与继昌亲热，把他搞迷糊了，终于达到了李代桃僵的目的。

继昌稀里糊涂地戴上了绿帽子，还以为六十得子是件大喜事呢。

这女孩娇小玲珑，又长着一对杨家所没有的圆溜溜的黑眼珠，非常可爱。继昌要给她取名亦薇，怀馨却非给她取名蓉蓉，实际是她的真名容容的谐音。

孩子已出了双满月了，但怀馨还是那副魂不守舍的神情，隔三岔五地就非要去趟苏州不可，一去就要住上十天半个月。

亦杰要结婚了。按理说这婚礼应在上海杨公馆举行，但由于女方是部长的宝贝女儿，不好让她屈尊来沪尽儿媳之礼。再有，如果让怀馨参加婚礼，也会使大家感到尴尬。所以继昌要求她留在家里照顾孩子，自己独自前往南京，为亦杰夫妇主持了一个新式婚礼。婚后，亦杰夫妇又去北平度蜜月了。这个婚礼花了继昌很多钱，除各种应酬的费用外，仅给儿媳妇的见面礼这一项就用了一万元。

对于亦杰的婚事，继昌打心眼儿里不愿意。不过，他还是忍了。连自己的儿子都变得这么趋炎附势，这世道可真是变了。他觉得和那些国民党的新贵们应酬，有失他的身份。所以婚礼的第二天，他就借口上海有事，谢绝了一切应酬，悄悄跑去看亦雄了。

这些天，继昌总在心里思忖着谁来接他班的问题：大儿子亦杰除了败家外，不会有什么成就；二儿子亦雄有出息、有志气，但他的正义感恐怕会促使他涉足政治，也许还会引祸上身；亦麒软弱无能，胸无大志；那麟儿更是麻绳上拴的豆腐，提都提不起来，连他大哥都不如。这哥儿几个，到底谁能做我的继承人呢？他心里总是拿不定主意。

不过从那时起，他一面继续做他的生意，一面叮嘱他的孩子们：不要希望得到我的遗产。你们一定要努力读书，我能留给你们的只有知识。只要你们肯读书，我一定供你们念到大学毕业。毕业后你们就要独立生活，别想再指望我来养活你们。不料，这番话后来竟真的被他言中了。

继昌虽然嘴里不断地要求孩子们要努力读书，但他私下里还是盘算着给他们留下大笔财产，这也是他拼命挣钱的动力。他琢磨着：现在两个大孩子都成了家，不用再操什么心了；亦雄和其他儿女都还小，一时还不用着急；眼前要办的，就是要准备好两个妹妹的嫁妆。他已经把北平那处房子卖了一万元，给她们每人存下了五千元。

儿女多，姊妹多，继昌这个当家长的操心的事自然就多。好不容易盼到孩子们一个个地成家立业时，他们却又要一个个地离开他了。继昌不知从何时起，心中就产生了一种惆怅的感觉，无法排解。所以他刚从南京回来，就叫老李给他买了一只全身白毛的狮子狗，取名玲玲。从此，他寂寞时就与玲玲为伴，对别人不能说的秘密也全说给玲玲听。

第 八 章

一九三七年的夏天，杨家搬到上海来已经一年多了。

暑假期间，好消息不断传来：先是亦菡已经初中毕业，继昌决心叫她回家，到上海来读高中；然后是怀柔今年恰好大学毕业，她是张才家唯一的大学生，而且又是个女大学生。所以不独张家高兴，连邻里也觉得脸上有光。不过，在苏州妇女求职很困难，她只好求姐夫在上海帮她找找工作。她的老母亲从未到过上海，也想一起来见见世面。

再有一件好事是继贤要结婚了。她的未婚夫是和她在同一医院工作的大夫，名叫范超，他们在共同的工作中产生了感情。范超已被选拔去美国深造，他们打算一起出国，并在此之前把喜事办了，也好叫双方家长放心。

婚礼在上海举行是继昌的意见：一来因为出国的轮船将由上海开出；二来杨家的人这几年很难有机会团聚，继贤这一走不知什么时候才能回来，正好借此机会聚一聚；另外，继昌这几年一直对以往照顾岳母和弟妹不周感到内疚，想表示一下歉意；还有就是，他也想去去这几年存在心中的闷气。

婚礼虽定在七月十一日举行，可从六月下旬起，继昌就开始里里外外地忙活起来了：他一面安排在家里接待一部分客人，一面叫人在静安寺路沧州饭店包了四五套房间，打算让新婚夫妇、亲家公婆和亲朋，以及继茂一家、周之强和亦杰夫妇等去住。此外，继昌还派二儿子亦雄专程去北平迎接客人。

亦雄虽然不能不参加大姑的婚礼，但他又声称决不见怀馨。这使继昌感到有些为难，他只得好言相劝："亦雄啊，有的场合是躲不掉的。你不理睬她便是了。只要你不闹得大家下不了台，随你怎样都行。"亦雄这才答应了。

为了赶七月十五日去美国的轮船，范超和继贤六月下旬就由北平出发了。

在天津给老太太上过坟后，接着又去南京办理了出国手续。有亦杰夫妇的帮忙，一切都很顺利。范超父母都在南京，他俩就在南京住了两天，然后全家一同来到上海。在此之前，继淑和亦雄已先期到了上海。

因铁路部门不能多请假，继茂夫妇订了七月八日的车票，打算在婚礼前一两天到达。

就在一切刚刚准备就绪、全家人都在兴高采烈地等待那喜庆之日来临之际，七月七日这天，日军突然在卢沟桥发动了七七事变。好在范超一家、继淑以及亦杰夫妇都已经在前一天抵达了上海，但却没有继茂和周之强的消息。八号收到继茂发来的电报说：因时局紧张，铁路局一律不准请假，他一家都不能来了。此时平津交通已被切断，周之强肯定也不能来了。

虽然继贤姐妹因二哥不能前来上海感到有些扫兴，但由于继昌把婚礼办得非常隆重，使大家很快就沉浸在这喜庆的气氛之中了。除了尽情地吃喝外，一家人还在沧州饭店开了个舞会。让继昌大吃一惊的是，怀馨居然会跳舞，而且跳得还很不错！怪不得她平时总爱哼哼那种怪调调。

战争的乌云渐渐地笼罩了南方。范老先生夫妇虽对上海的京剧、越剧很感兴趣，却也不敢停留太久。他们不等送儿子儿媳上船，就提前返回了南京。几天后，继贤夫妇也登船出国了。

上海的局势变得越来越紧张了。王老板、朱常发不时来找继昌商讨局势，他们觉得他见识广，也许能预测出日军是否能打到上海来。继昌本想安慰他们，但事态的发展并不如他所愿。他知道日军早在"一·二八事件"时，就试图攻打上海了。

现在华北已被他们占领了，时局不容乐观。这次除非不来，来者一定不善。于是，继昌告诫王老板一定要做好应急准备，并嘱咐朱常发也多预备一些现款、银圆，随时准备迎接战争的降临。此时，继昌已感到回天无力，他所能做的就只有消极等待而已。

当时，大多数人都认为上海有租界，是块福地，日本人绝不敢打到租界来；再说蒋介石也不见得愿意和日本人打，早晚还得议和。根据以往的"经验"，他们估计最多也就是打两三个月罢了。唯独继昌忧心忡忡，很不乐观。他想：日军一旦占领上海，到那时最困难的就是老百姓了。政府可以撤走，有钱人可以住进租界，只有普通老百姓无处藏身，最先尝到亡国滋味的就是他们。但愿我们这一家人能平安地逃过这一劫才好。

办完继贤的婚事，怀馨就要去苏州。继昌嘱咐她：第一，叫怀柔和岳母立即做好来上海的准备；第二，多给胡家夫妻留点钱，叫他们买上够吃一年的柴米油盐，再养点鸡、种点菜，万一苏州和上海断了交通，他们总不至于饿死。

继淑本来想马上回天津，继昌说什么也不让她走。她除了两个哥哥外，还能依靠谁呢？但她心里清楚：两个嫂嫂都不贤惠，跟谁过也很难。如果不是怕战争扩大，她倒宁可回天津。现在回天津已经不行了，她又该怎么办呢？

作为大哥，继昌一向就比较疼爱这个小妹妹。在这危急时刻，他怎能让她去冒那一路上的风险呢？而她原来工作过的那所医院不在租界里，再回那里工作，也非常危险。想到这些，他就主动邀请她暂时住在自己家里，伺机为她在上海找个工作。

怀馨由苏州回来，发现继淑已先住进来了。她马上就拉下脸来找继昌："怎么，你又嫌房子多了？我姆妈和怀柔很快就要来了，小菡要上高中了，也要有她单独的房子。这下又添了一口，岂不挤死人了？"

继昌只得安抚她说："这只是权宜之计。你妈来后，当然住原来给老太太留的那套最好的房子。继淑跟小菡、小莼三个人住三楼那个套房。如果小菡怕吵也可以一个人住一间，让继淑跟小莼住好了。另外还有两间足够容蓉和奶妈、田妈和阿宝几人住了。原来一楼给继茂两口子留的那个套间，现在亦麒哥俩住着不是也很宽敞吗？怎么能说挤死人了呢？"他还怕怀馨不高兴，又说，"以后，继淑也可以慢慢再找住处嘛！"

怀馨仍是喋喋不休，还想借题发挥，继昌被她搅得心烦意乱。继淑虽听不清他们吵些什么，但也能感到气氛不对头，她只能咬着牙忍耐。幸亏她在上海的同学很多，不久，她就被介绍到英商怡和洋行所属纺织厂的医务室当了护士。

继淑是高级护士学校毕业的，相当于大学毕业生。在天津她还当了两年护士长，现在却在一个小小的医务室里当护士，她很不甘心。可她不干又不行，否则整天都要看怀馨的白眼，那日子更不好过。现在她有了工作，每天在路上吃早点，中午厂里管饭，只有下班后回家吃一顿晚饭，因此不需要和怀馨多说话。即使这样，怀馨仍感到不舒服，她还是要拔掉这根"刺"。

不久，怀馨的娘和妹妹怀柔都到上海来了。原来怀馨与她母亲和妹妹的感情并不很和谐，可现在却突然一下子变得似乎非常亲密起来。她整天姆妈长、妹妹短地叫着，吃饭时还不停地给她们夹菜。一到星期天，怀馨更是毫无顾忌地和她们大声说笑，故意让楼上的继淑听得清清楚楚。继淑现在总算明白小芳寻死的原因了。这种滋味可真是让人难以忍受啊！

怀柔是个很要强的姑娘。自从一生下来，姐姐就欺侮她，父母也不喜欢她，任她自生自灭。长到十五岁才开始上小学。二十五岁才高中毕业。怀馨怕她超过自己，想把她嫁出去，可是怀柔不愿意。她偷偷地给继昌写信，请姐夫帮她上大学。她知道靠姐姐过日子会很困难的，她要走继贤姐妹的道路。继昌也没把她当外人，一直出钱供她读到了大学毕业。

毕业时，怀柔已经快三十岁了。本来妇女求职就难，何况她年纪已经很大了，长得既不漂亮，又不会交际。但是她并不发愁，因为她有一个有钱的好姐夫。她曾听姐夫说过：高君鹏和一些北洋军阀的遗老们创办了一所银行，叫信诚银行。后来在姐夫的建议下，该行在上海设立了分行。以后，分行又在上海吸收了一些股份，逐渐形成了"北派"和"南派"，不过掌大权的还是"北派"。高君鹏的弟弟高君鸿是总经理，继昌也有一些股份，是董事之一。有了姐夫这个靠山还怕找不到职业吗？当时她在大学选读商科银行专业就是为了能找个好工作。

怀馨根本不想叫母亲和妹妹来上海，可继昌已答应帮怀柔在上海介绍个工作。怀馨表面上不敢违背继昌的意愿，但暗地里却千方百计地阻止她们来上海，为此她还和妹妹大吵了一场。经过这番折腾，她们来上海的时间自然就被推迟了。

怀柔母女八月九日才到上海。第二天，继昌就为怀柔工作的事，给高君鸿经理打了电话。不想，因时局紧张，他根本无暇顾及此事。继昌接连打了好几次电话都碰了钉子。直到八月十二日晚上，他家里的电话才总算打通了。高经理说："杨老，你的事我哪能不管呢？不过，你知道，这两天我太忙了，能不能等两天再办？……对，对，两天后一定办。你把她带到银行来见我吧，我一定

安排 ……"继昌永远忘不了"两天后 ……"这句话。

八月十三日，日军开始向上海进攻了。一时间，火光冲天，枪声、炮声震耳欲聋，整片整片的房屋瞬间变成了瓦砾，遍地是一堆堆被炸碎的尸体。人们如惊弓之鸟开始四处逃散。虽然通往租界的所有路口都已被封闭了，但仍有大批的难民千方百计地拥入了租界，其中有很多是老人、小孩、妇女和病人。不少人连饿带吓，有的竟倒毙在了路旁。除本地人外，附近一些城市里的有钱人家也逃到这里来避难。

可这场战争却使上海的房产商一下子发了大财，不要说上海市内，就连偏僻的徐家汇、肇家浜一带，只要能沾上点租界光的空房，马上就能租出去或卖掉。而那些没钱的难民，只好找些被单碎布甚至破纸烂木，沿街搭个窝棚，暂且栖身。见到此番情境，继昌的亲属和王老板等好友，无一不佩服他的老谋深算，未卜先知。

战争爆发的第二天，日军的飞机一早就在上海狂轰滥炸起来，中国飞机奋起抵抗。十五日早上，一架载着重磅炸弹的中国轰炸机不幸中弹。由于丢炸弹的控制器失灵，结果，那枚没长眼的五百磅大炸弹就径直地落在了上海最繁华的"大世界"的十字路口。只听得"轰"的一声巨响，这个往日车水马龙、熙熙攘攘的花花世界，顿时变成了一片火海。成千上万名中国人、外国人，男人、女人，有钱的、要饭的，坐车的、走路的，有的被炸得支离破碎、血肉模糊，有的被震得晕倒在地、失去了知觉，还有的被吓得趴在地上、魂不附体。事后人们才得知，这场天外横祸当场就炸死了几百人，伤了几千人。

继昌一直没得到高总经理的消息，很着急。数日后，他才听说：高总及其副总等三名高级职员，早晨乘小汽车去银行上班，因交通堵塞，不得不在"大世界"附近等候，正巧赶上这场飞来的横祸。车上所有人员包括司机无一幸免，尸骨全无。后来，直到找到了汽车号牌，才认定了此事。

这几名死者都是继昌的好友，且都是"北派"的上层人物。如果他们有一位还健在的话，怀柔的事就没问题了。可如今"北派"在上海已彻底完蛋了，新派来掌权的全是"南派"的人，继昌讲话自然也就不灵了。他虽然也是个生意人，却从不肯点头哈腰地去求人。他已问了好几次，但那些人都推说高总从未提过此事。虽说总行还有高君鹏，但他的势力在上海也是鞭长莫及的。还能去找谁呢？继昌无计可施。此事只好不了了之了。"毕业就是失业"这句名言在怀柔身上应验了。

"抗战"爆发几星期后，杨继昌在报上又发现一件气得他半死的大事：亦杰受到了政府的通缉。

亦杰犯的是临阵脱逃之罪。他不甘心在南京政府当个小小的科长，便再三请老丈人帮忙，给他在浙江沿海的一个县城弄了个县长的美差。这是个富县，如果他运气好，要不了几年就能捞个几十万。谁知偏偏他老婆扯后腿，不愿离开南京，为了这事拖了半个月。后来他俩商定：亦杰自己先去，如果混得好，老婆再去。结果他刚刚到任一个月就打起仗来了。日本兵在上海、吴淞遭到顽强的抵抗，只好绕道，进攻上海以南金山卫一带地区，不几天就打到了亦杰那个县。

亦杰从小就是个花花公子，哪里见过战争？他不仅不率领群众抗战守土卫国，就连前方战士所急需的后勤供给也弃之不管，自己竟然连夜溜出县城逃跑了。省政府发现后立即上报，中央政府马上下令要将他缉拿归案。

大姑刚走，亦雄就动身去烟台看望妹妹了。去年他就答应过会去，不能让她失望。走前，继昌心里很不是滋味儿。他预感，亦雄这一走，万一国家发生重大事件，他们父子何时才能再见面就很难说了，没准连通信都有困难。于是，他叫亦雄给亦芳他们捎上一千块钱和几个小黄鱼（一两重的金条），并叫他告诉于海做好长期准备，不到急难之时，不可动用。

亦雄原打算在烟台一直住到暑假结束，然后先回上海向父亲告别后再返校。可他在烟台刚住了半个多月，就听说上海打起来了。于是他决定马上返回上海。

临行前，亦雄叮嘱老于："山东是个好地方，日本人不会来，所以你们一定要做好充分的准备，柴米油盐，样样都得储存至少够半年吃用的。"老于把亦雄带来的五个小黄鱼和一千块钱还给他，说："如果万一你回不到上海，这些钱也够你用几年的了。我这个小饭铺虽说发不了财，但供我们一家人吃饭还不难，你就带着吧！"

亦雄坚决不收。他说："爹说，请你把一部分钞票换成银圆，和几条小黄鱼一起埋起来，不到真正困难的时候不要用。如果以后时局能够安定，就留给小芳做嫁妆。"经过一番争执，最后老于还是硬塞给他两个小黄鱼和一些钱。

返程的状况与一个月前完全不同了。那时虽然也紧张，但客车的班次并没有减少。可现在，车次完全被打乱了，铁路上行驶的几乎全是军车，每天只发出很少几趟客车。再加上有难民证的人不用买票，所以每趟车都挤满了难民，车上车下你推我挤、混乱不堪。胶济路上还好一些，可由济南南下的火车却都动不了了，排成了长龙。为了能尽快赶回上海，亦雄不得不下车徒步去追赶停在最前面的那趟列车。他一路小跑，甩掉了一列又一列停滞的火车，终于挤上了最前面的一列。但这趟车开了没多久，又被前面的车堵住了。他又不得不再次下车往前跑，拼命爬上停在更前面的一列。就这样，火车走走停停，亦雄也只好跟着不停地倒换车辆，同时还要不时地躲避飞机轰炸。最后，他终于到达上海。而这时，已经快八月底了。

继昌听完了亦雄的汇报，了解了亦芳和老于一家的备战情况，觉得也无可奈何，只好如此了。此时此刻，他可不敢叫他们来上海。一来怕怀馨不容，二来怕上海也不保险，不如叫他们在烟台做长期准备，不要回老家。

亦雄坚持要回学校，他宁可跟学校迁往内地，也不愿再回到这个家了。继昌不敢幻想这场战争会很快结束，更不敢幻想中国能打赢。所以他同意亦雄尽快赶回学校，以为到了内地也许就能避开战祸了。他一心要保住这个儿子，希望老来能有个依靠。但一想到今后不知道何年何月才能再见面，父子俩都很伤感。

继昌给他带了去重庆的路费。为了以防万一，还特地给他预备了两年的学杂费和生活费用，叫他贴身存好。因为他料到，以后寄钱肯定会很困难了。

继昌默默地送走了亦雄。此次分别，令他感到比以前任何一次都要难过。除老人故去不算，继昌这一生最痛心的"生离死别"已有过两次。第一次是天香之死，第二次是映竹失踪。现在要算第三次了，而且是面对面地、真真切切地分别。他已年过花甲了，真不知这辈子是不是还能再见到这个儿子。他极力抑制住自己的感情。

这些天，日军正在外围加紧进攻，眼看着上海即将不保了。虽然租界地还属于英、法等国，日军一时不会进驻，但这场战争的后果，就是使上海变成一座孤岛，一切供应都进不来了。现在，家里该走的走了，想逃的逃了，留下来的人还得打发日子啊！想到这里，他的头脑一下子清醒起来了。对啊！内地的东西进不来了，可上海几十万人还是要吃饭的啊！那不就得靠进口大米了吗？

继昌马上和朱常发商量，赶快增加由仰光、西贡、曼谷进口的大米数量。至于出口，猪鬃一时没有货源，只好暂时放下。别的东西，能出什么就出什么。上海人手不够，就由天津分行调人，因为那边可做的生意已很有限了。继昌心里合计着：如果每月进口两三万包大米，每包大米即使只赚到一块钱，每月就可赚两三万元。这几万元虽然是由大家来分享，但自己所得到的肯定也不会少。他整天沉醉在发财的美梦之中，对家里的任何事情都不感兴趣了。

不久，上海果真变成了一座孤岛，南京也失陷了。陆上交通完全被切断，连邮路都不通了。几个在外面的儿女、弟妹全都失去了联系。继昌不愿和怀馨谈论这些事，只好把郁闷放在心里，或者向小狗玲玲倾诉。怀馨此时也很烦恼：南北交通一断，信也没法写了，容经理一点消息都没有，连孩子周岁宴他都没来。她比继昌更痛苦。不同的是，继昌把精神寄托在挣钱上，她却把精神寄托在花钱上。

现在舞场是不能去了，但麻将和鸦片却比以前更加盛行。那些上海的阔佬们见得太多了，远的不说，就说小刀会、五卅运动、上海武装起义、北伐战争、"四一二"、"一·二八"吧，战事一个接着一个，哪一次闹得长久了？这次的抗日战争，管他中国赢还是日本赢，反正早晚也得停。蒋介石肯定怕和日本人打仗，说不定明天就讲和了。还是今朝有酒今朝醉吧，只要眼前还有饭吃，那麻将就不能少。怀馨的心情也是一样，她像当年在天津时那样，又结交了不少牌友，整天没事就搓麻将。以前要常去苏州走走，搓的次数还少一些。现在苏州去不成了，她的全部精力几乎都投入到搓麻将中去了。

阳历年前，外国人要过圣诞节。继淑的厂里也从十二月二十五日起开始放假一个星期。放假前，厂里还发了些东西。因为她刚去不久，只分到一袋洋面粉、一堆木柴和肥皂之类。她在哥嫂家已住了好几个月了，虽然她也常买些东西给他们，但总也看不到怀馨的笑脸。这次她想："我拉回这么多东西送给她，她总该高兴了吧？！"

但是，这么多东西怎么弄回家呢？继淑犯愁了，她只好和老李商量。老李说："可惜咱们现在没有黄包车了，不然我自己就能拉回来。这样吧，咱们约好一个时间，你先找人送到厂门口，我到时候来帮你。"

老李哪里知道，牌局这天恰巧轮到杨家。等他把一切都安排好后，看看时间已经不早了，这才匆忙乘电车赶往继淑的工厂。那地方老李不熟，好不容易找到工厂时，天色已经黑下来了。继淑偏偏这天下班又早，她在门口已等了一个多小时了，冻得她全身发抖。但她还是使劲地拽着那堆东西，舍不得丢掉。

老李原想乘坐电车走一段，再倒一次公共汽车就能顺顺当当地回家了。于是，他就扛上面粉，叫继淑拎着木柴。可继淑拿不动，老李无奈，只好把木柴重新捆紧，一手扶着肩上的面粉，一手提着木柴和肥皂。好不容易走到了电车站，谁知售票员却不准上车，他们只好把木柴扔了。可是在转下一趟车时，售票员还是不让他们上。看看天色已经很晚了，他们只好找了两辆三轮车，这才把他们拉回了家。

尽管在厂门口冻了一个多小时，又千辛万苦地把东西弄回来，身上又冷，肚子又饿，但继淑还是为自己给家里带回这么多东西而感到高兴。

餐厅里摆了两桌饭，怀馨正在陪客人喝酒。旁边还有一张小桌是怀馨娘、妹妹和孩子们坐的。继淑不好意思坐下来就吃，为了礼貌，她赔着笑对怀馨说："我回来晚了。厂里发了些洋面和肥皂，亏了老李帮忙才弄了回来。"她满以为怀馨会说几句体贴的话，谁知她却是嘴巴一撇，鼻子里一哼，又冷又酸地说："那值几个钱？就为这点东西，把正事都撂下了！"

几句话说得继淑无法下台。她鼻子一酸，连忙跑回自己的房间。整个餐厅顿时鸦雀无声。只有亦莼离开座位，想叫二姑回来吃饭。怀馨立刻制止她，说："你给我回来！她自己找没趣，关你什么事！"

继淑把脸埋在枕头里，免得哭出声来。她感觉身体从骨头里头冒凉气，浑身发抖，也不觉得饿了，只想有杯热茶喝。她挣扎着爬起来，暖瓶里却一滴水也没有，只好去喝自来水。冰水又刺得她胃痛，她不得不用枕头捂着肚子，捂着自己的嘴。无论如何也不能哭出来，让怀馨看笑话。她想母亲，想哥哥姐姐，但是他们都在遥远的地方。她能看到的，只有这个一会儿满面奸笑，一会儿冷若冰霜的嫂嫂。她的心也凉了："难道我也得走小芳那条路吗？"

不知过了多久，她被人唤醒，是田妈悄悄端来一碗热腾腾的姜汁鸡蛋挂面："二姑娘，起来喝碗热汤，去去寒气吧。"继淑头痛难忍，又不好拒绝田妈的好意，只好接过来喝了几口。这汤面热乎乎、辣丝丝的，香在她嘴里，可暖在她心里。继淑深情地望着田妈，热泪一串串地滚到汤里。

田妈原是亦莼的奶妈，为了养家去奶别人的孩子，自己的孩子却饿死了。后来丈夫被拉去当兵，公婆先后去世，她已无家可归了。因为她不漂亮，人又老老实实，不爱管闲事，干活肯卖力气，怀馨和刘妈才容下了她。但她人并不傻，这公馆里上上下下的事她都看在眼里，埋在心底，不到必要时她不会做出反应。今天那气人的事，继淑只见到了一小段，就已经忍受不了了。如果让她知道了全部发生的事，她岂不要去寻死吗？田妈决不能让她知道。

原来，这一天继昌不在家，是王老板因为染织厂的事，请他去吃饭。留下怀馨自己在家招待客人，对于这一套，她已是很老到了。因为有抽头，仆人们也很卖力。老李把一切都安排好了：饭菜已由厨师一早就开始准备，女仆阿宝打下手，田妈专门上菜、添饭、斟酒。本来这顿饭应该是顺顺当当的，不料，一位常客苗老爷因为手气不好，输了钱，心里不痛快，就故意找碴儿："我说杨太太，你这小瓶小杯的酒，我实在不过瘾，别小气了，快换大杯，再把你那整坛的花雕拿出来吧！"对于这假酒疯，本来可以不理睬。可这怀馨爱慕虚荣，她想起不久前朱常发送来的一坛子真正的绍兴女儿红，正好可以炫耀一番，忙叫："田妈，去把那坛绍兴老酒拿来！"

田妈说："那酒原来在老爷房里，后来就没再看见了，是不是老爷自己收起来了？"

"还不快去老爷房里找！"田妈去了半天，还是空着手回来了。

怀馨生气了："找不到？这就怪了，快叫老李。老爷的事都能让他知道，可却偏偏瞒着我！"

"老李不在家，他去二姑小姐的工厂，取发给她的东西了。"

"真是一对浑蛋！三十多岁的大姑娘嫁不出去，拉了个洋车夫出去逛，还想唱《西厢记》不成？！"

要不是当着客人的面，怀馨说不定还能说出更加恶毒的话来。

大家看着闹下去不好收场，连忙劝解，那苗老爷也不敢再装疯卖傻了，忙说："把这账给我记下，今天不喝了，改天再跟杨老喝吧。你可不要再找别的借口了，哈哈……"

这场风波刚刚平息，继淑就进了门。她从后门进来经过厨房，再从后面楼梯上来，刚好直接进入餐厅。这个被怀馨说成是嫁不出去的老闺女的人，现在果真是浑身风尘仆仆的狼狈相，老爷、太太们看着都十分不顺眼，加上方才怀馨声高气壮的一通发泄，大家都感到十分尴尬。客人们本来就不了解谁是谁非，姑嫂间的事外人又不好插嘴，一时间客厅变得鸦雀无声。因为听到怀馨骂出"嫁不出去的老闺女"这句话，比继淑还大一岁的怀柔，此时就更不敢插话了。

田妈赶紧下楼去找老李，取来花雕。然而，大家已没有兴趣再喝酒了，草草吃了饭，又接着去搓他们的麻将了。田妈这才问老李"唱《西厢记》"是什么意思，老李一听也大怒起来："这不要脸的女人，逼这个，害那个，她要是算计到我头上，我也让她好受不了！"

老李听说二姑娘赌气回房，连饭都没吃，忙叫田妈给她送碗热汤面去，怕再出亦芳那样的事。田妈原本就是个不愿多事的人，尽管心里同情继淑，但她来只是送饭，却不敢多说什么。

继淑发烧了，好在厂里放假，她一直睡了两三天。继昌问她怎么得的病，她不愿多说，只说那天有事回来晚了，着了点凉。可那怀馨反而以攻为守，不等继昌兴师问罪，就倒打一耙说："快把这菩萨打发了吧！不然年纪大了，弄出点风风雨雨的事，你当哥哥的脸上也不光彩。"继昌不知昨晚的事，还以为真的有什么男女之间的瓜葛，也不好多问。

几天假期过去了。继淑向医务室主任请求，说工厂离家太远，来去不便，希望能解决住宿问题。主任对继淑的工作很满意，愿意帮这个忙。他马上打电话给庶务科长，科长说厂里是有职员宿舍，不过没有女人单身住的。继淑刚来，又只有一个人，不可能分给家属宿舍。如果一定要在厂里住，只好委屈去住工房了。

这种答复实际上是推辞，换了别人当然不会去，但已走投无路的继淑却不得不去。当天，她就跟随庶务科长指派的工人去看了那处工房。工房的好处是离厂近，一里路都不到，走十分钟就到了。这间房子在一个大弄堂的深处，要经过好几排红砖小楼，再爬上其中一栋楼的二层。如果没有门牌号码，在漆黑的夜间很难找到这个"家"。

继淑的"新家"是由一个通房隔成的两个大房间，里外各有五张上下两层的床，可睡二十个人，继淑的铺位在里间靠窗的下铺。那窗户整年关不严，透风，还透亮。工人们经常要上夜班，白天睡觉怕风怕光，所以这个铺位常年空着。继淑却认为室内人多空气不好，这里能透气挺不错，于是她满意地点点头。

工人们都感到奇怪，就在私下里议论纷纷：一个护士小姐怎么会和我们一起住在这么简陋的工房里？她会不会是厂里派来的特务，来监视咱们的？

在搬出杨家的前一天晚上，继淑对亦蔺姊妹说了要走的事。亦莼哭了，亦蔺只"嗯"了一声，就去看书了。显然，她分不清谁是谁非，也不想介入这家里的纠纷。和田妈告别时继淑哭了，田妈也很难过。老李说："你们别哭了，恶有恶报，将来她总要倒霉的！"继淑和老李约好，请他在下班前把行李送到她的医务室去，她不愿老李看见她住在工房里的那副狼狈相。

临别时，继淑把继昌给她的五千元又交还给他，请他帮忙换成金条，并对他说："现在天气冷，路又远，我上下班不方便，暂时在厂医务室住一两个月，过了冬天再回来。"继昌觉得既然她们姑嫂相处得不好，分开一个时期也许会好些，叮嘱了半天，就同意了。此刻，继淑心里却痛苦异常，她知道，从此她就是个无家可归的人了，不知道今后会沦落到哪个天涯海角。

这天下班后，继淑回到宿舍。中班的姊妹已经走了，上晚班的还没起床，只有几个上早班的正在做晚饭。看见继淑进屋，几个姊妹热情地过来问长问短，有的拉拉她的手，有的摸摸她的肩膀。

"侬多大年纪了？到底是护士小姐，斯斯文文的……"这个问话的说，她叫阿秀。

"你不嫌弃我们吧？我们在车间里说话，声音小了听不见，所以一个个都是大嗓门子，你可别见怪呀！"这是荷妹，另外一个叫连弟。

不一会儿，上夜班的姊妹们也起床了。那个高个子的叫财妹，说话真冲："你不是厂里派来监视我们的吧？真真搞不清，一个护士小姐为什么要住到我们工房里来？"

继淑差一点儿哭出声来，她好不容易才把眼泪憋了回去："别叫我小姐了，我还不如你们呢，我实在是无家可归了，有什么办法啊！"

有个女工看不过去了，把财妹推开说："你别多心，我在医务室看过病，我认识你，你不是那种人。你别见怪，有什么难处就找我，我叫阿彩。"

这几句好话反倒引出了继淑的眼泪，她擦了擦泪水，谢过阿彩说："我刚来，不懂这里的规矩，做错了什么事你们只管说。"大家不再议论了，忙着帮她收拾东西。

工人们都是自己做饭。继淑本来可以在厂里吃，但今天想早点回工房，收拾好就准备到外面去吃碗馄饨。可是姊妹们一定要拉着她吃她们做的饭。有的端来炒青菜，有的是黄豆芽，还有雪里蕻炒蚕豆瓣。荤菜，就只有几条小小的咸鱼。她们都要养家，不是节假日，就只能吃这些。

阿彩看来是她们中的头，她一面照顾继淑吃饭，一面代表大家表示歉意，她说："今天不知道你来，没准备什么，几时我们好好请你吃一顿，你可不要不赏光啊！"

这饭真香，继淑在哥哥家和在厂里吃饭都很拘束，只有这里才是自由的天地，如果不是职员在厂里吃饭不用掏钱，她宁可和这些小姐妹们一起自己做饭。

几天后，她们就混熟了，大家都叫她杨阿姐。她年龄最大，就主动地照顾那些小姊妹。出于护士的本能，她爱清洁，室内卫生，她做得最多。有几个上夜校的小姑娘请她辅导功课，她也乐意帮忙。

寒冬已经过了，再加上不用每天花费三个小时赶路，不到半个月，继淑就已洗去了疲劳和忧伤，情绪和身体都好多了。这几天她突然想起一件重要的事，那就是要赶紧给姐姐写封信。继贤去美国不久上海就打了起来，从此杳无音信。继淑照姐姐留下的地址写过两封信，都没收到回信。她不死心，不相信姐姐会不管她，所以她还要写，收不到姐姐的回信，她就不停地写。

空闲的时间还是很多，打毛衣消耗时间也不是长久之计。恰巧厂里夜校缺个教员，阿彩她们就推荐了她们的杨阿姐。继淑果然一口答应。从此继淑身上好像注进了一股活力，又结交了许多新朋友。当时上海虽已沦陷，但日本人的势力还未进入租界，尤其是一九三八年春天，抗日的群众运动还可以在这里半公开地进行。继淑有时也参加这样的活动，这是她离开学生生活后最愉快的时光。

一九三八年的下半年，日本人逐步插足租界，英国、法国的警方和日本人达成妥协，严禁抗日活动。继淑所在的这家英国人开的工厂也不例外，有些活动积极的工人被开除了，继淑也受到了警告。她很担心，万一厂里将她开除，她又能到哪里去呢？

正在她非常为难的时候，她收到姐姐的来信。信中说，她虽已到美国很久，但生活并不安定。姐夫范超正在攻读博士学位，而她自己却不能读书。幸亏她是协和医院毕业的，才好不容易找到个工作。因为战争，国家给范超的补助已经断绝，所以他们目前不能在经济上支援继淑。不过她还寄来一封范超写的介绍信，叫她去慈惠医院找内科秦医生，请他帮忙介绍一份工作。

这个时候在上海找工作十分困难，继淑抱着一线希望去找秦医生，不料秦医生非常高兴，他说他正为医院里缺少有经验的护士而烦恼，他说如果继淑能去，肯定不多久就能当护士长。继淑和小姊妹们商量，又一同去找了夜校的负责人许老师。许老师为失去这样一位好护士而惋惜，但又怕挽留她反而会害了她，就说："我看，你不如趁还没被开除之前，赶紧离开工厂。不然，被开除过的人到哪里都找不到工作。到那时，秦医生也帮不了你的忙了。"继淑只得又一次含泪和这些善良的人们告别。

在许老师和小姊妹的帮助下，继淑搬进了离医院不远的一个小亭子间。大家买来几件简单的家具，又七手八脚地帮她布置停当。好在继淑在工厂里学会了做饭，就买了一个打气炉，准备休假时在家里做饭。朋友们的热情深深地感动了继淑，她不明白这些非亲非故的人，为什么比自己家里的人还要关心她。

继淑好久没见到大哥继昌了，他们兄妹之间还是有感情的。继淑在同一辈人中是最小的妹妹，父亲死得早，母亲和哥哥姐姐都疼她。尤其是大哥，不但把她们从农村接出来，还供养她们读书。大哥像父亲一样尽了养育之责，甚至连结婚的费用都给她准备好了。要不是因为怀馨和生意上的烦恼，他对弟妹们肯定还会像过去那么亲热的。

继淑完全能体谅哥哥的苦衷，不忍心责怪他，只是因为前些时期对怀馨的余怒未消，离家又远，找电话也不方便，所以一直没和哥哥联系。现在离去医院报到的时间还有两天，她觉得现在应该给大哥打个电话问候问候了。

出乎意料的是，继昌听到这个消息后非常高兴，连说："你来吧，我正想找你谈谈呢！"继淑说："我不来，她们的脸色太难看了！"

"她们都不在，都去苏州了。你今天要有空，最好马上来，在我这里吃午饭，我有许多重要的事要对你说。"面对如此的热情，继淑感到真是却之不恭。

继淑刚一进家门，就受到老李、田妈、厨师还有阿宝的欢迎。经过一年多的工厂生活，工人们的热情感染了她，使她的性格变得开朗多了。所以当她面对这些用人们时，她就像遇见老朋友一样。

继昌躺在鸦片铺上，见继淑来了才下地，邀她坐在沙发上。一年不见，继昌苍老多了，精神也很不好。尽管他见到继淑很高兴，却掩盖不了内心的忧伤。

从哥哥口中，继淑才知道一年来家里出了好几件大事。对继昌打击最大的是亦雄的失踪，再就是亦杰篡夺了他的茂源粮行，还有女婿周之强被捕入狱，等等。

亦雄是怎么失踪的，谁也说不清楚。他接到学校迁往内地的通知后，在上海只住了两天，就匆匆忙忙赶回南京了。后来从他的来信中得知：在返回南京的路上，亦雄又遇上火车线路被严重阻塞的情况，这回他有了经验，只用了两天就到了南京。刚刚报完到，他又和同学们踏上了撤往重庆的征途。经过了数千公里的迁徙，尝试了车、船、马等各种交通工具的颠簸和步行的艰辛，历经了千辛万苦，他们好不容易才到达了新的校址。

开始，他还能每一两个月给父亲写一封信。不料自一九三八年夏天以来，有半年多没有收到他的来信了。继昌托朋友去问学校，学校答复说：暑假期间学校军训，他说拉肚子，请了一周的病假，以后就再也没有去军训，也没回学校。同学们都猜测他可能已经返回上海了，因为有一个同学曾收到过他的信，说他想回家去。学校说他是私自外出，校方不负责任。就这样，一个大活人就不明不白地失踪了。

讲到这里，继昌忧伤地说："他一贯烈性。叫他去重庆，就是怕他去抗日，可他偏这样做。八成是投奔八路军了！或者……该不会是被国民党抓去了吧？……我老了，只希望他平平安安的。万一他有个三长两短的，叫我怎么对得起他的亲娘啊！"

继淑听了也很难过，说："是啊，小芳已经不在了，但愿能保住亦雄。"接着她又劝解道，"别难过了，亦雄他胆大心细，会吉人天相的。"

"小芳没死，被蔡成夫妇救活了！现在在山东于海家，还上了高中，只是也快一年没收到他们的信了。"

继昌这才把亦芳被救的经过详详细细地告诉了妹妹，然后说："这事只能瞒着怀馨，怕她再算计那孩子。"

继淑很高兴，大哥终于明白了怀馨不是个好人。但她也不好过于责难他，只是说："那，她就不怕你和她离婚？"继昌叹口气说："也怪我过于纵容，她究竟是几个孩子的妈妈，我也得为孩子们着想啊！"

停了一会儿，他们又聊起了亦杰的事，继昌说："亦杰也是从小给他妈惯坏了，自私自利，培养他去美国念了硕士回来，我不但没见到他的一点孝心，反而深受其害。"

继昌一直记得：亦杰从小就羡慕父亲做官。尽管他已获得经济学士学位，但仍不甘心，还要去美国攻读市政专业。由于成绩不佳，他比别人多念了一年，但最终总算捞到了个硕士学位。回国后他又费尽心机向上爬，找到个当官的老丈人做靠山，终于混到了一个县长的肥缺。途经上海去上任时，他还得意扬扬地自我吹嘘了一番。不料才几天，他就成了临阵脱逃的罪犯了。

说到这里，继昌不由得直叹气："许多人都羡慕当官的。不错，太平年景，当官的都有钱有势。但一旦有了战争，起码就得'守土有责'。亦杰白活了三十几岁，他这个硕士还不如他弟弟这个普通大学生。我宁可让他为抗日而死，也不愿他丢祖宗的脸。"

接着，他又气愤地说："他跑得无影无踪也就算了，不料今年春天，他又不知从什么地方冒了出来，还带着老婆孩子来上海，叫我养活他们。也怪我一时下不了狠心，安排他去茂源粮行帮忙，谁知他非要当副经理，磨来磨去，我拗不过他，就依了他。可没多久，他就把钱攥在了自己手中。现在连我都没法过问了，要用几个钱还得通过他。你那几个钱幸亏早已换成了金条，如果存在茂源，早晚也要被他侵吞了。"说完，他起身把三根金条找出来交给继淑，说，"我现在自身难保，你以后可千万要小心啊！"

继淑听了感慨万分，这两个侄子走上不同的道路怕是已成定局了。将来会怎样，继昌兄妹俩都无法预测。

接着，他们又说到周之强。继昌说："这件事也是个无头官司，是飞来的横祸。"说着，他拿出一封信递给妹妹说，"你自己看吧，这是亦荃刚寄来的。"

信上说："爹，我真不知怎样才能向您说清楚。前几天，北平一个警察局突然来人把之强抓走了。我们问他犯了什么罪，他们不说。这些天我们到处打听，才听说他是国民党三青团的地下市委书记，有抗日活动……天哪！这是哪来的事啊？我想连之强本人听了都会大吃一惊。他都是四十岁的人了，还会是青年团？他从不过问政治，不过是个普普通通的大学教授，怎么一下子会变成了市委书记？我再三问他们是不是抓错人了，他们说有人证物证。直到现在已经半个多月了，我还不知道他关在哪里，也没法探监，真是一点办法也没有……"

继昌知道这事不好办。虽然北平汉奸政府里有不少原北洋政府里的旧人，但继昌不能去找，一旦沾上了，就会把他自己也拉进去。躲还躲不及呢，怎能还往这个圈子里钻？所以，他只能答应亦荃在经济上多帮助她一些，并叫亦荃请之强的父亲设法托人开脱。

"是不是周之强得罪了什么人，被人诬陷？"继淑问。

"也不大可能，之强是个老实随和的人，不见得会得罪人，不过有人胡说乱攀还是可能的。"继昌想起映竹哥哥的事，不由得非常害怕。另外他还担心：今后亦荃一家人上有老，下有小，而她的小叔、小姑都还不能养家，她的担子够重的。他们还谈到了继茂，他仍在铁路局工作，两个孩子都在读书，经济上有继昌接济，日子还算过得去。只是天津失陷后，日本已逐步接管了铁路局，不知继茂以后怎么办。继淑想想说："大哥，你的负担太重了，亦杰还要给你制造麻烦。以后二哥家的开销，就由我来帮衬吧！"继昌说现在暂时还没有必要，以后有困难再和她商量。

继淑又问起怀馨娘和她妹妹为什么要去苏州，继昌说："其实怀柔是老实人，只怪她命不好。"她把"八一三"后为她找工作没成的事告诉妹妹后，说："你那几个月住在家里时，怀柔怕她姐姐不高兴，不敢和你接近。另外她也很自卑，你们姊妹早已大学毕业，又有工作。而她，二十九岁了才大学毕业，到现在还得依靠别人生活，所以总怕别人看不起她。她在这里住了一年多，极力想讨好怀馨。不料你走后，怀馨又觉得她不顺眼，不时地说些风凉话叫她受不了。现在苏州城里还算平定，反正工作也谋不成，她们母女商量还是回去的好，房子是现成的，我每月再补助她们几十块钱就够了。"

"那怀馨为什么也去苏州了？"

"她说要去找人修房子。听说一两年没人住，有的地方漏雨，不修，会漏得更厉害。不几天，就会回来的。"

继昌问了很多妹妹工作和生活上的事，说："你只要愿意，什么时候都可以搬回来住。"继淑说："我才不做回汤豆腐干呢！"

午饭非常丰盛，新鲜的清蒸鲥鱼，酱汁排骨，鲜竹笋炒菜苔，都是继淑爱吃的菜。家里除亦莼外，其他孩子都不在，容容被带回苏州了，另外几个孩子在学校吃中饭。这顿饭，继淑吃得很舒心。

兄妹俩从来没有这样愉快地相聚过。过去继昌对小妹就像严父，继淑总没有和他促膝谈心的机会。而这次，继昌不仅向妹妹倾诉了自己的伤心事，还过问了继淑的婚姻大事。临走，继淑又劝哥："鸦片不是好东西，下决心戒了吧。要是有困难，我去想办法买戒烟药。"

继淑走后，继昌又想起孩子们的事来：在反对曹锟贿选后，他觉得政治上的事太危险，不如做生意，这样既来钱快，生活也很舒服，所以他决定弃政从商。谁知政治偏偏找上他：他躲过了国民党，却躲不过日本人，家里发生的这些事，哪一件和日本人没关系？亦雄失踪了，不就是日本人害的吗？今生今世，还能再见到这个儿子吗？周之强那个书呆子，那么老实的人，怎么会变成三青团的地下市委书记呢？这年月，真是什么怪事都会出啊！那没出息的亦杰，虽然怪他自己，可也和日本人有关。亦芳很久没音讯了，该不会也出什么事了吧？他越想越揪心。嗐，几个大孩子他想管也管不了了，那几个小的呢？

真的，也不能忽视，他们也在成长。

就在前几天，亦麒在吃晚饭时说，报上登出继昌过去在北洋政府共过事的一个同人当了汉奸。怀馨也想起一件事："前几天乔老爷提到一个叫潘又清的人，他说认识你。那姓潘的也是汉奸吧？"听到这里，亦菡插嘴道："爹，你不会也走这条路吧？"继昌忙说："别胡说！哪有这样胡猜的！"

亦麒不无暗示地说："现在暗杀汉奸的事可多呢。听说有个女子大学的校长，不久前就是因为想当汉奸被暗杀了。谁家要出了汉奸，一家人都得跟着倒霉！"

"别说当汉奸，就是沾上汉奸的边，家里的人也会去揭发他！"亦菡也暗示着。她已经十七岁了，是高中二年级的学生，当然懂得要为这个曾在日本留过学，又是北洋政府的遗老，又有许多当汉奸的旧相识的父亲担心了，她很怕他不留心走上危险的道路。

孩子们还说，除汉奸外，老百姓最痛恨的就是奸商，他们囤积居奇，抬高物价。他们问继昌："爹，你那进口大米算不算是发国难财啊？"继昌不高兴了，训斥道："胡说！我一不囤积居奇，二不抬高米价。上海缺米，我们能运些大米进来也是因为需要。因为运得多，卖得快，自然钱就赚得多了些……"继昌说不下去了，他自己也说不清，在国家困难、人民贫困的时候，自己却赚了很多钱，这是否发了国难财？

继昌在为几个大孩子担心的同时，又不由得想起这几个小的：他们今后会走什么样的路？会不会也和亦雄一样？他很怕他们走亦雄那条路，可是他们万一走上亦杰的路呢？比如麟儿吧，就说不定还不如亦杰。他读书三天打鱼，两天晒网，老留级不说，还偷家里的钱乱花。可怀馨还当他是个宝，从来不管不问。

一想到怀馨，他不由得想起她非要去苏州的事。他感到很奇怪：那房子又不用自己修，找好工匠，包出去不就行了？可她为什么非要亲自去呢？还把孩子也带了去，万一出了事可怎么办？都怪自己给她那么多钱。现在，上海这个家每月开支不过才千八百元，可她一个人，不算在家里请客吃饭的开销，光是买衣服、购物和赌牌的花费，每月就得一千多。有时见到喜欢的漂亮首饰、裘皮大衣，还要另外拿钱。这次去苏州前她就挑明了，要由着她的性子花钱：要听大戏、看电影、搓麻将、进舞厅、逛赌场……唉，真拿她没办法！算了，只要是没有外遇，年纪轻轻的，不让她找乐子也不行啊！

继昌什么都想到了，就是没想到怀馨偏偏犯了他的忌。

自平津沦陷后，南北交通断绝，火车就全被日军征用了。直到一九三八年秋，战线西移，这种状况才渐渐得到缓解，客车也逐渐恢复了。一年多没见情人的容经理容承，马上找了一个去上海办货的借口，趁机来到了苏州。算上这次，他已经与怀馨幽会三次了。

他们的幽会还真像是在度蜜月：在怀馨的眼里，那容承西装革履，风流倜傥，一表人才，简直就像电影明星。而在容承看来，怀馨虽说已三十出头，体形较胖，但她身着一身黑色丝绒乔其长旗袍，脚穿黑色镶金高跟皮鞋，脖子上颗颗黄豆般大的珍珠项链和翡翠耳环，在她那白嫩的皮肤的衬托下，显得十分雍容华贵、风情万种。现在容承终于见到了久别的情人，心里自然很高兴，更高兴的是，他还见到了他俩爱情的结晶——已经两岁多的小女儿容蓉。这孩子有一双乌黑而又圆溜溜的大眼睛，真像他爸爸。容承不敢让她叫爸爸，只让她喊 uncle。因为他有老婆，还有两个儿子，只缺个女孩。看到这个像娃娃似的女儿，真是喜出望外，他非常感谢怀馨。

容承既然对洋行谎称要去上海办货，他就不能不去上海。他们在苏州只住了两三天，就把孩子交给胡阿财夫妇，然后来到上海，在离家较远的公共租界的一家旅馆里订了个房间。上午容承出去办事，怀馨怕遇到人，不敢出去。下午他们才出门，一起去看电影、上跑马场。晚上，他们又去吃西餐、逛舞厅、遛马路，在这些大多数中国人都很少去的地方，他们尽情地挥霍、享受。容承觉得怀馨既有钱，又性感，比他家中那个吃苦受累、失去了青春活力的老婆强得多；而怀馨也觉得容承要比那个烟铺上躺着的满面焦虑的干瘦老头杨继昌强百倍。时光飞逝，眼看容承办事的期限已到。不管他们如何难分难舍，还是得准备分别。

临别时，两人商定：一方面，怀馨要向老头子榨出更多的钱，购买更贵重的首饰，越值钱越好。另一方面，容承回去就办离婚，一年后怀馨也与继昌离婚。然后他们一同到苏州结婚，自己开店做生意。制订好这个周密的计划后，两人便信心百倍地分别了：容承返回天津交差，怀馨去苏州接上容蓉返回了上海，两人做得神不知鬼不觉。除了胡阿财夫妇外，怀柔和她母亲也觉得有些可疑。而上海的那一大家子人，却全都被蒙在鼓里。

就在怀馨赶往苏州的同时，容承也正躺在怀馨给他买的二等卧铺上，嘴里叼着香烟，跷着二郎腿，幻想着自己与怀馨以及容蓉将来的美好生活：他们一家三口一起住在苏州那所带大花园的洋楼里，手里有大把大把花不完的金钱；每天除了做些买卖外，就是摆弄摆弄花草，看看闲书。那日子，一定会比神仙过得还好。他越想越美，不久就带着微笑进入了梦乡。

列车摇摇晃晃地到了兖州附近，忽然速度减慢，不一会儿竟停住了。原来，是前面游击队截击了一辆日本军车。本来和这列客车不相干，只要不下车，问题就不大。谁知有人吓坏了，大喊："打起来了，快跑吧！"果然枪声震天，容承也跟着人群弃车而逃。这天他身着长袍，又提着一只皮箱，没法跑快，正好在日军的射程之内。日本鬼子已打红了眼，只要见是中国人就开枪。容承被一枪打倒，肺部中弹，因伤势过重，到医院不久就死了。死前，他只来得及把自己的名片交给医生。

外国老板很生气。容承这次去上海花了洋行很多钱，事情办得到底怎么样，连一句话也没有留下，就这么死掉了。他们不管他过去曾为洋行赚过多少钱，只责怪他这次白花了多少钱。结果，家属连抚恤金都没得到。

怀馨苦苦等了容承半年，实在无法得到他的消息，就给洋行写了封信，说曾请容承代为购买衣料，不知为何至今没有消息……洋行回信说："容承已故，可重新订货。"

怀馨没办法再问下去了。她受的打击不轻，可又不敢在继昌面前流露。恰巧继昌听了妹妹的劝说正想戒烟，叫怀馨一起戒。怀馨同意戒烟，但要求继昌答应她去苏州住上一个月。继昌同意后，她就带着容蓉躲到那里去悼念她的心上人了。

怀馨由苏州回来情绪有所转变，鸦片虽然戒了，但其他的一切却仍然照旧。麻将照旧搓，首饰照样买，还添了一个逛舞厅的坏毛病。人家问她：别人是男的玩舞女，你去找谁？她说："我也去找舞女啊。我也买舞票，一买就是十张，但我只跳二三次，其余的全都给她，叫她陪我喝酒聊天。那舞女不但累不着，还能吃吃点心，又不会被人欺侮，还有什么不乐意的呢？"谁又能体会到怀馨内心的痛苦？她现在只是要享受舞厅的气氛，这会给她带来对过去甜蜜生活不尽的回忆。

自从容承最后一次离开上海后，怀馨就做好了向继昌提出离婚的准备。为此，她已搬到三层楼那单间去了，继昌住在原来给老太太预备的房间。这样一来，怀馨晚上不论多晚回来，继昌都不会知道。

第九章

远处走过来一个青年人，一身落魄的学生装束，手里牵着一头小毛驴，慢慢地向太行山下的一个小村子走去。

此时正是中午，农民们都在歇晌，村子里静悄悄的，一片太平景象。年轻人想走进一户农舍讨碗水喝，又怕惊动那卧在门前晒太阳的大黄狗。

这时，迎面过来两个青年农民，头上系着白羊肚毛巾，身上穿着土布对襟褂子。他们急匆匆地走上前来，冲着那青年学生喊道："喂！你是干吗的？"

"请问，这里有没有游击队？"

"游击队？你找哪家的游击队？是日本鬼子的？还是国民党的？"

"我要找的是抗日的游击队，只要是抗日的就行。"

"好，算你找对了，跟我们走吧。"

"可你们是什么人？我为什么要跟你们走？"

"少废话！叫你走你就走！"他们一面说一面动手拉他。

这个青年学生正是杨亦雄。一九三七年冬，他随学校迁往重庆。可到了重庆才发现，由于战事越来越紧张，大部分老师和同学都还没有到，所以学校根本无法正常开课。直到一九三八年才开了几门课，也是开开停停。他没事做的时候，就开始琢磨着如何去当兵、打仗。

在去重庆的路上，亦雄就憋着一口气："那么多的兵，就是拼刺刀也能拼一阵，为什么总是节节败退？要退到哪里才算完？那日本鬼子只不过比我们多了一些飞机、大炮，为什么我们中国的青年就不能为了不当亡国奴，不能为了保卫自己的亲人和国土去和他们拼命呢？"他决心不枉做一个中国的热血男儿，一定要上前方、打鬼子。

149

重庆也在招兵，但这种兵他不愿当。那些军官们简直就像土匪，别看他们在前方老打败仗，可到了后方却整天地耀武扬威。官欺兵，兵欺民，什么坏事都干得出来。他想："要打鬼子，就只有上前方。去找马占山、傅作义那样的军队，也许他们才是能打鬼子的军队。可是，到哪儿去找他们呢？"

前方在哪里？从报纸上看几乎是一天换一处。到外面找人问问，可问了半天，谁也说不清楚。

好不容易，暑假到了。学校怕学生们走散，就利用假期组织军训。一天，亦雄恰巧在前几天的报上看到了一条消息，说北平附近有抗日游击队在活动。他们打得赢就打，打不赢就走，弄得敌人胆战心惊。亦雄想这更有冒险性，很符合他的心思，而且北平他也比较熟悉。于是他暗地里决定，就去北平。

军训即将出发的那天，亦雄突然说肚子痛、要拉稀，走不了啦，想请几天假，等肚子好了再去。同学们刚走，他就收拾好了行装，离开重庆去了西安。

当时这条路上还没有火车。运气好时，他能搭上一段汽车，但大部分路程都是靠步行。他七转八转，足足转了一个多月，才转到西安。他一心一意到北平去找游击队，却不知八路军办事处就在西安。也难怪，亦雄当时对八路军、共产党还很不了解，自然也不会往这方面去想。

他糊里糊涂地来到洛阳。当时洛阳还没有沦陷，但也已十分紧张了。路上碰到一些人都觉得他很奇怪，他不往南撤，却偏要向北往前线的方向走。

亦雄虽不是个娇生惯养的人，但头一次走这么长的路，仍感到非常的艰难。在去重庆的路上，有同学做伴没觉得什么。现在却是孤身一人，觉得太难了！要是能有个伴儿该多好啊！和父亲告别那天，老人家给的钱不少。现在离家不过一年，身上还有一些钱。他忽然想到，不如买一头小毛驴吧。这样不但可以替自己驮行李，走累了还能骑一骑。亦雄躲过驴贩子，直接从老乡手里买，只花了两块大洋就买到了一头，真便宜啊。如此一来，亦雄不仅有了个伴儿，连最后的一大段路程也变得轻松多了。

又走了半个多月，他来到了北平的房山一带，但还是打听不到游击队的消息。幸亏有位老大爷悄悄地告诉他："你向西南走吧，到了太行山，也许能找到游击队。"

再经过十几天的艰难跋涉，亦雄终于走进了太行山区。他发现，这里和他从四川一路走过的许多地方都大不一样。在那些地方，到处可以见到来来往往的军队，市面上乱哄哄的，人人都生活在惊恐之中。然而在这里，虽然离敌人占领的城镇不过几十里路，但大部分市镇、乡村却平静如常。种地的种地，经商的经商，学校也照常上课。进了太行山区腹地后，更是一片太平景象，他一路走一路瞧，竟没有看见任何军队。

两个农民见亦雄不肯跟他们走，二话不说就把他捆了起来，还用手巾把他的眼睛蒙上。亦雄使劲儿地反抗，这时有个人说："那你走吧。你要是走了，就别想再找到游击队了。"听他这话的意思，似乎他们和游击队有些关系。亦雄横下心，想："是福不是祸，是祸躲不过。"想到这里，他也就不再挣扎了。

走了很久，终于听到有人说了一声："到了。"一个人取下了蒙眼的毛巾。亦雄定睛一看，他们来到了一个小院。那两个人仍不给他松绑，只是冲着屋里大喊："快来人啊，我们抓到了一个汉奸！"

话音未落，屋里就走出来几个人。他们搜遍了亦雄的全身，把所有的东西都翻了出来。可是他们既没有搜到武器，也没有发现任何能证明他是汉奸的证据，只是从他身上翻出了一二百元钞票和十几个银圆。但他们仍认为，亦雄有这么多的钱，不符合他的身份，值得怀疑。

审问时，亦雄理直气壮地说："我是来打日本鬼子的，你们凭什么把我捆起来？"然而那些人就是不信，他们反复质问他："你要打鬼子为什么不在重庆投军？你为什么不去延安当八路军？为什么偏偏要跋涉几千里路，到这个小山沟儿里来找游击队？"

抓他的那两个农民，原来是县大队的侦察兵，他们一口咬定亦雄就是汉奸。他们说："我们跟了他两天了。你看，他手上根本没有老茧，哪儿像个农民？愣头愣脑的，也不像学生。身上带了那么多钱，还到处打听游击队。不是汉奸，还能是干什么的？"

大队长说："警惕性高是好事，但就凭这些还不能证明他就是汉奸。我们这两天就要转移，带着他不方便，不如把他押解到上级机关去处理吧。"

第二天，亦雄就被押到了上级机关。一位首长亲自找他谈话，他叫亦雄先写下简历和找游击队的目的。可此时亦雄仍余怒未消，所以，他只在那纸上重重地写下了几个字："抗日！打鬼子！"

首长问他："你在大后方安安稳稳地念书不好吗？"他气呼呼地说："不好！要是好我就不来了！"送他来的县大队队长在一旁实在看不下去，就吓唬他："你不好好交代，怎么能证明你不是汉奸呢？难道你就不怕被枪毙吗？"

"谁要是枪毙我，谁就是汉奸！"亦雄讲得更干脆。

碰到了这么个刺头，首长真是没办法。下午，任秘书外出回来，听说这件事情后很感兴趣。任秘书也是南开中学毕业的，后来读了一年大学，就和同学们一起到陕北抗大学习。毕业后，被分配到这里给首长当秘书。他先从侧面打量杨亦雄很久，觉得此人好面熟，忽然他大喊起来："亦雄！你不是亦雄吗？怎么跑到这里来了？"

原来，任秘书是亦雄中学时的同班好友。他一出现，很快就证实了亦雄的身份。尽管他们有两三年不曾见面了，但亦雄的思想品质任秘书还是很清楚的。

任秘书向首长介绍说："亦雄是班上的积极分子，如果不是他后来去了南京读书，一定会和我们一起去延安的。"

这天晚上，首长亲自招待亦雄和任秘书一起吃饭。亦雄这时才知道，自己终于找到了一支真正抗日的好军队 —— 八路军。这支军队不仅官兵平等，还处处保护老百姓。过去他根本不了解共产党，现在他亲眼看到，共产党领导的地区和那所谓的大后方相比，真有天壤之别。他的一颗心，才完全落地了。

吃完饭，亦雄才"供"出了他来这里的经过和想法："我就是想打鬼子！九一八后我一直憋着这口气，非亲自打死几十个鬼子不可！"首长很欣赏他的积极性，可又不知该如何给他安排工作。最后，还是任秘书出了个主意："不然，让他先到警卫连当个文化干事吧。有情况就打仗，不打仗时就教战士们学学文化。"

一九三八年秋天，杨亦雄就这样正式参加了八路军。由于他作战勇敢，一年后就入了党，不久还当上了连长。小毛驴也随他参了军，在炊事班长手下当"兵"。

可是，亦雄一直没有给家里写信。因为他既怕邮路不通，又怕给父亲惹麻烦。父亲本来就胆小怕事，如果知道他现在参加了共产党，还不知会吓成什么样呢。更何况上海早已沦陷了，万一此信落入敌人手中，岂不让父亲遭受牵连？另外，他也担心父亲会经不起威胁上了日本人的贼船。如果真是那样，他怎能再认这个父亲？思前想后，他决定从此不再给家里写信了。可他哪里知道，老父亲一直思念他十几年。

俗话说：近朱者赤，近墨者黑。可亦菡却是出淤泥而不染。她虽然也是在这样的家庭中长大的，但她并没有学会她妈妈的自私和狡诈。这可能是因为怀馨只顾着自己玩乐和享受，根本没有时间去"教育"她的结果吧？其实，亦菡也是非常需要大人的关爱的。每当她心里有事想找人谈谈心时，家里却找不到一个合适的人，她只能更多地去接触外部世界。

亦菡天性活泼好动，既能演戏，又会讲演，甚至还会编活报剧。她初中毕业来到上海时，正赶上各地掀起了抗日的高潮。她很快就被卷了进去，成了学校里的积极分子。她思想上的进步，引起了校方的不满，逼她退了学。她害怕父亲知道，就瞒着家里考入了一家私立中学。但没有多久，学校调查出她以前的情况，又一次勒令她退了学，使她再也无学可上了。她不敢告诉家里，只好和另外几个同学跑到苏北，投奔了新四军，以后又进了鲁迅艺术学院学习。从此，这个天真无邪的小姑娘，才有了继续学习的机会。

接到女儿从苏北寄来的信后，按理说最伤心的应该是母亲。但怀馨自从有了容蓉后，对别的孩子早就不那么关心了。特别是容承死后，她对容蓉更是爱护倍增，连麟儿都不再讨她的喜欢了。有时麟儿逃学，学校告到家里，她连问也不问。甚至当老李告诉她，麟儿把客厅里的古玩偷出去卖了时，她不但不去教育麟儿，反而叫老李瞒着继昌。

与怀馨的冷淡形成鲜明对比的是，继昌对亦菡的出走却感到非常的难过。他深深地自责，怪自己一直忽略了对女儿的关心，使她连被逼退学这样的大事都不敢告诉家里。虽说鸟儿长大了总要离巢，但是亦菡才十八岁啊，她能独立生活吗？现在木已成舟，他只能安慰自己：好在她去读的是艺术学院，能继续求学就好，大概不会有什么危险，也许毕业后还能回来吧。

几个大的孩子都出走了，这对继昌来说是个教训。所以，继昌开始对三儿子亦麒处处提防，生怕他也走上哥哥姐姐的道路。然而，他并不太了解亦麒，其实他是个心地善良的孩子。在这个是非混淆的家庭中成长起来的他，却从小就懂得了如何区分善和恶，心向正义。以前他曾受过哥哥的一些影响，在学校里虽然没敢亲身参加抗日组织，却乐于帮助那些积极抗日的同学，为他们印刷和保存宣传品，还省下自己的零花钱给他们做活动经费……

一九四一年，亦麒高中毕业后，考进了光大大学。这所学校的进步力量比较强大，所以早已受到租界里巡捕房的注意。亦麒入学不久，就发现同学们在暗地里积极地筹备纪念国庆节的大会，并宣传抗日救国。亦麒虽没敢直接参加，但有时也给他们一些帮助。就在这次大会即将召开的前一天，学校突然被包围了，很多活跃分子被捕，但其中一个却逃了出来，躲到亦麒家里。特务得到线人报告后马上到杨家来抓人，幸亏亦莼从楼上窗户看到他们向家里走来，忙叫那个同学从后门逃走，才躲过了一场灾难。但是继昌吓坏了，他决定不能再等出事，先赶快把亦麒藏起来再说。怎么办呢？继昌苦苦地思索着……

前两年，继昌一直受到亦杰的挟持，他很不甘心。虽然亦杰每月还是给他两千元生活费，但是怀馨一个人就要用掉一半。剩下的，他还要补贴继茂、周之强和怀柔母女等好几家人。银行赚的钱很少，偶尔有些红利，还要用来交际应酬和防备发生意外。至于宏丰布厂的产品，最近常常被日军征用，亏损越来越多。现在开工和不开工都差不多，当然继昌也就分不到什么红利了。唯一的办法就是要尽快摆脱亦杰的挟制。可如何办才好呢？继昌毕竟是久经商场的老将，他很快就又心生一计……

一天，他把亦杰和朱常发找来，和他们商量如何能赚取更多的钱，他俩都很感兴趣。继昌说："茂源粮行自开业以来买进的都是二手大米，那些中间商从中赚走了一大笔钱。我想，如果我们去西贡、仰光、曼谷和香港各开一个分行，自己在当地收购大米，运到香港后再转口到上海，不就可以大大减少中间环节的开销了吗？"

听了这席话，两人顿时目瞪口呆，齐声说："对啊！怎么我们就没想到呢？"

继昌问他们是否想试试，他们一致同意马上就办。继昌这才转入正题："你们看这事叫谁去办好呢？当然要找一个绝对可靠的人，才能保证万无一失。"他低着头，假装还没想好，踱了几步后才抬起头来问："怎么你们就没有一个靠得住的人？"

两人都不说话，因为他们俩都想去。朱常发不懂英文，没法张口；亦杰自知是副经理，也不好抢先。继昌见两人一言不发，就又将了他们一军："要不，咱们从天津调人吧！"亦杰急了："那还不如让我先去看看呢。我究竟还懂点英文，和外国人做生意的事以前也学过一些……"这些话正是继昌希望听到的，他马上点了头。

朱常发一直未发一言，因为他知道他没法阻止亦杰先去。可他心里却在想：也好，你先去开路。等你把路铺平了，我再以经理的身份去，不是还少费我的劲儿了吗？

最后继昌决定，让亦杰先去香港设立一个分行，并聘任一个可靠的人做经理，然后，再马上去仰光和西贡设立分行，最后就是去曼谷开分行。

接到这么个肥差，可把亦杰乐坏了。虽然他也隐约感到，父亲心中可能还有别的小算盘，但他赚钱心切，也就顾不上那么许多了。

他兴致勃勃地在各国之间东奔西跑。很快，仰光、西贡、曼谷和香港他都玩了个够，还借机飞到重庆拜见了老丈人，献上一些香港带来的洋货，顺便再替丈母娘做点小生意，马屁拍得够足、够响。

亦杰在外整天过着逍遥自在的日子，上海的事他早就无暇顾及了。就在他得意忘形之际，继昌"复辟"了。亦杰得知后虽然有些不满，但自从茂源粮行在海外设立分行以来，盈利大大增加，他得到的好处比别人都多，加之继昌又给他买了一幢二层楼的小洋房，父子二人对此事也就心照不宣了。

继昌的思绪又回到了眼前：他最近刚刚把亦杰的事儿摆平，亦麒的事儿又冒出来了。怎么办？继昌思来想去，要想躲过这场灾难，只有把他送到没有日本人的地方去。眼前比较现实的地方就是香港。没想到的是，怀馨也非常赞成这个主意。她说："学校现在是去不成了，如果不去香港，说不定他也会和亦菡一样去参加新四军呢。"其实，怀馨有她自己的如意算盘：香港是她向往已久的地方，如果亦麒去了，将来她不就有借口去玩了吗？而且年轻人学语言快，如果她自己言语不通，亦麒还可以帮帮她呢。

事情一经决定，继昌很快就叫老李给亦麒办好了护照，并买好了船票。亦麒本来就是个比较老实的人，见到许多同学遭到逮捕，他也害怕了，觉得现在唯一的活路就是听父母的话，去香港。这个在温室里长大的孩子哪里知道，在坎坷不平的人生道路上究竟还会遇到多少艰难困苦。

亦麒到香港后，分行的谢经理对老板的这位三少爷照顾得特别周到。他先是领着亦麒去做了几身西装，然后又带他去最高级的理发店理了发。虽然亦麒在几个兄弟中身材较矮些，肤色也黑一些，但他五官也还端正，现在一经打扮，倒也显得斯斯文文的，就是缺少了一点儿男子汉的阳刚之气。

此时已是十月中旬了，香港的大学都不招生，而光大大学又不给他发转学证书。托了许多人，香港大学才答复说，内地的学生外语都比较差，他必须先补习几个月英语，到明年春天才能插入一年级第二学期的班级学习。

其实，亦麒的学习成绩是挺不错的，根本用不着参加这里的复习。可现在却一时上不了学，亦麒感到很苦恼。可又有什么办法呢？既来之，则安之吧。他闲着也无聊，只好每天去读读英语。

这天，亦杰由仰光回到了香港。他刚从仰光、西贡等地买到一批大米，现已存在香港的仓库里了。等这批货运回上海后，新货又会马上运到这里。现在，在这条线上总有茂源粮行的大米在不停地周转着。它们运得快，销得快，仓储时间又短，难怪公司发大财呢。几年下来，亦杰在父亲的指导下，生意做得已是非常的得心应手了。

面对着愁眉苦脸的弟弟，亦杰扬扬得意地说："三弟，这书念不念都没关系，别在乎。老实说，我念了那么多年书，一点儿都用不着。要说有用的，就是那点外语和会计知识，一个高中毕业生就够了。干这行要的是脑子灵光，会应酬。"亦麒不知他这话对不对，只好沉默不语。亦杰趁机说带他去吃西餐："你也该见见世面了，不然将来你肯定上不了台面。"

其实亦杰领他去的地方，楼上是西餐厅，楼下则是舞场、茶座。当楼下传来阵阵的靡靡之音时，喜爱跳舞的亦杰顿时觉得脚下痒痒，不由自主地跟着音乐摇头晃脑起来。吃过饭，看看时间还早，亦杰就怂恿亦麒到楼下去"喝咖啡"。

刚刚坐下不一会儿，一位二十来岁的小姐，笑嘻嘻地向亦杰走来："杨先生，怎么几个星期都不来了？是不是另有新欢了？"说完，她又看了看亦麒，"这位是？"亦杰连忙介绍："这是我弟弟。这位是盛美娜小姐。"

"噢——！原来是小杨先生，真年轻！像个学生。"接着，她又指着远处坐着的几位舞女对他说，"我给你找个伴吧。你看那边坐的几位小姐，你喜欢哪个？我替你叫过来。"亦麒只是摇头。盛小姐好像忽然想起了什么："你是刚从内地来的吧？我们这里也有个内地来的年轻小姐，包你满意！"

说完，她也不管亦麒愿意不愿意，就拉来了一个十几岁的小姑娘，说："她叫依依，不大会跳舞，广东话也讲不好，我看就让她来陪小杨先生吧。"她叫依依坐在亦麒身旁，就和亦杰跳舞去了。

亦麒本来就不习惯接触女性，更何况眼前坐的是个舞女呢。他有些不知所措地说："对不起，我不会跳舞。"听到亦麒说的一口北方话，依依小姐笑了。她也用北方话说："先生你是刚从内地来的吧？其实我也刚来不久，也不会跳舞，不过是混碗饭吃。这里的客人什么样的都有。有些阔佬们借这个地方谈生意、应酬什么的，那还好对付。最怕的就是流氓，专找舞女吃豆腐……"

"吃豆腐？吃什么豆腐？"

"噢？你不懂？！我们在这里时间长了，一看就知道谁是好人，谁是坏人。像你这样的还真不多！"

两人聊了一会儿，亦麒就感觉不那么紧张了。又喝了一些酒，他竟和依依谈起心里话来。当然他没有告诉依依为什么来香港，只是说自己不能插班学习很苦恼。依依劝他："这种地方你还是少来的好。有些舞女一旦沾上了，你就再也甩不掉了。"两人越谈越投机，不觉时间过得很快。

为了怕老板怪自己不挣钱，依依也拉着亦麒去买些舞票，跳上几场。反正俩人都不会跳，谁也不嫌谁。看看时间不早了，亦杰也跳够了，就叫亦麒回分行。依依把亦麒送出舞厅，对他说："往后你实在闷得慌，就来这里，少买几张舞票，我陪你说说话。"亦麒点点头，痛痛快快地同意了。

从此他白天去补习学校读英语，晚上几乎都泡在舞场里。开始哥哥还跟他一起去，后来亦杰去了仰光，他就每天一个人去。这情况，可是继昌万万没想到的。他原以为亦麒老实，不会乱来，所以在花钱上对他也没有限制，只告诉他要用钱就找分行的谢先生，记下账就行了。没想到亦麒天天去舞场，开销越来越大。随着日益频繁的交往，这两个十七八岁、情窦初开的青年人，再也无法控制自己的感情了。终于有一天，亦麒在依依那间又小又闷的鸽子笼里住下了。这时，他到香港才只有一个多月。

一连几天的彻夜不归，谢先生知道问题已很严重了。他悄悄地尾随着亦麒,从舞厅一直跟到依依家。亦麒那天酒喝多了,发现谢先生盯他的梢,就和他大吵了一场。谢先生连夜写信告诉继昌,继昌开始不信,不准备理睬。但后来他又连续接到几封电报:"亦麒事严重,速来亲自处理。"看来谢先生说的是实情,他决定亲自走一趟。

不料此事让怀馨知道了。她认为这个机会不可错过,非抢着去不可。继昌想和她一起去,她又不干,说:"亦杰已经去了仰光,你如果再去香港,上海这边的事谁来管?这问题如不及时解决,时间长了就会拖泥带水,越来越麻烦。不如我一个人去,早去早解决的好。"继昌只好点头。

对于如何处理亦麒的问题,两人意见不同。怀馨建议让他出国,继昌却不同意,说:"在香港他都把握不住自己,更何况去万里之外的异国他乡呢?真要是到了那里,我们就更做不得他的主了。"继昌又打电话给亦杰商量,亦杰不敢告诉父亲是自己带弟弟去舞场的,只好假惺惺地说:"这孩子,不懂事,我去劝劝他!"继昌心里又气又恨,暗暗骂道:"浑蛋,你是个什么东西我还不清楚!你还劝他?"但此时他又不能不忍着,就对亦杰说:"我们商量叫他去重庆读书,你能不能在那边找个人管着他点儿?"

"好,好!就叫我老丈人管着他吧,我包他有书念。反正他在上海待不成,在香港又没人管,也只有这一条路了!"想了想,他又说,"你们要是不放心,可以叫他先去。过几天我可以顺便从仰光去一趟重庆,把他安顿好。您告诉他到重庆后,直接到我老丈人家等我。"

从来没见过亦杰给弟弟办事这么痛快过。继昌心里还不明白吗,亦杰才是此事的祸根。

亦杰对弟妹的事从来漠不关心,可这件事是因他而起的,他就不得不管了。再说,他既怕父亲刨根问底的惹麻烦,又想趁机为丈母娘生意上的事去趟重庆。如果此事办得好的话,两家都得感谢他。

继昌和怀馨也都同意了这个办法。他们想有亦杰老丈人在,亦麒就不会受人欺侮了;再者,只要那里有书念,亦麒就不至于再学坏了。继昌马上叫老李给怀馨办去香港的手续、买船票。怀馨忽然又提出要带着容蓉一起去,继昌想想也答应了。他想,有容蓉拖着她点儿也好,免得又发生别的事。

继昌并不担心怀馨走后家里没人照应,因为家里的事她本来就不管,全凭继昌做主，由老李去经办。至于孩子们嘛，大的都走了，只有三个小的了。暑假过后，怀馨就把麟儿送进了一家外国人办的住宿小学，以便减轻自己的负担。开始那孩子也很高兴：一进学校先给他做了两套小西装，皮鞋、衬衣也全是新的，加上他继承了怀馨秀气的外貌，神气得活像个小开（公子哥）。每天都有西餐吃，还有弹子房……麟儿觉得挺新鲜的。可是，新造的茅坑三天香，不到两个月，麟儿就玩腻了，他那顽劣的本性也渐渐地露了馅，竟半夜三更翻墙爬出学校，受了处分。现在他在那里虽然度日如年，但一时还出不了大事。怀馨带容蓉去香港后，家里就只剩下亦莼一个孩子了。那是一个活泼开朗、懂事的好孩子，为人处世都像田妈那么善良，一点儿也不像怀馨。

十二月二日，怀馨到达香港。当晚她就审问了亦麒。亦麒说："依依不是你们想象中的那种下贱女人。我俩情投意合，已经同居了，我只有娶她。"怀馨用尽所有肮脏下流的语言把他臭骂了一顿。其实，她不过是借机发泄一通罢了。可她就没想一想，这些话用在她自己身上不是再合适不过了吗？

第二天怀馨就来了个快刀斩乱麻，要尽快处理亦麒的问题。她一面叫谢先生给亦麒订去重庆的飞机票，一面叫亦麒找来依依。尽管依依预感不好，但亦麒以为可能还有回旋的余地，还是硬把她拉来了。不料依依刚一进门，怀馨就沉着脸叫亦麒出去，自己来对付这个小可怜虫。可怜依依才刚满十八岁，处世不深，哪里见过这种泼妇，早已吓得不知所措了。

怀馨叫谢先生拿出纸和笔，凶巴巴地对依依说："亦麒是大学生，还要继续念书，不能为了你断送他的前程！明天我们就要送他离开香港，你们俩必须从此一刀两断！这里有三千块钱，你想要钱，就留下个字据，说你勾引了亦麒，保证以后决不再和他来往。"

依依不肯，说："我不要钱。你们不能让我和他分开，我已经是他的人了。"

怀馨恶狠狠地说："不管怎么说，亦麒还不满十八岁，还要靠父母生活，他养活不了你。你比他大几个月，打官司你肯定输。我不告你，是给你留条后路！你还是拿了这些钱自己去谋个生路的好！"

这番话是怀馨花钱请律师帮她编的，再加上她又使出了当初威胁梁映竹老师时的架势，果然把这个小姑娘给唬住了。依依不得不写下："我和亦麒的关系是我主动的，不怪亦麒。我收下三千块钱，保证以后决不和亦麒再来往。"虽然依依被逼无奈写下了这张字条，可她心中却有另一番打算："有了钱，就是天涯海角，我也要找到他！"

亦麒回来时依依已经走了。怀馨把依依写的字据给他看了，并告诉他，谢先生已按照继昌的意见，给他买好了六日飞重庆的机票，他必须立即准备动身。听到这个决定，亦麒悲痛欲绝，失声痛哭起来。不管谢先生如何苦苦相劝，也不管怀馨如何狠狠相逼，他就是死活不答应去重庆。哭了整整一天后，他见母亲的态度还是那么坚决，又不得不屈服了，只提出要见依依最后一面。

动身的前一天，亦麒去找了依依。依依告诉他，她决心不再去舞厅当舞女了。等攒够了钱，她先去广东一个堂哥家住下来，等亦麒到重庆有了自己的住处后，她马上去重庆找他。他俩毕竟都太年轻，至于今后两人在一起怎样生活，他们都根本没有考虑。

袋里装着依依的字据，再把亦麒送上了飞机，怀馨又一次尝到了胜利的滋味。几年前，她用手枪制服了梁映竹，这一次只几句话，她就让那个小丫头低头认输了…… 多了不起啊！

正在得意之际，梁映竹的影子却又浮现在她的眼前。为什么继昌那么轻易地就放弃了来香港的机会？莫不是他和那女人又……？这两天怀馨有谢先生陪着，该办的事办了，要买的都买了，想玩的地方也都去玩了。要不是这老头太无情趣，她还想再多住几天呢。可一想到那个女人，她就妒火中烧。决不能再给继昌机会！她马上叫谢先生赶快买船票回上海。

一说要走，怀馨马上就归心似箭。但第二天的船票已经卖光了，要再等三天，也就是要到十一号才有去上海的船。

就在买好船票的第二天，也就是一九四一年的十二月八日，天刚拂晓，大家就被隆隆的飞机声和震耳欲聋的爆炸声惊醒了。容蓉吓得直哭。谢先生溜出去打听消息。过了一个多小时，他才慌慌张张地跑了回来，气喘吁吁的说不出一句话，只打开了收音机。这下大家才明白，日军昨天偷袭了珍珠港。那么香港也很有可能就是他们接下来要占领的目标。

去上海的轮船全部停开了，去重庆的飞机也全停了。如果当初亦麒不走，现在肯定就走不成了。

怀馨走不了了，她把怨气都撒在亦麒头上：他早不走，晚不走，偏偏赶上这种时候。好在她们还能住在分行的客房里，条件虽差一些，总算还有吃的。谢先生很有办法，买来一大筐咸鸭蛋，以防万一。

果然几天后，日军占领了香港，枪炮声响了好几天才算停住。那两天街上几乎见不到行人，只有一队队匆匆忙忙走过的日本兵。怀馨不敢出门，只好躲在房里给容蓉讲戏文，容蓉才四岁，似懂非懂。母女俩在惊吓中度过了几个月，直到来年四月中旬才搭上轮船返回了上海。

第十章

　　一向绕着政治走的杨继昌，总以为自己最得意的一着棋就是 —— 弃政从商。他逃过了曹锟的追捕，又摆脱了孙传芳的控制，从此在商场上青云直上。他运筹帷幄、精于算计，生意日益兴旺：日军向华北步步进逼，他赶紧把生意转移到了上海，避免了重大损失；日军占领上海后，他又抓住商机，靠进口大米、卖布等生意赚了大钱。如今他不仅持有宏丰布厂和信诚银行的数十万股份，在茂源粮行他也有几十万的流动资金；另外在苏州和上海，他还有两处房产。粗粗算一算，他的财产早已超过了百万。坐在这巨大财富的顶峰上，他感到十分的得意和无比的欣慰

　　正当继昌得意扬扬之时，不承想，噩耗却不期而至。日军一夜之间偷袭了珍珠港；不到几天的工夫，又占领了中南半岛、菲律宾群岛、马来半岛和马来群岛。日军向这些国家丢下了无数颗炸弹，颗颗都像丢在杨继昌头顶上一样，使他如坐针毡，彻夜不眠。

　　杨继昌本是个深谋远虑的人。以往，他都能处处设防，因此他总能绝处逢生。他坚信：东方不亮西方亮，北方垮了有南方。可这一次他怎么也没想到：仅几天的时间，日本鬼子竟将他从顶峰一下子抛到了谷底。

　　这一次，他在南洋各国的所有通道都被堵死了。这场席卷全世界的灾难，就是最大的政治，你杨继昌还能躲到哪里去？也怪自己，让金钱冲昏了头脑，把大部分的"宝"全押在了进出口的生意上。

　　刚一听到日军偷袭珍珠港的消息，他马上就意识到南洋的货物必定难保了。他疯了似的打电话、拍电报。然而太迟了，已经是天塌地陷了：曼谷、西贡和仰光仓库里存的大米，海上两条船上正往回运的大米，还有那些从印度购

买后又存在香港仓库里的棉纱统统都……还会有一线希望吗？怀馨和容蓉呢？她们能平安无事地回来吗？

继昌陷入了深深的痛苦之中，不知该找谁来帮忙。正在他焦急万分的时候，讨债的人却已经找上门儿来了。那些平日笑脸相迎的人，这时全都一下子拉下了脸。

茂源粮行的朱经理平日里总是亲热地"表叔、表叔"地叫着。可在这危难关头，他却毫不留情，一进门就嚷："在仰光存的大米和海上运的大米全是亦杰经手的。你是大股东，以前赚了钱，你分的最多。现在如果赔了，损失是不是也该由你来承担啊？"

王老板也跟着叫起来："现在厂里已经没有原料了。以前棉纱都是由你家少爷从印度购买再从香港转运的。现在存在香港仓库里的大批棉纱，都被日本人查封了。一天没有棉纱，就一天开不了工，还得白赔上工资。要是香港的棉纱再损失了，这责任只能由你来负！"

诚信银行更厉害："你由银行贷款在香港买棉纱，可是用你在银行的股份做抵押的。如果到期还不上贷款，你的股份也就完了！"

那些话一句比一句难听，那些脸一个比一个难看。继昌虽然老于世故，可这回，他的心里也是十五个吊桶——七上八下，实在没了底。不过他还是硬撑着，鼓起一点勇气，赔着笑脸，向那些人一一表示歉意，请他们等几天再看。他也确实还心存幻想，以为日军占领了这些地方后，很快就会没事了。他们总不能不让人做生意吧？！他就不信，自己会全军覆没！

两个星期后，消息渐渐传来了：日军打了这么大的仗，战线拉得那么长，士兵的给养哪里供应得上？所以他们一占领香港，就立刻将继昌存在库房里和船上的所有大米、棉纱统统封存了起来。紧接着，不到几天工夫，那些货物就全被他们充当了军用物资，那些大米很快就被饥饿的日本鬼子填进了自己的肚子。

这次损失对继昌的打击之大是从来没有过的。是的，那些讨债的人都有理，我该赔。可是，该怎么赔呢？只能这样：用银行的股份去抵棉纱的贷款，拿茂源的股份赔偿那些大米的损失。也许，宏丰布厂的股份还可保住一部分。但工厂没钱进原料，无法开工。不能开工，就挣不到钱，那点股份又有什么用呢？说不定很快就会把老本吃光。他越想越痛苦，以后这日子可怎么过啊？！

稍稍能安慰他一些的是：亦麒已到了重庆，不久就能入学；亦杰也由仰光逃到了重庆，总算幸运；连怀馨和容蓉也有了消息，只是目前还没通航，不能回来。

一则以忧，一则以喜，忧比喜大。这些天，继昌好似一只受伤的野兽到处挨打，只能苦苦地挣扎。他想：我二十几岁就离开了家，孤身一人，好不容易才创下了这么大的家业，可现在一眨眼的工夫就全完了。真应了那句话：是福不是祸，是祸躲不过啊！唉！就只当是做了一场梦吧！但他转而又想：不行，这一大家子人怎么办呢？他们都过惯了养尊处优的生活，现在能过穷日子吗？况且孩子们还要读书，叫我到哪里去弄钱呢？他精疲力竭，感到十分绝望。突然，他想起：不是还有两处房子吗？先把苏州的房子卖了，不就能应付几年了吗？好，就这么办！

真是人一倒霉，连喝凉水都会塞牙。王老板又来电话说有要紧的事，要马上找继昌商量。当初鬼子占领香港时，就是这位王老板在继昌最困难的时候落井下石：进口的棉纱是供宏丰布厂用的，本该由他出资购买，可在银行办理贷款时他却使用了继昌的名义。棉纱被日军没收后，王老板就将责任推得干干净净，害得继昌只得用自己在银行的全部股份赔偿了这笔损失。当时王老板的面孔要多难看有多难看，似乎他这辈子都不会和继昌见面了。谁知这才刚刚过了两个星期，他又上门来找麻烦了。

棉纱马上要用光，织布机眼看就得全部停转了。王老板决定辞退大部分工人，不料工人不肯走，闹成了僵局。王老板没了主意，才又想起了继昌。

这天恰巧继淑休息，她也为太平洋的战事感到不安，生怕对大哥的生意有影响。当她听说怀馨还没回来时，也没顾得上打电话就直接来到哥哥家。

还没进屋就听见王老板那大嗓门："工人要闹事，干脆咱们去找日本人帮忙吧。不然没有棉纱开不了工，可工资还得照发。不要说工厂现在真的没钱发，就是卖掉厂里的存货也维持不了几天……"

继昌觉得非常不妥，他刚刚遭受过日本人的迫害，现在还余痛未消。所以他比王老板清醒得多，他说："请神容易送神难。你去请日本人，他也许会给你派来百八十个鬼子兵，但要吃你的、住你的。不要开销啊？这还不算，没准厂里的东西他们也是想拿什么就拿什么。到那时，你就再也赶不走他们了。"

王老板赌气说："杨老，你好歹也是个日本留学生，总该有几个日本同学，或者是跟他们有来往的朋友吧？"

继淑听不下去了，万一大哥真去找日本人帮忙了，那后果不是工人倒霉，就是大哥倒霉。万一出了事，会全都推到他一个人身上的。想到这里，她马上走进屋去。王老板也不避她，还继续要求继昌去找日本人的关系。继淑插嘴说："我也在纱厂做过半年多，懂得工人的难处。工厂不开工就等于打破了他们的饭碗，一家老小就活不下去了。我看你们也实在有困难，不如你们把实情跟工人讲清楚，再帮他们解决眼前的生活困难，我想他们是不会和你们过不去的。"

"你说得轻巧。现在我们说话，他们根本听不进去。"王老板气呼呼地说道。他哪会把继淑放在眼里。

继淑早就看出他的心思，便耐心地接着说："我倒是有个主意，我在以前那个工厂里还有几个朋友，他们跟工会里的人很熟。要是你们信得过我的话，我就请那边工会里的人找你们厂工会的人来谈谈。工会和工会之间总好说话吧？再说大家都是中国人，好商量。总比把事情闹大了，让日本人来插手强吧？"

这两个老头还真没看出，继淑竟能说出这么一番合情合理的话来。继昌马上点头表示同意，王老板也无可奈何地说："那就试试吧。"

继淑马上打电话给许老师，约他出来谈谈。许老师又找到怡和纱厂工会的负责人，请他们与宏丰布厂工会的人联系，把事情说清。经过谈判，王老板卖掉了一大批棉布作为遣散费，并答应工人：一旦开工，他们可以优先回厂复工。虽然工人们每人只领到大约两个月的工资和路费，但也只得勉强同意回去了。这些工人大多数是苏北人，他们一走，工厂就全部停产了。

对王老板来说他也该满意了：大多数工人都顺顺当当地走了，棉纱的损失也由继昌赔了。现在工厂已向上面报了停产，这下他们的棉布经常被征用的麻烦也就没有了。可停产的事，他却瞒着粮食供应部门，以便能照常购买到以往用于浆纱的面粉，用来给剩下的职工和几个董事们补充口粮。至于工资嘛，只能看什么能卖就卖什么了。不管怎样宏丰布厂这块招牌还是不能摘下来。此后，王、杨二人就在这块招牌的掩护下做起了投机生意。虽说赚不了大钱，总比一点财路也没有要好得多。

　　几个月后海运线通了，怀馨好不容易用高价买到船票才回到了上海。尽管她对继昌十分冷淡，但继昌还是觉得她只要能平安回来总比在外面好，况且他也十分想念容蓉。

　　怀馨告诉继昌，香港的分公司因为没有生意可做，已经停业了。账目结算下来，扣除亦杰、亦麒和她母女这些日子的开支后，剩下的钱，仅够打发谢先生和几个伙计的。

　　而实际上，怀馨已从中贪污了一大笔钱，用来购买奢侈品。在她逗留的那段日子里，香港的物价飞涨，市民们的手头都十分紧张，不少人不得不卖掉家中的贵重物品。怀馨就趁机以很低的价格买到了好几件珍贵首饰：一块四周嵌满钻石的白金女表，一只蓝宝石戒指和一些款式新颖的黄金项链。尤其令她得意的，就是那个瓷漆的西洋黄铜首饰盒。它不但色彩绚丽，盒盖上还画着几个裸体的小仙子，这正是她理想中的百宝箱。此外，从伙计们的遣散费中克扣下来的几万元港币，也塞进了她的腰包。

　　继昌原想好好与怀馨谈谈，告诉她现在各条财路都已断了，不可再像以前那样花天酒地地生活了。可他话刚讲了一半，怀馨就毫不客气地打断了他："我又没跟你要钱，你管不着！"

　　此后，怀馨果真很少向继昌要钱。她麻将不怎么搓了，但舞场却几乎每天都要去。原来，她在那里和一个年岁较大的舞女方卿卿交了朋友，陪她喝酒、聊天。在她的鼓动下，方卿卿嫁了人。这男人姓徐，是个汉奸、流氓、地头蛇。他和怀馨相处久了，慢慢成了朋友。怀馨就和他合伙做起了走私烟土的生意。这件事她一直瞒着继昌，因为继昌绝不和汉奸交朋友。对这种走私生意，继昌更是不允许沾边。现在，继昌全靠做点小投机生意维持家用。只要怀馨不向他要钱，其他的事他也乐得不管不问。

　　好不容易熬到了一九四三年下半年。真是祸不单行。天津分行一位姓魏的副经理，突然给上海总行打来电报说：钱经理去世了，留下一笔糊涂账。目前天津已无生意可做，最好结业清理。希望上海总行派人来。

　　天津分行的事继昌最清楚，本应该由他亲自去处理。但他觉得自己现在年事已高，办事有些力不从心了；再有就是，华北那些老熟人中，不少人都已当了汉奸，绝不能去自投罗网。那找谁呢？家里能办点事的人就只有亦杰了，可他此时却远在重庆，并且已借他老丈人的光在一家贸易公司里谋了个差事，一时也不想回来。看来只有让朱经理出马了。

朱经理痛快地答应了，因为他觉得这事于公于私都有好处。他知道，如今总行实际已没有生意可做了：大米运不进，猪鬃又收不到，只是凭借茂源这块招牌做点投机，勉强维持着。现在有机会去天津看看也好，或许还能找到一些其他出路呢。即使不行，自己也没啥损失。等那边结账时，说不定还可以从中捞些好处呢。

继昌原以为朱经理亲赴天津，也许能救活分行，哪怕只有一线生机也好。可过了很久，朱经理才终于来了封信，但他绝口不提账目清理的结果，也不告诉继昌是否能从中提出点钱供自己家用。此后，便杳无音信了。这可真是肉包子打狗——有去无回啊。直到这年冬天，继昌才又接到分行副经理魏如圭的来信说："朱经理有浑水摸鱼之嫌，望派可靠的人来津。"

根据平时对朱某的了解，继昌判断，信中所说的不是假话。事已至此，他只好亲自去趟天津。怀馨又是一百个不同意。她已在上海玩腻了，方卿卿自结婚后也不再去舞场了。没人陪她聊天，她快闷死了，正想换个地方玩玩呢。容某虽死，天津还有不少可供她玩乐之处，于是她整天软磨硬泡，非叫继昌答应她不可。

继昌气恼地说："你不懂账目，又没有做过生意，怎能办得了这件大事？"

怀馨反驳道："反正你不能去天津。过去孙传芳截留你的事，你忘了？他能这么办，难道小日本就不会这么办？我虽然没做过生意，可这些年来也听出了点门道。不能说懂得很多，但也略知一二。香港分行的事，不就是我管的吗？再说了，那姓魏的既然写信给你了，话又说到了这个份儿上，他肯定会帮忙的，否则他不是抽自己的嘴巴吗？依我看，照他这么说，可能还能弄回几个钱来。不过，这几年各地的生意都不好做，所以我也不信，天津分行能剩下很多。"

继昌觉得她说的也有理，就同意让怀馨先去看看。如有必要，可请魏如圭亲自来沪一趟。继昌想，如果自己白白空跑一趟，还不如在家里守着电话机呢，也许还能从股票上赚几个钱维持家用。

继淑在慈惠医院当护士有一年了。在秦医生的提议和帮助下，她已被提升为二等病房的护士长了。二等病房的环境，对于在这所医院里工作的护士来说是最理想的。它不像头等病房那样，住的都是有钱人，其中的很多人还是汉奸或暴发户。在那些人眼里，护士根本算不上是职员，只是和他们家里的仆人差不多的人，可以随意地支使。高兴时，还可以对她们轻浮一番。而在三等病房里工作却又是另一番滋味：那里病人多，拥挤不堪，气味难闻。很多病人的病情都很严重，可又缺少护士。有时候，护士们刚想休息一下，病人就大喊大叫起来，常常弄得她们疲惫不堪。更令人无奈的是，越是到了晚上人手少时，越会发生死人的事情。遇到这种情况，那些心肠好的护士就会累得要死。二等病房就好多了，每间病房只住两个人，比较干净、卫生，而且他们大多是中等偏富的病人，有知识、有文化的多，对医护人员也比较讲礼貌，因此继淑很满意现在的工作环境。

环境虽好，可工作还是忙得要死。继淑身为护士长，要做的工作很多：新护士有不懂的地方，她要手把手地教；有人出了差错，她还得出面赔礼道歉。有些病人本来憋着一肚子气，准备找医院吵闹，但一见到她待人那么诚恳、热情，气也就消了。遇到那些需要特别护理又出不起钱的病人，继淑也从不计较，自己都顺便做了。虽然她下班的时间总比别人晚，上夜班的次数也总比别人多，可她交的朋友却不少，同时也得到了大家的很多帮助。更重要的是，她得到了一份内心的平静。

继淑的家就是那个小小的亭子间，里面只能摆放一些简单的家具。但她每次回到家里，还是觉得空空荡荡的，不免感到有些孤独。人一孤独，就爱回忆。每当她回想起与怡和纱厂的那些小姐妹们相处的日子，就仿佛又尝到了那泡饭就着雪里蕻炒蚕豆瓣的滋味。她觉得那滋味比现在医院食堂的鱼呀、肉呀都要好吃得多。还有她在职工业余学校里上课时的情境，仍历历在目：工人们听得既认真又带劲，真让她感动。更忘不了的是校长许老师，那是个多么可信赖、可依靠的人啊！他不光有知识，还特别平易近人。谁家发生了纠纷，谁心里有解不开的疙瘩，都愿意去找他帮忙解决。上回宏丰布厂的劳资纠纷，继淑只一个电话，他就帮了那么大的忙。继淑真留恋那些美好的日子，怀念那群活生生的好人。

继淑写了封信给阿彩，约她们星期日来好好聚一次。这天一大早，她就到小菜场去买菜。鱼啊、虾啊、青菜啊,买了一大堆,又买了一包白切鸡,一包酱排骨,满满地摆了一桌子。

刚过十点钟,姐妹们就来了。虽说只有四五个人,但大老远就能听见她们说笑的声音,叽叽喳喳,简直就像一群炸了窝的麻雀。阿彩一进门就叫:"杨阿姐,杨阿姐,你看我们把谁带来了?"

继淑一看吓了一跳,阿彩身后站着个穿长衫、戴墨镜的男人,活像个"包打听"。

"他是谁?"继淑有点紧张,可一看到小姐妹们都哈哈大笑起来时,她也镇静了下来。

"没想到吧?不欢迎吗?"那人边说边摘下了墨镜。

一见是许老师,继淑的面孔一下子红到了脖子根,越想控制越控制不了,心想:"真糟糕!昨天还想着他,今天他就来了,还是在这种场合。"不过,她并不想掩饰内心高兴的心情,所以举止上也没显得十分拘谨,也就没太引起别人的注意。

寒暄了一阵后,许老师拿出了一瓶葡萄酒,其他人也取出了自己带来的葱烤鲫鱼、笋炒肉丝等佳肴,还有水果和小吃。大家一边吃,一边抢着讲述厂里的事,高兴极了。

但继淑总觉得他们内心深处仍笼罩着一片阴影,好像有一肚子想说又说不出来的话。经过盘问,他们才说出了缘由:原来怡和纱厂有两个工会,一个是工人自己的工会,被厂方称为赤色工会,许老师主持的职工业余学校就是这个工会办的;另一个工会是厂方操纵的,工人称为黄色工会,以前和继淑同房间住的小姐妹们怀疑她,就是怕她是黄色工会派来的。

两个工会的宗旨原本就截然不同。现在,黄色工会除受厂方控制外,又得到了日本人的支持,他们对赤色工会步步紧逼。不久前,厂方借故封闭了职工业余学校,许老师不得不离开了工厂,搬到远离工厂的地方住了下来,眼下还没找到工作。他现在住的地方恰巧离继淑的宿舍不远,阿彩她们就顺路把他也邀来了。

说到这里,大家都沉默不语了,每个人都为许老师的处境感到忧虑。还是许老师自己先打破了僵局,他建议大家为这一次难得的相聚干杯。这杯酒一下肚，年轻人又开始尽情地说笑起来，大家把所有的荤菜、素菜统统吃了个精光，连那瓶红酒也被他们喝了个底朝天。虽说仍没尽兴，但由于路太远，小姐妹们只得先走了。继淑请许老师再坐一会儿，聊聊天。

一边聊，继淑一边暗自思忖：在自己最困难的时候，曾多次得到许老师的竭诚相助。现在许老师遇到困难了，自己也应该尽力帮助他才对。给他钱吧，他肯定不会要的。再说继淑身上也没有多少钱。自从太平洋战争后，二哥家就由她贴补了。给他金条吧，他们现在这种关系还不合适。

他们聊着聊着，就说到了继淑大哥家的事。继淑忽然想起，大哥家里现在还有三个孩子在读中学和小学，正缺一个家庭教师。她叫许老师等她一会儿，就出去给大哥打了个电话。继昌一听很高兴。虽然现在家里用钱是紧了一些，不过孩子的教育不能松懈，这点钱还是能解决的。他叫继淑马上把许老师带来。

一路上，继淑反复嘱咐许老师千万别提他找赤色工会帮助宏丰布厂解决劳资纠纷的事。如果让哥哥知道他和赤色工会沾边，事情就不好办了。

虽是初次见面，继昌和许老师却谈得很投机。最后，继昌请许老师每晚五点到八点半来给孩子们补习功课。每月工资六十元外加每天一顿晚饭。这份工资和他以前在工厂里挣的差不多，而且白天还能干自己的事，许老师当然同意了。继淑送许老师走出大门。临别时，她请继昌和许老师不要告诉怀馨是她介绍来的。

许老师尽职尽责，孩子们的功课也都有所长进。日子长了，他似乎已成了杨家的一份子了，继昌有时候还专门请许老师陪他喝几杯黄酒，聊聊天。当他知道许老师是复旦大学的毕业生，学的又是经济专业时，很是欣赏。闲谈中，他还发现许老师人不错，学问又好，觉得此人很有前途，便表示他有意将继淑许配给他。

其实，继昌并不是首先想到这个问题的人。工厂里的那几个小姐妹早就想撮合这段姻缘了，甚至连继淑也有这个意思。但由于顾虑太多，许老师实在没敢多想。

许老师原是江南一个小城镇上的人，家里无房无地，父母早丧，姐姐早嫁，他靠自己赚的钱上了大学。毕业后，他一直只是个小职员，后来又当了夜校教员，只能靠一点微薄的收入养活自己。而继淑，不仅是大学毕业生，而且是有钱人家的大小姐，现在还是有名的慈惠医院的护士长，收入不低。他俩是门不当，户不对，地位太悬殊。所以娶继淑的事，许老师连想也不敢想。

听了继昌的话，许老师想了想，还是婉言谢绝了："我现在没有固定的职业，等以后光景好些才能考虑。"

继昌看得出许老师对继淑并非无意，只是他眼下找不到好的差事，手头确实十分困难。要在过去，不管去宏丰，还是去茂源，像他这样的条件，只要继昌一句话都能安插进去，但是现在……他想来想去，还是决定不妨试试。于是就拿起电话和王老板商量。王老板说："杨老，你又不是不知道现在厂里的难处。多一个人，就多一份开销。我到哪里去找钱？"

继昌似乎生气了："我说王老板，你别忘了，你家里用的男男女女三四个仆人，一向都是由厂里开支的，另外你还有个专职的秘书。以前我不缺钱，这些事呢我从来不提。现在我年纪大了，想去厂里办事，我也去不了啦；想写个东西吧，眼睛又看不清了，还是得请你帮忙，给我自己找的这个秘书开一份工资，外加应有的福利待遇。你可不能不给我面子哟！"

王老板不大高兴，但继昌的话点到了他的短处，他自知理亏。况且他也十分清楚，香港库存棉纱的损失全是由继昌一人担下来的，确实造成了他经济上十分紧张。再说，今后厂里还有许多事可能还离不开他。想到这里，他就勉强答应了。

现在许老师名义上是继昌厂里的秘书，但实际上他还是杨家的家庭教师，工资加饭贴增加到将近一百元。继昌觉得他为人诚实、聪明，又有学问，就叫他每天下午早些来。有时和他聊聊天，有时教他生意上的事，连茂源粮行的事也派他去应付。继昌还叫他上午有空去交易所跑跑，并传授他一些做股票生意的窍门。许老师对这些虽不太感兴趣，却也确实大开了眼界。

许老师已经三十五岁了，他一直没有结婚不仅是因为他经济状况不好，更重要的是，他还是一名共产党的地下党员。因此，他要结婚，首先考虑的是对方的政治条件。杨继淑品貌双全，为人正直善良，年龄比许老师小三四岁，个人条件非常好。虽然她哥哥是资本家，但她自己却一直过着和普通职工一样的生活。这样好的姑娘到哪里去找？但他担心的是，一旦她知道自己早已献身革命了，她还会愿意嫁给他吗？

他们俩的住处离得不远，接触的机会就渐渐多了。每当继淑休息，如果怀馨不在，两人就一同到杨家吃饭。许老师现在的生活还过得去，所以他经常给继昌买点他爱吃的甜点。继昌如果在股票上赚了钱，也会叫厨师做点好菜。大家相处得十分融洽。继昌终于提出希望许老师能成为他的妹婿，并做他的助手。

许老师把这些情况向上级一一做了汇报，最后说："这样下去，我就成了资本家的代理人了，不如让我到根据地去吧！"不料上级领导却认为，上海仍需要他继续留下来工作，保持和杨家以及继淑的关系是他最好的掩护。因此上级批准了他和继淑的婚事，不过指示他暂时不要将有关革命工作的事告诉继淑，也不能让她参加组织和革命活动，而是要劝说继淑今后打扮得漂亮一些，更广泛地结交一些朋友。

从此许老师完全变成了一个"生意人"。虽然他不再参加公开的革命活动了，但组织上却分配给他了一些更重要的秘密工作。继淑对这些事情并非毫无察觉，不过她敬重许老师，认为他做的事情都是正义的、光明的。她不但不反对，反而非常同情他，并支持他的工作。

几个月后他们结婚了。又是继昌找的王老板，要求分给他们一处住房。宏丰布厂在法租界有几栋职员宿舍，工厂停工后有的职员就搬走了，正好留下几间空房。王老板就将二楼的一个大房间分给了这对新婚夫妇。房间很大，还外带一个卫生间和一个亭子间，厨房在楼下，几家合用。这地方离继淑工作的医院和杨家都不算远。

婚事办得很简朴，除添置了一些必需的家具外，没买别的东西。宏丰厂的一些小姐妹也来帮忙，把新居布置了一番。新婚夫妇在酒楼摆了一桌席，招待朱经理、王老板以及其他工厂和粮行的头面人物。第二天，他俩又请了秦医生和医院新交的朋友到家里来做客。厨师和田妈、阿宝都自愿来帮忙，饭菜的口味和规格也不比酒楼差。几天后，为了答谢这些既是用人又是朋友的好人，夫妇俩还专门买了许多东西在杨家宴请了他们。直到星期天才请到了纱厂的小姐妹，大家一起在新居里热热闹闹地为他俩庆贺新婚。

因为继昌以前已将结婚费用给了继淑，所以这次办事没让他花一分钱。怀馨借故躲了出去，事后才不得不忍痛送了一只她在香港廉价买的二十一开金的戒指。当她看到这婚礼办得十分寒酸时，她很满意，好像他们越穷她就越高兴。但当她发现继昌如此器重许老师时，她又觉得不是滋味。她想，这样下去"天下"岂不成了他们的了？不如把魏如圭弄过来。

那魏如圭又是何许人也？

魏如圭这一年才二十七岁，唐山人。他刚读完高中就因家境困难流落到天津。其后亲戚帮忙将他介绍给了钱经理，在分行当了小职员。他办事认真，业余时间又学习了会计，很得钱经理赏识。不久，钱经理叫他当了账房先生。钱经理去世前，感到自己精力不足，又把他提为副经理。

钱经理去世时，分公司账面上还应有二三十万元钱，但柜里现金却没有多少了，对不上账。这钱哪里去了？魏如圭觉得责任重大，马上打电报请上海来人。

朱常发是个能人，在天津分行初创时他也出过力，各方面关系都很熟。他逐一检查了账目，又给魏如圭提供了些线索，果然发现了一些漏洞。时间过去了一个多月，账目似乎弄清了，但存款并没有增加，魏如圭觉得是朱常发在捣鬼。以前钱经理在世时，常提到朱常发这人贪婪、狡诈，还说继昌为人厚道等。他想，还是尽早对杨老板说清的好，将来也好以他为靠山，所以他又发了一份电报。

接到电报后，继昌马上派怀馨代表他去茂源天津分行清理账目。到了天津后，怀馨没去找朱经理，就直接找了魏如圭。

怀馨见到这位年轻的经理后着实地称赞了他一番，同时心里又有一种冲动："这人为什么一见就觉得面善，像谁？哦，那相貌，那身材，除了不够洋派，不够潇洒之外，简直就是活脱脱的容蓉他爹！"

魏如圭见了这位老板娘也很感兴趣，他想："她一下火车不找朱某先找我，肯定对我的印象不坏。而且……听说她都是四十上下的人了，怎么还显得那么年轻？人说徐娘半老，风韵犹存，大概说的就是这种人吧？"

两人都很会商场上的那一套，一个口口声声说："一切都靠魏先生帮忙。"一个唯唯诺诺："全听太太吩咐。"这样一来二去，他们越谈越投机。此后的一段时间，怀馨白天整天都在外面玩，不是上落子馆儿，就是逛商店，似乎她来天津只为享乐来了。可是一到晚上，等朱某回旅馆后，她马上就和魏某重新核对起账目来。不久，朱常发有事先回上海了。他们又循着朱某的思路，对账目重新进行了查对，结果竟发现朱某在账目核对清楚后，未将退回的欠款存入分行的户头，而是私吞了。怀馨也真厉害，她叫每个退回欠款的人一一写了笔据，准备回去和朱某算账。

查账中怀馨还发现：钱经理把分行的钱偷偷借给别人去做股票生意，魏如圭是知情者，但他却骗朱某，说他也不知道钱经理是怎么搞的。其实是他自己做了手脚，把借据藏了起来。他以为反正钱经理已眼睛一闭，死无对证了；朱常发再一走，他就可以以分行的名义把这钱要回来，岂不就能神不知、鬼不觉地发一笔财了吗？没想到，他见了怀馨之后，只想着如何巴结她，竟忘乎所以地将此事说了出来。怀馨当即抓住不放，立刻带着他上门去讨账。她使出以前对付梁映竹和依依的本事，摆出上海白相人的那副架势，这一次她又得逞了。

拿回了这么一大笔钱，怀馨心里痒痒了。她暗想，这钱是自己弄回来的，不能给继昌。他现在已经破产了，要想再找这几十万可不容易 …… 于是，她让魏如圭把钱以她个人的名义存入银行。魏如圭看出了她的心思，对她说："这样做不妥。万一查出来就是犯法，是要判刑的。况且，如果一个钱都不剩的话，分行马上就得关门。对哪一方面都是大大的不利啊！不如对杨老板明说，您拿十万，其余还是留给分行的好。"怀馨怕他向继昌告发自己过于贪心，只好依了他。魏如圭马上写信向继昌告捷，又提出拿十万元给继昌家用。

如果魏如圭当初就知道以后的事情会如何发展，那他也许完全会依从怀馨，把账面抹平，做得天衣无缝。但当时他想的还是如何能保住分行，以便以后他能有个立足之地。对继昌多巴结一点，那正经理的职位不是肯定非他莫属了吗？

向继昌汇报完后，他俩又商量好了如何对付朱常发。经过这段时间的交往，他俩配合得越来越默契了，但是他们各自心里又都藏着自己的小算盘。怀馨想用他来代替再也回不到她身边的容经理；而从没有接触过女人的魏如圭，则把她当成是从天上掉下来的杨太真。这些天，怀馨每天都带他去吃西餐、逛舞场、看电影、赌跑马、听落子、赏昆曲，夜夜都尽情地享受着这个年轻男人给她带来的快乐，重温着从前和容某在一起时的美梦。直到继昌一再打电报催她回上海，她才不得不离开了天津。

回到上海后，她一下子变成了功臣：除魏某寄来的十万元外，还给天津分行留下了一笔钱。另外，怀馨还建议：索性由她一鼓作气向朱常发讨债。万一不行，再由继昌亲自出面搞定。继昌同意了。

怀馨马上打电话约朱常发见面。朱某本不是个等闲之辈，但当他面对这么多的证据时，他也只能是有口难辩了。而那女流氓则趁势步步紧逼，很快就击溃了他的心理防线，迫使他答应吐出私吞的全部赃款。不出所料，怀馨这一次又从中扣下了两三万元。

怀馨接受了曾与容某厮混的教训，决心一定要设法把魏如圭紧紧抓在手心里。她刚给继昌解了围，就趁他正高兴的时候对他说："天津的事多亏了魏如圭。要不是他，钱经理死后留下的那笔糊涂账，谁也厘不清。谁都可以从中贪污，甚至是全吞了。你这么大年纪了，又能拿他们怎么办？我看这个人可靠，不如把他提升为正经理吧？"

就这样，魏如圭很快就当上了经理，凡事都是他自己说了算，天津分行那几个伙计谁也管不了他。怀馨又可以像过去和容某厮混那样，不时地叫他到苏州来约会。当然，每次去苏州，魏某也都会到上海来转一转，以便向继昌"汇报工作"。

继昌一点也没察觉到这其中的奥妙，他只是奇怪：怀馨现在只要在上海就天天出去，一玩就是大半夜，却从不向继昌要钱。他哪里知道，怀馨除了从香港、天津两地贪污了大量的金钱外，还和方卿卿夫妇一起做烟土生意，赚了很多钱。现在，她的私房钱已经远远超过了继昌。有时，继昌问她钱的事，她总是含含糊糊地说："最近牌越打越大，手气又好，自然赢得就多了。"

一九四四年春节刚过，怀馨就又去了苏州。继昌没有阻拦，反正两人早已没有了感情，她在家里继昌反而觉得碍眼。正月十五那天，除了仆人们，杨公馆里只剩下继昌、亦莼和麟儿三个人。麟儿勉强读完小学后，混进一家私立中学读书，这使他反而更加自由了。他很怕父亲，处处躲着继昌，父子俩往往几天也说不上一句话。继昌感到很凄凉，要不是继淑和许老师提着元宵和一些酒菜来过节，继昌真想去痛哭一番。

　　三女亦菡自从出走后只来过一封信，以后就一直没了音信。元宵节后，继昌忽然收到一封由苏北寄给怀馨的信。从笔迹看像是亦菡写的，继昌急忙把信拆了。信里，亦菡对自己的工作、生活一字未提，只说：去年，她在鲁迅艺术学院毕业，不久后就和副院长戴卫民结了婚。现在已经怀孕六个月了。因卫民要出远门，一时回不来，所以她想回家生产，希望妈妈帮助……

　　埋藏在内心的父爱萌动了，继昌心里热乎乎的。他连忙给亦菡回了信，也赶紧写信去苏州，又叫老李、田妈都做好准备。亦菡的事只能使怀馨心烦，她对魏如圭说："真讨厌！躲到哪里也不得安宁。要不是打仗，我们去香港有多好！"就这样，她对亦菡的事根本不理睬。

　　亦菡满怀着希望回家来了，她完全没有料到母亲会这样狠心。谁家女儿生孩子，母亲不是百般的关怀？亦菡也正是因为有个从小疼爱她的母亲，才历尽艰险回到上海来的。当她知道母亲就在苏州，却一直没有来信时，她并没有流露出内心的不满，因为她已经不是个小孩子了。可她一看到父亲、妹妹和仆人们那热情的目光时，她感动得几乎流下泪来。

　　亦莼把自己和容蓉住的那间套房让给姐姐，她和容蓉搬到了三楼。二姑继淑知道后也马上过来看她，还让田妈陪她去医院做检查，准备就在那里生产。

　　怀馨再次接到继昌和亦菡的信后，知道不回去是不行了。这时魏如圭也因分行有事，要回天津。但是，肚子里的孩子怎么办？魏如圭可不想要这个孩子，一来他不能和这个比他大十几岁的女人结婚，二来这种事在继昌面前他也无法交代。他希望怀馨花点钱，打下来。

　　然而，怀馨就是不肯，她再也不愿守着那个六十多岁的糟老头子了。以前她和容某的事没成，这次，她决不能放过魏如圭了。她非以这孩子为由，同他结婚不可。她骂魏如圭："你这个胆小的窝囊废，怕他干什么？大不了不就是把那边的经理丢了吗？！我这里有钱、有房，难道我们自己不会做生意？"魏如圭试探着问她有多大的家底，她说："我从小看过《杜十娘》，就决心要有自己的百宝箱。现在，别说我这盒首饰能值几十万，光手头上的现款就有这个数。我还托朋友在上海帮我做生意，赚了至少也有十万八万，再加上这房子……"

　　"房子？房子不是老头子买的吗？"

"不错，是他掏的钱。可那房契上写的是我的名字，为的就是这一天！"这一天是什么？她没有说出，也许是武则天，也许是西太后，最起码是做这个大花园中的女王吧。

魏如圭服了："这女人真不简单，十年前就留了这么一手。"他哪里知道，这房子其实是为容承准备的；而且他也不知道，怀馨在上海做的是烟土生意，她对自己也留了一手。魏如圭也有一番考虑，他想："天津分行确实已看不到什么前途了，再继续当那个经理也仅仅是替杨家支撑个门面，赚不着什么大钱。娶这女人当老婆，也实在不理想，但是她有钱、有房，将来生活肯定很舒服。虽说她年纪大些，三年五载也还凑合。我就暂时拿她当个梯子，用她对付老头子的办法来对付她自己。到那时，我有了自己的财产就由不得她了。

他们各打各的算盘，最后总算达成了一致。他们的计划是：首先，怀馨等过了反应期再回上海，表面上是为了照顾亦菡，实际是为他们未来的家去做准备；魏如圭马上回天津，结束那苟延残喘的茂源分行，将余款给继昌、朱经理和他自己各分一份。这样交代清楚后，将来即使和怀馨结婚，继昌也无法再和他打官司。

第十一章

　　亦菡因路上不慎摔了一跤，胎位不正，产期提前。戴卫民没有消息，母亲又不肯回来，要不是田妈和继淑轮流陪伴在她身旁，她几乎没有毅力对付这艰难的生产。经过一天一夜的折腾，好不容易才把小女儿生下来了。

　　这孩子虽不足月，个子小一些，却也不算十分干瘦。几天后她那广东人的特征就显现出来了：大大的眼睛，再加上南方人的秀气，还有杨家人白嫩的皮肤。大家都说，她将来一定是个非常漂亮的小女孩。这段时间，亦菡天天都在盼着，一盼抗战早日胜利，二盼孩子她爹能早日回来…… 那，就给孩子起名叫盼盼吧。

　　出院后，亦菡不会给孩子吃奶，也不会给孩子洗澡。继昌怕她没奶，就叫厨师给她做了些鸡汤。虚弱的亦菡，过早地喝了这油腻的鸡汤又拉起肚子来，更没有奶水喂孩子了。好不容易不拉肚子了，奶也多了，乳房却又胀痛发炎。继淑天天一下班就来教她用科学的办法带孩子，还从医院里带药来给亦菡清洗乳房，排出积乳，这才使亦菡母女平安渡过了难关。亦菡既感激又羞愧。当初母亲欺侮二姑时她不管不问，还自以为清高。现在，她真该好好感谢二姑。但是继淑却一再谢绝了她的心意，因为她背后还有来自丈夫的支持。许云天得知亦菡刚从苏北来，他当然应以同志般的热情支持继淑去照顾她们母女了。

　　孩子好不容易过了满月，已经会笑了。亦菡也逐渐恢复了健康，还学会了自己照料孩子，这时她才体会到了，做个母亲有多么困难啊。唯一例外的就是她自己的母亲 —— 怀馨。她从没亲自带过孩子，孩子们一生下来就都交给了奶妈抚养。这次亦菡要生孩子，千里迢迢来投奔她，她却不管，真不明白她对自己的子女究竟有没有感情。

　　怀馨度过了反应期，回来了，可这时盼盼都过完满月了。她不但不对女儿表示歉意，反而怪继昌不管她，家里也没个人去看她。她说她在苏州把脚崴了，一直疼了一个多月，现在才刚刚能走路……

　　亦菡见到母亲非常高兴，把盼盼抱到母亲面前。孩子那粉嫩的圆脸蛋，一笑一对酒窝，真是谁见谁爱。可这外婆只看了孩子一眼，敷衍了几句，连碰都没碰一下，然后说声累了，就回到自己屋里去了。她还借口怕听孩子哭，吵得她不能好好休息，就把亦菡赶走了。

　　亦菡心里一阵委屈，她真不明白母亲现在对她为什么这样冷淡。日子一长，她发现母亲总是懒洋洋的，出门的次数也少了，就是出去，回来时也不是很晚，心里总好像有什么事似的。

　　其实，怀馨怀孕已经三个多月了。但由于她已生过好几胎，肚皮早就松了。就是不怀孩子，肚子里也像装着个五六个月大的孩子似的，因此别人很难看出破绽。眼下这个秘密，还只有她和魏某两人知道。

　　盼盼两个月大的时候，魏如圭也到了上海。他由苏州回天津后，就给继昌写信，说天津的生意已很难再维持下去了，而且就算是能再硬撑几年也无法恢复。多开一天门，就多一天的开销，不如干脆歇业的好。继昌此时已无能为力了。他本想让怀馨再去天津一趟，但怀馨心里有鬼，找了好多借口，就是不愿去。继昌只好答应歇业，并同意魏如圭把余款分成三份，杨、朱两家可各得几万元，剩下的一份，作为他和伙计们的遣散费。

　　天津分行就这样彻底地关张了，连房子都顶出去了。这次魏如圭带来了全部账本和十几万块钱。余款以及卖房子的钱都加起来，杨、朱两家各得了差不多十万元。账目清清楚楚，谁都没有什么可挑剔的。魏某说分行还有些未了的事，他都已交给了继茂，还给他留下两万余元，一切由他全权处理。这一招他做得合情合理，继昌很满意。可魏如圭自己到底得了多少，连怀馨都不清楚，但她估计总不会比杨、朱两家少。

　　魏如圭失业了，无处可去。可他刚刚送了钱来，也算来办公事，总得安排个地方让他住下。继昌说叫他到茂源去住，怀馨听了连忙插话："那太见外了。不如这样：现在麟儿一人住，我们谁都管不了他。就叫魏如圭和他住在一起，也好看着他点，等过一阵子再叫他去茂源吧。"魏如圭就这样一下子成了杨家的"家里的人"了。许老师和孩子们只能去客厅上课。

过着如此安逸的生活，魏如圭仍觉得这里很不自在。因为无事可做，他每天等怀馨一起床，就偷偷地跑到三楼上去，在那里一混就是一天。但他总是提心吊胆的，不但怕被仆人看见，更怕被亦菡发现。因为亦菡没事就抱着孩子到三楼上去，一玩就是个把小时。魏如圭呢，不上来又不行，不但自己难熬，怀馨也不答应。要是两人一起出去，也不行。怀馨究竟是大龄孕妇，走路是越来越不方便了。

现在，怀馨的眼中钉竟是自己十几年前最疼爱的女儿亦菡了。终于有一天，怀馨忍不住对亦菡说："人家嫁出去的女儿是不能在娘家生孩子的。尤其是你在外面私自结婚，还不害臊地到娘家来生孩子。你爹不懂这规矩，亲戚朋友们可要说闲话了。盼盼她爹什么时候才来接你？要是他再不来，最好叫你爹给你找房搬出去住！"

亦菡不明白，为什么现在母亲对她和对魏如圭的态度截然不同，对她总是冷冰冰的，可对魏某却有说有笑。本来她不敢也不愿把母亲想得那么坏，现在听了母亲的这番话，亦菡气得眼泪都快流下来了。她虽已感到怀馨厌恶她们母女，却没料到她会如此的绝情。既然如此，亦菡也就拉下了脸："叫我搬到哪里去？我平时不出门，不知哪里能住。再说我手头也没钱！"

亦菡确实没钱。她满以为家境好，又是亲生父母，自己还会缺钱花？所以除了回来的路费和一两个月的生活费外，她没再向学校里多要钱。她原想即使在家里住一两年也没问题，不能给学校增加负担。可真没想到眼下……

想到这里，亦菡委屈地哭了。而母亲却说："你哭也不行！这是规矩。我们是大户人家，不能叫你破坏了我们的家风！"

不过，现在的亦菡也已经不是以前的小女孩了。她知道对这个无情的母亲只能斗争，最好能争取到父亲的帮助。于是她回到房里放声大哭起来，这哭声果然惊动了继昌。

在从不因循守旧的继昌面前，怀馨自知对他讲旧礼数那套没用，只能反咬一口，说亦菡顶撞了她，母女俩现在不好相处。她知道继昌最怕提"从那边（苏北新四军根据地）来的"，就添油加醋地说："如今女儿大了，是外姓人了，放在家里，总是磕磕绊绊的。再说她又是从那边来的，说不定什么时候还会害了全家呢。不如你去托王老板借间房子，让她自己单过也可能会自在些。"这话果真击中了继昌的要害，他动摇了。

继昌把她妈的话告诉了亦菡。亦菡内心受到很大伤害，她说："我在这里也觉得没趣。我走！不过我现在一个钱也没有，你先借给我，将来叫老戴还给你。"

继昌一时也没了主意。晚上，许云天来上课。他从孩子们那里听说了这件事，又亲眼见到亦菡那愁苦的神态，心中十分不忍，就主动找继昌说："我家那间亭子间还空着，拾掇一下就可以住人。亦菡要是不嫌弃，暂时住在我那里也行。早晚继淑也可以抽空照顾照顾，我也可以帮帮忙。"

继昌没有想到，在这困难的时候，这个不怎么富裕的妹夫却帮了他的大忙，而且对他的子女也那么关心备至。从此，他们的关系就更进了一步。

亦菡离开家时没流一滴眼泪。除怀馨与魏某以外，她向父亲和所有人都一一地告了别。当跨出大门的那一刻，她百感交集，感觉自己和女儿像丧家犬一样，被人抛弃，赶出了家门。她不由得想起了过去那些被逼无奈，只得离家出走的人：二哥、二姐、二姑，甚至奶奶、叔叔、婶婶，还有外婆、阿姨。现在她才体会到，当初他们的心里也一定都是同样的滋味。这是谁造的孽呀！

继淑和许云天热情地接待了亦菡。田妈和老李给她送来了她所需要的衣服、被褥和日用品，继昌也亲自过来安慰了她一番，还给她送来一些生活费，使她心里感到安定多了。这房子跟家里那个套房比虽然小得多，但是因为有了活泼可爱的小家伙的笑声，又有姑姑、姑夫体贴入微的关照，小屋里处处都洋溢着温馨和爱意。姑姑给她讲述了许多自己的亲身经历：当初她走上独立生活的道路时，得到过很多陌生人的帮助。她学会了洗衣、做饭，并克服了很多生活上的困难。这番话对亦菡帮助很大，不久她也逐渐克服了种种困难，特别是克服了不会做饭的困难，真正地独立生活了。现在，除了仍然不时地惦念着那远方的亲人外，她感觉生活得十分惬意。

拔掉了亦菡这个眼中钉后，怀馨忙叫两个孩子搬回二楼。三楼还有两个女仆，怀馨叫她们一早起来就到楼下去干活，直到晚上才许上楼。继昌的房间在二楼的尽头，平时也决不会上楼。这样一来两个女儿一上学，怀馨和魏某就有了一片自由的天地。他们怕肚子里的那块肉越长越大，早晚要露馅，不得不抓紧时间做卷款外逃的准备。

怀馨在苏州的那个安乐窝，经过多年的经营一切用品都已齐全了，只是缺一些孩子和奶妈将来要穿的衣服和铺盖。另外，就是要重新布置一间新房。现在，从继昌身上已经刮不出什么油水了。要有，也就剩宏丰布厂了。听说那边还有一些存货，像布匹和粮食之类。粮食不好拿，布匹嘛……对，布匹捞点儿也不错。这是最后一锤子买卖了，怎么也得弄它十几、二十匹的。总之，多多益善，够用一辈子的才好呢。二人进行了秘密的筹划。

第二天，怀馨对继昌说要去宏丰布厂。继昌猜想她可能又要搞什么鬼花样，就劝她不要去麻烦人家。怀馨说："你们都怪我亏待了亦菡，这次我多买点花布赔送给她，将功补过，总行了吧！"她怕继昌不信，又理直气壮地嚷起来："女儿都生孩子了，我什么礼物也没给。你两个妹妹给了多少，你大女儿给了多少，亦菡就该给多少。我看你穷得可怜，没和你计较。现在，我想去厂里买点便宜布给她都不行吗？"

一番话居然说得继昌果真觉得理亏。他明知这不是怀馨此行的真正目的，但她说得确实无懈可击，只能嘱咐道："亦菡早晚还是要走的，有两床被足够了。不要弄得太多，将来一算下来，又欠人家一大笔钱。"

怀馨得胜了，她高高兴兴地叫了一辆出租车开进了工厂。王老板听说她要给女儿送礼，不好拒绝，亲自带她去库房。他拿出两匹五福白布、两匹印花哔叽和一匹蓝士林布给怀馨。怀馨一看，和她心想的目标差得太远了，心里一边骂他老吝啬鬼，嘴里一边说："王大老板，今天你是怎么了？小气得不像你了……"说着，她硬叫工人拿下两匹花布和一匹黑府绸才算罢休。

由工厂回来，怀馨就叫用人把几匹布都搬进了自己的房间，而给女儿送礼的事却再也不提了。所以关于此事，亦菡连一个字也没听说，一寸布也没见到。过了一个多月，亦菡回家来向父母告辞，说她要回苏北去了。这时她才听说了此事。可怀馨只拿出一床亦麒原先盖过的旧被给她，并对亦菡说："你爹说了，多了你也带不走，就拿这床被吧。以后生活过不下去了，再来找我。"气得亦菡连理都没理她。

怀馨和魏某的事除了继昌和容蓉这一老一小外，别人都已明白了八九分。

尤其是她那个读书不求上进、干起歪门邪道却特别灵光的宝贝儿子麟儿，因为和魏如圭住在一个房间，看得就比别人更清楚了。暑假期间，他闲着没事，就想给自己找点乐子。他发现：魏某一早起来就在屋里转来转去，似乎在等什么人。九点一到，就见他匆匆忙忙地往三楼跑，而且直到半夜才回来。麟儿猜想这里头肯定有鬼，他一定要弄个清楚，就悄悄地盯他的梢。

麟儿不笨，没用几天就全弄清楚了。但魏某更鬼，麟儿的行动已引起了他的疑心。他提醒怀馨"夜长梦多"，还是早走为妙，迟了，恐怕那小子会去告密。但是怀馨却不着急，她说：方卿卿的丈夫已答应，就在这几天之内，他会把最近赚到的一大笔钱算清给她。她怕别人弄不清会吃亏的。实际上，从这时起，她对魏某也像对继昌那样，开始留一手了。

麟儿并不想去告密，他的胃口可大着呢。别看这孩子今年才十六岁，但在怀馨的影响和娇惯纵容下，他早已染上了一身的坏毛病。除了嫖娼以外，他吃、喝、赌全占了。开始，他要用钱时，只要一伸手，怀馨就给。后来不给了，他就去撬怀馨的抽屉自己拿。如果没拿到，他就把家里的摆设、古玩拿去卖。继昌戒烟后还剩下几块大烟土，老李把它们藏得严严实实，不料还是被他翻出来卖了。继昌打了他几次都不见效，也就没办法管了。

麟儿虽然顽劣，但对母亲赶走三姐这件事，心中也感觉愤愤不平。在弄清母亲和魏某的关系并得知他们的密谋之后，他对魏某更是恨之入骨了。这天，恰巧又碰到他手头没钱了。九点左右，他见魏某上楼了，就悄悄地跟了上去。就在那两人亲热之际，他突然闯了进去，对怀馨说："我这两天缺钱，把你那盒首饰给我，不然我就把你们的事告诉我爹！"怀馨故作镇静地说："告什么？我们怎么啦？"

"你别装了。你们打算私奔，别以为我不知道……"

两人一听，惊呆了。万一他真的吵起来，让继昌听到，一跑上来岂不全完了吗？魏如圭赶紧朝怀馨使了个眼色，然后连忙说："别说得那么严重。你要什么？不就是缺点钱吗？我给你一千块，够了吧？"说着，他真的拿出一千块伪钞。

"呸！谁稀罕你这点钱。我早就看上那盒首饰了。卖了它，够我花一个暑假了。"好大的胃口啊！怀馨这才感到：自己从小没有管教好这个宝贝疙瘩，作孽呀！可现在说什么都晚了，弄不好自己还会栽在他的手里呢！后悔已来不及了，还是先稳住他再说："行，行。不过那盒首饰不在上海，我早藏到苏州去了。过几天，我们和你一起到苏州去取，还不行吗？"

麟儿究竟还是个孩子，没想到自己母亲的心会比蝎子还毒，就点点头说："好，三天后走，到时候你们可别赖账！"接着，他一伸手就把魏某那一千元的钞票抄到手里，下楼去了。

魏某悄声问怀馨："怎么办？"

怀馨说："一走了之，不是办法，老头子会派人去追。我们要公开离婚，公开结婚才行。可是这个小浑蛋赶又赶不走，除又除不掉。"

"除掉？难道你还能把他抓去枪毙吗？"

"对啊！我去找人把他抓起来，就说他是新四军，叫他吃点苦头！"

这办法魏如圭早就想到了，但他没敢说。可现在却由一个做母亲的亲口说出来了。母亲暗算亲生儿子，真是天下奇闻！

下午，麟儿拿着那一千块钱上赌场去了。此时怀馨却来到方卿卿家，正好徐某也在。一见面，他们就谈起了生意。徐某答应她，三天以后，肯定能分给她五六万。接着，怀馨又东拉西扯了半天才着绕圈子说到了正题："徐先生，我有件事想问问你，要是家里来了个亲戚是新四军怎么办？"

"新四军？这可不得了，叫日本人知道是要杀头的，连你都要倒霉，还不赶快去报告！"

"向日本人报告？我可不敢。"怀馨又试探着问道，"你帮我想个法子，偷偷把他赶走，行不行？赶得越远越好，叫他再也不敢来上海了。"

徐某想了想说："新四军，赶出上海？那只有找些人先把他抓起来。"

"抓起来也行，反正我不管啦，你们该怎么办就怎么办吧！"

"只要你不怕你的亲戚怪罪就行。我这里好办，出个万八千的，再找几个朋友就成了。只要一说是新四军，马上就能去抓人。不过，到那时候怎么处理，可就由不得你了，没准连小命都保不住！你可想好喽。"

"小命都保不住？啊……"怀馨想改口，可她在这汉奸面前已经说出了家里有新四军这个秘密了，怎能收回呀？但亦麟究竟是自己的亲生骨肉啊！真是左右为难！可她又一想：现在已经走到这一步了，不往下走也不行了！要是求他们给他留条活路呢……不行，留下来也是个祸根！自己和魏某的命现在可都还攥在他的手上呢。不是他死就是我活！怀馨咬咬牙，横下一条心：随他去吧。要是命大，任他走到天涯海角。要是老天爷不留他，我也认了。想到这里，她硬着头皮对徐某说："你们爱怎么处置就怎么处置吧，我也管不了那么多了。只要他永远不回上海就行！不过抓他的时候，千万不要惊动我家里的其他人。"

徐某本是这一带的流氓、地头蛇，后来当了个汉奸的小头目。此后，他把心思都用在做黑道的生意上，偷鸡摸狗的小事他就不干了。不过他黑道上的朋友还很多，只要有钞票，抓个把子人简直是易如反掌。怀馨只想出五千，徐某不答应，一番讨价还价后，双方最后谈好一万元，由徐某去找人，并说好第二天晚上十二点行事。

麟儿很晚才回家。继昌见他喝得醉醺醺的，要找板子揍他，怀馨横劝竖劝，说等他酒醒后她自己来管教。第二天上午，麟儿因昨晚在赌场把钱都输光了，又来找怀馨要钱。怀馨乘机劝道："昨晚你爹要打你，是我给你做了担保才罢了。今天你就别出去了。我约了两个朋友，晚上在家里搓麻将。这玩意儿有输有赢，不像那轮盘赌，全是老板一人赚，把赌客全坑了。你不会，我教你，保你赢钱。"麟儿见她说的也有道理，就答应了。不过，他又向母亲要了一千元做赌本。

晚上继昌有事要和许云天商量，没找麟儿的麻烦。魏如圭下午就出去了，晚饭也没在家吃。怀馨果然约了两位朋友来打牌，谎称人手不够，叫儿子来凑数。怀馨故意递好牌给麟儿，让他赢，麟儿非常高兴。但是客人们不高兴了，还不到十点，她们就说运气不好，不想再打了。

晚上十一点多，全家人都已入睡了。忽然有人敲大门，说是查户口的。老李稍有迟疑，外面的人就骂开了娘，看来不开不行了。谁知老李刚一开门就被人用手枪顶住了，只听有人说："不许嚷，敢叫就打死你！我们只找杨亦麟说句话！"老李只好把他们带到麟儿的房间。麟儿还没穿好衣服，就被人堵上嘴，捆住双手带走了。老李在后面追着问："你们是谁？干吗抓人？"那为首的用枪对着老李说："赤佬，少管闲事！告诉你，我们是便衣队的，他是新四军，案子犯大了！"他们把麟儿推上汽车，"呼"的一声就开走了，老李连汽车牌号也没看清。

老李心中纳闷：说麟儿是新四军？他才不信，哪有这种花天酒地的新四军。说不定是有人害他。他感到奇怪，为什么偏偏魏如圭不在？难道是他？老李忙把这事告诉了老爷、太太。继昌既觉得十分意外，又怕惹来是非，就吩咐老李先不要声张，千万不要对外人说。怀馨既感到有点后怕，又觉得一块石头落了地，她一声不吭地进房了。

与怀馨的毫无人性相比，继昌虽对麟儿也早已失望，但在他的内心深处，仍存着一点未泯灭的父子之情和责任心。他与怀馨本已无话可说，可现在他却不能不和她商量。天亮后，继昌找了几个朋友，可谁也帮不上忙。恰好这时魏如圭回来了，继昌又叫他去打听。魏如圭昨晚玩到大半夜，才找了个小旅馆熬到现在，哪有心思管这件事。见魏如圭没吭声，怀馨不疼不痒地骂了句："都是些废物，还得我亲自出马。"她当然知道该找谁。

原来那几个流氓把麟儿抓走后不久，天就下起雨来。他们按头头的指使开车向浦东驶去。一路上麟儿虽被堵着嘴、捆着手，但他还有两只脚，他就乱踢乱踹，结果把几个流氓惹火了，挨了几顿打。打手们押着麟儿来到黄浦江边，然后上了渡船来到浦东，又走了不少路，最后停在一片乱草塘边。打手们问头儿如何处置他，头儿说："你们看着办吧。"

这乱草塘原来就是个枪毙人的地方，此时雨越下越大，四周又漆黑一片，这里就更显得阴森恐怖了。看到这小家伙越闹越凶，打手们也不愿在水里多耗时间。有个矮个子发火了，说："大哥，头儿叫我们随便处理。我看这家伙也活得不耐烦了，就在这里毙了他吧！"麟儿一听，撒腿就跑。那些人也不管三七二十一，拔枪就射。第一颗子弹没有打中要害，麟儿没有倒下，继续往前跑。可接着又挨了几枪，其中两颗子弹穿透了肺部，另一颗打断了小腿，他这才倒下不动了。如果救护及时，也许还能保住他的小命。可在这荒郊野外，哪里有人啊！那几个打手见事情已干净利索地办完了，就很快地离开，回去领赏去了。

麟儿头部没有中弹，头脑这时还很清醒。他挣扎着企图站起来，但是怎么也站不起来。他不知道这些人为什么要杀他："为什么？一定是那姓魏的。昨晚他正好不在，准是他……"渐渐地，他因失血过多而昏了过去。天亮前，这个从小娇生惯养的"王子"，这个一直过着花天酒地生活的阔少，就这样不明不白地死去了。他的尸体在泥水中浸泡了三天三夜，直到腐烂发臭了，才被当地的农民发现。他们还以为他是什么抗日志士，悄悄地把他埋葬了。亦麟到死也不知道，他是被他那个每天"麟儿、麟儿"地叫得别提有多亲的母亲，杀害的。

徐某也没问到详情，只粗略地得知，那个"新四军"已被就地正法了。怀馨这才松了一口气，感到去了一块心病。但在继昌面前，她却装得很悲哀。她还说也许有人连她也不放过，所以她总感到十分害怕，要到苏州去躲几天。因为孩子们已放了暑假，所以她把孩子们也一起带走了。

继昌曾怀疑过此事和家里人有关，却又没有任何凭据。他心里虽然也有些难过，但麟儿这孩子从小就没出息，又和他没有什么感情，所以他也不想再追查下去，也不让家人再提起此事了。这件无头案就这样不了了之了。

许云天在亦麟出事前，一直在怪他总不来上课。这孩子十六岁才上初二，这书要念到哪一年才能毕业呢？他原想暑假里好好给麟儿补补课，一定要帮他通过补考，顺利地升入初三，也好给继昌一点安慰。可结果怎么连人都不见了？现在，继昌不许再提这件事，大家也就都不敢再说了。有些情况，还是亦莼在去苏州前偷偷过来告诉他们和亦菡的。亦菡猜想此事一定与魏如圭有关，那当然也就和母亲有关，他们肯定是同谋。既然那些人说麟儿是新四军，说不定自己的处境也有危险，所以也得做好离开上海的准备。

与此同时，亦菡也在为丈夫戴卫民提心吊胆。他至今仍没有消息，所以亦菡想自己去找一找。但孩子怎么办？现在那边的情况她一点也不知道，不能让孩子跟她冒这个险。如果把孩子留下，又能托付给谁呢？按理说，最合适的应该是自己的母亲了。可对亦菡来说，有这个母亲还不如没有；二姑又太忙，找个保姆吧又谈何容易。想来想去，就只好托给苏州的外婆和阿姨了。她和父亲告别后，也去了趟苏州，但她连怀馨的大门也不愿跨进一步。

怀馨带着孩子去苏州后不久，魏如圭也来向继昌告辞。他说上海谋事困难，想回老家唐山做点小生意。继昌早已十分讨厌他，听说他要告辞，自然求之不得。魏如圭刚走了没几天，怀馨就来信了。

她在信中丝毫不提自己与魏某的事，而是反咬一口说：自从继昌和映竹的事被她抓到后，长期以来继昌仍旧情难忘，对她怀恨在心，不理不睬，毫无感情，这裂痕越来越深，已到了无法弥补的地步，她再也无法忍受这样的冷漠了。这样长期下去对双方都不利，万般无奈，只好提出离婚。信中另附上自己签了名的离婚书，一式两份，要求继昌签字。

这封信对继昌的打击，不亚于那场太平洋战争给他带来的灾难。虽然太平洋战争使他破了产，但他多少还有点存款，从天津分行那里他也收回了点钱，使他能够维持到今天。对未来继昌也设想好了：如果将来这些钱用完了，他还有苏州那带花园的房子，必要时也可以卖掉。再不行还有怀馨的首饰，那全是他买的。必要时叫她拿点出来卖掉，也够一家人吃几年的。可她的这封信，使继昌的指望一下子全都落空了。怀馨不仅带走了全部首饰，连房契都带走了，而那房契上写的还是她的名字……继昌现在才明白，原来买房时她就已经算计好了。眼下可怎么办？现在物价猛涨，手头的钱已差不多用光了。她这一走，等于把继昌逼上了绝路。

经济上受到的打击还不算，对继昌来说，更难以容忍的是，他的自尊心受到了深深的伤害。怀馨不仅得到了房产，保住了首饰，而且还不丢面子。但对继昌来说，由女方提出离婚，实在是莫大的羞辱。如果怀馨再去登报声明此事，让亲戚朋友们都知道了，他该有多难堪啊！继昌今后还怎么做人呢？他的尊严被彻底打垮了。好歹毒的女人啊！

继昌想，现在去制止她也许还来得及，但要赶快，否则那女人什么事都做得出来。可找谁商量呢？这个三层的大楼里现在除了几个仆人外，只剩下继昌自己了。看来，只能求助于许云天了。

许云天分析：如果没有人帮怀馨出谋划策，她不可能把这件事办得这么周密。那男的是谁？会不会是魏如圭？最好先派人去苏州看看情况。如果她没有妍夫，可能还会有点希望。但是谁去她那里合适呢？老李去肯定会被她骂出来，许云天也说不上话，要不然先叫亦蔺去试试。

第二天，许云天就乘火车来到了苏州找亦蔺。亦蔺听到此事后很生气，她马上把盼盼交给阿姨后就去找怀馨。起初，怀馨还赔着一张笑脸，但当亦蔺一提到离婚的事时，她马上就翻了脸。她气哼哼地把责任全都推到继昌身上，说他背着她和梁映竹同居，还说他们之间已经没有了夫妻感情。亦蔺明知这些都是她的强词夺理，但她还是耐心地听她讲完了。从怀馨房里出来后，亦菡又悄悄地去找了妹妹亦莼。

从亦莼口中亦菡才知道母亲早已和魏如圭同居，而且都已准备生孩子了。他们还叫两个妹妹给父亲写信说愿意留在苏州，不回去了，叫父亲按期给她们寄生活费 …… 亦菡弄清这些情况后，知道此事已没有了挽回的可能。但她临走时，还是一而再、再而三地劝母亲回上海。怀馨一声不吭，只是一个劲儿地摇头。

看了亦菡的来信后，继昌决定再做最后的努力。他写了一封非常诚恳的信给怀馨，劝她为孩子们着想，也应为他的面子着想。她如能回心转意，就既往不咎。这封信不但丝毫没能打动怀馨，反而成了她的笑柄。她得意扬扬地说："不咎？！哈哈，他有能耐就'咎'吧！我就是不回去，看他怎么'咎'法！"

怀馨获胜了。她不仅在爱情上得到了满足，更令她得意的是：她还得到了大笔的金钱、大量的首饰和漂亮的房子，她现在比杨继昌还要富有。除了这些，她还要把两个孩子作为人质牢牢地抓在手心里，这样就不愁你杨继昌不寄钱来。她暗暗发誓：要步步紧逼，非把你姓杨的榨成穷光蛋不可！为了巩固这个胜利，保证以后的美满生活，她要实现连杜十娘都未能实现的美梦。她和魏如圭对未来做了精心的设计：一旦离婚办成，他们马上办个碾米厂，再养上一大群鸡。这样即使时局再坏，他们家吃的、用的也不会成问题。

继昌仍不甘心，又请以前常在他家打牌的彭老爷去苏州劝怀馨。一见到彭老爷，怀馨就哭天喊地地诉起苦来。她一把鼻涕、一把眼泪地讲述自己如何的命苦：十几岁就被沈天香骗到了北平，要不是继昌强逼，她怎肯嫁给这个比她大二十六岁的老东西 …… 彭老爷对杨家过去的事情并不清楚，不知说什么是好。他哪里知道，这些话全是她胡编的。

既然怀馨如此无情，继昌也就铁了心。他不信，这一辈子他就永无出头之日了！于是他回信给怀馨说："你从来就不是我明媒正娶的夫人，何来离婚之说？你要字据，我只能写个杨继昌与其小妾张怀馨脱离关系的协议书，声明脱离一切关系，永不反悔。你要登报，我也登！"

怀馨一则理屈，二则也怕把事情闹大。她知道，这小妾拐逃之事很不光彩，也只好同意和继昌在协议书上签字了结。但对继昌提出希望把亦莼、容蓉两个孩子送还他的事，她却不理不睬，也不许她们回上海读书。亦莼已经十七岁了，早就看清了母亲的居心。她无法忍受，就跑去和亦菡商量。亦菡说："腿长在你自己身上，你不会自己做主？"于是，亦莼假装同意转到苏州上学，向怀馨要了学费，却跑回上海去了。怀馨生下孩子后，对容蓉也不如以前那样疼爱了。后来，容蓉也找了个借口回到了上海。她们宁可过苦日子，也绝不做"拖油瓶"。

亦菡给盼盼断了奶，教会阿姨带孩子后，自己又回到了上海。许云天给亦菡介绍了一位正准备去苏北跑单帮的大嫂——真实身份是地下党的交通员，她答应带亦菡同行。临行前继淑和云天，还有田妈帮她准备了很多行装，但都被亦菡谢绝了，她就单要了那带有讽刺意味的陪嫁——母亲给的那床旧棉被。

大嫂路熟，一路上她们没费多大劲儿，就一起回到了苏北根据地。亦菡高兴地发现：虽然经过日本鬼子多次扫荡，这根据地不但没缩小反而更加壮大了，群众生活安定，艺术学院也扩大了。

何院长听说亦菡回来了，忙叫妻子给她安排食宿，晚上又请亦菡吃饭，并告诉她，卫民正在山东帮助建分院，所以一时还回不来。亦菡仍不能理解，就问："难道连信都没有吗？"院长说："有，有过。不过那信经过许多道封锁线才转过来，早已破烂不堪了，也没法替你保存。不过信中说他很好，很想念你和孩子。你可以给他写信，我一定托交通站给你转去。只是要等他的回信，这一去一回怕就得一年半载了。"

亦菡仍有些怀疑，但她转念一想：就算是一年半载，只要有希望就行。现在苏联已开始反攻，根据地的形势又这么好，小鬼子怕也长不了了。到时他还不回来，我就去找他。谁知她的愿望却永远也实现不了了……

戴卫民到底到哪里去了？

原来，去年冬天，卫民奉命去山东协助建立一所新的学校。当他去办理手续时，听说当晚就有一条大帆船，准备由八滩开往山东。他立即找到那条船，并请求把他和与他同行的两个学生捎上。

船上有位首长是新四军三师参谋长彭雄同志。他看过老戴的证件，立即答应了他的请求。这是一条很新的大帆船，据说是刚从二鬼子手里缴来的。只要有风，跑起来不比鬼子的汽艇慢。船上除二十几个船工外，只有彭雄同志率领的这支队伍。他们是党中央从新四军里选拔出来的二十几名团级以上的优秀青年干部，和十几名随军女干部，还有二十几个警卫员。

船老大乐呵呵地告诉卫民："为了跑得更快，我们除了压舱的东西外，什么货都没带。只要有好风，不等明天天亮，就能把你们送到山东。你们就安心吃饭、休息，太阳一落山，我们就开船。"说着他望了望天，"看来今晚就有好风。"

果然，真是好大的风。船老大扯足了所有的船帆，那船就向离弦的箭一样飞也似的直向北方驰去。彭雄同志叫大家赶紧休息，因为第二天下船后马上就要迅速离开海岸，再走过一段敌占区，才能到达为他们准备好的接待站。他再三嘱咐，不可脱衣服睡觉，要提高警惕，万一有情况，要马上投入战斗。

夜深了，除值班人员外，全船一片打鼾声。有人还梦到，大家来到了延安，正在参加欢迎他们的晚会呢。

离天亮还有两个小时，到目的地只不过十几公里了。这时，风突然停了。风一停，大船就几乎纹丝不动了。尽管它八面来风都能走，哪怕有一点点小风也行。可今晚这风却说停就停了，连一点小风都没有。船上既无橹，又无桨，尽管有五六十个青壮年，也只能干着急。

船老大说："日本鬼子的巡逻艇常在这一带活动，万一碰到，那麻烦就大了。"彭雄同志也意识到眼前的严峻局面。他立刻命令熄灭灯火，安排有作战能力的同志都进入战斗准备。女同志也做好照顾伤员、供应弹药的准备。敌人未发现前不能开火，一旦被发现，并进入射程之内，只能拼上一拼了。

真是越怕就越来，彭雄同志刚刚安排好，就听见远处传来了突突的马达声。紧接着就是一道强光照射过来，正是日本鬼子的巡逻艇到了。躲是躲不过了，一旦敌人上船，那后果就更不堪设想了。就在敌船刚好驶入机枪射程之内时，双方几乎同时开了火。战斗非常激烈。

战斗持续了半个小时，双方都有伤亡。戴卫民手里只有一支手枪，只能在两船靠近时才能发挥作用。他选好位置，准备打敌艇的探照灯。第一次没打着，距离还是太远。于是他不顾一切地探出身子，连发两枪，探照灯终于被他打灭了。就在探照灯熄灭的同时，他觉得好像有人推了他一把，他中弹了。

探照灯突然一灭，敌人看不清我方，而他们自己却暴露无遗，被新四军战士一连撂倒了好几个。眼看着巡逻艇上只剩下几个人，他们不得不掉头逃跑了。

这时海面上刮起了微风，船老大马上堵好船上的漏洞，扯起大帆，继续未完的航程。这边彭雄同志虽身中两弹，但他仍在指挥大家清点人员的伤亡情况和处理善后。

整个队伍伤亡过半，这些干部除六七个人外，其余同志不是牺牲就是负伤，警卫人员的伤亡情况也差不多。彭雄同志胸部和大腿各中一弹，大出血无法止住，一直拖到第二天，终于停止了呼吸。他的爱人吴为真同志怀孕已经两个月了，眼睁睁地看着自己的亲人负伤、牺牲而无能为力，真是悲痛欲绝。

附近的民兵听到枪声赶来救援时，战斗已经结束了。戴卫民同志未能坚持到这一刻。他的两个学生也一死一伤。后来，那个受伤的学生回校后，向组织报告了这悲壮的一幕，以及老戴临终时的嘱托，即：不要告诉亦菡。

何院长刚刚得知了戴卫民同志牺牲的消息，又偏巧听说亦菡已经怀孕了，而且反应强烈，已无法坚持正常工作了。何院长怕她承受不了这个打击，就骗亦菡说老戴已经到了山东，正在帮助建立一所新的学校。他多才多艺，怕是那边不会轻易放他回来，希望亦菡有个思想准备。另外，听说最近鬼子又要大扫荡了，他劝亦菡最好回上海，在父母家中生完孩子再说。亦菡不死心，又等了几个月，后来实在无法坚持了，这才不得不回家了。何院长总算松了一口气，可他并没想好以后怎么交代。果然不到半年亦菡就回来了。为了让她安心，何校长特意安排亦菡担任了一个班的班主任。

对卫民的事不管瞒得多严，亦菡还是从几个小鬼们的谈话中听到了。她很坚强，既没有去揭穿领导的"谎言"，也没有为自己和孩子要求任何特殊照顾，更没有在人前掉一滴眼泪。她把全部精力和爱心都奉献给了革命工作。又过了一两个月，她被调往根据地新成立的一所中学当了副校长，从此献身于教育事业。

盼盼在太婆和姨婆的照料下长得很健康、活泼，人见人爱。本该照顾她的亲外婆却自己生了一个比盼盼还小几个月的女孩，哪里还有闲心来管她呢？不照顾这孩子也就罢了，她连一分钱也不愿出。她说："你们既然给亦菡照顾孩子，就该叫她养你们，要不就找孩子的外公要钱养她。"怀柔知道怀馨已和继昌离婚了，所以她觉得没脸再花"姐夫"的钱了。可一家三口实在困难啊。亦蔺深知她们困难，所以每半年给孩子寄来一些生活费。但根据地一个孩子的保育费和保姆费只有几斗米钱，这钱对这祖孙三人实在是杯水车薪。继昌不忍孩子受苦，仍不时给他们一些补助。

只有许云天知道杨继昌是打肿脸充胖子。他现在除炒点股票偶尔还能挣点钱外，已别无其他经济来源了。而且自从太平洋战争后，外国的股票都不上市了，只有上海先施、永安等几只国内大公司的股票还在运作。逢到运气好的时候，也不过能赚个万把块钱，只够他一两个月的开支。家里的仆人只留下老李和田妈，连厨师都不用了。两个女孩，一个高中，一个小学，还有重庆的亦麒，都得花钱，此外他还要供养北平的大太太，并补助大女儿一部分生活费……真是难为死他了。

秋天到了，家里更显得冷冷清清的。暖气早就不烧了，卧室里也不生火了。继昌只得整天躲在被窝里，不下楼吃饭。云天请了几天假，说是回老家看看，其实他是去了解放区。几天后，他回来了。还向往常一样，在给孩子们上课前，他要先去楼上看看继昌。房间里黑黢黢的。云天打开了电灯，这时他才发现继昌的脸色十分难看，好像是病了。云天想打电话给继淑，叫她下班后回来看看，继昌不让。

与继昌交谈了一会儿，云天才知道继昌现在感到非常沮丧，他怕在上海无法再生活下去了，打算回山东。烟台有他给于海买的一处小房，多他父女三人也能住得下。他已叫老李去过烟台了，得到的消息令人不快：于海已经去世了，亦芳也和亦雄一样去投了八路军。老李只见到吴妈一人，从她的口中才大致了解了于芳这几年的情况。

第十二章

　　于芳高中还没毕业，抗日战争就开始了。烟台沦陷后，学校一直就是开开停停、停停开开的。她好歹又念了两年，总算是高中毕业了。由于当时烟台没有大学，于海就想把于芳送到上海去上学，可不知为什么一直没收到继昌的回信。最近时局不好，店里常常没有生意。他和吴妈商量，决定把铺子关了，暂时回老家去住。那天一早，于海叫于芳自己在家收拾东西，他和吴妈先回杨家疃做些安排。原来说好第三天一定回来接她，谁知到了第五天还不见他们回来。于芳怕出事，就去找同学商量。

　　她敲开同学祁敏如家的大门。敏如的妹妹出来开门，可她却没让于芳进屋，而是回头喊姐姐："是于芳姐，她说有急事要找你。"敏如让她进来，赶紧闩上大门，又一把把于芳拉进里屋。这时于芳才发现，屋里还有三个同学，他们像是在开会，又像是在读书。

　　敏如对大家说："让于芳也参加吧，她不是外人。"她叫于芳坐下，又给她一本书，说，"有人来问，就说我们在复习高中功课，准备考大学。"

　　会议继续进行。于芳这才知道，这些同学都在考虑：既然无书可读，又不愿给鬼子做事，不如投奔八路军，去抗大学习，做个对国家有用的爱国青年。但是他们并不鼓励于芳和他们一块走，因为在他们看来，于芳是独生女，她的爹娘又太疼爱她，会舍不得她走的。于芳自己也有点犹豫，虽然她很愿意和他们在一起，但又怕爹娘不肯。当听说于芳的爹娘几天都没回家时，大家都觉得一定是出事了。他们叫于芳先回去等一两天，要是两位老人还没回来，再设法去找。

　　于芳刚到家，就听见咚咚的敲门声，是吴妈在喊："小芳，小芳，快开门，是我，是我……"吴妈的声音都变了。眼前的吴妈，完全失去了平时那副干净麻利的模样。她浑身上下又乱又脏，进屋来一屁股坐下，就呆若木鸡，半天说不出话来。于芳赶紧给她端来一碗水，她也不知道喝。忽然，她大哭起来，拉着于芳喊："你爹，你爹！他，他……"接着她又泣不成声。

于芳把水送到她嘴边，一边安抚她，一边帮她整理头发，然后又搂着她问："妈，你哭什么？我爹他，他怎么啦？"

吴妈拉着于芳哭了好一会儿，才说出："你爹回不来了。他……他被日本鬼子抓走了！"于芳一听也大哭起来。

吴妈喝过水，昏昏沉沉地睡了一觉。睡梦中她还不时地惊醒，跟着就是大哭一场。天黑了，于芳服侍她喝了碗粥，又让她躺下。这时敏如过来，安慰了吴妈半天，她才语无伦次地说出了那天的遭遇。

那天，于海和吴妈回到了杨家疃，准备收拾好房子搬回来住。这个村子地处烟台与福山之间的公路边。鬼子占领烟台后，这一带被糟蹋得不成样子。后来鬼子突袭了几次，也没发现有八路军、武工队活动的情况，就把这个村子当成自己的势力范围，倒也很久没来骚扰了。可就在前几天，武工队和鬼子在福山附近打了一仗，鬼子吃了大亏。不知哪个汉奸谎报，说杨家疃藏了武工队的伤员。这消息，正好给想报复的鬼子提供了一个机会。

于海和吴妈刚把家里收拾干净，正准备第二天去接于芳回来。可就在那天晚上，日本鬼子和伪军共一百多人突然包围了村子。他们挨家搜查，还趁火打劫，抢走了不少财物、鸡鸭，却没搜出一个武工队来。他们还不甘心，又到村里去抓人。老于没来得及逃走，连一句叮嘱吴妈的话都没来得及说，就被鬼子抓走了。鬼子放出风说，这些人得拿武工队的人来换。

吴妈吓得没了主意。她托人四处打听，也没有于海的消息。她心里又惦记着于芳，怕她再冒冒失失地跑回杨家疃，就不顾一切地赶回烟台来了。

听了吴妈这番话，两个女孩都很着急，但她们一时也没有别的办法，只好安慰吴妈一番。敏如帮于芳服侍吴妈睡下后，自己连忙去找班长程欣。程欣比她们稍大一些，他哥哥程宜又是八路军的交通员，所以程欣的见识也广一些，比别的同学也更成熟一些。

他主张：在于海大叔下落不明的情况下，于芳母女不要急于回老家。如果在烟台生活有困难，不如和吴妈商量，先叫于芳和他们一起去抗大。即使将来于海有了下落，这样做也没有坏处。剩下吴妈一人，生活就好过多了，她可把房子租一半出去，自己的吃用就都有了。

于芳还未征求吴妈的同意，自己就决定和同学们一起走。不过临走之前，她必须照顾好吴妈，还要尽力劝说她同意。另外，她把自己仅有的一点积蓄全交给了敏如，请敏如代为准备行装。于芳班上的几个同学也很同情于芳的遭遇，所以都过来帮忙。他们有的出去打听消息，有的帮于芳做饭，照顾吴妈。又过了十多天，吴妈的情绪已基本复原了。这时传来了于海的消息。原来，他和其他一些村民都被鬼子抓去做劳工了。

吴妈的眼泪已经流尽了，她勉强打起精神，盘算今后的日子：杨家疃再也不能回去了，于芳也可能随时发生危险。现在既找不到她爹，又找不到她哥，可怎么办呢？吴妈真恨自己，继昌把孩子托付给了她，可她却没有能力保护这孩子。她想来想去，与其在这里过提心吊胆的日子，还不如接受同学们的建议：让她去上抗日的大学。那里又是八路军的地区，总比在小鬼子的手心里过日子强。于芳也长大了，能和这些好心的同学们在一起，应该可以放心。

同学们见吴妈同意了，很为于芳高兴。但于芳还是放心不下吴妈：今后她一个人怎么过？谁养活她？程欣说他回去和哥哥商量商量，请他帮忙想想办法。

程欣的哥哥叫程宜，原来也是烟台高中的毕业生，比程欣大三岁。抗日战争爆发前，他就是学校里的抗日积极分子。因为是家里的长子，高中毕业后他就随父亲往返于青岛、烟台、龙口一带做西药生意。抗战一开始，他就参加了八路军。一年后，领导考虑到他对这一带非常熟悉，关系较多，又有公开的商人身份，就叫他当了交通员。他凭着自己的机智勇敢，多次化险为夷，完成了许多重要任务。

这次程宜来烟台，名义上是为青岛一家大药店推销西药，其实是专程来接弟弟和另外几位同学去抗大的，并顺便为根据地带回一批西药。他听了程欣的介绍，了解了于芳的遭遇和吴妈的困难后，很同情她们。在仔细地询问了于芳的家庭情况后，他想出了一个好主意。

程宜的任务是，要经常穿梭于解放区和烟台敌占区之间传递情报和护送人员往来。与他单线联系的，是一位长期坐镇烟台的联络员傅大叔。他们现在的联络点位置太偏僻了，如果交通员经常进出的话，很容易引起敌人的怀疑。程宜就和傅大叔商量：不如将于海这个小饭馆作为新的联络点，这里位置十分合适，它既不偏僻，也不太热闹；而且因为是饭馆，交通员装扮成普通顾客，进进出出就是很平常的事了，不会引起外人的注意。此事决定后，程宜就和吴妈说好，由傅大叔和她合伙经营：对外傅大叔是掌柜兼掌勺的，她是伙计，专做面食和打下手。这样一来，吴妈的生活就不成问题了。于芳也就放下心了。

黄昏时分，程宜带着这几个化装成农民的青年学生出发了。为了躲开鬼子的哨所，他们七绕八绕，直到半夜才在一个小村子里停了下来。同学们走进一个农民老大爷家里讨了点水喝。过了一会儿，程宜带来一位四十岁左右的大叔，他给同学们上了走向革命的第一课。

看长相，这位大叔是个地道的农民，可实际上他却是经验丰富的交通站长。他告诉大家，要到达目的地还要走六七天，而且必须是夜间走路，白天休息。行动时不许大声说笑、唱歌，不许抽烟、打手电筒或点火，也不许穿白色或浅色衣服。他还把同学们每两个人分成一组，以便互相照顾。

此时已是深夜。如果这时学生们是在自己家中，早就睡熟了。但今天不行，他们刚刚迷糊了一会儿，就被程宜叫了起来继续赶路，一直走到拂晓才知道已经到了第二个交通站。这一夜，他们只走了二三十里路。于芳已经累得恨不得爬着走了，但她还是咬紧了牙关，什么也没说。

所谓交通站，其实就是一个非常可靠的老乡家。但他并不留人住，而是把来往的"客人"分别安排到更加偏僻的农民家里去。凡是由交通站安排的住处，"客人们"都能得到像亲人一样的照顾，好吃、好喝，还有热水洗脚。

一连几天，同学们每天都是这样，夜行日宿。由于路途漫长而又崎岖，今天往东，明天又往西；一会儿向南，一会儿又向北，所以谁也不知道走到了哪个县，离家有多少里。为了保密，这些事程宜从来不说，也不许他们多问。后来回想起来，大家也只记得每晚都要换一位交通员大叔带路，领着同学们一直走到拂晓。每当夜里要过河或公路、铁路时，交通员都要自己先过去侦察一番，直到他确认没有问题时，才以击掌为号叫同学们一组组地跟着过去。这就叫作穿过封锁线。等所有人都安全地穿过封锁线后，稍稍休息一下，便又快速离开这个地方，继续前进了。

穿越封锁线有时非常惊险。于芳总忘不了他们过胶济铁路的那一晚。经过几天的长途跋涉，于芳脚上长了许多水疱，水疱又变成了血疱。偏偏那晚血疱破了，痛得钻心，但她必须遵守纪律，痛死也不能吭一声。她也不敢请求别人照顾，因为别人也不比她大多少，况且其他人也都是第一次出远门。于芳觉得自己是死过一次的人了，应该比他们更能吃苦才对，所以她一路上咬紧牙关，从没掉过队。过胶济铁路时，尽管她一瘸一拐的，也还是紧紧地跟着程欣，和同学们一起顺利地跨过了铁路线。

谁知正在这时，意想不到的事情发生了：当最后的两个男同学清点完人数正要跨过铁道时，远处传来了隆隆的火车声。程宜低声喊道："不好！火车来了，快隐蔽！"大家连忙就地找到一些凹地和草丛趴下，那两个男同学也只能隐藏在原地不动了。

火车的隆隆声越来越近了。大家首先看到的是一盏明晃晃的探照灯，接着就听见一阵阵机枪声。程宜警告大家："就是打死也不能动！"等车走近了大家才看清楚，原来这是一辆鬼子巡夜的装甲车。鬼子一面用探照灯四处照射，一面又断断续续、毫无目标地胡乱扫射。其实探照灯的照射范围有限，而且移动得又很快，很难发现目标。所以只要同学们不惊慌、不乱动，不容易被机枪打中。

时间一分一秒地过去，大家都咬紧牙关、屏住呼吸，诅咒着这该死的装甲车从身边快快地驶过。轰鸣声渐渐地远去了，大家这才意识到什么叫与死神擦肩而过。此时，漆黑的夜空似乎突然一下子陷入了死一般的沉寂，连昆虫都被吓得停止了鸣叫。惊魂稍定，大家就马上想到了铁路对面那两位男同学。他们怎么连一点声息都没有？难道……

程宜不放心，正准备跑回铁路对面时，却又听到远处传来隆隆的声音。原来又一列火车开过来了，他只得又回到原地趴下来。

这次来的是一列货车，每节车的连接处和敞开的车厢里都站着一个持枪的鬼子，看样子他们是为了防备有人扒车。

车轮声渐渐远去了，大地又恢复了原来的寂静。但是铁路对面仍然没有动静。程宜焦急地对带路的吴大叔说："他俩还没过来，会不会……"

"我去看看。"老吴说完就向对面跑去。程宜嘱咐了程欣几句，也跟了过去。

直到这时，于芳才感到脚底板火辣辣地痛。她试着站起来想活动活动，却不由得"哎哟"一声，就一屁股坐在了地上。这动作被敏如发现了，忙问："于芳，你怎么了？"

"没什么。我不小心，脚崴了一下。"

"不要紧吧？"

"没事。你看，这不是好好的？"于芳一面说，一面忙转过脸去，使劲地吸了几口凉气，把疼痛咽了下去。

过了好一会儿，对面出现了一个黑影。走近一些才看出是一个人身上还背着另一个人。又过了一会儿，后面又过来两个人。

人数总算齐了。可背上的那个到底是谁呢？原来是谭新平同学。程宜因谭新平稳重、谨慎，就叫他带着小调皮杜彬同学走在队伍的最后面。正当他们准备跑过铁路时，鬼子的装甲车开来了。

杜彬好奇，不肯老老实实地趴着，非抬起头来看个究竟不可。就在这时，机枪响了。如果不是谭新平及时地用一只手臂压住了他的头的话，他的脑袋说不定早被一梭子子弹打开花了。他躲过了一劫，但是新平的臂膀却受了伤。

为了保证大家的安全，新平只能咬紧牙关忍着疼痛，连动都没敢动一下，才没被鬼子发现。小调皮杜彬这才知道自己闯下了大祸。虽然他也学过一点战地救护知识，可这时他什么急救药品也没有，只能干瞪眼。幸亏程宜及时赶到。他经验丰富，身上总不离急救包。他活动了一下新平的手臂，觉得不像是筋骨受伤，就连忙给他简单地包扎了一下，并让他吞下了一片止痛药。然后他把新平背起来，艰难地向铁路对面走去。

穿过这最长的一道封锁线后，程宜兄弟、吴大叔和杜彬，几人轮流替换，背着新平又走了二十多里地，好不容易在天色将明的时候来到了下一个交通站。

交通员和程宜连忙查看了新平的伤口，认定骨头没事，只是子弹擦过的地方带走了一大片皮肉，流了很多血，看样子他现在很难走到目的地了。好在这里已离沂蒙山区不远，是游击区，有自己的村政权。程宜请村长找来一头毛驴，又给新平写了一封介绍信，嘱咐他先去后方医院养伤，等伤好后再去抗大九分校报到，与程欣等同学会合。

大家洗过脚后都出来吃饭，可于芳怎么也不肯出来。程宜已注意到她一路上总是一瘸一拐的，因为当时只顾照应伤员，没顾得上她。他问敏如："于芳是不是怕了，想家了？"可敏如说："不像，我看她恐怕是哪里不舒服了。"

他俩走进屋，见于芳面向墙睡了。敏如推推她说："起来，吃了饭再睡吧。"于芳不吭声，敏如摸了摸她的头，说声，"不好！她发烧了。"

程宜一摸，真的，她烧得不轻。他不由得责怪自己，又怪弟弟："你光想早一天当上八路军，你看于芳病了，你还一点不知道！"

几个人开始为于芳里里外外地忙活起来了。当敏如给于芳脱鞋袜时才发现，她的脚底板已经成了血糊糊的一大片，连袜子都脱不下来了。她流着泪，替她把袜子剪掉，然后向房东大爷要来一把草药，又重新煮了水，给她洗脚。敏如给她敷上药、包扎好后，又给她吃了退烧的药，大家这才松了一口气。

于芳哭了，不是因为疼痛，而是因为她见到同学们、大哥哥大姐姐们像亲人一样，无微不至地照顾自己而深受感动和感到不安。如果不是程宜严厉地命令她好好休息的话，她决不肯让人家这样服侍自己。

程宜也觉得这几天大家都太辛苦了，决定多休息一天。天黑后，他找来一头小毛驴，将于芳转移到离这里十多里路的一个更偏僻的小村子里。一切安排好后，才和大家尽情地享受了一个安逸的夜晚。

第二天，于芳的烧退了，脚也好多了，但程宜还是不叫她起床，让她在床上再养一天。晚上他召集大家开了一个总结会。他告诉同学们现在已到了根据地的边缘，离他们要去的抗大九分校只有两天的路程，再往前不远就算是到"家"了。从明天起，大家不用再走夜路了，也就是说今晚还可以再好好地睡一夜，等明天白天再赶路。他感谢大家的配合，表扬了他们一路上不怕苦、不怕累、守纪律和顽强拼搏的精神，他说："你们一路上已经经受了参加革命队伍的第一次考验，实际上你们已经成为革命军人了。"他这么一说，同学们好像忽然明白了什么，拼命地起鼓掌来。

"这么说，你是故意让我们受这次罪的喽？"小调皮杜彬鼓起嘴巴。

"不是。你们这次的经历，只不过是今后千万次惊险中的一次。这样的事对于一个八路军战士或游击队队员来说，实在是太平常了。但对于一些初出校门的学生来说，却是一生中的大事。这是第一步。这一步走得好，走得扎实，以后就顺利多了。"

然后，程宜又特别表扬了谭新平不顾个人安危，救助杜彬的行为。说到这里，于芳哭了："程大哥，你批评我吧，是我连累了大家，白白耽误了两天的路程。"

"傻丫头，我正打算表扬你呢。你体力弱，脚又烂成那样，却从没有掉过队。到达宿营地后，你和敏如还跑前跑后地照顾别人，从不让人照顾你。你可真是我们大家的好妹妹！"停了一下，他又说，"不过，我也确实要批评你，你不该一直隐瞒。其实对付这种疱，我们当兵的有许多办法。如果治得及时，不会弄成那个样子的。至于这两天休息嘛，也是许可的，说不上耽误赶路。你问大家，是不是也都想歇一歇啊？你说是为了你，是不是想让我们大家感谢你啊？"

大家都笑了，于芳也不再伤心了。的确，她感到自己真的长大了，也许真的已经成了一名革命军人了。

最后，程宜也批评了小调皮杜彬，并指出：最重要的是他应该接受教训，严格遵守纪律，切不可有丝毫的大意。

两天后，同学们终于到达了根据地，他们马上来到抗大九分校的新学员接待站报到。

程宜依依不舍地来和这几个年轻人告别。他特别谆谆嘱咐弟弟程欣，要像自己一样照顾比他小的同学："要知道，他们刚刚离开家，需要有亲人的照顾，你就把他们当作自己的亲弟弟、亲妹妹吧。"

敏如虽然也很难过，但她毕竟比于芳大两岁，见识也多一些，她不住地安慰哭哭啼啼的于芳："别难过了。程大哥不回去，怎么能告诉咱们家里的老人，让他们放心呢？再说，他不久就会回来的，会给咱们带来家里的消息，说不定还有你爹的消息呢！"于芳这才停止了哭泣。

不几天，谭新平也来了，他算是轻伤，只是血流得多了些，但由于程宜处理得及时，他只养了一个星期就出院了。

抗日军政大学，是八路军专为培养军队和地方干部而设立的一所特殊的大学。在这里，除了由教员讲授革命的理论和基本的军事知识外，还启发同学们自己教育自己。

学习一开始，指导员就特地叫于芳把她爹于海被鬼子抓走的经过讲给大家听，启发同学们的抗日觉悟。于芳自己也从中受到了深刻的教育。她感到，在这里几乎每个人都亲身经历过或亲眼看见过和她类似的遭遇。大家都是为了抗日来的，因此他们也都是自己的亲人。她学会了以同样的热情去关怀别人，并且暗下决心：一定要和别的同志一样，为抗战胜利贡献出自己的一切。

在抗大学习了几个月，这一期的学生就结业了。现在的于芳身体健康，精神饱满，而且懂得了很多革命的道理，人也好像长高了许多。以前，受尽了委屈的于芳到了于海和吴妈的身边，就好似找到了自己的安乐窝，总喜欢依偎在吴妈身边，活像一只小猫。现在，这依靠没有了，但她很快就独立了。虽然她离开了那个小家，却走进了一个革命的大家庭。她意识到，这里才是她儿时所向往的"桃花源"。这里的同志们亲如兄弟，上级的关怀胜过父母。她下定决心，不管今后还有多少困难，她再也不离开这个"家"了。她一定要和大家一起，把这个家建成一个真正的"桃花源"。

毕业后，大多数男同学，包括程欣在内，都参加了战斗部队，走上了抗日的最前线。而大多数女同学都被分配到了地方，担任各级政府或妇救会的工作。于芳要求继续留在像"抗大"一样的集体之中，组织上也考虑她还不适合独当一面地工作，就同意了。恰好这时后方医院缺少有文化的护士，于芳是高中毕业生，组织上就把她分到那里去了。

和同学们分别，尤其是和敏如、程欣分别，于芳感到非常难过。在学校时，女生中敏如一直像是她的大姐，而作为班长的程欣更像是她的大哥。程欣也特别喜爱这个小妹妹。

来到后方医院，于芳才第一次见到了那么多的鲜血，那么可怕的伤口和断肢。开始几天，她一直恶心想吐，几乎晕倒。但那些伤员们却个个都咬紧牙根，不让自己喊出声来。有的伤员因失血过多，来不及抢救，刚抬来不久就在担架上牺牲了。她的心像被撕裂了一样，忘了恐怖，忘了自己。没过多久，她就和受伤的同志们融为一体了。她把医院当成了自己的新家，把伤员们都当成了自己的亲人。

从此，于芳好像换了一个人似的。她整天忙里忙外，忘记了疲劳，也忘记了艰苦。不管是白天还是夜晚，甚至连做梦，想的也都是伤病员。见到伤员们截肢或者牺牲，她痛不欲生，好像自己也得了重病。看到伤员们痊愈并重返前线，她感到欣喜若狂，甚至会高声歌唱，像个大孩子。

这所后方医院建在一个偏僻的小山沟里，军区的一些重要机关也设在附近。程宜现在已是城工部的科长了。他从青岛、烟台等地返回后方后，经常到城工部来汇报工作。于芳刚到医院工作不久，程宜就来了。他给她捎来了一双鞋，一件毛背心和一包糖果，说是她妈妈给的。其实那包糖果，是他用自己省下来的津贴费在青岛买的。

听说吴妈身体还好，傅大叔把饭铺办得也很有起色，生活还过得去，于芳心里甜丝丝的。但一听到于海还没有消息时，于芳脸上又罩上了一层阴影。看到于芳难过，程宜连忙指着自己脚上的一双新鞋说："你看，我没白替你跑腿吧？这是你妈亲手给我做的。"他像逗小妹妹似的抚慰她一番后，才拉着她的手和她告别。以后他每次回部里来汇报工作，都要顺便来看看于芳，给她们母女传递消息。当然他也没忘了给别的同学捎来家信。

八路军壮大了，战线拉长了，仗打得也多了，伤员自然也增加了不少。病床不够了，医院急须扩充。但为了安全起见，新增加的床位就只好安置在邻近的一些小村子里了，那里住的都是刚做过大手术的重伤员。他们虽已脱离了生命危险，但仍需要继续治疗。

尽管于芳来这里工作才几个月，但是她的细心、稳重和对伤员胜似亲人的服务态度，得到了各方面的赞许。院领导决定叫她和另外一两个有经验的老护士在一起工作。她们上午配合主任医师做手术、看病，下午分头去周边几个小村子，为在那里养病的伤员检查伤口、打针、换药，并做一些简单的治疗。很快，于芳就能胜任这份工作了。院领导多次鼓励她，她感到很高兴。

但是，这成绩也是来之不易的。参军前，于芳基本上都住在城市里，即使在蔡奶奶家和杨家疃住过一段时间，那里也都是平原上大路附近的大村子，而且她也从没走过夜路。但这后方医院就完全不同了。为了防备鬼子的突然袭击，病房不得不隐藏在深山里。后来扩充的那些病床，更是设在丛林、山岗之中的几间草房里。那里山路崎岖，不熟悉路的人很难找到，更不要说是在夜晚了。要不是凭着那几声狗叫，道路再熟的人也可能会走错。

最初，一位老护士每天带领于芳去给这些村子里的伤员打针、换药。每天下午一点出发，天黑前就能赶回医院吃饭。可后来她们分了工，于芳负责西边这条路上的三个村子，另外两位护士分别负责北路和东路的村子。

但谁也没料到，刚分工不久就发生了一件意想不到的事。一天，因为医院接收了几个重伤员，于芳下午出门时就已经晚了。当她来到第二个村子时，伤员老丁突然肚子痛，上吐下泻。而他每次吐泻都会牵动刚刚缝合好的伤口，那里不断地出血，老丁疼痛难忍。于芳知道，这情况最好不要再挪动他，只能就地处理。她凭着半年来所学到的护理知识，迅速地找出所能找到的最好的药品，给老丁服下，总算止住了老丁的腹泻和呕吐；然后她又熟练地为他的伤口重新换了药。待他平静地睡下后，于芳又找来负责照顾本村伤员的妇救会大嫂，嘱咐她说，如果老丁的病情仍不见好转，就应马上送他去后方医院。她还告诉大嫂，等她从最后那个村子回来后再来看他。说完，于芳就急忙上路了。

当于芳好不容易赶到最后那个村子时，几个伤员已经吃过了晚饭。这时天上下起了小雨，而且很快就黑了下来。于芳一面给伤员换药，一面还惦记着老丁。她快速而熟练地给伤员们换完药，准备再去看老丁。可这几个伤员偏偏拉着她不放，问这问那。有的问自己的病情如何，有的问什么时候才能出院。于芳十分理解他们希望早日重返前线的心情，所以不得不一个个地宽慰、劝解。面对那个被打断腓骨，已无法再治愈的重机枪手，她甚至还编了一大套好听的话来哄骗他。她明明知道这是违心的，但眼前她也只能这么做。

安慰过伤员后，于芳已感到精疲力竭了。她多想马上找个地方吃一顿饱饭，睡一个好觉啊！雨是一下子不会停下来的，大家都劝她留下来，因为村里已没有能送她回去的男人了。现在这山上的崎岖小路又陡又滑，一个姑娘家摸着黑怎么走路啊？！

于芳心里也很矛盾。只要点个头，她马上就能吃上一顿热饭、睡上一个好觉。可是她心里想的只有工作："不行，那谁管老丁啊？别人不了解他的脾气，那硬汉子就是要他的命，他也不会轻易叫一声疼。万一他病情恶化，我会后悔一辈子的……"

决心一下，她不顾一切地冲了出去。房东老大爷连忙赶上来，给她戴上一顶草帽。

走出不远，她就踏上了泥泞的小路。泥巴黏在鞋上，越走越沉。每走几步，她就得甩一下，但是她还是不顾一切地拼命往前走。雨把她的全身都浇透了，又湿又冷，但她心里焦急万分，完全忘记了寒冷。她原来估计这两个村子之间的路程，也就是半个小时。可是她已走了半天，怎么还没到呢？

于芳突然感到害怕起来。她父亲不信鬼神，于海也不信。于芳以前也不信有鬼，可现在她心里却不停地嘀咕："为什么别人都说有鬼呢？也许是真有吧？不然为什么我这么倒霉，是鬼让我迷了路吧？"真的！眼前不远就有一个很高很大、黑乎乎的怪物挡住了她的路。那家伙手臂高高地举着，好长，好长啊。再往前走，她好像看到了它的手指。"难道是妖怪？"她不敢再想了。

忽然，她似乎听到远处有狗叫，有狗就一定有村子。她刚感到有点高兴，随即又泄气了。因为聋了一只耳朵，她无法辨清方向。她一面使劲地辨别着方向，一面不住地给自己打气："不，不，不会有鬼！即使真的有鬼，也得往前闯！既然躲不过去，那就干脆不躲了！"想到这儿，她又强打起精神，硬着头皮，继续顺着那唯一的小路往前走。雨还在下个不停，还刮起了一阵风，只见那"怪物"的几只手在空中不停地挥舞起来。于芳吓坏了，她半闭着眼，看也不敢看，心里不停地念叨着："我，我就跟你拼啦！"

就在这时，天空突然炸出一道闪电，照亮了半边天，也照亮了那个"怪物"。于芳睁眼一看，忽然高兴地大叫起来，她没迷路！她终于到了！那"怪物"竟然是村头那半截已枯死的老槐树，它正伸开"手臂"欢迎于芳呢！

两只大黄狗把于芳迎进了村子，她马上去看了老丁。老丁很虚弱，但脸色好多了。他已止住了吐、泻，伤口也不再出血了。于芳又为他仔细地检查了一遍，发现他被窝里好臭，原来是刚才身上的粪便没有清洗干净，内衣也没换。于芳马上找来大嫂，两人给他洗了下身，换上了干净的内衣和床单。大嫂埋怨了老丁几句："别跟大姑娘似的那么害羞。身上脏了，你不说，会长疮的……"

看老丁真的没事了，于芳才放了心。这时她才发现，雨已经停了，天色也蒙蒙亮了，她怕医院里别的同志惦记她，就连忙赶回了医院。

炊事班长老曹正在做早饭，见于芳浑身上下都是泥水，疲惫不堪地走进厨房，吓了一跳："我说，你昨晚到哪儿去了？我还当你开小差了，再不就是被狼吃了呢。"

"我想吃饭。"于芳连说话的力气都没有了。

"吃饭？早饭没熟，晚饭倒有一份。"老曹假装生气。

"那我吃晚饭。"她有气无力地说。

老曹把昨夜留的饭热好，给她端来。她喝了些热汤，很快就倒在灶边的草堆上睡着了。老曹不忍惊动她，拿来自己的被子盖在她满是泥泞的身上。

事后，教导员表扬了于芳。他说："你长大了。你很好地完成了这次的任务。只有经过这样的锻炼，才能增强革命军人顽强的战斗意志，提高你对革命事业认真负责的精神，也就是责任心。你一定要记住这一点。将来你一定会成为赤胆忠心的好同志的。"

"责任心，责任心。"于芳反复掂量着这几个字的分量，她要把这三个字作为今后工作的座右铭，终身不忘，永远牢记她一生中这最重要的"一堂课"。

时间一晃，两三年过去了。于芳已经二十出头了。尽管她给人的印象还是那么天真无邪，但是她的思想已经成熟多了，体形比以前也丰满了，面色也更红润了，加上她那动人的微笑，谁见了都觉得她亲切、可爱。

现在，她已被提升为后方医院的护士长了。她既能代替外科医生动点小手术，也能帮助内科大夫给轻病号治疗。对伤病员们，她总是像对待亲兄弟一样体贴入微；对新来的护士，她又像对待亲姐妹似的言传身教。她经常向新来的同志介绍自己的经验教训，有时她还把那次在山沟小路上出的洋相讲给他们听。她对人和蔼可亲，深受年轻人的爱戴，大家都亲切地叫她"芳姐"。

程宜好久没来了，连经常来信的程欣也没了消息。于芳忍不住一连写了好几封信给程宜。终于有一天，她把程宜盼来了。

程宜显得非常的疲劳和萎靡不振，但一见到于芳，他又强打起精神来。这微小的变化，没能逃过于芳那双晶莹的大眼睛。她有种不祥的感觉，这种感觉一下子揪住了她的心。但是她不敢问，静静地等待程宜说话。

"于芳，你好吗？给我写了那么多的信，有事吗？"程宜被迫开口，却又不知从何说起。

"事？有。要说有也没有。我就是想见见你，不见到你我怎么知道我妈和我爹的消息呀？还有程欣和敏如，也都好长时间没来信了。"说到这里，她的声音变小了，"好长时间不见你，人家心里就觉得不踏实。"

"哦，哦，我明白了。"程宜看见她那窘态直想笑，"你是在想我，是不是？"

于芳的脸一下子红到了脖子根儿："别说笑话了，你快向我汇报吧。"

程宜立刻站直了身子，打了个立正说："是，于护士长。"可他刚要继续说，脸上的笑容就一下子消失了，"你可要坚强一些，我带来的，可……可不是好消息。"

于芳的心又一下紧缩起来，她颓丧地坐在一块石头上，等待着无情的打击。

程宜也在她身旁一块石头上坐了下来，说："你妈的身体还好。"说完他就停住了，过了好一会儿，他才说，"可是你爹……"于芳紧张得张大了嘴巴。还没等她发问，程宜就将事情的经过全部讲了出来：

原来，鬼子见于海和其他一些劳工的年龄太大了，不能和那些青年农民一样被送到东北去干活，更不能被送到日本去当苦力了，就把他们这些人留下来修公路、盖营房、建机场、挖壕沟。可怜的于大爷，三十多岁到杨家后就从没干过重活，如今他都六十多了，却被逼迫干这么重的活儿，这不是要他的命吗？没多久，他就累病了，腰也直不起来了。

日本监工哪管这些，有病也得干。终于有一天，一堆石头坍塌下来，砸断了于大爷的腿。人眼看快不行了，监工就叫人把他扔到了郊外的万人坑里。后来，他的老乡半夜偷偷把他背了出来，送到附近一户农民家里，这才救了他一条命。

几天后，于大爷逃出了那个鬼地方。他一瘸一拐地沿路乞讨，好歹逃到了福山，他的一个亲戚又把他送回了烟台。于大爷毕竟年纪大了，到家后不久，他就含恨离开了人世。于大爷走得还算安详，他对于芳走上抗日的道路感到很欣慰，说这样才对得起她的爹妈。他见傅大叔还能把饭铺维持下去，让吴妈吃用不愁，他也放心了。但当吴妈问起继昌的地址时，他却记不清了，只说了个"司脱"。幸亏他还能记起以前在墙角埋着的几十个银圆。后来，吴妈在最困难的时候就靠这点钱救了急，她还拿出一部分钱支援傅大叔和程宜的工作。于大爷去世后，吴大妈悲痛万分，眼泪都哭干了。在傅大叔的帮助下，她默默地安葬了于海。

听到这里，于芳痛哭起来。程宜安慰了她一阵，又忽然想起了一件事："你妈怎么说：'可怜的于芳，再也找不到她的亲爹了。'难道于大伯不是你亲爹？"

于芳觉得没有必要再隐瞒下去，就把自己的身世原原本本地告诉了程宜。她一面说，一面哭："他们比我的亲爹对我还要亲呢！"

程宜见她哭得那么伤心，自己也感到很难过，忍不住说："别哭了，我也有件不幸的事要告诉你，就是我弟弟程欣……"

"程欣？程欣怎么了？他怎么了？"于芳几乎喊了起来。

"他在一次战斗中牺牲了！"他的话音刚落，于芳又大哭起来："老天爷真该死！这么好的人，怎么会……他也是我的亲人哪，我一直把他当作亲哥哥……该死的日本鬼子，我一定要为他报仇！"她一边哭一边骂，不由自主地趴在程宜肩上痛哭起来。

"别哭了，让我们一起去报这个仇吧！"程宜也含着眼泪说，"程欣去了，你还有我这个哥哥，以后你就是我的亲妹子！我既然把你带了出来，就一定会管到底。你有什么难处尽管找我，你娘——于妈妈的事我也包了，我会照顾好她的！"

听了这几句话，于芳很快止住了哭声。她只感到程宜身上有一股暖流涌进了她的心窝。与此同时她才意识到，自己是趴在人家的肩上。她不好意思地赶紧站起来，擦干了泪痕，整理好衣服和头发，竭力想掩饰自己的心情。但此时，她已羞得说不出话来了。

程宜也有点不知所措，他张了张嘴，似乎想说什么，但他还是把想要说的话咽了下去。他下意识地摸了一下自己的上衣口袋，里面有一封程欣写给他的信。这是程欣最后的一封信，是一封被鲜血染红了的信，现在已成了程欣的遗书。

信上的字迹有些已模糊不清了，但还能看出它的大致意思。程欣写道：部队天一黑就要出发了。这是一次重大的反扫荡战斗，全连同志都交了决心书，作为一名连指导员，我是第一个交上去的。

他写道：我感到自己的满腔热血正在沸腾。我有信心和连长一起带领全连战士打一个漂亮仗，不粉碎敌人的残酷扫荡决不罢休！现在，全连的同志都已做好了牺牲的准备，我自己更是下定了决心，一定要冲锋在前，决不后退！

他接着写道：如果我真的遇到了不幸，就请哥哥、姐姐和弟弟代我尽孝吧。他表示：我唯一不放心的就是我带出来的小同学于芳。实际上，我早已把她当成自己的小妹妹了。如果我牺牲了，希望大哥能继续照顾她，并给她找个好归宿。

下面的一些字句虽已看不清了，但他的意思却很明确：如果程宜目前还没有对象，希望他考虑于芳。他认为于芳一定能成为哥哥理想的伴侣。

程欣牺牲不久，程宜就收到了弟弟的遗物，同时也收到了这封遗书。现在它就在程宜的口袋里，但他没有勇气拿出来，怕再一次让于芳伤心。况且，此时此刻有些话，还是暂时不说为好。

虽然那天程宜未向于芳表达他的爱慕之情，但后来他们却通过书信渐渐地建立起了感情。一九四四年春，经上级批准他们结婚了。当然，他们最初的"媒人"就是程欣的那封遗书。

老李受继昌之托，来到福山杨家疃找于芳。当他按继昌告诉他的地址找到那座房子时，发现它已经破烂不堪了，门窗都被砸坏，满地的碎砖烂瓦，连水缸都被砸成了两半。他好不容易找到一位邻居老大爷，才知道于海已不在了，吴妈一个人住到烟台去了。

老李又赶往烟台，几经周折终于找到了吴妈。吴妈见了老李既高兴又悲伤。她不过才四十几岁，可头发却已花白了，显得十分苍老。她请傅大叔为老李杀了只鸡，还炒了两个菜，一直和他聊到半夜。她把自己一肚子的苦水一股脑儿地都倒了出来。

听完吴妈的话，老李感慨地说："算来于芳离开家，一晃都已经四年了吧？她现在也该二十大几了，是不是已经有了人家啦？"

一提这话，吴妈马上就破涕为笑了："我估摸着她有了，大概就是那个常给我捎信来的后生。他不光是一表人才，为人也很实在。可惜他刚走，这次你见不着了。他们结婚的事呀，咱们不用愁。他们一不要彩礼，二不要嫁妆，吃点糖果、花生就把事儿办啦。你回去告诉老爷，一切只管放心就是啦。"

说到老爷，老李就把继昌打算来烟台住的事告诉了吴妈。吴妈想了想说："按理说，这房子是老爷买的，他愿意什么时候来就什么时候来。这房子有两进，前面是饭铺、厨房和傅大叔住的房间。后面这进三间，我只住一间，于芳那间还空着，另外还有一间西房也可以住人。老爷和两位小姐要来，也能住得下。问题是：虽然现在小鬼子少了，可汉奸、伪军闹得也挺邪乎。平时我们都是能不出去就不出去，怕出事。要是小姐们来上学，那可太危险了。再就是……"吴妈欲言又止。

老李忙问："就是什么？"

"再就是，再就是，这话不好开口。按说不管老爷有钱没钱，我也该管他吃喝。可这小饭铺一年挣不了几个钱，又不像农村可以自己种……那粮店又只卖杂和面儿，要想吃点大米、白面，就得偷着用高价去买。这烟台本来是个好地方，可现在被小鬼子糟蹋得……说实话，还不如到解放区去呢。"

听吴妈这么一说，老李也觉得，继昌想把上海的房子卖掉后搬到这地方来住，实在是太冒险了。因此，他也就不多说了。临别时，他把上海的地址给了吴妈。吴妈说："信还是少写的好。写了，你们也不一定能收到。再说我又不识字，得找人代写，可'那边'的事我也不能对人说。你回去告诉老爷，就说小鬼子长不了。等小鬼子滚蛋了，我叫于芳到上海去找他。反正那小东西也跟人跑了，没人敢再欺负她了。"

继昌把老李的所见所闻讲给云天听。望着继昌苍白的面孔，云天感到，他现在不仅心力十分交瘁，经济上也是捉襟见肘，不禁可怜起他来。但同时，也为他又有了一个参加革命的女儿而感到高兴。云天认为，继昌虽然没有亲自参加革命工作，但他却培养出了好几名革命战士，也应该算是对革命的贡献。所以他想，如有可能，应该帮他渡过眼前的难关。

时隔不久，上级领导派人与云天联系，命他协助购买大批灰色染料。于是，云天想出了一个周密的计划。

当时，鬼子对新四军根据地实行严密的封锁，日军占领区的"五洋"商品一律不准销往根据地。所谓五洋就是洋火（火柴）、洋蜡、洋油（煤油）、洋布、洋胰子（肥皂）。其实，禁运的商品还远不止这些，还包括所有根据地不能生产的军需物品，如西药、机器、电信器材等。此次要购买的染料就是用来染军布的，自然也在禁运之列。时下已近中秋，眼看冬季快到了。如果九月底以前仍买不到像样的染料，就只能用土染料染出的既易褪色又不均匀的灰布给战士们做棉衣了。所以，供给部门特地派人秘密到上海来采购。

许云天想到：宏丰布厂是个印染厂，现在已停工了，但肯定还存有一些染料。可是有没有这种被称为"D 字灰"型号的染料呢？他不清楚。即使有，那王老板敢不敢卖？他也毫无把握。于是，他决定把这件事交给继昌去办，一来他和王老板说话方便，二来杨、王两家都是普通的生意人，不容易出事。最主要的是，如果由继昌出面来办这件事，就能从中赚到一些钱，可解他一时的燃眉之急。

许云天的这个主意果然吸引了杨继昌。如果是在过去他有钱时，遇到这种事早就推得干干净净了。可现在不一样了，不干就没法生活，他只能硬着头皮去冒这个险。他只想做成这笔买卖，根本不问这染料的货主是谁，是做什么用的。他明白，知道多了还不如不知道的好。王老板也是如此。生意人怎能推掉买卖？大家都只要装糊涂就好了。

但是厂里已没有这种颜料了。这"D 字灰"原是德国的产品。现在即使还在生产，也无法运到中国来。精明的王老板想道：不能让生意就这么跑了，宏丰布厂还存着不少黑色染料，用士林兰加上黑色调配一下，也许能成。经过厂里技术人员的多次试验，他们终于配制出了一种灰色染料，它虽不如德国正牌的"D 字灰"，但效果却也深浅适度、着色均匀，而且不易褪色。"货主"前来验货时，王老板还挺负责地介绍了这种染料的特性和使用方法。付完了货款，他们又研究出了偷运的办法，躲过了鬼子的盘查。

最后，这批货终于在地下党的帮助下，顺利地到达了根据地，正好赶上部队更换棉衣的季节。

这次，继昌和王老板都赚了不少钱。于是，他们又接二连三地接受对方的订单。就这样，在日军投降前那段最难熬的日子里，继昌就是靠着许云天的帮助，渡过了一个个的难关。他的精神和健康，也逐渐得到了恢复。他十分感谢云天，同时也因为家里太空虚太冷清，他希望继淑夫妇能搬来合住。继淑不想去，又不好拒绝，就尽量拖延时间。不料就在这时，时局又发生了重大的变化。

几个月前，苏联红军就已开始了大举反攻，迫使德军节节败退。那时人们就已料到，苏军早晚会向日本宣战的。但是谁也没料到，时局变化得这样快。日军老巢挨了美国两颗原子弹后，苏军又出兵越过蒙古，直达东北。日军已陷入前进无路，后退无门的境地，只好被迫宣布无条件投降了！

新的政治变化，又一次改变了杨继昌一家的处境。

第十三章

日本鬼子投降后，重庆方面的人该回来的都回来了，继昌家也不例外。近两年来，他心中那座慢慢向八路军、新四军一侧倾斜的天平，现在却又倒向另一边了。

现在，新四军大部队北撤了，他们之间的生意就做不成了。可国民党又回来了，他似乎又有了新的希望。尽管继昌对国民党并无特别的好感，但他内心深处仍认为国民党才是正统，和新四军做生意不过是万般无奈的权宜之计。他以为国民党回来后，一切都会恢复正常，他可以重整旗鼓，再做他的进出口生意了；在怀馨面前，他也可以扬眉吐气了。

不料，国民党下山后办的第一件大事，就是将伪钞又换成法币，兑换率为一比二百。这个打击对杨继昌来说太大了。他冒着生命危险，靠着许云天的帮助才挣下的那点保命钱，一夜之间就贬值了二百倍！现在，他手里的钱只能兑换一两万法币，根本不够他一年的开销。这往后的日子可怎么过啊！他好不容易支撑起来的那座摇摇欲坠的大厦，眼看又要坍塌了！

幸亏不几天传来了周之强的喜讯，他才多少得到了一些安慰。原来，周之强在糊里糊涂地坐了六年大牢之后，出狱了。事实上，他从来就没有参加过国民党。更不要说，像他那么大年纪的人，怎能参加三青团？后来才搞明白：周之强的一个同事是原北平市三青团的负责人。他为了自己脱身，没经周之强同意，就把周和其他几个人的名单呈报给了上级，并说在他离开北平后，他的工作就由以周之强为首的这几个人来接替。三青团北平市委被出卖和查封后，日军发现了这份名单，致使周之强遭受了六年的牢狱之苦。

不过，他这个牢也没白坐。当初他不是国民党，可现在，他却成了国民党的功臣。靠了亦杰老丈人的推荐，他得到了上海正光大学校长的委任状。补填了国民党党员登记表后，他很快就要到上海走马上任了。此外他还在信上说，他的丈母娘，也就是大太太李氏得了不治之症，希望这次一同来上海，以便在最后的时刻能见继昌一面。继昌无法拒绝，只能同意亦荃和她母亲随周之强一同来上海。

听说老娘要来上海，亦杰当然也就有了回上海的理由。他十几岁就离开了母亲，一个人到上海读书。以后他又一个人去了美国。回国后，他也一直在外面闯荡，何曾惦记过老娘？他娘不识字，不会写，也不会看。除了听别人对她说说儿子的情况外，这么多年不见，他娘早已把他当作陌生人了。佛经上有"四大皆空"的说法。老娘这把年纪，什么都看淡了。在她心中早就一切皆空了，连这个儿子也是"空"的。她除了在儿子结婚时见过一面外，心中早已没有他的位置了。

那么，亦杰这么匆匆忙忙地跑回上海究竟是为了什么呢？原来，他听说许多人都已返回了上海，他又怎能甘心在西南边疆这个小地方继续当这个小贸易公司的经理呢？他曾经有过官运，但是那条道路已被他自己葬送了。当教授吧，他又没那个本事。那么就只有从商这一条路了。要想控制父亲的家产，最简单的办法就是向他去争。现在父亲老了，也该正式交权了。我这长子不去争，那权利岂不就落到别人手中了吗？尤其是三弟，他已经大学毕业了，读的又是经济系。他真是天生的对头，我必须抢在他前面！

一见亦杰，继昌就头疼。不理他吧，他会死缠着不放。把生意全交给他管吧，这种人谁敢信赖？一个对国家都不负责的人，还能指望他对老爹负责？可叹继昌，虽然对他留了一手，但还是防不胜防，日后还是深受其害。

几天来，继昌一直在考虑如何安排亦杰的事：和新四军的生意是再也做不成了，茂源粮行又不能让他插手，得给亦麒留点余地。那么，亦杰唯一的可去之处就只有宏丰布厂了。如亦杰愿意去，也许可以利用他老丈人的关系贷点款，把生产恢复起来。继昌不愿再插手宏丰布厂的事了，只要工厂能保证给他一份干薪及分红，够他的吃用，并能再给他的"秘书"一份工资，他也就满足了。

拿定了主意，继昌把亦杰介绍给了王老板。王老板听说亦杰是美国留学回来的硕士生，彼此气味又很相投，没说几句话，就同意让亦杰去接副厂长的职务。在上海当个中型工厂的厂长够不错的了，可亦杰还不满意。他总想宏丰、茂源两边都占着。后来看看老爹始终不肯松口，他也只得作罢了。

许云天看见这么多人都回到了上海，怕老李忙不过来，连忙过来帮忙。可亦杰见了他，却总是爱搭不理的。他心想："他算什么姑父？在厂里我是副厂长，他只是个雇员；在家里我是大少爷，他不过是个用人。"更可气的是那周之强，自以为当了名牌大学的校长，又有国民党大官做靠山，就神气得不得了，简直到了得意忘形的地步。他猜想许云天有共产党的背景，就故意在他面前骂："要不是他们总想挑起内战，我们一家早就团聚了。亦雄、亦芳兄妹也都该回来了。"

许云天真想不通，周之强在日本鬼子的牢房里关了六年，可如今他不憎恨日本鬼子，却仇视和他毫不相干的共产党。在这些庸俗浅薄的小人面前，他已忍无可忍了。而且他还感到，被这些人纠缠着的继昌也改变了对他的态度。于是，他又一次向领导提出了调动的请求，说如今形势起了重大变化，希望能调回解放区，有个重新学习的机会。

几天后，他得到了上级的通知，同意了他的请求。领导考虑，他以前在大学读过经济系，又在杨家学到了一些做生意的诀窍，丢了很可惜。现在，解放区已扩大了很多并已连成了一片，其中沿海地区又有许多海港，很适合发展贸易。而且从长远来看，将来全国解放了，更不能缺少这方面的人才。因此决定，设法安排许云天先去宋庆龄先生主持的救济总署工作一段时间。然后，随救济总署拨给解放区的一批物资，乘船去山东解放区。许云天就此告别了妻子和继昌一家，只身前往华东局所属贸易部工作了。此后，他一直在那里工作，直到一九四九年南下。

继昌得知亦麒已经大学毕业，马上汇款给他并催他回家。但是亦麒接到父亲的汇款后并没有直接回家，而是先去了广东。父亲要他回上海接管茂源粮行，这对一个刚刚大学毕业的青年来说，应该非常满足了。但亦麒心里想的只有依依。他们分别时就说好，一有了固定的住处，依依就去找他，因此依依才决定收下了怀馨给她的那三千块钱。这样，她的路费和到重庆后的生活费就都够了。以后怎么办，他们不愿多想，心里只有一个念头："要在一起。"

亦麒住进学校后就给依依写过信，叫她来重庆。但依依回信说她已怀孕了，不得不到广东她的堂兄家暂住些日子，等孩子生下来后才能去。亦麒收到依依最后的信中说，她已生下一个女儿，待女儿满一百天后她就来重庆。此后，依依就像天上的一朵浮云，不知什么时候就消失了。亦麒不知写过多少信，却一直没有收到回信。

"恐怕是凶多吉少了。"亦麒常常这样想。抗战期间到处是鬼子，父亲又不给他多余的钱，使他寸步难行。现在胜利了，他也读完了大学，父亲寄来的路费，加上他平时节省下来的生活费，去找依依就足够了。

依依的堂兄家在广东茂名不远的一个小市镇上，亦麒好不容易才找到她堂兄的家。但是他没有找到依依，也没有见到他们的小女儿。

关于依依的情况，很多还是她堂兄听别人说的：依依原想在香港做帮工维持生活，同时等待机会去重庆找亦麒。不料，不久日军就占领了香港，而且老板又发现她已经怀孕，便把她解雇了。她丢了工作就挣不到钱，却眼见着自己仅存的那点钱在逐日减少，她想：香港已不是久留之地了。

依依的父母从湖南逃难出来后，在途中先后死去。她的一个堂兄带她来到香港。后来堂兄在香港没法生活，又流浪到了广东茂名附近的一个小镇，并在那里开了一家小裁缝店，定居下来。依依走投无路，只好又来投奔她的堂兄。堂兄见她可怜，就给她找了一些锁边、钉纽扣的零活，留她住下，但只管饭，没有工钱。好在堂嫂见她有了身孕，还能体贴照顾，不让她干重活。

孩子生下来后，四十多岁还没生养过的堂嫂，对这个又白又胖的表侄女更是疼爱有加。刚刚过了百日，依依说想把孩子托她照看，自己要去重庆。堂嫂二话没说，就一口答应了。

怀馨给的钱，在香港时已用掉不少。这一年来，依依为生孩子又花掉许多。现在，她手中已不足两千元。她给自己留下五百元，其余全交给了嫂嫂，作为孩子的养育费。临走时，她再三叮嘱堂嫂："如果我回不来了，你们就把这孩子当成自己的亲骨肉吧。"那年这个小母亲才十九岁。

带依依上路的是一个跑单帮的老乡，那人四五十岁了，是她堂兄的朋友。因为内地西药奇缺，这个老乡就从香港偷运出一些西药，缝在贴身的背心里，装成是由香港去湛江的难民，到了湛江又说是去广西投奔亲戚，到了广西再说要到云南……就这样，他最终将药品送到目的地。

去湛江的路上还比较顺利，不料进入广西境内后，他们却遇上了日军的进攻。不管是不是真正的军事目标，日本飞机都不停地狂轰滥炸，并用机枪四处扫射，受伤害的大多数是平民百姓。虽然依依他们没碰上日本兵，却碰到不少由前线撤下来的国民党败兵。这些败兵和日本兵一样坏，躲闪不及的就会被他们抢个精光。

这一晚，依依和那老乡住进了沿海的一家小客栈过夜。第二天他们还没起床，飞机就开始轮番轰炸了。那位老乡拉着依依就跑，谁知依依吓得跑不动，摔倒在地上。恰好在她不远处落下一颗炸弹，炸伤了她的大腿。老乡赶紧把依依送进医院，医生说大腿骨已经炸碎，必须截肢。老乡只好和依依告别。临走时，他答应替依依带信给亦麒，并说回来时再来看她。不料，当时去四川已十分艰难。老乡在云南就把货物卖了，当然也就没去找亦麒。待他回来时，依依早已不在了，他只从医院里打听到了一些情况：

依依截肢后，钱也差不多用光了。她知道自己再也不可能去重庆了。即使能去，她也只能害得亦麒连书都读不成，那岂不成了他的拖累？何况那个恶婆婆也不会容忍这样一个既残废又无能的儿媳。她越想越觉得自己在这个世界上已经是多余的人了。亦麒应该有他自己的远大前程。孩子跟着疼爱她的堂嫂，也会比跟着自己好……这个世界不再需要她了，她又何必留恋这个世界呢？

她的伤口愈合后，很快就学会了用拐杖走路，还能一步一跳地走到海边。她喜欢大海，这里那么辽阔、平静，也许只有大海才能宽容地接受她这个孤女。

决心下定后，她写了两封信。一封留给了医院，一封寄给了堂兄，唯独没写信给亦麒。她想："给他留个希望吧。"她自己已经尝到了绝望的滋味，又何必让亦麒也去品尝这颗苦果呢？她没想到，她留下的这一点点希望，真的成了亦麒挺过这几年的动力。

留下信后，依依来到海边。乘人不备，她从一个僻静的地方走向大海深处。当人们见到被海浪冲上岸的尸体后，赶紧报告了警察，这才发现是医院里的人自杀了。

堂兄讲完这些往事后停了一会儿，他以为亦麒一定会悲痛欲绝了。不过还好，亦麒已经麻木了。其实他早有预感，只不过一直在欺骗自己。他还想让那一点小小的希望之火长期保留在他的心里。现在，那点火苗终将熄灭了……

"不，不，还有那孩子呢？"

"那孩子……"在一边不住抹着眼泪的堂嫂，这才开口说话，"都怪我。那年宝宝都两岁了，长得和她妈一样漂亮。谁知镇上流行天花，谁家的孩子都没逃掉。那药比金子还贵，还买不到。宝宝本来天花已经出齐了，不想天时不好，又转成了肺炎，没法治了……"堂嫂的话还没说完，就号啕大哭起来。见到此番情境，亦麒也不想再问下去了。

告别了堂兄，现在他又是孤身一人了。他无牵无挂的，不回上海又能去哪里呢？

难道上海会有他的亲人吗？依依是谁害死的，不就是他的亲生父母吗？尤其是他母亲——她是头号杀人犯。亦麒暗下决心："我不想见他们，我要离开这个家！"但是，家庭环境的影响和他软弱的个性，决定了他不可能走上他二哥的道路。可他又不肯心甘情愿地在家里做一个顺从的绵羊。最后，他下定决心去和父亲谈判，要求去美国继续读书。

把希望全部寄托在亦麒身上的继昌，又一次失望了。在继昌苦口婆心的劝导下，亦麒勉强来到茂源粮行上班。但他对这里的工作实在不感兴趣。问题一到他手上，他总是百般推托，生意做得毫无起色。

亦莼和容蓉的寒假到了，这是抗战胜利后的第一个寒假，她们邀亦麒一同去看母亲。

亦麒带着一肚子的怨恨和气愤来到了苏州。与其说他是来"看望"母亲的，不如说他是来找她算账的。尤其是，他要当面对那姓魏的骂一声："无耻！"亦麒从来不会吵架，念了几年大学更加拉不下脸来。一见面，他就用仇恨的目光盯着魏某，使他感到很难堪，只好借故躲了出去。

现在怀馨刚刚生完第二个女儿，碾米厂也开工了。因为米是大家都要吃的，所以生意不错。有了碎米和米糠，他们又办了一个鸡场，养了一两百只鸡，蛋也下得不少，自己吃不完，就托附近小菜场代销，还能换回一些青菜。现在，一家子衣食不缺，生活还挺富裕。

但当亦麒向她提出要钱出国留学时，她顿时板起了面孔，一个钱也不给。她说："我和你爹早已离婚了。现在我和杨家是井水不犯河水。你要留学就问你爹要钱，我的钱全都投在碾米厂上了，现在一个钱也拿不出来。就是能拿得出，我也要留着给姓魏的孩子出国！"

母亲的这段话真是情断义绝。亦麒也气急了，他忍无可忍地说："你既然对你的亲生儿子也这样无情，就不要怪我了！"接着，他就把她的罪状一桩桩一件件地全抖搂了出来，从她逼走依依、害得她投海自尽说起，一直说到她逼走亦菡、害死麟儿、逼二姐吞鸦片烟，等等。最后，亦麒又十分气愤地说："你自己算算，你害死了多少条人命！我还没有去告你呢！你若再不做点好事，等你到了阴间，阎王爷也不会轻饶你的！"

一提到阎王爷，怀馨有点心颤了。继昌不信鬼神，可怀馨却似信非信。亦麒这本账真的让她有些害怕了。如果将来她真的到了阴间，那些冤魂会不会来……想到这里，怀馨妥协了。她装出一张笑脸，假惺惺地说："我不过是和你摆摆我的困难。要是你爹真拿不出，我先去借个万把块钱帮你出国。以后米厂赚了钱，每年我再给你一万，直到你学完回国。这样总该行了吧？"

亦麒毕竟还年轻，一听这话也就作罢了。后来，他虽然拿到了怀馨答应给他的那一万元，但怀馨的其他承诺，就如同空头支票一样，都石沉大海、杳无音信了。

继昌见亦麒已铁了心肠，又体谅他丧失妻女的悲哀，不再勉强他去茂源粮行上班，反而尽其所有帮他准备。他把自己的棺材本——一根十两的金条——送给了亦麒。这个七十多岁的老人，把自己最后的这点积蓄都掏了出来，那心中会是什么滋味？他像是要和儿子生离死别似的嘱咐道："我再也没有能力帮助你了，你好自为之吧。"

亦麒没有用对母亲的办法对待父亲。他知道父亲那样冷酷地对待依依，主要是他出于对舞女们世俗的偏见。而且，他们过早地结婚也确实不对。临行前，亦麒把长期闷在心里的话全都倒了出来，他满怀悲愤地对父亲说："你们应该知道，对依依的死，你们都有责任！特别是母亲！那时我们年纪都还太小，不懂事，管不住自己。依依是一个天真、纯朴、孤苦伶仃的女孩，本应受到大家的疼爱。可我们不但没有受到父母的关怀，反而受到了无情的伤害。这种伤害比用刀子捅了一下还厉害！现在你也亲身尝到这种滋味了吧？！"

继昌明白他指的是什么。的确，过去他有钱，有尊严，有支配别人命运的大权。但是太平洋战争使他破了产，张怀馨使他丢尽了一切尊严，他也成了一名受害者。只有受害者才能体会到其他受害者的痛苦。亦麒的话深深地刺痛了他的心。想起过去他伤害过的人，他由衷地自责起来。

宏丰布厂总算恢复了生产，但是一下子还赚不了太多钱。继昌原先和新四军做生意赚的钱都是伪钞，现在兑换成法币后降到了二百分之一，已经所剩无几了。茂源的生意一时又没有起色，继昌不得不求助于宏丰布厂。

老板和亦杰商议后决定，宏丰布厂每月给继昌相当于一个副厂长的工资，和亦杰一样多。原来给许云天的那份工资由老李领，以后老李就算是宏丰布厂的职工了。

亦杰得意扬扬地搬回到太平洋战争前继昌给他在法租界买的那幢小洋房里。它共有两层，每层都有两三个房间。亦杰两口子住在楼上有阳台和卫生间的套房，剩下一间卧室给女儿住。楼下是餐厅、客厅和儿子的住房。楼后是厨房，厨房上面是女仆的卧室。楼前也有一片小小的草坪。亦杰当了副厂长后，宏丰布厂还派人给他在楼旁接出一个车库和司机的卧室，并把室内也粉刷了一新。

现在，亦杰不仅住进了漂亮的洋房，出门还有汽车，女仆和司机的工资也全由厂里开支。他拿着副厂长的工资，和继昌的一样多，可他需要供养的人口却比继昌少得多。另外，他自己还能在厂里的小厨房吃免费的午饭。按理说他应当很知足了，但他做人的原则是，抓住一切机会弄钱、揩油。有句老话叫"人无外财不富"。亦杰整天想的就是要发不义之财。他不满足于现在这一点点的工资，他要想尽办法弄到更多的钱。他的这点心思正合宏丰布厂王老板之意，很快他们就沆瀣一气，成了一丘之貉。

此时的继昌，不但没有了实权，而且也没有了精力，更没有人帮助他去发财了。他只能靠着这点工资来供养自己、两个上学的孩子和田妈。此外，他还要补贴苏州的盼盼和她的太外婆、姨婆。这就已经十分紧张了，现在又加上了身患重病的大太太、亦荃夫妇等人。他几乎已经承受不了了。继昌原本是个很爱面子的人，但到此时，他也不能不向亦荃张口了。幸亏亦荃不是个忘恩负义之人。当她知道父亲的难处后，就答应将周之强的工资分为两半，一半寄回北平家用，其余一半除周之强和她自己留少量零花外，全部交给父亲支配。这样一来，周之强、亦荃和她母亲的开支就全部由周之强的工资支付了，继昌的负担减轻了许多。

大太太的病情本来不适宜长途跋涉来上海，谁知她就是要赌这口气，非来不可。"我死也要死在杨家。为什么叫我在外姓人家做野鬼？"她没得病的时候，继昌都没有理由阻止她来，更何况她现在已是一个行将就木的人呢？可是这么一折腾，她的病情就加重了。现在，她住进了三楼原来怀馨住过的房间里。

尝过被怀馨抛弃的滋味，继昌现在对大太太的态度也改变了。他几乎每天都去她房里看看，彼此客客气气。

这样一来大太太的气也平息了许多，慢慢地病情也似乎稳定了一些。她思前想后，终于认识到自己也有错。要不是当初自己为了报复天香，和刘妈一起替丈夫和怀馨撮合，如今也不会害到自己头上，还把灾难带给了这一家人。佛家向来以仁慈为本，何必到死还相互抱怨呢？老两口在最后的时刻竟也和解了。人心换人心，两好合一好，大太太在临终前的一段时间里反而觉得痛苦减轻了不少。

年底快到了，继昌想把这个春节过得热闹一些。但事与愿违，大太太的病情此时却加重了。继昌决定把她送进医院。临走时，大太太叫亦荃拿出一个包袱来交给继昌。原来，这是她一辈子攒下的全部家当。其中有几十两金子，二三百枚银圆，另外还有一些金银首饰。她叫继昌就用她自己的钱，给她治病和办理丧事。她还嘱咐继昌，如有合适的、贤惠的，再续上一房。

继昌接受了她的好意，当面分了一半给亦荃。嘱咐她，如果亦杰也开口来要，可适当给他一些。他自己留下另一半，准备给大太太付医药费。大太太进了医院后，果然就没能再回来。在她最后的日子里，一直腹水、便血、吐血，不几天就去世了。她终究未能实现一定要死在杨家的愿望。不过，有继昌和亦荃守在她身边，她也心满意足了。后来，她被安葬在上海郊区。

大太太的丧事办得十分"简朴"。如果她在天有灵的话，一定会感到寒心的。首先就是，她唯一的亲儿子亦杰根本没来给她办丧事。母亲住院时，他只去看过一两次，以后就再也不理不睬了。大太太快咽气时，继昌差人去找他，他却在朋友家跳舞。对母亲的丧事，他既不出钱也不出力，这对母子之间早已情灭义绝了。其次是那位大小姐，她也是个新派人物，既不披麻戴孝，也不守灵。继昌买了口好棺木，然后在家里供了个灵位，算是尽了心意。对愿意来行礼的人，仅以烟茶招待，丧事办得简单清冷。可怜这位念了半世"阿弥陀佛"

的老太婆，真的修成了"正果"，死后才真正到了"四大皆空"的境界。

母亲去世不久，亦荃在上海也住不下去了，因为北平那边还有一大家子人等着她呢。她来上海后，瘫痪多年的婆婆就只好由待嫁的小姑服侍了。所以她得赶紧回去照顾婆婆，还得帮小姑操办婚事。大儿子还有半年就要考大学了，也需要多给他一些照顾。以前丈夫关在狱中，家里的事都由她一人操劳，耗尽了自己大部分精力。现在周之强住在上海老丈人家里，生活上有人照料，她可以放心地走了。只是自己的老父亲孤身一人无人照顾，也让她放心不下。但她也无能为力，临走，只得把母亲临终前的嘱咐又对父亲说了一遍。

亦麒走后，继昌又找不到人去管茂源粮行的事了。他只好和朱常发商议，请他全部接管下来。朱经理不会做进出口生意，继昌也只好随便他，反正能做多少就算多少。他只要求拿一份红利，能分多少就分多少。这样，他就不用再向亦荃讨要周之强的那一半工资了。

继昌现在就像是一个乞丐，能讨一点是一点，勉强维持家用。可他哪里知道，他的后院里养着两只大仓鼠，把他的家底都快掏空了！

宏丰布厂虽然请到亦杰这么个硕士来当副厂长，但生产仍然处于不死不活的状态。别看厂里那么不景气，可王老板和亦杰都发了横财。那"奥妙"就是，他们利用宏丰布厂的招牌大做花、纱、布的投机生意。大头儿两人分，小头儿才是厂里的。

周之强当了两年大学校长，总算明白了这差事不好干。以前他当教授，只管教书。可现在，他不但要管学校里大大小小的事，还要去应酬官场。更使他头痛的是，他已变成了学生与政府之间的"撒气桶"。

这两年，物价猛涨，学生和教授的生活都已经十分艰难了，偏偏这时国民党又说为了打内战，缩减了大笔的教育经费，迫使学生和教职员不得不忍饥挨饿去上课。学生们忍无可忍，终于爆发了"反饥饿、反内战"的大游行。国民党政府表面上答应了学生的一些要求，背地里却变本加厉地镇压学生，他们常常半夜里到学校去抓人。

作为校长，周之强当然不希望学校出事，更不希望看到学生和教授整日惶惶不安地上课。他自己坐过六年大牢，当然知道坐牢的滋味不好受，所以他不愿意把学生们交出去送死。如何既能保全自己，又能让学生们安全脱险呢？

他终于想出了一个办法。有一次，他正在电话中与别人谈论特务当晚要到学校抓人的事，发觉他们谈话的内容被亦莼听到了，后来得知特务们扑了个空。此后，他就有意无意地把特务要来抓人的消息透露给亦莼，果然发现学生们每次都提前有所准备。特务问他要人时，他就装糊涂，不是一问三不知，就是躲起来不见。但是跑得了和尚跑不了庙，别人能躲，他这个当校长的怎么能躲得过去呢？学校里除了有特务外，还有个训导主任，他的任务是不但要监视学生，而且还要监视他这个校长。周之强是四面挨挤。

为了使学校的教学工作免受更大的干扰，周之强向上海市教育局反映，希望当局不要再到学校抓人了。结果，他的爱校精神非但没有得到表彰，反而给他自己带来个"迂腐"的骂名。为了摆脱困境，他又只好反过来去说服学生，劝他们不要再"闹事"了。可这饿肚子的问题没有得到解决，学生们能不闹吗？

现在，再也见不到周之强刚来上海上任时，那种趾高气扬的派头了。两头碰钉子，迫使他不得不反思，到底是谁要打内战？抗战这几年，耽误了多少学生的学业。只有把学习抓上去，才是正事。可这两年他在做什么？他只是整天在政府和学生之间奔波，两头都费力，两头都不讨好。

周之强决定不再这样忧心忡忡地过下去了。于是，他托朋友在天津盛兴公司给他找了个差事。老板赏识他的学问，给了他一个副经理的职位。辞掉了大学校长这个被人尊重和仰慕的职位，他真有些舍不得。再说，像他这个年纪再转行去干工业也不是件容易的事。要不是为了躲开那个是非之地，他才不会来此屈就呢。因此他向老板提出：天津离北平的家很近，希望能常回去看看。再有，他只管生产，其他政治和赚钱的事，他都不管。他只求个"眼不见，心不烦"。

大太太去世后，继昌就成了真正的鳏夫，生活更加凄凉孤独。他已是快七十岁的人了，到哪里去找个女人来续弦呢？现在家里人口少多了，生活还能过得下去，如果映竹能来该有多好！周之强去天津上任时，继昌就打发老李跟他一起去天津。一来路上照顾之强，更重要的是让老李在天津多住几天，非找到映竹不可。再有，就是让老李回趟家。他在外奔波也已多年了，继昌也给了他一些钱，叫他回老家看看。

第 十 四 章

老李离开上海前，继昌不顾自己的老脸，把映竹和自己的事全告诉了他。老李本来就是个重义气的汉子，这件事他也早有所闻，加上他以前对梁老师的印象就不错，所以他打心眼儿里愿意帮这个忙。另外，怀馨的所作所为在杨家上上下下早已引起了公愤，所以他也想尽快找回梁映竹来气气张怀馨，出出自己胸中这口闷气。

天津卫还是那个旧的天津卫。昔日的租界地仍旧是繁华的闹市，贫民窟依旧是乞丐成群。一切似乎都没有改变。只是日本鬼子走了，取而代之的是国民党的大兵和开着吉普车横冲直撞的美国兵。

头一天到天津，老李就碰了钉子。梁映竹原来的邻居金大爷也搬走了，谁也不知道梁家的事。老李奔波了好几天，才打听到金大爷因为生活困难，早把原来那两间破房卖掉了。后来，他在一个铁路道口附近搭了两间土坯小屋，住了下来。

老李好不容易才找到了金大爷。可不幸的是，他已得了痴呆症，时而清醒，时而糊涂。金大爷的老伴倒是个很慈祥的老太太。她听说老李要找映竹，很愿意帮忙。她依稀记得映竹走后，曾打发一个女孩子来过，好像还有一封信，但不知她老伴把信藏在哪里了。为了争取金大娘的帮助，老李就把杨继昌与梁映竹的那段姻缘对她实说了。

金大娘也是个热心肠的人，老李一面说，她一面抹眼泪："这不跟评书上说的一样了吗？他大哥，你别急，好人一定有好报。老天有眼就会把这评书续上一段，叫个什么来着，对，对，就是那'美满姻缘'吧？"接着她又说，"他大哥，我儿子在天津码头上扛大包，成年不回来。我看你就在我家住下，说不定我那老头子什么时候能清醒过来，你也好马上问他。"

老李一时也没有更好的办法，就同意了。他上街买了点猪肉、韭菜，又要了个口袋，称上二十斤白面，就在金大爷家住了下来。他本来就是在农村长大的，什么活都能干，为人又勤快，就像那刚从外面回来的儿子似的，一进门就开始忙活起来，不一会儿就把屋外那小院收拾得干干净净，两个瘸腿的板凳也修好了。他还一个劲地问大娘，有什么要拾掇的东西。

第二天，老李索性去信告诉周之强，说他一时不能回去了。然后他帮大娘给金大爷洗了个澡、剃了头，又特地给他做了顿可口的饭菜，还给他买了二两白酒。

真是人逢喜事精神爽。那天大娘在院子里洗衣服，老李给大娘收拾鸡窝，顺便在院内清出几小块地，准备给大娘种上菜。他一边忙活，一边对大娘说："你家人口少，自己随便种点东西就够吃了。我给您老清出这点儿地，一开春就可以种上点儿青椒、西红柿、茄子什么的；窗根底下再种上几棵豆角、黄瓜；等立了秋，再种点白菜、萝卜什么的。这样，人和鸡不就都够吃了吗？再把那鸡粪往菜地里这么一撒，嘿，一点儿都不糟蹋！"

听他这么一说，大娘乐得都闭不上嘴了，连连说："嗯！嗯！看得出，你还真是个好把式，什么都会！"又说，"怪不得这几天喜鹊总是冲我叫呢，敢情我真是交了好运，请来你这位贵客。唉，要是我那儿子能像你一样该有多好！"

老李也乐了，说："那我就认您当老娘了！说实在，我从小就没爹没妈，还不知道娘是啥样的呢？"

他们只顾着不停地又说又笑，不想从屋里也传来了一阵笑声。抬头一看，可把大娘乐坏了。原来，金大爷不知什么时候从床上爬了起来，自己走到门口，站在那里望着他们傻乐呢！这两天，老李天天陪他吃，陪他喝，给他包饺子，又帮他洗澡、剃头、刮胡子，他已经和老李混熟了。今天他一觉睡醒，听到外面有说笑声，他忽然一下子明白过来了，就随着笑声走了出来。

大娘见他出来，怕他着凉，就叫老李把他搀进屋里，一面给他递上茶水，一面哄他："我给你认了一个儿子，你看好不好？"

"好，好啊！"金大爷答应着，但又像想起什么，说，"他不是大川，不是咱家的大川！"

金大娘见他不糊涂了，这才原原本本地把老李来找梁映竹的事对他说了，他也渐渐地明白过来。金大娘怕他再犯糊涂，连忙问他："是不是还有封信，梁大姑娘的信？"

"信，信，有，有啊，她来过，她妹妹来过，有信，有信。"老李忙问："信在哪里，我就是为信来的。"

"信在哪里？信在 …… 在 ……"金大爷想了半天，越是要紧的节骨眼上他越糊涂，老李和大娘只能焦急地等，又不敢过分逼他。过了好一会儿，他才说："在匣子里 …… 匣子里。"

老李这才吐了一口气，但是匣子又在哪里，就再也问不出来了。

金大爷睡了，大娘和老李就把整个家翻了一遍。这房子就只有两间，老两口住外间，儿子住里间。儿子长年不在家，他屋里堆满了破烂。老李来后，大娘就胡乱腾出一边炕让他凑合睡下。看来那匣子就在这堆破烂里。老李说："大娘，别急，我本来也想替您老收拾收拾这个小屋。现在正好，咱们就豁出一天，一边收拾一边找吧。"大娘想想也只好如此。

两个人果真把他家的"宝贝"翻了个遍，能用的，老李就顺手放整齐，不能用的也找了个家伙盛了起来，准备到破烂市上去卖。中午也没做饭，凑合着吃了点干粮，又继续干。真是功夫不负有心人，当东西收拾得差不多了的时候，那匣子终于在一个破筐里出现了。

以前金大爷没病时就爱看个皇历。他怕别人乱撕，就把每年的皇历，都像宝贝似的收藏在一个他自己专用的木匣子里。自从他病倒后，就再也顾不上看皇历了。金大娘总盼着金大爷有一天会好起来，说不定又要找这匣子，所以一直没敢扔掉。可能是她儿子觉得这东西没用，就随手丢在筐里了。

老李迫不及待地打开了木匣子，很快就把信找了出来。他毫不犹豫地拆开了那封信。

这信还是三年前金大爷搬家前收到的。那时鬼子还没投降，金大爷在门前摆了个小烟摊，碰上两个伪军，不但不给钱，连烟摊也给砸了。老两口生活困难，只好卖了房子，搬到现在这个地方。从此，生活全靠儿子扛大包省下几个钱给他们糊口。老人淤在心里的气再也化不开，慢慢地就得了这个痴呆病。幸亏当时他把这封信当作贵重的东西珍藏起来，才能留到现在。

信中并没有什么不可告人的话，只是一般的寒暄。梁映竹在信中告诉继昌自己办了一个私立小学，并说如有可能希望继昌给她回信。仅此而已。看到这些，老李如获至宝，欣喜若狂。但不一会儿，他又泄气了。原来信上的地址，因受潮发霉已看不清了，只能看到三不××斜×，××小学的字样。"三不×？"对，也许是三不管，应该去那里打听打听。

老李又请金大娘再三回忆送信时的情景，大娘说："梁大姑娘人缘好，我老头一直把她当亲闺女看待。她搬走时，老头子还真舍不得呢！杨老爷来找过她，可连我们都不知道她搬到哪里去了。几个月后她的堂妹春竹来了一次，问有没有映竹的信，老头子就把杨老爷留下的信给了她。谁知那丫头不知怎么就把那信给丢了。过了两天，她又回来要。我家老头识不了几个大字，也没让她留下地址。又过了两年，春竹姑娘才送来这封信，以后就再也没有她们的消息了。"

第二天一早，老李连早饭都没吃，就直奔"三不管"去了。他到处打听那所小学校，但那学校本来就小，地点又偏僻，真不好打听。老李又掏出信来仔细查看，发现地址上像是有个斜字。他想，那一定不是"斜街"就是"斜巷"了。他又打听了半天，还是一无所获。

老李从早起就没吃早饭，一直马不停蹄地跑到现在，肚子早就饿了。这时，他看见路旁有个卖豆腐脑的小摊，就过去呼噜呼噜地喝了两大碗。旁边一个卖糖人的小贩，见他饿成这样，就好奇地和他聊了起来。老李也顺便向他打听，附近是不是有个带斜字的街或胡同？里面是否有个小学？他没想到，这个年轻人竟是以前在那个学校读过书的学生。

这青年也很怀念他的梁老师。一听说梁老师在上海的亲戚要找她，连生意也不做了，背起他吹糖人的架子，一溜烟儿就把老李带到了南斜街的映竹小学。一路上他告诉老李："那学校教育局不承认，又没钱，早停办了。她们母女俩以前还有点钱，可全都贴在学校上了。现在她们自己连碗饭都混不上，真可怜。"

老李第一眼看到的，是一个满面愁容、身穿孝服、独自在洗着一大盆衣服的"老妇人"。老李惊呆了，他简直认不出她来了。十年不见，梁老师竟变得如此的衰老、疲惫，连腰都直不起来了。他顾不上细说，只提了一句："我是车夫老李，是杨老爷派我来接您的……"这突如其来的一句话，几乎使梁映竹晕了过去。她一时不知所措，慌乱得不知如何是好。过了好一阵子，她才镇定下来。

老李买了几个糖人，把那青年人打发走后，这才拿出继昌的信。等映竹看完了信，老李又将最近几年，家里发生的大事一件件地讲给映竹听。最后，他还向她转达了继昌急切盼望她去上海的心情。老李的这番话，对映竹来说，真像是求到了救命的菩萨。她从不信鬼神，然而此时此刻，她似乎觉得有神灵在保佑着她："莫非妈妈还没走远？也许是她在保佑着我，不然老李怎么赶得这么巧，否则我不是只有死路一条了吗？"

其实这些年，映竹根本没有离开过天津。受到怀馨威逼后，她马上搬了出来。故乡回不去，在天津谋事也很困难。她也曾想过偷偷地再去找继昌，但一想到怀馨，她又退却了：一怕别人知道她和继昌的事，二怕万一被那个女流氓发现，说不定还会做出使她更为难堪的事来。她心里害怕，就这样拖了很久，她也没和继昌联系上。后来，她以为继昌早已把她忘了，也就死了这条心。

正当她一筹莫展的时候，她忽然想起还有个远房的叔叔在天津三不管地区做生意。对，只能去投奔他了。后来，在这位叔叔的帮助下，她在三不管附近租了两间房，办了个私立初级小学。

这地方穷孩子多，上学困难，梁映竹只能按最低标准收费，招了二十几个孩子，分成两个班。教师、校长、清洁工全是她一个人，那打铃和门房的事，就由老娘来承担。

梁映竹原以为学费收入虽少，但只要自己省吃俭用，两个人的开支总该够了。不料物价涨了，房租也加了，可由于她的学生都是穷孩子，学费却不能涨，所以每个学期下来她还得贴老本。到鬼子投降的时候，怀馨那二千块钱也快用光了。国民党回来了，映竹抱着一线希望到教育局申请转为公立小学，可局里的人说："这事得教育厅批。"她又去了教育厅，也是没有下文。看看不行，她又请求分配她去公立小学当教员。但是她跑了好多次，却连个正经办事的人都没找到。她仍不死心，又给教育厅写了一个呈文，结果仍是石沉大海。

怎么办？回去继续办那个私立小学吧，映竹再也没有可以补贴的钱了。可眼下时局不稳，她连当家庭教师的工作都找不到。无奈，母女俩只好靠帮人家缝补、拆洗衣服度日。

这些天以来，映竹都快愁死了。原来，梁老太太因为长期营养不良，已晕倒过许多次了。一天，映竹出门去收脏衣服，她老人家勉强起来做饭，忽然一下子晕倒在炉灶前，碰伤了头，昏迷了两天后就去世了。映竹变卖了家里所有值点钱的东西，只买得一口薄皮棺材。现在，已经过去五天了，她还不知道到哪里去弄钱，请人把它抬出去呢！她连饭都顾不得吃，只想快点把衣服洗好，挣几个钱回来安葬母亲。正当她精疲力竭、眼看着快要撑不下去的时候，幸亏老李及时地赶到了，映竹这才感到有了主心骨。

老李一面抹着眼泪，一面安慰她。映竹的话刚讲完，老李二话没说，马上就行动起来：他先出去买回了一些菜肴，又叫梁映竹找些能帮忙的邻居和学生来吃晚饭，商议送葬的事。第二天，他去看好了一块坟地，又买了个好一些的棺材将老人重新入殓。在老太太头七那天，他还请了几个和尚来念了一天经，满排场地给老人办了丧事。

丧事刚完，老李就劝映竹不要守孝了，先随他去金大爷家住几天，然后马上回上海。映竹安葬了母亲，心中已觉得踏实多了。同时她也觉得，这个破家确实已无法再住下去了。于是，她很快收拾出了一个小包，并将剩余物品全部送给了邻居。第二天，她就跟随老李离开了这个苦熬了十年的小窝。

老李把映竹安顿在金大爷家后，马上就去见了姑爷，请他赶紧给继昌发封喜报。趁着这个空当，他又回了一趟在杨柳青附近的老家。他家里已没有什么亲人了，也不想在那里找媳妇，只是想看看以前照顾过他的几个老人和童年时期的朋友。所以他没住几天，就又返回了天津。

映竹在金大娘的细心照顾下，每日好吃好喝，又得到了充分的休息，没几天就恢复了体力。她毕竟是刚刚四十出头的人，全身上下只要打扮得干净利落，很快就体现出了她原来的气质。老李回来后吓了一跳，怎么才五六天不见，她就这么容光焕发了？好像换了一个人似的！

老李把姑爷送的五百块钱交给映竹，又带她去小白楼和劝业场购物。映竹只买了几身中档服装和两双皮鞋，除给自己留下百十块钱，剩下的二百元，全给了金大爷。

她没生过孩子，身段本来就好。现在，她穿上崭新的旗袍，再加上她那知识妇女的风度，更显得落落大方、高雅端庄了。老李见了心中暗想，她可真是强过怀馨十倍！

临走前，老李又去买了白灰、苇席、秫秸，把金大爷的房顶、土炕都认真地翻修了一遍，小院子也收拾得干干净净、整整齐齐。了却了这几桩心事后，他才依依不舍地告别了金大爷老两口。

亦荃知道了映竹的消息后，特地由北平赶来为她送行。她还拿出一个小包，叫老李带给继昌。

到车站来接映竹的是继淑。过去她二人在天津见过面，彼此只是打个招呼而已。这次却大不相同了，刚一见面就显得分外亲热。继淑说："我大哥请你先住在我家。老许外出了，我一个人也很寂寞。大哥还说，好日子由你定，他明天就来看你。"不用说，继淑对这位新嫂嫂十分满意。

这样的安排无可挑剔。本来映竹也想过，母亲刚刚去世，怎能马上结婚？若不能马上成婚，住进杨家就不成体统。现在她可以先住小姑子家，有她从中斡旋，什么问题都好解决。

继淑叫映竹住在自己的卧室，她暂时住在亦菡住过的那个亭子间。映竹要她换回来，继淑说："我大哥会常来看你的。我总不能让大哥到亭子间去吧？"映竹也不好再推辞了。

第二天，继昌果然叫老李陪他来看映竹。继昌对继淑的安排很满意。他们一起商量，怎么办才能把喜事办好。要是按老规矩办就得先守孝，多则三年，少则一年，最少也得七七四十九天，然后才能办喜事。但是大家都认为根本没有必要那样做。实际上，继昌他们早已是夫妇了。现在不过是补办个手续罢了。所以，大家商定，等过了"五七"，也就是再过十来天就可以办喜事了。

继昌本想热热闹闹地办一下，但他现在的经济条件已不允许他再大操大办了，他感到有些愧疚。映竹是个非常通情达理的人，她认为自己已经四十多岁了，能找到这样的归宿已经很心满意足了，哪还会有更高的奢望呢？继淑也非常善解人意，她替哥哥做了主，宣布婚事一切从简，安排如下：第一拍一张结婚照片，第二请两桌酒席，第三由老李陪同去杭州玩几天，算是度蜜月了。

大家一致同意了这个安排，不料，唯独老李不同意。大家都奇怪地看着他，他才低着头，吞吞吐吐地说："我和田妈想借您老的光……"继昌这才恍然大悟，原来老李和田妈早有意思了。他只顾自己办事，完全忽视了老李。听老李这么一说，继淑高兴得蹦了起来："对，对，一起办，一起去杭州！"这意料之外的喜上加喜，更增加了热闹的气氛。

等大家的心情稍稍平静下来之后，老李把亦荃给的那个小包交给了继昌，那是她母亲留下的一枚金戒指和一对翡翠耳环。亦荃知道父亲的困难，特地叫老李带到上海。这可真是雪中送炭啊！继昌把翡翠耳环给了映竹，把那枚纯金戒指送给了田妈。

梁家老太太的"五七"一过，映竹就除了孝服。继淑又帮她和田妈都准备了一番。那天一早两人装扮停当，就由继淑家里乘小轿车出发直奔杨府了。伴娘只有继淑一人，临时又拉上了亦莼。下汽车时，继淑挽着映竹，亦莼就挽着田妈。

两个新娘子穿的都是继淑请人定做的玫瑰红丝绒旗袍，头上戴的都是亦莼送的粉红绢花；两人又都戴着金戒指、金耳环。除了映竹手上多了一只亦杰媳妇送的新式开金女表外，这两个新娘子打扮得是一模一样，又都一样漂亮、动人。快要照相了，继淑又赶紧给二人戴上两串假的珍珠项链，她说："上了照片，谁也看不出是真的还是假的了。"她要骗谁？这可是继淑的秘密……

继昌虽已年近七十了，但自从怀馨走后，他生活上、生意上的烦心事少多了，再加上这桩美事，他真是人逢喜事精神爽，身子骨也显得更加硬朗了，看上去比实际岁数年轻了许多。

在大家的陪同下，两对新人来到照相馆照合影。继昌专门给映竹租了白色的婚纱，还买了一束鲜花让映竹捧在手里，自己也穿上了大礼服，照了一张西式的合影。他不仅要把这张照片送给远方的弟妹和亦荃姐妹们，自己也要留一两张"赠给别人"。

下午宾客到齐，继昌在客厅摆上祖宗牌位，隆重地举行了一个旧式婚礼。

宴席是原来那位厨师操办的，一共三桌。老李非叫把他的那桌席摆在底层，为的是吃喝随便、痛快。除他们夫妇、厨师及帮厨的下手外，还请了看弄堂的老马、王老板的司机、亦杰的司机，另外还有他那个"老大"和这个地段的警察。

楼上两桌当然有继昌夫妇和他生意上的主要伙伴王老板、朱经理等，以及继淑、亦杰两口子和孩子们。为了不使亦杰难堪，继昌允许他们夫妇称映竹为梁老师，但亦莼却拉着容蓉一起叫开了"妈妈"。

好在杨家没有其他亲戚，继昌也不愿过于张扬，所以闹洞房等俗套也就都免了。宴会过后，继淑把早已准备好的红包分给了用人和孩子们，婚礼就算结束了。

怀馨很快就见到了那张专门"赠送"给她的结婚照。她气得要死，嘴里不停地骂着"贱货"。可她心里明白，自己连当这"贱货"的资格都没有。人家是明媒正娶的正房，可自己在杨家时不过是个小妾。现在她虽然嫁了魏某，也没能风风光光地拍张结婚照，她总觉得还是没有名分，这成了她终身的遗憾。可她也不想想，当初她公开和魏某的关系时，哪有脸挺着大肚子和那个小男人去拍结婚照啊？现在继昌送给她这张照片，明摆着是要羞辱她。她怎能抑制住这心中的怒火？她气得几乎要发疯了："哼！你们老夫少妻绝不会有好结果！说不定也得走我这条路。咱们走着瞧吧！"她觉得这还不够解气，又接着骂继昌，"你个老棺材瓢子，穷光蛋！我要不是怀孕了，才不会那么早就到苏州来呢！我就该连宏丰、茂源的最后那点产业都不给你剩下！"

接连给魏如圭生下两个女儿之后，怀馨现在又怀上了，这是她的第八胎了。虽然已是大腹便便，她仍不肯撒手，让魏如圭去接管米厂。也难怪她有戒心，当初在天津坑杨继昌时，不就是他帮的忙吗？

魏如圭看上去过得很清闲，也很潇洒，可又有谁能体会他的内心世界呢？现在，他学会了用较先进的方法饲养。二百多只来亨鸡，蛋大、量多，自己家里吃不完，招待客人也有富余。然而，他又不是和鸡结婚的。他的妻子是这么个全身发福的黄脸婆、罗刹女，和这些来亨鸡一样，蛋不少，就是叫人爱不起来。

怀馨气呼呼地把那张结婚照片扔在一边，没想到让魏如圭看到了。他不由自主地说："好漂亮的新娘！不像怀柔。这是谁，是你的……？"他忽然认出那新郎竟是杨继昌，就说，"他真有福气。这新娘多气派，还戴着珍珠项链呢。"这句话就如火上加油，把怀馨惹急了："真没想到，你也是个吃着碗里的，看着锅里的东西。你眼馋了，是不是？！"

魏如圭已经习惯于逆来顺受，他不声不响地溜到鸡场去了。怀馨想哭，却又没有眼泪，她心里明白，丢掉的东西是再也拿不回来了。杨继昌虽风度依旧，但毕竟年已古稀；魏如圭虽然年轻，却成不了大器。往事真是不堪回首："哪个也比不上容蓉他爹！"她不禁在心中哀号着。

怀馨一连好多天魂不守舍，一不留心，竟摔了一跤。一见下身出血，忙叫魏某送她去医院。魏如圭也很着急，他真希望有个儿子，将来好继承怀馨的家产，"但愿这次怀的是个男孩，千万别流产！"

他在手术室门口等了半天，才有个护士出来喊张怀馨的家属。魏如圭连忙跑过去问："孩子没事吧？"那护士瞪了他一眼问："你是她什么人？是她男人，还是她兄弟？不管大人只问孩子？告诉你，那孩子没了，是个三个月的男胎。以后你也别想了，她已四十多岁了，要是再生，连她的老命都难保了！"

医院的"判决"等于宣告了他们婚姻的死亡。从此，二人心中的裂痕就越来越深了。

映竹嫁到杨家都两年了，可继昌的经济状况仍没有好转。但映竹非常会过日子，两个孩子身上穿的新式样学生服，全是映竹自己剪裁、自己缝制的；继昌和她自己的衣服也是她做的；就连全家的毛衣毛裤都是她亲手织的。饭菜虽然简单，但很有营养。她还帮助老李把庭院里一切可以利用的空地都利用起来，种上小葱、青菜、萝卜、各式瓜豆，真是遍地开花。又养上一些鸡，下些蛋，省了不少开销。有了这样一个勤俭持家的主妇和善于教育孩子的慈母，一家人过得十分和美。继昌常想，她简直是又一个天香。不过天香还不如她，她大学毕业，在教育孩子方面比天香更胜一筹。看来他是因祸得福了。这还真得感谢怀馨才对。

继昌知道自己已经到了这把年纪，发大财的日子不会再有了。他只求能保住现在这个穷日子，平平静静地度过余生，也就心满意足了。但是连年的战争，让他连这贫穷的日子也不能踏踏实实地过下去了。

内战打了三年，现在已是一九四八年年末了。国民党在各条战线上都遭到了重挫：整个东北全丢了，平津已危在旦夕，淮海战役也屡战屡败，南京已处于前线，上海还能躲得了吗？现在，虽然国民党已做好了放弃长江以南地区的准备，但许多高官显贵仍不死心，他们还是把赌注押在长江天险这道共产党难以逾越的天然屏障上。

时局紧张，逼得继昌不得不考虑将来的安排：亦杰靠不住，亦雄又不知是否还在人世，那亦麒就是他唯一的希望了。算来亦麒在美国也该读完硕士学位了，继昌就连忙写信，叫他赶快回来。如果这时亦麒再不回来，万一这里成了共产党的天下，他担心会"阴阳两重天"，到死都见不到他了。

这两年，亦麒从怀馨那里要来的那一万元和父亲给的一根金条早已用完了，怀馨答应每年给他一万元的承诺也只是张空头支票，继昌又没能给他寄过一个钱，所以，他只好靠假期打工和继贤给的一点救济继续读书。现在，他的苦日子快要熬出头了，只要再读半年，到暑假就可以拿到硕士学位了。可这时父亲却来信要他马上回国，他不甘心就这样放弃掉，这个历经千辛万苦眼看就要到手的学位。

大姑继贤也认为："现在国内情况不明，而且你学位还没到手。就是学位拿到了也该先找个工作，取得居留权再说。这样进可攻，退可守。到那时你再请假回家，想留就留，不想留，你还可以回来。"

他们对国内急转直下的形势全然无知。国民党封锁消息，美国新闻机构也不轻易透露真相，再加上继贤和亦麒平时又都不关心时事，结果，正如继昌所估计的那样，父子俩再想见面已是"阴阳两界"了。

北平和平解放不久，天津也失守了。眼看共产党要打过长江，南京政府做了破釜沉舟的打算：我们拿不走的，也决不能让共产党得到！他们不但把国库里的黄金、财物，以及故宫里的大部分珍宝劫持到台湾，甚至连民间的财物也要千方百计地弄走。国民党制定了一份名单，上名单的都是有钱、有地位、有学识的人，规定他们要在限期内携带眷属和家产离开上海。

继昌早已破产，国民党哪里看得上他这个穷老头。可王老板和亦杰却都"榜上有名"。当时很多不想走的人，能够采取各种方法躲藏起来。而王老板和亦杰还在等，想看看共产党是否真能打过来。他们考虑的，倒不是要在国民党和共产党之间选择一个政府投靠，而是觉得这又是一次发洋财的好机会。

果然不出所料，解放军刚刚占领南京，王老板一见大势已去，立即就携带厂里的大批资产逃跑了。亦杰听到这消息后，也突然失踪了。后来才查明，他偷走了宏丰布厂存在香港仓库里的一大批棉纱的提货单，然后逃到香港去了。

宏丰布厂现在是既无资金，也无原料，已陷入即将倒闭的境地，这使继昌又一次遭受了沉重的打击。

以前，宏丰布厂每月多少还能给继昌发一些"工资"和面粉。可现在，连这一点也没有了。而那物价却像火箭似的飞涨上去，钞票的价值和手纸差不多，要想买一个烤白薯得用一大捆钞票。工厂的工人一拿到工资，就赶紧跑去抢购。大多数都是抢购粮食和日用品。继昌算是比较有远见的，半年前他就已囤积了不少粮食、油、盐、罐头和日用品之类，准备必要时再用。但他也不知这种情况要延续多久，不敢轻易动用。另外，也不是所有的东西都能囤积，很多东西还是要随时花钱去买的。

亦杰和王老板逃走的事，开始继昌还不相信。直到另一个副厂长和总工程师来找继昌，他才弄清真相。工人们认为他和亦杰既是父子，肯定是串通一气的，就找了一辆汽车把继昌接到厂里去了。虽没明说什么，但实际上就是把他当成人质了。

既然厂里没人管事，工人们只好自己组织起来，由工会当家，成立了工人纠察队来维持秩序。这样厂里反倒变得太太平平的了。继昌在厂里住着，伙食虽差一些，倒也没受什么委屈。

工会决定：生产能不停的绝不停。愿意回老家的也不强留。

继昌被"接"到宏丰布厂的第二天，亦莼也不见了。田妈告诉映竹，她一夜都没回来，担心她会出事。

正当映竹万分焦急的时候，有个自称是亦莼同学的姑娘打电话来说，亦莼到苏州实习去了。映竹很怀疑，但她转念一想，这种时候如能住在苏州她母亲家里也许更安全些。现在最要紧的是继昌。她很清楚，一家人都在等着她拿主意，所以自己在表面上一定要保持镇静。

她考虑再三，决定亲自去工厂一趟。一来探望一下继昌，二来和工厂交涉放人。老李把她送到工厂，又不放心家里，就先回去了。

工会负责人对映竹说：只要他们能说清，继昌和王老板、亦杰的携款逃跑的事确实无关，就可以放人。映竹说："这好办，你只要把抗战胜利后这些年的账目清查一遍就知道了。我们除了每月拿一份'副厂长'的工资外，什么也没有。"接着，她把亦杰和继昌的关系如实地对他们说了一遍。然后又说，"老实说，杨亦杰走时连我们都被瞒得死死的。后来收到一封信，才知道他已经走了。信中说，他家的另外一把钥匙放在厂里办公桌的抽屉里。不信你们可以自己去找，也可以到他家去搜。"说完，她拿出了亦杰的信。

工会负责人查完了账，又派人去亦杰的小楼里搜了一遍，什么值钱的东西也没找到，也没查出继昌和他有什么合谋的迹象。而且，他们从与继昌的谈话中得知：在太平洋战争时期，是继昌把自己银行的股份拿出来给宏丰布厂抵了债。后来，又是他请许云天出面帮厂里解决了劳资纠纷。这些都说明杨继昌为工厂做了不少好事。工会里有几个工人认识许云天，不免向继昌问起他的近况。于是，很快就弄清了他们之间的关系。

工会对继昌的敌意渐渐地消除了，他们对梁映竹的印象也不错。尤其是，当他们听说继昌有几个儿女都是解放军时，大家都感到很奇怪："都是你杨继昌的儿女，怎么会这么不同呢？"继昌一本正经地说："良莠不齐，自古有之，自古有之。"尽管他又摆出了一副老夫子的样子，大家也见怪不怪了。

工厂决定马上放人，还再三对杨继昌和映竹表示歉意。当知道他家的困难后，又送给了他一百斤大米和一百斤面粉，并派汽车送他们回家。

不久，杭州解放了，上海也已在解放军的重重包围之中了。但黎明前的黑暗更加可怕。大街上，除了排队抢购的人群和国民党的巡逻兵外，极少能见到行人。国民党一面在暗地里大肆抓人，一面加紧在主要的街道上筑起乌龟壳似的礁堡和各种工事，准备顽抗到底。同时，他们还准备在撤退前对城市进行大毁灭。为了防止国民党逃跑前搞大破坏，工人纠察队已监管和控制了各大工厂。

杨家有了工厂送的这二百斤粮食，至少可坚持一两个月。映竹又翻箱倒柜，好不容易找出一百多块银圆和十几两黄金，其中大部分是大太太临终时留下的。这就是杨家现在的全部家当了。映竹算算还可以维持一个时期。因此她决定：从现在开始，每周只能用一两个银圆，除买些肉蛋外，其他的能省就省。

在映竹的精心策划下，这一家人总算平平安安地熬到了解放。

第 十 五 章

　　国民党的高官显贵们在离开他们的豪华住宅时，是多么的不情愿啊！他们万万也没料到，那道被认为是万无一失的长江天险竟会在一夜之间被解放军攻破了。他们更没想到的是，连上海也快保不住了。

　　抗日战争初期，他们就曾逃离南京，时隔八年才回来。这次他们又逃离了南京，有的想躲到上海，有的想躲到浙江，以为不久还能返回。可现在长江、杭州都已失守，上海也会随时丢掉。他们已没有了退路，如果不投降就只能逃到台湾。那样的话，他们今生今世怕是再难回来了。

　　几乎是在亦杰逃跑的同时，他那位当部长的老丈人也正在做逃往台湾的准备。在此之前，他曾把所有贵重财物都寄存在上海英商汇丰银行的保险柜里，现在已全部取出。另外还有许多古玩、字画，虽说不上价值连城，至少也值几十万美元，也得想办法运走。至于那南京和上海的两处宅院，以及屋内全套的高级进口家具 —— 咳，太晚了。这时候，还能卖给谁呢？

　　他和亦杰不同：亦杰准备卖掉宏丰布厂存在香港的棉纱，就留在香港做生意了。而这位部长却是死心塌地要跟随蒋介石，第一步逃到台湾，说不定还得逃到国外。

　　那位部长夫人哭哭啼啼，拿了这样，又舍不得那样。但飞机运不了许多，最后只得决定，除贵重首饰、金条及部分细软等物品随身携带外，其余财物全部装箱搭轮船运走。她足足装了十几大箱，还觉得丢得太多。

　　她一定要亲眼看着这批宝贝运上了轮船，才肯乘飞机离开上海。从码头回来，她嘴里还不停地在祈祷，希望上帝保佑她的财产一路平安。

　　超载的轮船吃力地驶出吴淞口，一天后到达舟山群岛附近。可这时正赶上清明时节，雨下个不停，海面上能见度很低。大副请求找个地方停一天，待天空晴朗一些再走，但船长不肯：一来这船上装的全是高官显贵们多年来搜刮的贵重财物，万一被舟山的游击队发现，他们就溜不掉了；二来如能早一天到达台湾，就能早一天赶回来再装一船，又能赚很多钱。

驶离舟山后，轮船越走越困难。加上乌云密布，才下午五点多，天已经黑了下来。大副本来很熟悉这一带的水路，今天却不知怎么了，他感到焦躁不安，一种不祥的恐惧感油然而生。那超重的轮船也越来越不听使唤，不知怎么，竟向着一个庞大的礁石滩冲去。等到船长发现时，已为时过晚，船头已经撞了上去，船底被撞开了三个大裂口。船上那上百个逃难的家庭连同他们的全部财产，都成了国民党的殉葬品。

两天后，当电台广播这条沉船的消息时，正是那位部长和夫人乘坐的飞机在台湾机场降落之际。夫人一听就晕倒了。部长一面搀扶着她，一面安慰道："你又没亏了什么，何必这么激动？那些东西全都是白来的，我们以后再想办法。你随身携带的那几百两黄金、美钞和珠宝，足够我们花一阵子的了。"

当时除了乘飞机外逃的高官显贵们外，还有大批被胁迫的士兵和技术人员也乘船来到台湾。

继淑听到哥哥被工厂"接"走的消息后，一直为他担心。但这些天医院事多，她实在脱不开身。前天又听说哥哥已经回来了，她赶紧打电话去询问情况。映竹在电话中说："人平安无事，只是工资没有了。"又说，"不知这仗还要打多久，长此下去，恐怕我们也要变成贫民了。"

继淑当时没搭话，但她一直记在心里。恰好这天晚上没事，一下班，继淑就带着她保存多年的最后一根金条和刚刚发的工资，准备去看哥哥。她先去了趟法租界最繁华的大街 —— 霞飞路。那里有几家外国人开的点心店，尽管东西贵得出奇，但为了哥哥，她还是咬了咬牙，买了两只法式奶油面包和一包精致的点心。她一路走，一路想，哥哥养大我们姐妹几个真不容易。他前半辈子家境还不错，可后半生却很不幸。不但破了产，剩下的钱又差不多都被怀馨坑去了。现在工厂又停了他的工资，这样下去，他的日子可真不好过了！

不远处来了公共汽车。就在继淑一手拿着东西，腾出另一只手要去抓扶手准备上车时，倏地一下蹿过来一个黑影，伸出一只脏手抢走了她那包面包和点心。她大叫一声，回头一看是一个流浪儿。他一面跑，一面抓着面包往嘴里填。见此情景，继淑有什么办法呢？去追？肯定追不上了。即便是能夺回那包脏手抓过的点心，还能吃吗？继淑叹了口气，只得上了车。眼巴巴地看着自己半个月的工资，就这么"飞"走了。

春天的阴雨天气使继昌的房间里显得更加阴暗、瘆人。老两口默默无言地相对而坐，看上去似乎很安详平和。但实际上，两人的心里都在为今后的生计发愁。家里的这点粮食，虽然还能再支撑一段日子，但长久下去，怎能养得活这个六口之家啊？容蓉还是个孩子，不大懂战争带来的灾难，她也不愿想这些事。老李是个乐天派，只知道整天摆弄他的瓜菜。他说："如果仗再打下去，干脆，我就把花木都挖了，全种上瓜菜。自己吃不完，还可以拿去卖。"一说起厂里把继昌的工资扣了这件事，他说："怕什么？还有我呢，花我的！我和田妈都还存下不少钱呢，尽管用就是了。"说得继昌老两口心里热乎乎的。

让继昌忧虑的，还不完全是吃饭的问题。远处，已能听到一阵阵闷闷的炮声，这说明共产党已兵临城下了。国民党扬言要死守上海，一旦他们挺不住了，就要炸毁电厂、自来水厂等民用设施，要让上海变成一片焦土。他不由得想起抗战初期，长沙那场大火的悲惨情景。这种事，国民党还会再做的。不过这些话，他只能憋在心里，不敢对家人说，免得他们害怕。

妹妹一进门就叽叽喳喳地说个不停。这阴冷的屋子里好像突然刮进了一阵和暖的春风，继昌也觉得自己体内似乎又重新注入了活力。"云天有消息吗？"继昌迫不及待地问。"共产党早点打进来，也许我们大家都还有救。老这么拖着，真会把人拖死的！以前我一听共产就怕，现在我也成了无产阶级了，真盼着我也能共点什么回来呢！"

映竹也说："共产党是怎么个共法，我们还不清楚。可我看到的是，国民党把老百姓的钱全都搜刮走了。再这样下去，真不知道穷人以后还怎么过哟！"

"外面的人也全是这么说。"继淑接过话茬儿，"那些骗人的家伙走了更好，让我们这些剩下的人好好建设新上海吧！"说到云天，继淑压低了声音，"我说不准老许什么时候能回来。但他托人捎信来说，他已调到了一个新的部队。这个部队正准备接管上海呢！只要上海一解放，他肯定很快就能回来了。"

听了这些话，继昌心里安定多了。可他对上海民用设施的安全问题仍感到忧心忡忡。继淑明白他的心思，安慰他说："你放心，上海有很多地下党。现在大部分工厂、仓库，都已被工会控制住了。国民党想执行焦土政策，没那么容易！"虽然继淑不是共产党，但她说出的话却那么斩钉截铁、毋庸置疑。"真看不出，继淑现在知道的还真不少，到底是云天的妻子啊！"继昌暗暗佩服。

继淑又拿出她那根金条交给继昌，说："这原来是我留下自己备用的，现在一时用不着。我身边还有钱，而且医院里又管饭，我一个人好混。我现在是一人吃饱，全家不饿。你们有一大家子人，就留下防备万一吧！"

见继昌和映竹百般推辞，继淑就讲了刚才点心被抢的经过，并说再带回去很不安全，请哥嫂一定收下。考虑到现在正是国共交替时期，市面上常常会出现一些混乱，抢劫、偷盗的事情也时有发生，继昌这才答应替继淑先保存起来。他还嘱咐继淑，近期最好不要回自己家住，免得一个女人不安全，不如搬过来一起住，有什么事也好有个商量。继淑婉言谢绝了，说："因为现在街上常常戒严，为了怕影响上班，我大部分时间就住在医院的宿舍里。等我有空，一定回来看你们。"

说话间，容蓉放学回来了。继淑高兴地搂着她说："你又长高了，快成大姑娘了。"又问她，"小莼呢，我好多天没见她了。"

"她去苏州实习了，她今年毕业。等实习一完就要考试，说是六月毕业。你看，偏偏赶上这时候。"映竹只知道这些。

但继淑却知道得更多。她这是明知故问。实际上，真正了解亦莼情况的只有继淑。继昌怎么也料想不到，在他自己的眼皮底下，又一个革命青年成长起来了。

亦莼，这个貌似文弱的小姑娘，从小就对这个封建腐败的家庭里所发生的一件件事情，都感到非常的厌恶。抗战中，她又耳濡目染了自己的亲人们参加抗日队伍的经过。这些都在她幼小的心灵中埋下了革命的种子，使她渐渐懂得了是与非。当学生们举行"反饥饿，反内战"的游行时，她也毫不犹豫地参加了。她还把从姐夫周之强那里听到的警察要到学校抓人的消息告诉了学生们，使他们及时逃跑。不久，她就成了学生运动中的积极分子。她很清楚，过去哥哥姐姐们离家出走是为了抗日，如今她投身革命是为了反对邪恶，反对国民党的黑暗统治。

亦莼的行动，很快就引起了特务们的注意。在她即将毕业的那个学期的期末，她被开除了。这意味着，她再也拿不到大学文凭，而且再也找不到工作了。特务们还威胁她说，如果她再不离开学校，那么下一次逮捕的名单中就会有她。

亦莼知道，不走是不行了。但她一时还下不了去解放区的决心。她本该去找映竹商量，但她没有这样做。并不是她不信任映竹，而是怕她不能替自己保密，万一让父亲知道了会伤心。于是，她匆匆跑去找二姑商量。"先去苏州怀馨那里躲一躲。"继淑帮她出的主意，"等上海解放了，再马上回来。如果映竹和怀馨问起来，就说是到苏州实习了。"

算起来这"实习"的日子也不短了，可一直没有亦莼的消息。一家人都在为她担心。真是说曹操，曹操就到。亦莼突然出现在大家的面前。一家人高兴得不得了，把她团团围住，问长问短。原来，亦莼的同学给她写信，说上海快要解放了，叫她赶快回来，准备参加解放军。

离开苏州前，亦莼见怀馨吃喝不愁，很不甘心。她就骗魏如圭说，和她一同来苏州实习的同学要会餐，想买点鸡蛋。魏如圭不好拒绝。亦莼就挑了一百多个又大又新鲜的来亨鸡蛋，请厨师煮熟后，装了满满一大筐。她还让厨师偷偷给她做了两只美味的炸鸡，说要一起带走。钱嘛，她叫魏某去向怀馨要。然后，她就偷偷地溜回了上海。

她得意扬扬地讲完了骗鸡蛋的故事，又夸口说，要不是路上不好走，还要扛上几十斤大米呢！大家都哈哈大笑起来，只有继昌心中感到有种说不出的苦涩。要是在过去，他无论如何也要把亦莼训斥一顿。但在眼下食物这么紧缺的情况下，孩子好不容易为他，为了这一家弄来这么点东西，他能责怪她什么呢？亦莼也看出父亲的心思，就解释说："这些东西是他们夺走的不义之财，本来就该我们吃。我不过是夺回了一点权利，还不行？"

晚饭很丰盛，有炸鸡，还有茶鸡蛋。剩下的鸡蛋虽然破了不少，但绝大部分都能吃。田妈把剩下的鸡蛋全部用盐水泡了起来，准备多吃些日子。

时光在一天天地流逝。尽管日子过得十分艰难，但在每个人的心中，仍留下了许多美好的回忆，他们的心贴得越来越近了。现在，这些有血缘和无血缘关系的人们似乎早已成为一家人了。他们都相信，共产党没有什么可害怕的。

坏人该倒霉了，好人也该出口气了。大家只有一个心愿：就是盼望着，早日解放！

唯独继昌，比别人多一件心事：但愿能看到孩子们一个个平安地回来。同时，他也怕听到什么坏消息。

继昌几夜没睡了，每天都提心吊胆地竖着耳朵听。这天他又夜不能寐。隆隆的炮声，先是越来越近，后来又是越来越远，也渐渐稀疏了。紧接着是阵阵的重机枪声，还夹杂着清脆的轻机枪声。拂晓时，除很远处还有少许炮声和枪声外，一切都趋于平静了。

五月二十四日黎明，继昌一家隔着玻璃看到：一队队穿着黄色军装、身背着精锐武器的解放军，迈着整齐的步伐从街道上走过。除了嚓嚓的脚步声和一两句口令声外，他们没有发出任何声音。很明显，他们生怕影响市民休息。可是这大规模的行动，还是招来了那些期待着他们到来的人们。不一会儿，大批的欢迎队伍和看热闹的群众就一下子拥上了街头，许多人还晃动着五颜六色的小旗，一个劲儿地振臂高呼："欢迎人民解放军！共产党万岁！"

下午，老李出门在附近转了一圈，看看动静。街上很平静，欢迎解放军的人群来来去去，只是店铺开门营业的少了一些。电车照常行驶，车上也有少数的解放军，他们大都没有带枪。

老李正在向映竹和继昌讲述街上的情况，容蓉和田妈也凑过来听。继昌忽然想起什么，说："小莼呢？小莼又到哪儿去了！？"

亦莼真的不见了。她留下个字条，向父母告别。继昌知道：他的又一个孩子，也羽毛丰满地飞走了。在他最困难的时期，亦莼始终没离开过他。这个活泼开朗、侠胆义气，又善解人意的女儿，现在也离他远去了，实在使他痛心。

他叫映竹打电话给学校，打不通。他又给继淑打电话，也找不到她，同病房的护士说她今天没上班。映竹想出去找，继昌不让，怕她也走丢了。

这一夜细雨绵绵，继昌几乎一夜没睡。他不停地隔着窗户向大街上张望。忽然，他发现人行道上有很多黑乎乎的影子在蠕动，时而还有手电筒的灯光在闪亮。借着手电筒的光亮，他看清了，那是人，是一队队穿着军装的解放军战士，在这黑漆漆的夜晚，他们就露宿在这又冷又湿的街道上！有的人披着深色的雨布，有的人连雨布都没有，任凭风吹雨打。很多人浑身上下都被雨水浇透了，但没有一个人去惊动老百姓。继昌一阵心痛："多么好的军队啊！他们宁可露宿街头，也不肯打扰老百姓。"他心中不禁暗暗佩服，继而又联想到，"这其中会有亦雄吗？他在哪里？他也会露宿在街头吗？"

老李也看见了。他悄悄地抱起两条棉被送去，但解放军战士坚决不要。映竹看出了继昌的心思，她也拿起几件雨衣送去，但战士们还是不收。这时，许多临街的大门都打开了，老百姓们不约而同地走了出来，他们有的送来雨伞、雨衣，有的送来衣服、被褥。但直到雨过天晴，解放军仍是一件也不收！

第二天清早，映竹去了亦莼的学校。学生们正欢天喜地准备和解放军开一次联欢会。只见同学们来来往往地忙活着，她也不知道该找谁，只好拉住一个女孩问道："我想找个同学，请问该去找谁？"

那女孩说："你说吧，看我知道不知道。"

"我找杨亦莼，你认识吗？"

"杨亦莼？没看见，他们毕业班很多同学都参军了，不知有没有她。"

这时又来了好几个同学，他们热情地告诉映竹：那些新参军的同学都在提篮桥的一个大院里集合，可能亦莼也去了。要找她得快点去，不然队伍就出发了。映竹匆匆忙忙地赶到了提篮桥，果然找到了那个大院。她说明来意后，不多时，从屋里走出来一个二十多岁的解放军。他先请映竹到屋里坐下，又倒上一杯白开水，然后自我介绍说："我们是华东军政大学派来到上海招生的。我是指导员。你找谁？我替你找来。"

映竹讲明情况后，指导员就出去了。过了好一会儿，就见亦莼蹦蹦跳跳地进来了。她穿着一身新军装，头上还戴着一顶新军帽，神气得很。一见映竹，她就高兴地拽住她直叫妈。映竹拉着她的手，不禁热泪滚滚流下。亦莼说："妈，你该替我高兴啊！哭什么呀？我都长大了，该参加工作了。现在不像解放前了，毕业就失业。看我阿姨，大学毕业十几年了，到现在还是待在家里。"她还怕映竹难过，又安慰说，"妈，你不也是一样吗？虽然是师范大学毕业，可是想当个小学教师都难。而我呢，比你们幸运多了！刚毕业就有了工作。你和爸爸都该祝贺我才对呀！"

映竹简直不敢相信，这才两天不见，以前那个淘气的小女孩竟能说出这么一番大道理来。她还有什么理由反对呢？但她还是控制不住流泪，也说不出是高兴还是难过，只是喃喃地说："你爸爸是担心你的安全，怕你会遇到什么危险。另外，我们也怕军队里生活太苦，你会受不了……"

指导员替亦莼回答了这一大串的担心，他说："我们是学校，不打仗。这次招的大多是大学生，是国家未来的栋梁，是为建设新中国做准备的生力军。他们将来会成为新中国的教师、工程师、国家干部。虽然眼前生活水平差一些，可那也比日本鬼子占领时期和国民党逃跑前那段日子要强多了。你放心吧，以后生活一定会慢慢好起来的。"

指导员又告诉她，今晚他们就要动身去南京了。在那里学习半年后，就分配工作。以后，家人就可以写信给亦莼或去看她了。最后，他还给了映竹一个地址。

映竹心中的一块石头落地了，可她还是提出让亦莼请假回去看看父亲。亦莼非常理解她的心情，但由于时间紧迫，她只能狠下心说："不行！现在国民党的飞机还是常来轰炸，火车都是晚上开，所以我们今晚就得出发。再说我现在已经参了军，就是战士了。部队的纪律非常严明，是不可以单独行动的。"

亦莼一面送映竹出门，一面给她抹泪。映竹反而更加伤心了。她悄悄把手上一枚金戒指摘下来交给亦莼，又塞给她一卷钞票，说："我就带了这些，以后来信我再给你寄。"亦莼不肯收，映竹说："你要是不收，我心里会更难过的！你先拿着。以后自己挣了钱，给你多买点什么不就得了？"亦莼见推辞不掉，只好收下了。临别，她又叮嘱映竹："你最好尽快去军管会问一问，看能不能分配个工作。现在到处都缺人，肯定能行。"映竹抹干了眼泪，这才一步一回头地走了。

望着映竹渐渐远去的背影，亦莼站在大门口大声地喊："一定要让我爹放心，我不会忘记你们的！告诉二姑，让她也放心！"看见映竹冲她招手，她又补充了一句，"叫容蓉长大了也去参军！"

听映竹讲完了事情的经过后，继昌又一次陷入了悲痛之中，不禁老泪纵横。不过，比起前几个孩子的出走，这一次，继昌感到好受一些。他知道现在全国大部分地区已经解放，不必过于担心亦莼的安全。何况她不仅仅是参军，同时也是有了正式的工作，应该说这是件两全其美的好事。想到这里，他又不觉感到有些欣慰。

映竹见继昌平静下来了，就把亦莼劝自己出去工作的事也说了出来。她说："以后如果宏丰布厂不能再白给你'工资'，茂源粮行的生意也做不下去的话，我们就得找别的活路。干别的我不行，不如我去教书，好歹能赚点钱养家。"

她的话，又引起了继昌的伤感。他也料不到自己苦苦经营了一辈子，到头来，竟弄到叫老婆养活自己的这般田地。他很不情愿地对映竹说："再等几天行吗？也许情况还会有什么变化⋯⋯"

"什么变化？难道你听见喜鹊叫了？咱家还会有喜事上门？"

这话竟然让映竹言中了。没过几天，一桩喜事果真上门了。这天，一辆从国民党手中缴获过来的吉普车，突然停在了杨家的大门口，从车上走下来一位解放军的军官。

云天！继淑说对了，第一个回来的就是许云天！继昌夫妇高兴极了，这是他们的救星到了！

现在，许云天是上海军管会的干部，分工负责接管一部分纺织厂。他到上海已经十多天了，一直很忙。今天，他把工作做了初步安排后，就打电话给继淑，约她一起来看望他的大舅子，也可以说是他的老朋友 —— 杨继昌。

许云天一身黄军装，腰里别着一支六寸小手枪，显得十分威武。虽说映竹是第一次见许云天，但她在继淑家曾见过他的照片，又常听继昌提起他，所以对他并不感到陌生。她像是见到老朋友似的，热情地招待他，还把家里的好东西 —— 咸肉啦、罐头啦 —— 全都拿了出来，又在菜市上买了条活鱼，为他做了一顿丰盛的晚餐。饭后，大家坐下来聊天。不多会儿，继淑也来了。一家人好久没有这么高兴了，当然要聊个痛快了。

谈到目前的生活状况时，继昌也顾不得什么脸面了。他当着妹夫的面，把眼前的困难都倒了出来。许云天思索了一下，答应一定帮他解决。因为继昌在他最困难时候曾帮助过他，那实际上也是帮助了革命。同时，继昌也是日军侵华和国民党统治的受害者，又有几个儿女参加了革命，所以他认为，按政策，杨继昌应该受到保护。

　　几天后，许云天派小林同志来到杨家，通知他们：经上级单位与教育局和宏丰布厂反复协商后，对杨家的人员都做出了妥善的安排。映竹可以持市教育局的介绍信马上到沪西区教育局报到，她可以选择当小学教务主任或中学老师；老李既然拿的是宏丰布厂的工资，就应到宏丰布厂上班。如果他觉得离厂太远有困难，可以住到厂里去。田妈也可以一同去当工人。但让宏丰布厂再继续给继昌发"工资"这件事，许云天却无能为力了。因为亦杰拐走了大量的资金，工会只能把这笔账算到继昌头上。除没收亦杰那栋小洋楼外，还不够，还要用继昌的股份来抵扣。不过，看在他已年近古稀的分儿上，工会也许还能给他留下一小部分股份，让他能拿到一点利息，维持生活。

　　老李高高兴兴地到工厂上班去了。他原来就是宏丰布厂挂名的职员，现在工厂人事科把他分配到总务科当了庶务员。老李很满意，他觉得这才是他发挥自己才能的场所。田妈向厂里请了一个月的假，她实在舍不得这个家，另外她也怕映竹将来一上班，没人照顾继昌和容蓉这一老一小。于是，她就以工厂还没分配给老李住房为理由，暂时留了下来。

　　老李临行前，映竹摆了一桌"宴席"为他送行。继昌又感到有些伤感，他说："老李啊，咱们早就是患难与共的老朋友了。今后，可千万别再叫'老爷'这两个字啦。我现在没有钱，没法报答你多年来对我们照顾的恩情。今后，我这里就是你们的家，希望你们常来常往，可千万别见外啊。"

　　几天后，映竹也拿着军管会和市教育局的介绍信到区教育局报到去了。她只想在附近的小学里当个教师，但教育局见她是正规师范大学的毕业生，一定要她当中学老师或小学校长。映竹再三推辞不成，最后只好同意担任初中的数学及英语教师。这几年在杨家，她一直辅导亦莼和容蓉，对这两门课把握较大。至于校长、主任之类，她怕自己思想不对路，推辞说等以后工作熟悉了再说。另一方面，她实在不放心继昌和容蓉。他们都不会搞家务，将来田妈一走，谁来照顾他们？最后，区教育局根据她的请求，把她分在离家最近的一所中学。

　　为了解决眼前的经济困难，他们还把一楼租给了一个姓丁的工程师。丁工程师四十出头，是学机械的；丁太太稍小一些，是会计。他们夫妇俩都在一家工厂工作。两个孩子一男一女都只有十几岁，很懂礼貌。杨继昌很快就和丁工程师熟悉了，很谈得来，两家相处得不错，彼此也能相互照应。

折腾了一辈子的杨继昌，现在总算安定下来了：孩子们和弟妹们都已不用他来负担，厂里不再找他的麻烦，茂源粮行也已停业，股市封闭了，他也用不着再揪心了。虽然收入不多，但他现在是无事一身轻，落得个自在。没事时就容易回忆：

回想小时候，他刻苦读书，一心只想将来能有本事挣钱养家。成人后，他又想到考秀才、考举人，再中进士、当大官，为杨家荣光耀祖，为百姓做些好事。可自从在日本早稻田大学学成回国后，他就好像一直站在一叶扁舟上，随着波涛滚滚的大海到处漂荡。哪曾有过一夜的安宁？哪敢有一分钟的懈怠？！即使这样，他还是多次地被卷入低谷，久久不能翻身！他深知官场的险恶，几经危难，他又被推向了经商之路。凭着他的才能、他的刻苦，他发了财，还是个不小的财。他也曾考虑过急流勇退，但又总是欲罢不能。他像赌徒一样，心中只有一个念头："再干一次。一定要挣更多的钱！"可他万万没有想到，战争的风云使他最终走上了全军覆没之路。回首往事，真是南柯一梦啊！

现在一切都已成为过去，他的那本生意经再也不灵验了。他那些生意上的伙伴，包括他的儿子在内，也都一个个地背叛了他。现在他还能干什么呢？他不由得叹了口气："唉！朽木也，朽木也！"

映竹去学校报了到。但由于暑假即将到来，映竹的教课任务被安排在了下学期。这样，暑假中她就可以在家里备课，每天只要到学校去参加一两个小时的政治学习和开会就行了。虽不用上课，可工资照发。映竹对这份来之不易的，也是她生平第一次得到的正式工作非常珍惜。因此她工作起来十分认真，十分努力，与同事们也相处得不错。继昌看在眼里，也不断地鼓励和帮助她，从未因自己感到孤独而责怪她。

容蓉该上初中了。下个月田妈一走，她怎么办呢？恰巧，亦菡这时来信了。

她说她已随学校到了北平，正在筹备建立一所教育学院。因为工作忙，现在她还不能到上海来看望父亲。待全国解放后，她一定回来。信中还说，盼盼虽已到了该上小学的年龄，但她还是太小，只好请怀柔阿姨送她就近入学，待以后条件好一些再接她去北平。现在她无牵无挂，所以想把容蓉接到北平来，送她进干部子弟就读的寄宿中学。这样不但可以减少父亲的负担，而且也能使容蓉受到更好的教育和锻炼。

亦蔺在信中只字不提她的母亲怀馨，这一点继昌可以理解，但信中也没提到盼盼的父亲，两位老人感到有些奇怪。

容蓉听说三姐要接她去北平，马上蹦了起来，高兴得不知说什么好。映竹告诉她，住寄宿学校会有很多困难，生活上没有人照顾，希望她认真考虑。

"我知道，我知道！三姐、四姐都走了，这回该轮到我了。爹，妈，你们谁也别拦我！"

这个被继昌稀里糊涂当作自己亲生孩子的小孤女，现在已经成了他的宝贝疙瘩了。不让她走吧，她是决不会安心的。她的心早已和两个姐姐一样，奔向那撼天动地的革命热潮中去了。留下她吧，映竹也实在没有那么多的精力去照顾她。无奈，继昌只好狠狠心，勉强答应了。

映竹最了解继昌的心情。每当映竹去上班时，继昌总是默默地望着她，让映竹心中好难过："难道他已万念俱灰了吗？不能让他这样下去！他会得老年痴呆症的。得找许云天商量商量。"

正在映竹万般焦虑的时候，许云天打电话到学校说，他要带个客人到家里来，还说要留那人吃晚饭。

还没等映竹到家，许云天就已经到了。他身后还跟着一个三十岁上下的解放军军官，和许云天一样的打扮，但是长得更加英俊。和继昌一见面，他不握手，却深深地鞠了一躬，开口叫了声："爹！"

"爹？"继昌一愣，难道是亦雄？不，不像，"你，你是？"

"想不到吧？他叫程宜。"许云天这才介绍，"是你的女婿。"

"谁的女婿？难道他是亦蔺的……"继昌这样猜，是因为亦蔺刚来过信。

"不，他是于芳的爱人。他也是军管会的人，在医药公司接管组当组长。我们也是两天前刚认识的。"

"于芳？哦，是于芳的爱人。我好多年没有小芳的消息了。她在哪里？她怎么不来？你们什么时候结婚的？……"继昌迫不及待地提出了一连串的问题。看到大家焦急的表情，许云天赶紧叫程宜坐下来慢慢说。

继昌最后一次见到亦芳时，她才十四岁。所以在他心里，亦芳还是那个像只瘦猫一样的小女孩。后来，虽然是他自己给她改了名字叫于芳，但他心里却只认那个小芳。现在，他总算唤回了自己的记忆。

当年，在烟台失陷后，于海还曾给他写过几封信。最后的一次是告诉他，小芳高中快毕业了。但是烟台没有大学，他问继昌如何办。继昌回信叫于海送她来上海，并寄去二百元路费。此后，他很久都没有收到他们的音信。那年继昌专门差老李去山东，也没找到小芳。老李虽然见到了吴妈，得知了于海的死讯，但对于芳的情况，他也只是略知一二。继昌一想起于芳的事就着急，所以连想都不敢多想。

现在，女婿的到来，像是一道霞光拨开了他心头的云雾，使他顿时感到轻松了许多。既然女婿来了，小芳当然就有了下落。

第 十 六 章

关于于芳，程宜讲了一个多小时，这才填补上了大家脑海里的那段空白。

日本鬼子投降后，天天都有打胜仗的消息传来。根据地一天天在扩大，新地区需要补充大批的干部，于是许多同志都被调走了：丈夫不得不离别已经怀孕的或正在给孩子喂奶的妻子，母亲不得不留下她们幼小的孩子。面对这种情况，后勤部责无旁贷地承担起了照顾这些家属的责任，成立了一只"特种部队"。领导认为，协理员蓝洁是个精干的女同志，就指定她把这支"部队"先管起来。这下子，蓝洁就再也无法脱身了。

为了便于领导，原后勤部所属的一个托儿所也合并进来。很快，这支家属"队伍"连大人带孩子一下子就增加到将近一百人了。上级又派邓排长来当管理员兼支部书记，他因左臂负伤不能再重返前线。后来蓝队长看队里男同志太少，又向上级要了一个十六岁的男孩小纪来当通信员，还有一位姓吕的炊事员。

于芳因妊娠反应太大，暂时不能工作，也被送到了这个"特种部队"，做了一名普通的休养员，但不久就被蓝队长看中了。蓝洁很早就知道，于芳原是后方医院的护士长，既有医护知识，又有一定的组织能力。于是，她就征得上级的同意，让于芳当了副队长。

于芳和蓝洁都认为，这个队应该有个名字。为了不招人注意，大家就决定给它命名为"家属队"。

于芳从来没有和孩子们打过交道，看看队里有这么多的孩子，她真不知道该从哪里下手。蓝队长是个泼辣的女同志，她以前接触的大多是男同志，面对这些婆婆妈妈的女同志和一大堆叽叽喳喳的孩子，也不知该怎么办。她不禁悄悄地问于芳:"你带过这样的'兵'吗?"于芳心里觉得好笑:"怎么我俩想的一样啊?"但她没有笑出来,而是拉着蓝洁的手严肃地说,"让咱们俩一起来挑起这个重担吧!"蓝洁也紧紧地握住了她的手。从此她俩配合得非常默契,很快就成了一对亲密无间的好战友了。

于芳担任副队长后,分管生活和保健,还要组织有文化的女同志给大一点的孩子们上文化课、教些歌舞等,工作很忙。多年来,她已养成了认真负责的习惯,现在她更是一丝不苟了。支部书记老邓也是个闲不住的人,他常主动帮她们排忧解难。

一九四六年春,于芳的第一个孩子诞生了。这时国共和谈刚刚结束不久,根据地一片和平景象。吴妈听说于芳生了孩子,高低要来,于芳也很想把她接来。不料,国民党搞的是假和谈,真备战。程宜在青岛亲眼看到,国民党正在紧急调动全副武装的海、陆、空三军精锐部队,知道来者一定不善,估计一场恶战马上就要开始了。他只好劝吴妈留下,并安慰她说,待孩子断奶后,一定带回来交她照看。吴妈这才勉强答应留了下来。

于芳的这个女孩长得十分漂亮,谁见谁爱,大家都争着给她起名字。有人说:"我们都在盼和平,就叫她'和平'吧。"蓝队长说:"只怕天不从人愿啊。国民党可不想让咱们安享和平,咱也不要有幻想。我记得,她出生的那晚没有月亮,但天上的星星却特别明亮。我看就叫她'星星'吧。"于芳也同意:"'星星',这名字也有黑暗中看见光明的意思,不错,不错!"

"家属队"就在沂水附近驻扎下了。因为孩子多,大人少,队里规定:除身体不好的外,每个女同志都要照看两个孩子,一个是自己的,一个是母亲不在身边的。

炊事员老吕原是广东的农民。他在家时,种了地主一亩多地,不够吃用,就和老母亲磨点豆腐勉强度日。一天,他上街卖豆腐,不料被抓了壮丁。一九四四年他所在的那支队伍被伪军收编,一九四五年又被新四军打垮。他在战斗中负了伤,当了俘虏。

新四军给他治好了伤,又发给他回家的路费,但他却坚决不走。他说:"我家太远,那边又没解放,一路上会有许多困难,搞不好还会再被抓壮丁。还不如跟着新四军,等我的家乡解放了,我再回家。"因为他已经三十出头了,又负过伤，不适合再留在野战部队。征得他的同意后，就把他分配到这里来当了炊事员。

老吕生来憨厚，喜欢孩子。他没娶过妻，被抓壮丁前他一个人照顾多病的老娘，所以不论农活还是做饭，他样样都会。尤其重要的是，他还会磨豆腐、发豆芽。队里的人都很同情他的遭遇，日子一长，他和大家打成了一片，也就没人再提他当伪军的事了。

几个月后，这个婆婆妈妈、叽叽喳喳的队伍已逐渐走上了正轨，生活也比以前好多了。但好景不长，新的灾难又降临了。这次要面临的是国民党的重点进攻。国民党在抗日战争中保存了大量实力，又从美国人那里得到了大批的新式武器。现在，蒋介石要实现过去没能实现的愿望——消灭共产党。于是，他又一次发动了大规模的国内战争，首先是对华东和陕甘宁边区重点进攻。

山东的解放军和老百姓已经历过一次又一次的考验，这次当然也要奋起抵抗。为了准备随时歼灭来犯之敌，上级决定，尽快将这支手无寸铁的家属队转移到安全地区。

家属队来到鲁山一带山区，那里山高路险，国民党的军队一时来不了。但不久，转移到这里的单位渐渐多了起来，便引起了敌人的注意，招来了不少敌人的飞机。先来的是侦察机，转了两圈就回去报信。随后就飞来几架战斗机，对我军驻地疯狂地扫射。孩子们哪里懂得厉害，飞机一来，他们就要跑出去看。一边看，一边还叽里呱啦地指指点点，觉得很好玩，谁也拦不住。

一天，几个孩子正在场院上玩打雪仗。突然，有架敌机俯冲下来，见人就扫射，大人急忙招呼孩子们进屋。但是，其中三个孩子被吓傻了，竟呆在原地不知该往哪里跑。在这危急关头，只见蓝队长眼疾手快，拽下绳子上晾着的一块白被单，迅速地罩在三个孩子的身上。白被单和白雪的颜色融为了一体，敌机难以辨认，只好飞走了。三个孩子这才躲过了一场灾难。

一九四七年一月，国民党的一支快速纵队在鲁南被全部消灭，但很快他们又组织了更多的精锐部队，从南北两路夹击华东野战军。又一场恶仗就要打响了。

上级考虑，这一带虽然山路多，敌人大部队上不来，但对我们自己也有不利的一面。主要是因为后方机关太多，给养不好解决。而且敌人步步紧逼，使这里离前线越来越近，不可避免地会经常遭到敌机的侵扰。于是决定，所有与战斗无关的人员必须跨过黄河，尽快转移到黄河北面的惠民、阳信一带。

接到命令后，家属队就开始转移了。进山时，虽是上坡，但他们走的是大路，困难还不算大。可出山时，虽是下山，但全是羊肠小路。一连好几天，他们都在既没有人家，又没有树木的大山里转悠。

那大山看上去全一个样。翻过一山又一山，好像永远也走不完。要不是随来的民夫带路，他们非迷路不可。不光是孩子们厌烦，连大人也开始感到焦躁不安了。有的说："看！这新鞋，才穿了三天，就快磨破了。"有的说："这光秃秃的大山，想找点柴火、烧点开水都不行。"可最着急的要数老邓和老吕了。因为，晚一天走出这大山，孩子们就晚一天才能吃到可口的饭菜。

临下山时，蓝队长就嘱咐他们，要给孩子们准备充足的干粮。他们用了两天的时间，烙了许多糖饼，蒸了不少枣馒头，还煮了两百多个咸鸡蛋，他们以为足够了。没想到几天来，路上没见到一户人家，连棵大白菜也找不到。眼看着孩子们也要过窝头就咸菜的日子了，大家都很着急。队长们更是心痛，却又不能责怪老邓和老吕。

几天后的一个黄昏，部队准备找个地方宿营。这时他们发现，前面不远有两个村子。由于太远，看不清楚，只觉得一个大些，一个小些。蓝队长决定去那个大一些的村子看看，以为村子大些，也许能多找到一些吃的东西。

走近了一看，大家不觉大吃一惊。这个村子怎么成了这个样子？四处黑乎乎的一片，静悄悄的连只狗也没有。正当大家感到奇怪的时候，忽然听到一阵哇哇的叫声，把他们吓了一跳。原来，他们惊动了树上一群刚刚觅食回来、正准备歇息的乌鸦。走进村去，大家也没碰到一个人，只看到许多没有屋顶的房屋和断壁残垣。几乎所有的门窗、房屋都被大火烧过，四周一片焦黑，简直是个"鬼村子"。

天很快就黑下来了，有的孩子在哭。此时要想另找一个宿营地已经来不及了。蓝队长十分焦急，她赶紧找老邓商量："是不是我们迷了路，走到敌人窝里来了？"

老邓仔细地看了看四周，低声说："我看不像。这房子虽然被烧过，但没有焦味，说明不是最近烧的。还有，如果敌人在附近，不会一点儿动静也没有。

他们的实力比我们强大得多，不会像我们一样，只能夜间行动，还不敢弄出一点声音和亮光……现在我们已经没有退路了，只能先找个大一点的地方休息。赶快把孩子们都抱出来，生火做饭，别饿着他们！"

后来，他们终于找到了一处较宽大的有屋顶的房屋。这房子的地上已铺好了一堆堆的干草，像是不久前有许多人在这里住过。门窗很难找到，他们只好堵上一些砖头和麦草，再挂上一些床单，勉强挡住了风。女同志们很快各自整理出自己和孩子睡觉的地方。虽然地方小，但天气冷，大家挤着些更好。

正当他们准备做饭时，忽然来了一大帮子人。家属队顿时有些骚乱，以为敌人来了。经过老邓他们盘查后才弄清，是遇上了支前的民夫。他们有五六十人，还带着很多担架。原来，家属队占了他们准备休息的地方。老邓连忙向他们解释，并问他们是否需要把地方让出来。

带队的是一位乡长，他连忙摆手说："我们在这条路上走了很多次了，什么地方没住过？你们就在这里住下吧，我们到前面那村去住。"说到这里，他又告诉他们，"你们还不知道吧？这片焦土是前几年闹鬼子时，小日本搞'三光'时造的孽。附近多少村子都被烧光了，只留下了这个百里无人区。"见蓝队长感到十分过意不去，他又说，"我们都冻惯了，再说我们每人都有一块狗皮，往地上一铺可管用呢！"

说话间，村长也听到动静赶来了。确切地说，他是旁边那个小村子的村长。一九四二年大扫荡时，因为这个大村子被日本鬼子烧光了，所以村民们都纷纷地逃离了家园，在附近盖起了一些草房，便又形成了一个小村。但那边太小，大部队路过时，还不得不在这边破房中过夜。

村长听说来的大都是妇女和孩子，就叫老邓先不忙做饭，随他回小村子走一趟。不到一顿饭的工夫，老邓就回来了，他肩上还挑着一副担子，里面有两只大南瓜，一小捆大葱，还有十几块冻豆腐以及十来斤地瓜。老邓说，这些东西都是村长为前方撤下来的伤员准备的。因为这些天一直没打仗，所以村长说，先拿来给孩子们吃。老百姓拿出这点东西已很不容易了，可还不收钱。要不是老邓坚持要付钱，村长就是不收。

这一晚，大家只吃了一碗没有一点油水的葱花豆腐汤，可那滋味真比鸡汤还鲜美呢！这顿饭解决了，下顿怎么办啊？这里不靠集镇，还是无法补充给养。所以，队长们只好决定：将两只南瓜、地瓜和剩下的冻豆腐暂时珍藏了起来。

第二天天刚亮，于芳和蓝洁就把自己的东西打点好了。此时，小星星还睡在毕嫂身边。毕嫂自己有个两岁多的孩子，所以还能帮于芳照料一下小星星。

民夫们起得更早，他们大都已吃完了早饭，正准备尽早赶路。于芳认出昨晚和他们说话的那位乡长，就和他闲扯起来。原来他们都是临朐县支前的农民，是来这里集结待命的。他们的任务，就是抬伤员。每一批人干三个月，期满后就换下一批人来。于芳饶有兴趣地看着他们的"装备"：那不过是每人一捆绳、一件大棉袄、一顶毡帽、一张狗皮和一个瓢，另外还有一个大包袱。乡长见于芳好奇，就给她一件件地介绍："露宿时这棉袄是被，狗皮就当褥子，可热乎哪。打起仗来，把绳子往木杆上一绕，就成了担架。再铺上狗皮，盖上棉袄，天再冷也冻不着伤员。还有这瓢，用处可大着哪！我们平时喝水、吃饭全靠它。有时给伤员喂水也用它，万一重伤员要解手，又不能起身时，还得用它来接尿呢！"说得于芳和周围的人都笑了起来。可这笑声中却带着几分苦涩。

乡长又指着每人背上的包袱说："这是干粮。因为前方粮食紧张，我们每人至少得带半个月的干粮。你要不要尝尝我们临朐的酸煎饼呀？可好吃哪！"大家又都笑了。

分别时乡长又频频嘱咐："走路要多打听，下山后更要小心。昨晚你们冒冒失失地住进了这'鬼村子'算是万幸。万一走到敌人窝里，那可就麻烦了！"

于芳望着他们渐渐离去的背影，十分感慨地想：多么好的老百姓啊！他们背井离乡，风餐露宿，还要冒着枪林弹雨去前方抬担架、抢救伤员。也许有一些人，就再也回不来了。但是他们没有一个人退缩！他们把自己的任务看得那么神圣，对未来又是那么充满信心！

回想起他们在鲁山时，住在一个小山村里。这个村几乎看不见男人，也看不见牲口。那地方兴缠足，女孩儿们才五六岁，四个脚趾就被弯过来，用布条缠紧。长大后，就变成了尖尖的小脚，走路十分不方便。以前男人们在家时，挑水、种地都是他们的活儿，推碾子有牲口，女人们不用干重活。可后来，牲口被日本鬼子和国民党抢走了。而男人们呢，年轻的大都参加了八路军，年纪大的也都参加了支前队，家里的活就只能靠这些小脚女人干了：她们得两个人一起才能抬动一瓦罐水，推碾子轧粮食也非得两个人一起干才行。除了要照顾自己和孩子外，她们还要摊支前煎饼，做拥军鞋。这时还是冬天，可一等开春，她们马上就得再加上地里的活儿，真是太困难了！

于芳住的那家也是男主人去支前了，不在家。家里只剩下一位六十多岁、白发苍苍的老大娘和一个十三四岁的小孙女。每天一大早，祖孙俩都要踮着她们的小脚来到井边，十分艰难地抬回两瓦罐井水。接着，她们把粮食倒在碾子上轧碎，再倒在石磨里，掺上水，然后祖孙俩又一起非常吃力地推起那个大石磨，直到把粮食全部磨成糨糊。她们就是靠着那双小尖脚的脚后跟，一步一扭地干完了这些重活。接着，祖孙俩又得踮着她们的小脚，使出全身力气，将两大盆糨糊抬到灶台旁。

下午，老大娘就坐在一个草墩子上，面前放上一个摊煎饼的鏊子，熟练地摊起煎饼来。只见她左手拿起一小把干草，不断地往鏊子下面的火堆里添续；右手拿起一个木小勺，从大盆里舀了一勺糊糊倒在鏊子中央，再用一个带把儿的小刮板快速地一转，那堆糊糊很快就由小变大、由厚变薄地铺散开来，最后就变成了一张圆饼，粘在鏊子上了。然后，她又十分利索地用一块铁片一铲、一掀，再翻过来略烤一下，这张煎饼就熟了。从上浆到制成，一气呵成，前后只不过三五分钟。她们从清晨干到夜晚，每天都能摊出几十斤煎饼呢。

天一亮，老村长就带着妇救会长来了，他们把摊好的煎饼取走，再留下几十斤玉米。于是，又一轮循环开始了，抬水 — 推磨 — 摊煎饼。日复一日，这位老大娘就是这样没日没夜地干着，真不知她每夜能睡几个小时。难怪她那皲裂的双手和浑身上下，甚至是整个房屋的里里外外，到处都散发出一股烟熏火燎的气味。再看看那锅台上和周边的土坯墙上，还有那没有油漆过的房梁上、秫秸铺的屋顶上，没有一处不是黢黑的。这些都是她们无私奉献的见证！

蓝洁说："这就叫全民皆兵啊！这些老大娘和女娃娃们都是兵，她们都是我们部队的后勤兵！"于芳也是从心底里对她们由衷地敬佩，她想："但愿我们的子孙万代，不会忘记这些伟大而普通的中国农民和妇女们！"

家属队来到黄河边已是一九四七年的一月末了。

夜，一片漆黑，只有封了冻的黄河在星光的照耀下泛出了微光。远远望去，倒像是一条宽宽的大路伸向远方。为了安全，南来北往的人群和物资都得趁天黑过河，但能够翻过大堤的路口却很少，许多人都不得不排队等候。蓝队长怕等候的时间太长，冻坏了孩子们，于是想另找条路过河。她看到河面上已结了冰，于是便带着队伍先向上游走一段，寻找一个路口过河。没想到，却走上了一条坑坑洼洼的小路。家属队有许多牲口，在这样的路上行走本来就非常不便，现在又是走夜路，所以更加困难了。结果弄得欲速则不达，只得找了一处地方，翻越河堤过河。

平常行军时，孩子们大多是被装在牲口背上的驮篓里。现在要翻越河堤过河，为了保证安全，她们只得把孩子们全都抱了出来。这样一来，每个女同志都要负责照顾两到三个孩子。很小的孩子由大人们背着或抱着；大一点的呢，就要由大人领着走了。

这些女同志大多没受过军队的严格训练，让她们独自在夜里行军都很不容易，更何况还要让她们背着或牵着这么多孩子，走过这又光又滑的冰河呢，实在是太难了！有个女同志心急，抢先走到了冰面上。谁知还没走两步，就摔了一跤。幸亏孩子捆得紧，不然早就把孩子摔坏了！

见到这种情况，几个干部赶紧商量了一下，决定叫小纪先过河，到黄河北岸做接应。然后，由老邓和老吕牵着轻了装的牲口过河。待他们在北岸安顿好以后，再回来帮助妇女和孩子们分成三批过河。蓝队长和于芳断后，在南岸帮助妇女们翻过河堤。

夜，是那么的黑；河，是那么的宽，狂风在这毫无遮拦的冰面上肆无忌惮地咆哮着，裹挟着冰碴，不停地抽打在妇女和孩子们的脸上、身上。此情此景，怎能不叫这些柔弱的妇女们个个胆战心惊啊！走，还是不走？在这漆黑冰冷的深夜里，面对狂风肆虐的冰河，她们拉扯着比生命还宝贵的自己和其他同志的孩子，内心在挣扎着！猛然间，她们内心发出了一声呐喊：这里没有退路！于是，她们咬紧牙关，顶着狂风，向河对面走去。

为了照顾整个大队，于芳把星星交给了毕嫂。毕嫂把自己的孩子绑在背上，又接过了星星，抱在怀里。她跟随着第三批人员，好不容易翻过河堤准备过河。不料，这时有个妇女在河滩上崴了脚。她也是背上背着一个孩子，手里还牵着一个。眼看就要掉队了，她只好哀求身边的毕嫂："帮帮我吧！我实在照顾不了这个孩子了。他自己能走，你拉着他走就行……"

毕嫂见她实在行走困难，只得把孩子接了过来。这河滩路确实不好走，大人弄不好都会崴脚，更何况是孩子。走不多远那孩子就不走了，怎么劝也不行，还索性大哭起来，非要毕嫂抱他。毕嫂只好先把星星放在地上，抱起那个哭叫的孩子。偏偏在这个当口，从后面拥过一群挑担子的人，他们边走边喊："让开，让开，让我们先过河！"又说："这担子很重，不能停！你们要不就快点走，要不就靠边！"听他们这么一嚷嚷，很多人都拼命地向前拥。毕嫂夹在人群中，被别人连推带挤地拥到了河边。她来不及多加思索，就紧紧地抱着手里的孩子小心翼翼地走过了冰河。

待最后的几个人都过了河以后，蓝队长开始清点人数。突然，毕嫂大声哭号起来："星星没有了！星星没有了！"

蓝队长马上喝住她说："小声点！这周围有小股的敌人，别让他们听到！"

说完，她又追问毕嫂是怎么回事。毕嫂也说不清楚，只记得，她当时为了哄那个男孩，就放下星星去抱他，然后就被人连推带拥地朝河边走去。当时她只留神河上冰滑，千万别摔坏孩子，根本顾不上考虑别的。直到过了河，她仍在浑身发抖，心绪未定。要不是清点人数，她根本就不会想起星星已经丢了。大家和于芳一样，都很着急，每个人都希望这是一场虚惊。

现在该怎么办？于芳思想上产生了激烈的斗争：是叫大家在这里等自己把孩子找回来再走呢？还是让星星留在冰天雪地里，等大家到达目的地后，自己再回来去找她呢？

"不能等了！"于芳咬咬牙说，"我们还要走二十几里路呢。这里离渡口太近，天一亮，国民党的飞机就要来轰炸扫射了，非常危险！还是让大家先走吧！不能因为我一个人的事冻坏了孩子们。等到了目的地，我再回来找！"

蓝队长不同意，说："那怎么行！天这么冷，星星怎么受得了？要不，我和老吕先把大家带到目的地，让管理员陪你回去找。就这么办！我决定了。你就当命令执行吧！"于芳同意回去找孩子，要求一个人去，但老邓不同意，非要陪于芳回到南岸。

此时，于芳已感到极度的心慌意乱。一路上，她哆哆嗦嗦、跌跌撞撞的不知如何是好。要不是老邓不时地扶她一把，她不定会出什么乱子呢。

借着一点微弱的曙光，他们好不容易在乱石丛中发现了那件黄色的棉大衣。此时，星星已经没有声息了。老邓一把把孩子抢过来，扭头就往回走。于芳要看，他不让，只是边走边说："快走吧，天快亮了！她现在已睡着了，回去再看吧！"

其实，管理员是骗她的。他担心如果星星已经冻死了，万一于芳看了伤心就大哭起来，那还怎么走啊？他赶紧把孩子裹紧一些，心想孩子或许还能缓过来。两人好不容易挨到了宿营地。蓝队长已经准备好了热炕，见他们二人回来了，便急忙上前把孩子接了过来。

孩子还没有死，但已经是奄奄一息了。于芳抢救了半天，星星总算才有了知觉，面色也泛起了一点红晕，大家这才喘了一口气。可谁也没想到，不一会儿，星星又发起高烧来，她得了肺炎。

药！赶紧去找药！然而，根据地本来就缺少西药，上哪里去找特效药啊？那时候，不要说盘尼西林，就是磺胺之类的药品也极难找到。于芳和大家想尽了一切办法，老邓还冒着生命危险，跑到镇上去买回了中药，给星星煎熬。然而，一切都太晚了！星星太小，她的抵抗力太弱了。终于在一个星光之夜，这个年仅一岁多、长得像洋娃娃似的小姑娘，永远地闭上了她那双闪闪发亮的大眼睛……

这个消息像晴天霹雳一样，震动了全队，妇女们个个都哭红了眼睛。于芳更是茶不思饭不想，像丢了魂似的，整天呆若木鸡地坐在炕上。蓝队长见了，不由得一阵心痛。但她想，不能由着她这样垮下去。于是，她召集支委们开会。大家一致认为，此处离黄河太近，再加上河水封冻，敌人可能随时会追上来。因此，家属队必须尽早赶往距此地还有六十多里路的目的地。为了照顾于芳，决定将她的工作，交给蓝队长来承担。

蓝队长又一次来到于芳身边，她体贴而耐心地劝慰她，想让她打起精神。可于芳哪里听得进去，她仍然呆呆地坐着。蓝队长急了，大声说："你就会哭！你知道吗？毕嫂认为星星是她害死的，她也不打算活了！如果毕嫂真有个三长两短，这影响可就坏透了！"停了一下，她又语重心长地说，"大家都知道你现在十分的痛苦。可你也要冷静地想一想，你到这里是干什么来的？你的责任是什么？"

"责任！责任！"蓝队长的话，触及了于芳的内心深处。于芳忽然想起了她在后方医院时，教导员讲的关于革命军人责任心的那番话。"责任心！责任心！我永远也不该忘记！"想到这里，于芳噌的一下从炕上爬下来，二话没说拉着蓝队长就往外跑。她的这一突然举动，使蓝队长感到非常的惊讶。她真搞不懂，为什么这几句话，竟会使于芳产生如此大的变化？

毕嫂见了于芳，连忙跑过去，"扑通"一声就跪在了地上。她一面呜呜地哭，一面不停地说："你打我吧，你罚我吧，我真该死！"于芳连忙把她拉起来说："好嫂子，别难过了！你一个人带着两个孩子过了黄河，这已经很不容易了！你立了功了，我怎能怪你呢？我谁也不怪，要怪就怪蒋介石、国民党反动派！"说完，她就和毕嫂一起抱头痛哭起来。蓝队长一边安慰她们一边说："快别哭了！前面的困难还有很多，咱们还得打起精神来共同渡过这些难关啊！"听了队长的话，于芳擦干了眼泪，立即投入到工作中去了。

过了几天，蓝队长主动找于芳道歉，请她原谅她那天的态度，并和她长谈了一夜。从这次谈话中于芳才知道，蓝队长的爱人一年前已经牺牲了。她把他们唯一的孩子，交给了在农村的婆母抚养。至今，已经很久没有孩子的消息了……她的内心也承受着巨大的痛苦。但是为了工作，她对谁也没说。于芳听了这段故事后十分感动。从此，她对蓝队长更加敬佩了。

第二天，蓝队长召开了一次全队大会，动员大家齐心协力继续向后方转移。会上，于芳也做了慷慨激昂的发言。她向大家保证：决不会因为自己的不幸而影响工作，也决不责怪任何人。她说，大敌当前，只有大家团结一致才能战胜眼前的困难。听了她的发言，大家也纷纷保证，一定要照顾好所有的孩子，保证平平安安地到达目的地。

又经过数日的艰苦跋涉，家属队终于安全地抵达了后方根据地。新的家安顿好后，大家本想好好地休息休息。可没想到，新的"战斗"又打响了。

有同志报告说，发现有一两个孩子感染上了麻疹。于芳马上做出决定，让其他的孩子立即隔离。但是，已经来不及了。大部分孩子都已开始发烧了，这是出麻疹的预兆。

得赶紧买药！可除了到附近能买到一点中草药外，于芳一时也找不到更多的药了。无奈，她只好建议采用别人推荐的一个偏方：让母亲们抽自己的血给孩子们注射，来增强他们的抵抗力。两天后，也许还真是这个偏方起了作用，几个重病孩子的麻疹竟全部出齐了。接着，她又动员母亲们多给自己的孩子买些营养品。对于那些身边没有亲人的孩子，费用都由队里想办法解决。

两三个星期后，所有出麻疹的孩子，竟然在这样艰苦的条件下奇迹般地痊愈了！然而，全体队员们却因日夜操劳，又得不到足够的营养，个个都像得了一场大病似的，变得又黑又瘦，可谁也没有半句怨言。令这些母亲们欣慰的是，她们不仅使自己的孩子得救了，还拯救了其他同志孩子的生命。这就是她们对革命事业的重大贡献！

就在家属队渡过黄河不久，解放军在莱芜打了一个歼敌七万人的大胜仗。但是国民党仍不甘心他们的失败，又投下更大的赌注，准备在山东腹地与解放军做一次更大的较量。

家属队离前线远了，但同时离自己原属单位也越来越远了，物资供应也就成了大问题。老邓只得求助于当地政府，但他们认为这支"队伍"，说军队不是军队，说家属又不全是家属；既不能打仗，又不能生产，完全要靠外来的给养，实在不好处理。最后，他们决定先按家属待遇，即不论大人孩子每月发给原粮三十斤，柴草六十斤，其余津贴、菜金全无。

蓝队长召集支委开了半天会，大家都觉得不能再向当地政府伸手了。现在前方正在激战，到处都需要钱，他们一定也很为难。但是，队里带来的钱几乎都用光了，可孩子们的营养又不能断，到哪里去弄钱呢？看着大家忧心忡忡的样子，老邓拍了一下大腿，信心十足地说："有人就有钱！咱们也学学南泥湾吧。只要大人孩子平平安安的，就一定能想出办法来！"

听老邓这么一说，支委们的眼前顿时一亮，大家马上七嘴八舌地议论开了，果然想出了许多办法。后来，在支委的组织下，女同志们有的学会了纺线，有的学会了织毛袜、纳鞋底。她们还把自己的"产品"拿到集市上去卖，换回了一些钱。后来，蓝洁和于芳的党费也全是靠纺线挣来的。

大家都在自力更生，老吕也没闲着。他总想露一下他的绝活——磨豆腐、发豆芽。现在，他可有了机会了。到粮库去领粮食时，他千方百计地要求多搭配一些豆子。这样，他就能磨出一些豆腐，给大人孩子改善一下伙食。碰上领不到豆子的时候呢，他就把一切可以发芽的粮食都节省下来，发出芽给大家做菜吃，大家吃得津津有味。有人就和老吕开玩笑说："等将来全国解放了，请咱们的吕大厨到上海国际饭店去，做个爆炒高粱芽，怎么样？保证能把外国总统都镇住！"

老吕听了这话只是笑笑，没有回答。见他不说话，有人就又问："老吕，你为了让孩子们吃上可口的饭菜，可真是费了不少心思。当初你在国民党那边当兵的时候，为什么不这么卖力，好好巴结巴结你的上司呢？你要是会巴结，不早就能弄个什么副官当当了吗？"老吕听了，一个劲地摇头："我可没那个福气！我被抓去后，就被送到连里。他们见我都三十多了，眼睛又不好，就只叫我扛子弹箱、扛炮弹。我连枪都摸不到，还想去巴结当官的？不叫他们踢两脚就算运气了。那次我受了伤，他们只顾自己逃命，谁也没看我一眼。要不是共产党把我送到医院去抢救，我早就没命了。你们说，那种官，我能巴结得上吗？！"

这个夏天，前方又打了两个大仗。一个是临朐战役，接着是孟良崮战役，一下子就把蒋介石最得意的嫡系部队七十四师彻底消灭了。这次战役的胜利，使解放军渐渐地转入了大举反攻的阶段。

与此同时，家属队也发生了很大的变化。有些家属被她们的丈夫接走了，有些孩子又回到了他们的父母身边，家属队的人员大大地缩减了。因此，上级决定撤销这个没有编制的"特种部队"。队长蓝洁调回原部队的请求已得到了批准，只等随大军南下了。上级还决定，将那些没人认领的孩子全部交给于芳，由她带到省里办的托儿所，由于芳临时担任所长。

形势越来越好了，大家的心情也好多了。但是，摆在他们面前的困难仍然没有减少。重阳节一过，就该穿棉衣了。后勤部虽然没有忘记发给他们一些棉花，但布匹嘛，都是清一色的白土布，数量也远远不够。蓝队长和于芳商量后决定，马上与当地妇联联系一下，看她们是否能帮帮忙。

真没想到，于芳在妇联竟然碰到了祁敏如。她非常热情地接待了她们，并立即将一小部分救济物资批给了她们。这批物资，是宋庆龄先生主持的救济总署从国外筹集到后，又从太平洋彼岸运到了中国，再从上海经过多次辗转，最后才送到解放区的。在这漫长而艰辛的道路上，不知有多少朋友和同志洒下了鲜血和汗水，甚至是付出了他们的生命啊！手捧着这些衣物，蓝洁百感交集。她知道，这里面不仅凝聚着宋庆龄先生对解放区儿童的关怀，也凝聚着外国友人对中国儿童福利事业的支持。

冬天到来时，他们在房前屋后种下的白薯、萝卜、大白菜、胡萝卜全都丰收了。老吕腌了两大缸雪里蕻和蔓茎，又挖了两个地窖，存上了白薯、大白菜和南瓜。现在，两只母羊已经怀上了小羊羔，如果生了，那些小一点的孩子就能有羊奶喝了。鸡也养了二十几只。可眼下，它们一天只能下十来个蛋，暂时只够给孩子们做碗蛋花汤喝的。

一九四八年秋，蓝洁准备随大部队南下了。临行前的一天，她专程来找于芳告别。她俩都穿着刚发下来的新军衣，然后一起去找报社的记者给照了张合影，又逛了一次集市。蓝队长买了两根油条，一人一根，两人吃得那么有滋有味！于芳也买了一块大麻饼，说是要留到第二天蓝洁上路时，两人再分着吃。谁知到了第二天，她打开抽屉准备分饼时，发现饼上爬满了蚂蚁。于芳说："这大概是老天爷的意思，想叫我们永不分开吧！所以我相信，将来我们一定还会再相聚的！"就这样，这对生死相依、患难与共的战友，还是难分难舍地走上了不同的岗位。她们之间深厚的革命友情，是无法用语言来表达的。

程宜已有一年多没见到于芳了。这一年来他一直跟着部队东征西战，参加了好几个大战役。但他从没告诉于芳，怕她担心。孩子的事他早已听说了，但是，因为当时他所属的纵队已开赴胶东，没法给于芳写信。直到一九四八年春节，他才来到于芳面前。

关于孩子，他没有说一句责怪于芳的话，反而安慰她："就算她长大了，去做革命工作也是会有牺牲的。我们是共产党员，牺牲了自己的孩子，总比牺牲掉别人的孩子心里会感到好受些。如果发生那样的事情，你会自责一辈子的。我们都还年轻，以后还会再生嘛。"

这一年冬天，于芳果然又生了一个女孩。为了纪念于海和程欣，于芳给她取名叫欣欣，姓于。这次，吴妈说什么也要到于芳身边来，伺候月子。以后，她就留下来，给老吕当了"助理炊事员"。傅大叔后来也调走了，饭馆关了门。这时，正是国民党垮台之前，也是杨继昌最困难的时刻。他寄给吴妈的信也未能收到。

一九四九年春节刚过，程宜也被调到了南下集训队。上海解放后，因为他对西药熟悉，上级就分配他去接管上海的一些西药厂，当了军代表。那年老李去烟台时，曾给吴妈留下过上海的地址。但那张字条却在连年的战乱中丢失了。程宜无法打听到老丈人的消息，一直感到心中十分不安。巧的是，有一次他和别的同志们聊天，无意中谈起要在上海找老丈人，真没想到，这几位同志中竟然有一位就是他的姑父 —— 许云天。

继昌听了这些情况，再也忍不住了，一定要程宜马上把小芳接到上海来。云天耐心地劝说道："别着急。于芳现在早已不是个孩子了，她是个军人，又是营级干部。军队的纪律很严，怎能说走就走呢？放心吧，再过一两个月，不等你着急，程宜就会把于芳接来的！"

第 十 七 章

阴霾的天气已告别了上海，阳光随着夏季一同飘进了杨继昌的家。

上海已经解放一个多月了。于芳接到调令，就立即带着吴妈和孩子来到了上海。她第一次踏进了这个从未进过的家。

继昌一见到她就傻了。如果不是这身军装、这头短发，站在他面前的，不简直就是一个活脱脱的沈天香吗？不过，她比天香更健康、更丰满，举止更大方，性格更开朗。继昌还想从她身上找回当年那小猫似的影子，却发现一点痕迹也没有了。

吴妈也带着欣欣上了楼，开口就叫了声"老爷"。继昌连忙请她坐下，和气地说："快别这么称呼了。别说如今早已不兴这个了，就是兴，也不行。我和老于本来就是亲戚，你们又是小芳的救命恩人，你还是她的干妈，以后我就称你于大嫂吧！"

吴妈连忙说："您太客气了！要不然就叫我于芳娘，我跟着孩子叫您她外公吧！"继昌也觉得这样更随便些，就默认了。

映竹下班回家，听说于芳来了，赶紧往楼上跑。可走到半截，又不觉放慢了脚步："她能接受我吗？"

她犹豫了一下，但还是硬着头皮走进了继昌的房间。还没等继昌介绍，于芳就走上前去，笑嘻嘻地拉着她叫了一声"妈"。这一叫，映竹心里的石头一下子落了地，继昌也非常高兴。这时，吴妈也走上前来自我介绍说："我是吴妈，您就叫我于芳娘吧。"

映竹说："行，我是映竹，您跟着继昌叫，就行。"

吴妈说："俺们乡下人，不兴叫这个。要是你不见怪，我就叫你大妹子吧！”

一家人热热闹闹地团聚在了一起，个个心里都暖洋洋的。

一个星期后，于芳被分配到军管会所属的一个保育院工作，她把吴妈和孩子也带了去。继昌想留她们住在家里，可于芳说现在还不行，因为保育院刚刚建立不久，工作还没有头绪，她白天晚上都离不开。她说等以后工作走上了正轨，人手也配齐了之后，再回来伺候老爹。她说的既是实情，也是怕给本来就不富裕的父亲增加负担。

一九五〇年冬，程宜参加了志愿军去了朝鲜。第二年，于芳又生了一个男孩。继昌为他取名沈赤峰。别人奇怪地问程宜：“你这两个孩子，一个姓于，一个姓沈，都不姓你的姓。你是不是准备再生个姓程的出来啊？”

程宜听了笑笑说：“我们共产党，不讲究传宗接代那一套。再说，我家里还有个弟弟，他的孩子姓程。我老父亲想抱孙子的愿望早已实现了。这于、沈两家都是好人，如今都已家破人亡了。我让孩子们姓他们的姓，无非是为了纪念他们。”

又过了两年，丁工程师被调到北京一个新建的大型机械厂去工作，全家人都高高兴兴地跟他走了。房子空出来了，继昌再一次邀于芳回娘家住。这时，于芳的单位已改为地方编制，也发工资了，所以她很快就同意了。不过，她要父亲答应她一个条件，就是由她来负担她自己一家四口的伙食费和一部分房租。

经过激烈的战斗，美国在朝鲜战场上的许多大战役中都受到了重创，不得不坐下来谈判，并在板门店签下了停战协定。

抗美援朝终于结束了，但继昌一直悬着的心却依然没有放下。因为至今还没有得到程宜的消息，他真怕戴卫民的悲剧会再次发生。“上天不会对于芳那么不公平吧？”他十分忧虑地想。“她命不好，已克了娘，又克了女儿。难道她命中真有克星？”他默默地祈祷着：“这次可千万不要克夫啊！”

又过了几个月，于芳接到部队的电话，说有程宜的消息了，她马上请了事假直奔程宜的部队。部队首长对于芳深表歉意地说：“我们也是在不久前才找到他的。”又说，“估计他现在也该出院了。他伤得不轻，虽说已养了好几个月了，但是……你可要有思想准备啊！”于芳明白了，她只觉得一阵眩晕，稍稍定了定神，立即请求去见程宜。

路上，于芳才听说了程宜的事迹。原来，程宜的单位属后勤部队。战争越吃紧，军火越要供应及时，他每次都要亲自押送弹药上前线。以前，美国鬼子的飞机很少在夜间出动，但那阵子战况激烈，美机夜间也出来轰炸了。一天晚上，当程宜出去执行任务时，一颗炸弹就落在了他的身旁。他来不及躲避，一下子被炸弹掀起的冲击波抛出去十几米。幸亏落地时是背部朝上，五脏六腑总算完整；脸上有些烧伤，不很严重；但左小腿却是粉碎性骨折，两手被烧伤，还有严重的脑震荡。从战场上抬下来后，他一直处于昏迷状态。为了保住他的性命，只好把他的左腿膝盖以下完全锯掉。等程宜清醒过来时，他已躺在国内某野战医院的病床上了。除了感到左腿不听使唤外，他还奇怪地发现周围一片寂静，连自己的喊叫声也很难听到。他意识到了自己的处境，真怕于芳见到他现在的样子……

于芳的出现，使程宜高兴得几乎忘记了一切。他想腾的一下起身抱住她，却忽然感到周身一阵剧烈的疼痛，又一下子摔倒在病床上，额头上渗出了豆大的汗珠，脸痛苦地扭成了一团。他差点叫出声来，但马上意识到这会吓坏了于芳。于是，他强忍着疼痛，装出一副笑脸，仍像以往那样拉着于芳的手风趣地说："好好看看你这大花脸的丈夫吧。别弄错人了！"

程宜的事，让继昌也感到很难过。他不住地安慰于芳："只要人还在，就比什么都强。大不了，你就养他一辈子呗！"

时间过得真快，一晃就是半年了。医院给程宜装上了假腿。现在，他凭着坚强的毅力，不但能站立起来，而且不用人搀扶，他只靠一根手杖就能行走了。不仔细看，别人几乎看不出他是靠假肢走路的。只是他的一只耳朵全被震聋了，另一只的听力也很差。于芳苦笑着说："现在可好，我聋你也聋。不过还不错，咱俩加起来还有一只半耳朵。"

部队首长考虑到程宜多次立功，同意他继续留在部队，任命他当了一个疗养院的副院长。接到命令，程宜很快就投入了工作。他干起工作来，把什么都忘了。由于行动不便，他干脆就住进了疗养院，一两周才回一次家。

于芳虽然放心不下程宜，但她更丢不下自己的工作。现在战争已经结束了，她不再担心程宜的生命安危。只要他们每一两周能团聚一次，她也就心满意足了。如今，她正处在人生的鼎盛时期，精力充沛，经验丰富。唯一遗憾的，就是缺少专业知识。她偷偷地报考了业余医大，小儿科专业。她有丰富的临床经验，学习起来没感到十分困难。三年后，她居然顺利地通过了考试，成为一名正式的小儿科大夫。同时，她还继续担任保育院院长。

于芳在保育院工作多年，总结出了许多经验。其中一条就是，她坚信：只有从小在集体环境中长大的孩子，德、智、体三方面才能同时得到很好的培养。自从改为工资制后，自己家的生活水平提高了许多，所以她现在特别担心，如果不尽快把孩子们送进幼儿园，他们很快就会养成好逸恶劳、贪图享受的坏习气。但是，她又不愿意将他们送进自己工作的那所保育院。所以她就把孩子们都送进了程宜所在部队的幼儿园。她设想着等他们到了入学年龄后，再把他们送进寄宿制小学。

继昌和吴妈开始还想不通。可是后来，当他们看到孩子们在幼儿园里，不但学会了唱歌、跳舞，还很爱劳动、懂礼貌，文化学习也比一般孩子要早一些时，他们也就不再固执己见了。

继昌现在感到更加寂寞了。孩子们一走，映竹和于芳也去上班，家里就剩下他和吴妈了。而吴妈呢，要买菜做饭，又要收拾屋子，有时还要洗洗衣服，根本没时间和继昌聊天。

还是程宜有办法。他把院子重新规划了一番，又将以前种过的菜地拾掇出来。他还照老李的样，也种上一些青菜和瓜豆。不同之处是，他还特地为继昌弄来了几棵无花果和盆栽金橘。虽然他每星期只能回来一次，但他还是拖着一条假腿，包下了全部重活，只把简单的管理工作，留给继昌和于芳来做。继昌有点事做了，精神也就好多了。每星期天，他都一定要等赤峰回来，和他一起分享那收获的乐趣。

飞出去的孩子们现在都常有信来。容蓉已升入了高中，她准备毕业后去考军工大学，想为我国军事科学的发展做点贡献。亦莼在军政大学毕业后就被留在南京当了工程师，已经有了心上人 —— 夏志攀，不久就要结婚了。亦菡已把盼盼接到了北京，因为工作忙，就把她送进了寄宿学校。

虽然这些消息都给了继昌不少安慰，但是他还在期盼着一件事。这件事，他已盼望了一两年了，连映竹都不知道。终于有一天，一个自称是上海经济研究所工作人员的青年人找上门来了。

两年前，当程宜还在朝鲜，于芳也还没有搬回来住时，继昌一个人常常感到非常苦恼：妇女们都出去工作了，连田妈都去宏丰布厂当了工人。可他一个堂堂的男子汉，却在家里过着清闲的日子，他实在不甘心。忽然有一天，他想起了好友冯廷理。

不久前，继昌在报纸上见到过冯廷理的名字，好像他还是个政协委员。为何不写封信试一试？于是，他就给冯廷理写了一封长信，把抗战前夕他在苏州和冯廷理一别之后的经历，以及自己目前的处境详细地讲了一遍，希望他能帮他找一份工作做。因为不知道冯廷理的确切地址，他只好在信封上写了"北京全国政协交"的字样。

信发出后已两年了，一直杳无音信。正当继昌以为这个希望十分渺茫的时候，这位青年人却带来了冯廷理的回信。信中说，他之所以没有及时回信，是由于他一直在为继昌寻找工作。他联系了很多单位，而每个单位都需要时间来认真研究。一直到最近，上海经济研究所才决定聘请继昌去该所工作。所以，他现在才回信。

冯廷理还在信中做了特别说明：给继昌安排这个工作，并不是因为该单位考虑到他个人的情面，而完全是按国家的政策办事。该单位在认真研究了他的个人经历后，认为继昌有为国家做贡献的强烈愿望，在经济方面他也确实有较丰富的知识，又是革命军人的家属，所以同意聘用他为顾问，希望他能全心全意地贡献出自己的力量。

年轻人和继昌谈得很投机。最后，他又转达了所领导的决定，让继昌于两天内去经济所报到。他的主要工作是根据经济所提出的课题，撰写、编辑和整理各种经济资料。以后所里有事，他就去所里上班；没事，他就可以在家工作。月工资一百元，还可享受公费医疗。听完这个决定，一家人都为继昌高兴，称他不愧是老将出马，一个顶……一个！

映竹不久前升任了班主任，工资也涨了。但由于她的工作比以前更重了，家务事都要压在吴妈一人身上。大家商议，以后生活不会太困难了，可以请一个小保姆，帮着洗衣服，收拾屋子，空下来还可以给吴妈打下手。

也许是继昌该交好运了，又一件使他高兴的事也接踵而至，那就是他最想念的儿子亦雄终于出现了。

亦雄是一九五四年才知道家里的情况的。一个外调的同志受他之托去上海调查了他的家庭情况，很快就把一直困扰着亦雄的几件事全都澄清了：他的父亲在抗日战争中没有沦为汉奸。他不但再次结婚，还参加了经济所的工作。他的几个妹妹也早已参加了革命。当他得知了这些情况后感到很欣慰。当然，他大哥的卑劣和怀馨的无耻也使他非常气愤。一九五五年，当他到上海来参加一个会议时，思家之心油然而生，不禁敲开了过去一直不愿踏入的家门。

亦雄的突然到来，使继昌一下子惊呆了。他几乎认不出亦雄了，以为他找错了人。仔细打量之后，他才渐渐地回忆起亦雄的模样，仿佛自己是在做梦，怎么也不敢相信站在自己面前的，竟是他阔别已久的儿子亦雄。他只顾一个劲儿地喊："于芳娘！于芳娘！"吴妈急忙跑了出来，也端详了半天，才肯定地说，这就是亦雄。

亦雄升任营长之后不久，他这个营就晋升成了主力部队，一直在太行山区作战。百团大战中，他腰部负了伤。伤愈后，因为他过去学过一些化学知识，上级就叫他转业，去兵工厂搞炸药。一个新参加工作的大学生，带来一本英文的《炸药学》，亦雄就和他一起苦苦地钻研起来。经过不断的试验，他们终于找到了一种既简便易行、又不易被敌人察觉的制作炸药的方法，那就是用在敌占区随处都可以买到的卫生球，将其化开后再加上土硝酸，制成了"硝化卫生球"，这是自制土地雷的重要原料。日本投降后，上级又派亦雄到黑龙江，参加一个大型兵工厂的筹建工作。现在，他已成了军工方面的专家。

于芳来了。兄妹俩一见面，就快活地拉着手跳了起来。亦雄真没想到，革命的大学校竟会使于芳彻底地改变了模样。他不由得暗暗惊喜："这难道就是那个可怜兮兮的小灰姑娘吗？"

于芳见了哥哥，话匣子就打开了。她把家里发生的事一股脑儿地都倒了出来。对父亲和映竹的结合，亦雄很能理解。对怀馨的事，他也并没感到惊奇，而是认为那都是早该预料到的事。听说怀馨目前的处境不佳，亦雄愤愤地说："活该，这全是报应！"说完，他自己也觉得好笑，怎么会说出这么迷信的话来。

兄妹俩正聊得热闹，映竹下班回来了。看上去，她显得十分拘谨。也难怪，她只比亦雄大十二三岁。亦雄会如何对待她呢？她心里实在没有底。以前，亦杰对她连正眼也不看一下，幸亏继昌让亦杰继续称她"梁老师"，才给她解了围。为了继昌，她一切都忍下来了。现在亦雄回来了，他会不会也像他哥哥那样，对她不屑一顾呢？

"妈，您回来了！"听到亦雄这热情的称呼，倒把映竹吓了一跳。这确实大大出乎了她的意料，一时间她竟感到不知所措了。又是继昌来给她解围："没想到吧？这是亦雄。儿子丢了十六年，现在衣锦还乡了！你怎么祝贺我们呀？"

亦雄走过来，又亲切地说了一声："妈，您先歇会儿！"映竹的脸一下子红到了脖子根，心脏也扑通、扑通地直跳，她连忙摆着手说"这怎么行？以前，你大哥一直叫我梁老师，你也这么叫吧！"

亦雄诚恳地向她解释，他之所以这样称呼她，是经过认真考虑的：第一，他不愿映竹再像他母亲天香那样遭受屈辱；第二，感激她多年来对父亲和妹妹们体贴入微的照顾；第三，映竹现在也是干部了，理应受到子女的尊敬。亦雄又转过身来对吴妈说："娘，我早该叫您娘了。我不也是您从小带大的吗？以后我就跟于芳一样叫您娘了。"这一声"妈"，一声"娘"，叫得两个老太太心里都乐开了花。

映竹的顾虑打消了，就赶紧拉着吴妈高高兴兴地下楼去准备饭菜了。

看了亦雄的照片，继昌才第一次认识了儿媳、孙子和孙女。儿媳也在兵工厂工作，她朴实贤惠，孙子们也都很漂亮、健康。亦雄还带来了儿媳妇送给公公婆婆的一些土特产。

继淑、许云天以及程宜都闻讯赶来祝贺。这一晚继昌特别高兴，多喝了几盅，话也说得多了。他十分感慨地对亦雄说："难怪你以前对我那么不满！我那时只知道想方设法地去挣钱，一个劲儿地往钱眼里钻，整天糊里糊涂地过日子。后来日本鬼子、国民党，再加上那个贱女人弄得我一下子破了产，几乎把我逼上了绝路，我这才逐渐清醒过来。要不是你姑姑和姑父一而再、再而三地挽救我，我哪能熬到今天呢！"

许云天笑着说："快别说是我救了你，是共产党救了你。当时地下党很清楚，你们明明知道是在把违禁物资卖给共产党，还坚持那么做，是不是在装

'糊涂'啊？"

继昌承认正是如此，他接着又补充道："其实从那时起，我就在内心的天平上给共产党加上了一个砝码。以后孩子们一个个地参加了革命，这边的砝码就又增加了一些。虽然鬼子刚刚投降后，我给国民党也加了几个砝码，可后来又都拿下来了。临解放那年，我这个旧官僚出身的资本家，还真是盼望共产党早点来，上海早点解放呢！不信，你们去问你妈。"

那几年，继昌的确操碎了心。那时他虽然只有六十多岁，却已显得十分苍老了。不仅头发全白了，连背也驼了。可解放后，他再也不用拼命地去挣钱了。精神压力减轻了，身体也就越来越硬朗了。他得意扬扬地对孩子们说："我是快八十岁的人了，可这头上最近好像又长出了不少黑发。你们看，是不是比以前黑多了？而且，我觉得我的腰板也直多了。闲着没事时，我还能和你妈、你娘一起去听个戏、下个馆子什么的。这日子，比我当初发财的时候过得还舒坦呢！只可惜你大哥没悟出这个道理，做了那么多伤天害理的事。不但坑了人家工厂，还差一点把我也搭了进去。"

一说起过去，大家顿时都陷入了沉思。那年月，几乎每个人都有一段非常悲惨的遭遇，国仇、家恨像演电影一样在他们的脑海里不停地闪过。映竹、吴妈、于芳，还有继淑都抹开了眼泪，她们都哭诉了自己的痛苦经历。为了打破这沉闷的气氛，云天给每个人都斟满了酒，并建议为未来的美好生活干杯。这一来，大家马上又破涕为笑，尽情地饮酒畅谈，高高兴兴地度过了这值得庆祝的夜晚。

第二天，亦雄就去参加会议了。会议结束后，他又回家住了一晚，准备第二天一早从家里直接去火车站。

这天晚上，继淑来找亦雄。她手里拿着一封大姑继贤两年前来的信。她一直没有勇气给继昌看，总想找个好一点的时机。这次亦雄回来后，她见继昌一直特别高兴，不想扫他的兴，所以还是没敢拿出来。当她得知亦雄明天就要走了，便决定来和他商量。

继贤在信中除了告知家人自己的近况外，还讲述了亦麒到达美国后的经历。

亦麒一九四六年来到美国，与其说是为了深造，倒不如说是为了散一散郁积在他心中的痛苦。另外，他的许多同学都出了国，他也不甘心落在人家后面。

在重庆读书时，他还满怀希望地期待着，总有一天自己这三口之家还能够重新团聚。就是靠着这个希望，他努力地完成了学业，准备将来谋个好差事养家，也可在父母面前扬眉吐气。

广东之行却给了他当头一棒。他乘兴而去，伤心而归。从那时起，他就已经万念俱灰了。他痛恨母亲，也埋怨父亲，所以非要出国不可。

到了美国不久，他就考入了美国内华达大学经济系。一般读硕士只用三年，可他却读了四年。不是他基础差，也不是他比别人笨，而是依依的影子总纠缠着他，使他整天失魂落魄，郁郁寡欢，无心读书。

全国解放前，父亲一再写信叫他回国，但他总以自己不久即将毕业为借口，拒绝回去。但是，他身上几乎已分文没有了，可继昌再也没有可以寄给他的钱，而怀馨答应每年给他的一万元也赖了账。去打工吧，他当惯了大少爷，实在不愿去受那个气，吃那种苦。幸亏大姑得知他还有一年就可以完成学业了，就自己省吃俭用地支援他，使他勉强拿到了硕士文凭。

他害怕回国还有另外一个原因：以前和他很要好的大学同学，听说都先后去了解放区。不用说，解放后他们都当了共产党的干部，生活得自然很好。就是那些解放后回国的同学，现在也都混得很不错了。然而只有他，这个一贯居高自傲的杨亦麒，解放前往香港躲，往重庆钻；解放后又赖在美国，他怎么能和人家相比呢？他真不知道，如果现在见了那些同学，是抬头好还是低头好。他真是越想越下不了回国的决心。就在这犹豫不决中，他错过了回国的好时机。

毕业一个月后，亦麒好不容易在旧金山的一家小公司里，找到份会计的工作。公司老板对他非常专横无礼，亦麒的自尊心又一次受到了伤害。他忍气吞声地干了一年，实在干不下去了。于是，他辞去了工作，准备带着存下的几千美元回国。却不料，抗美援朝战争开始了。

他唯一可以商量的人，只有大姑夫妇了，但他们的消息也同样非常闭塞。在美国的报纸上，他们只能看到联合国军（实际就是美军）不断取得胜利、中朝军队节节败退的消息。所以他们都十分害怕和担心：再这样打下去，会不会又像抗日战争时期那样，大半个中国沦陷，战事拖延数年，千百万中国人惨遭屠杀呢？

　　这时候回去，还能有什么好结果？答案当然是不行！可不回国，又怎么办呢？

　　无奈，亦麒又硬着头皮找了份小职员的工作。他觉着自己是个挺像样的硕士生，待遇就应该高一些。可老板却认为他眼高手低，又傲气十足，勉强让他干了几个月，最后还是炒了他的鱿鱼。这时，他觉得没脸再求助于任何人了，只好下决心买了一辆二手车，从旧金山出发，沿美国西海岸向北毫无目的地开下去。

　　他一路走，一路找工作。但他所到之处，看到的都是一副副冰冷的面孔。后来他才知道，因为中国志愿军出兵朝鲜，所以当时许多美国人都对中国人怀有敌意。虽然在中国餐馆他能找到工作，可他又吃不了苦。

　　一个寒冷的圣诞之夜，他已有两天没有找到工作了，哪还有兴致去看别人狂欢呢？他的口袋中并不是没有钱，只要他能想得开一点，就可以找个小餐馆，坐下来喝几杯白兰地；或是找个小旅馆，安安稳稳地睡上一觉。但此时，他的心已完全冰凉了。

　　他打开车灯，给大姑写了一封信。他说他觉得自己从来就是个多余的人。虽然他有母亲，但从不知什么是母爱；虽然他也有父亲，但父亲却总要牵着他的鼻子走，从来不顾他的感受。现在他感到极度的孤独，完全陷入了孤立无援的境地。他认为，这世界上已没有他的容身之处了。他还说，他一生中真正的亲人只有依依母女。长期不能与她们在一起，使他感到非常的忧伤。所以不管她们在哪里，他一定要去寻找她们。他身上还有几千美元，愿连同这辆旧车一起给大姑抵债。

　　几天后，警方通知了继贤夫妇，说他们在海滩上只发现了这辆车，还有留下的信和钱。但是人，没有找到。警方怀疑他已投海自杀了，却又一直没有发现尸体。从此，亦麒就这么悄悄地失踪了。而从那封信来看，恐怕是凶多吉少。

　　是否告诉哥哥？继淑拿不定主意。亦雄认为，既然已经瞒了两年多了，不如就这样继续隐瞒下去吧。当初父亲得不到自己的消息时，不也还是抱着一线希望期盼着吗？还是让他一直保留着那点希望的好。

　　果然，继昌并没有死心，他多次写信给继贤，请他们夫妇调查亦麒的情况。每次收到他的信，继贤夫妇都想尽办法给敷衍了过去。继昌就这么盼着、想着，直到去世前，他仍然希望亦麒会有回国的一天。

　　继贤的信中还提到，她从一位来自台湾的朋友那里打听到一些亦杰的消息。那人告诉她，当初亦杰从厂里偷走的，是一大批棉纱的提货单。到香港不久，他就拿到了那批棉纱。但为了能卖个好价钱，他把棉纱暂时存在了另一座大货栈里。半个月后，他总算找到了一位满意的买主。不料就在要交货的前一天，货栈突然起火，棉纱全部被烧光了。他见自己妄图滞留香港做阔佬的美梦就此破灭，只好又去台湾投靠他的老丈人了。

　　从大陆逃往台湾的人，大多云集在台北。那只是个弹丸之地，消息传播得很快。亦杰在抗战初期就犯过临阵脱逃罪，在重庆贸易公司时又有贪污之嫌，再加上他盗走宏丰布厂大量资产等一系列劣迹，尽管他那老丈人费尽心机替他说情，也很难说服别人，所以一直没人聘请他。真是条条大路都不通。不得已，他老丈人好歹托人帮忙，让他到一所私立大学去当了教师，勉强混碗饭吃。

　　亦雄认为这事倒不妨告诉父亲。继昌听了，丝毫未感到惊奇，似乎他早已料到了。他只是淡淡地说："像他这种人，如何能'为人师表'呢？他以为有老丈人做靠山，就什么都不怕了。如今他老丈人已死了，往后就只能看他自己的造化喽。"

　　映竹和吴妈专门跑到百货公司去采购，给亦雄买了很多礼物。除了给孩子们的玩具和糖果外，映竹还给他们全家每人买了一件厚毛衣。于奶奶给两个孩子买了绒线帽，给亦雄和他媳妇买的是毛围巾。于芳也给孩子们买了文具，给嫂嫂买了件外衣。这些礼物，把亦雄带来的那个大提包装得满满当当的。

　　正当杨继昌一家欢庆重逢之时，苏州的张怀馨却和她那个小丈夫正吵得不可开交。

　　现在他们的地位变了，魏如圭成了一家之长，怀馨又一次成了靠老公养活的家庭妇女，整天过着寄人篱下的日子。她知道，这是她自己造的孽。

　　怀馨侵吞了杨继昌的一座花园洋房和几十万家财，以及价值数十万元的珠宝首饰之后，又嫁给了漂亮小生魏如圭。现在，她又变卖了首饰办起了碾米厂，她本该知足了。由她自导自演的这出《杜十娘》，到这里也该收场了。

但是，她的野心还在不断地膨胀。她对谁也不放心，非要自己当米厂的厂长，要自己拿主张，自己处理财务。可是她既没读过书，又没理过财。除了昧着良心赚黑心钱、一味坑害顾客之外，她对米厂的经营，可说是一无所知。

她贪得无厌，只顾眼前，不计后果。稻谷经过轧制，明明能出糙米八成多，她却只给顾客不到八成，从每斗稻米中至少要克扣掉半升，还要另外收取加工费。这样一来她可美了，不但自己家里吃的米不用花钱买，就连那二百多只来亨鸡也跟着白吃。她还把克扣下来的碎米拿去与卖菜的小贩交换，青菜也不用花钱了。附近常来轧米的农户、米商，无不对她恨之入骨。那些被她贪污来的稻米堆满了库房，吃也吃不完，只好任其发霉、变质。

一九五一年抗美援朝期间，政府将送往前方的大米，分配了一部分给怀馨的米厂加工。怀馨一方面把部队发给工人的加工费克扣下来，全部塞进了自己的腰包；另一方面，她还竟然在军粮上动起了歪脑筋。为了多赚钱，她扣下新米拿出去卖钱，再把库房里发霉变质的陈米打包送往前线。工人们看在眼里，气在心里。最后，忍无可忍将她告到了军管会。

一九五一年"五反"运动开始了。领导小组接到群众举报来厂里检查，正碰到她在指使工人把发了霉的大米装进麻袋，准备充当军粮运走。为此，她受到了严厉的批判。这一来，她在魏如圭面前多年来的那股威风劲，一下子都不见了。那天，怀馨挨完批斗回家，一进门她就一面哭，一面骂："他娘的，老娘开这个米厂容易吗？呜……不就是为了赚俩钱吗？呜……谁叫你找上我的门？这不是周瑜打黄盖——我愿打，你愿挨吗？没听说过，还有黄盖去找周瑜算账的！呜……"

魏如圭冷冷地说："人家已给你合法的利润了，可你还要干那些不合法的事，当然不行了！"

"你懂个屁！这鸡吃的，还有你这鸡司令吃的，不全是不合法的吗？你为什么不去报告啊？现在整到老娘头上来了，你不但不替我想办法，还在那里说风凉话。你有什么本事啊？你要是真有本事，你就去挨斗试试！"

怀馨自打离了娘胎后，虽受过不少苦，可从没受过这种窝囊气。她哪里想得到，现在会吃这种亏！那么多人指着鼻子骂她是吸血鬼，贪污犯……她的面子已经丢尽了，可人家说还要继续跟她算账，要她退赔，不退赔就送她去坐牢！以前，总是她算计别人，可现在她都快被人整垮了！

"好汉不吃眼前亏！"她在盘算着怎样才能躲过这场灾难。"只有装病，叫姓魏的去扛！"晚上，她吃下了大量的泻药，第二天果然腹泻不止，被送进了医院。她又找了个熟人，花了点钱，干脆住在医院里不回家了。

"五反"领导小组只好来找魏如圭。魏如圭的态度倒是挺好，一口一个"对不起"，又装出非常委屈的样子说："你们不知道，这个厂是她当家，我不管事。一切，都得等她回来再说。"

领导小组从厂里只找到一本糊涂账，但经过反复核对，认定她有四大罪状：一、她克扣了作为工人工资的加工费；二、贪污军粮；三、以发霉变质的米充当好大米；四、虐待工人。另外，领导小组还发现，张怀馨根本没有管理工厂的能力，所以决定对该厂实行公私合营。但由于她账面上的资本根本不够用来赔偿军粮和抵偿贪污的公款，领导小组只好下令，将整个厂子都充了公。为了照顾他们的生活，"五反"领导小组还决定，他家可以有一个人留厂工作。怀馨回到家里后，再也不敢逞威风了。她现在才知道，自己什么也干不了。于是她想，干脆顺水推舟，把那份工作让给魏如圭算了。

这下魏如圭也该趁机拿她一把了。他说："叫我出头也可以，不过以后这个家得让我当，我每月给你生活费。以后，你就只能管家里过日子的事，厂里的事，不许你插手！"

从此，魏如圭就在家里"夺权篡位"了。开始，有些事他还和怀馨说几句。到后来，这个厂与采用新式轧米机的大厂合并，魏如圭也摇身一变成为一个十八级的干部。此后，不管遇到什么事，他也不跟怀馨商量了。每月他从八十元的工资中扣下四十元自己花，剩下的才是给怀馨和两个孩子的生活费。

又过了一两年，物价涨了，工资也涨了十元，但这对于像怀馨这样一个享乐惯了又四体不勤的人来说，这种生活仍然无法忍受。无可奈何，她狠狠心，就把那座继昌一天都没住过的花园洋房卖掉了。然后，她又在八字桥买下了一座前后两进的平房小院。这么一倒腾，她竟从中挤出来两万多元。她再也不敢胡花了，赶紧存进了银行，计划靠银行的利息来贴补家用。后来，她就是靠着这点利息，维持了一个还不错的生活。至此，除了这两万多元外，她从杨继昌那里搜刮来的几十万元的家财，全都被她败光了。

自从魏如圭当了家，对怀馨就开始横挑鼻子竖挑眼了。也难怪啊，他才三十多岁，而怀馨已经是近五十岁的人了。他自己都觉得恶心，更何况别人呢？他怕别人看出他长得少相，误把他们当成母子，便把胡子蓄了起来。每当别人问到时，他就说自己已四十多了。但闷在他心中的那份窝囊气却越积越多，所以他总要不时地对怀馨发泄一番。可不知为什么，他却从不提出离婚，好像有什么把柄攥在怀馨手中似的。

这两天，为了女儿的事，他们又大吵了一架。

自从搬了家，怀馨"节俭"多了。现在不要说用厨师，就连小保姆，她也是能不用就不用。但她自己却仍不肯去做那些以前只有下人才干的活。她的大女儿佩佩刚满十岁，怀馨就支使她去做那些她自己不愿做的事。这小平房里没有卫生设备，只能用木制马桶。现在家里不用仆人了，这倒马桶的事就落在了佩佩身上。孩子小，有时马桶洗不干净，或是弄脏了衣服，回来就要挨骂、挨打。怀馨那发疯的架势，竟比当初她虐待亦芳时的样子还厉害。那时继昌不许她打亦芳，现在却可以任意在自己女儿身上发泄了。

魏如圭心疼女儿，他不能容忍怀馨像后娘那样对待她。结果，一场激烈的唇舌之战又爆发了。如果不是因为怀馨手里还有那两万多块钱，魏某会对她更不客气的。

可惜苏州离上海太远了，不然，如果怀馨家的争斗和继昌家的欢聚能够同时上演的话，那将会是多么精彩的表演啊！

一九五六年的春天，一个从海外归来的华侨敲开了怀柔家的大门，说是要找张才。

这天怀柔恰好不在家。去年她妈去世了，盼盼早两年也被亦菡接到北京去了。刚解放那阵子，她因为老母生病，盼盼又小，错过了就业的机会。现在，居委会见她闲着，就请她帮忙管管账目，每月补助她二十几元。怀柔还把一间房子租给了一个守寡的女裁缝——潘嫂。这样，自己多少增加了一点收入，两人还可做个伴。

开门的正是潘嫂。她说："这家是姓张，但张才我没听说过。"那人说："那……找她家什么人都行。"潘嫂就把他带到了居委会。

听说有人找张才，又说是华侨，怀柔心里暗暗猜测道："难道是他？……如果真是他，我该怎么对他说呢？"

果然不出怀柔所料，来人正是沈根生。只见他穿着一身笔挺的西装，手里提着一只精巧的皮箱，非常气派。怀柔想，反正此事与自己无关，先请他回家再说吧。

根生刚一坐定，就开门见山地说明了来意。他一张口就说要见姐姐。他曾写过许多信，但都没收到回信。后来，他自己的地址也变了，又经过多年的抗日战争和解放战争，姐弟俩就一直没有联系上。所以，他不知道姐姐现在在哪里。

怀柔一面安慰根生，一面把天香去世的经过、继昌一家的故事，以及怀馨的丑事一件件地全都端了出来。根生一边听，一边哭，嘴里还一个劲儿地骂。尽管怀柔想尽量缩小事态，但根生还是不停地气冲冲地追问怀馨的住址，非要去揍她一顿不可，好替姐姐报仇，也给杨继昌出出气。

这两个人从小一起长大，小时候根生就认为怀柔要比怀馨好得多。此刻，怀柔见根生对自己仍很信赖，就直率地对他说："你可千万别去，她会赖上你的！再说，娶她为妻的事，杨继昌也有责任。虽然后来她又坑害了继昌，那也是他们俩的事，你去就师出无名了。而且时隔这么久了，这笔账连我们这些知情人都不知道该从何算起，更何况别人呢？"

她见根生不那么激动了，又说："我劝你最好安下心来，好好在苏州玩玩，不妨也到上海去看看杨继昌。我认为，杨继昌是个好人。"她看了一眼根生，又接着说，"你如果没地方住，就住这里。这房子原本就是你的，你尽管住好了。我和潘嫂住到居委会去。白天我再过来，给你做点你爱吃的东西。"

怀柔的话使根生的怒气渐渐平息下来，两人便开始拉起了家常。言谈话语之间，根生才知道，怀柔大学毕业后一直没有找到工作，现在只好在街道居委会帮忙记账。他仔细地端详着怀柔，心中暗想：真想不到几年不见，她竟变得如此的通情达理，又这么有学问了。

根生此时在苏州已没有任何亲人了。所以，他一见到怀柔，就像见到老朋友一样。在怀柔的安排下，他几乎游遍了这里所有的名胜古迹。这个土生土长的苏州人，还是第一次饱览了苏州城的全貌。玩累了回到家里，怀柔对他总是体贴备至，还每日变着花样做出各种各样的苏州点心给他吃。根生非常感动，心里总觉得暖洋洋的。没几天的工夫，两个人就变得情投意合，无话不说了。这时，根生才无拘无束地道出了自己在国外的遭遇和这次回国的目的。

根生随严老板出国后，先到南洋混了几年。虽吃尽了苦头，但生意仍不见起色。无奈，他们又转到美国，开了一个小饭馆。苦熬了几年，老板就把自己的妻子和女儿也接来了。这女孩已十七八了，却不识几个大字，又不爱劳动。可严老板做主，硬是把她嫁给了根生，希望她能给严家传宗接代，也希望根生能帮她改改那娇生惯养的脾气。谁知第二年，她生了一个女儿之后，竟变得更加任性了。家里的小汽车成了她的玩具，有事没事她都带着女儿出去兜风，谁说也不听。终于有一天，她酒后开车，不幸出了车祸，她和那个两岁多的孩子双双遇难。她娘受不了这刺激，变得疯疯癫癫的，不久也去世了。

在美国，广东风味的食品比较流行。可严老板做的面点是苏州风味的，口味不大对路，又因为他心眼不活，所以餐馆的生意一直做得不死不活。老伴过世后，严老板更没有心思打理了，就把餐馆让给根生来经营，自己反而自愿当了助手。

根生接手后，跑遍了旧金山的中餐馆。他发现，要想做好这门生意，一要品种齐全、花样多变；二要环境舒适、清洁整齐；三要使顾客感到方便、快捷。于是他重新装修了店面，里里外外又打点得干净幽雅，并将店名改为"中华快餐馆"。

既然是"快餐"，就要以经营小吃为主；既然叫"中华"，就要有从广东到东北遍及中国各地的名吃。除了做到品种齐全外，他更注重在中餐中融进一些西方的口味，并按西餐的造型装点菜肴，果然迎合了大多数人的口味，顾客也络绎不绝。他再接再厉，又根据顾客的要求不断地推出新产品，不断地更换食谱，小店的生意也因此更加蒸蒸日上、越做越红火了。

钱赚了不少，可根生对待老人仍像对待自己亲生父亲一样，使他在痛失亲人之后很快恢复了元气，并乐得坐享清福。

严老板知道自己越来越老，帮不了根生了。他见根生一个人里里外外很难照顾周全，就劝他赶紧找个贤内助。可根生执意不娶西方姑娘。于是他俩商量，叫根生回国一趟，一方面购买中餐馆所需的海味和调料，另一方面尽快地物色一个贤惠的妻子。这就是根生此行的全部目的。当然，这后一个目的，根生没好意思对怀柔说出口。

苏州逛完了，爹娘的坟也祭拜过了，根生打算马上去上海。因为办货还是上海齐全，而且他也准备去看看未见过面的姐夫杨继昌，并邀请怀柔和他一起去。

怀柔婉言谢绝道："还是你自己去吧。杨继昌两口子肯定会留你住在他家的。我去，算什么呢？他们骂起怀馨来，多不方便啊？"

根生想想也对，但他仍坚持让怀柔陪他一起去上海，他说："你在上海住了好多年，比我熟，可以给我带带路。另外，买东西要讨价还价，你也可以帮我出出主意。至于住嘛……要不我们去住饭店，怎么样？一人住一间带浴室的客房，让你开开'洋荤'！"

怀柔不忍拒绝他的诚意，就同意了。第二天，她把居委会的工作安排好后，就随根生一起去了上海。找好了旅馆，他们就来到了杨家。

这个家，怀柔曾经住过。客厅的布置似乎变化不大，只是人全变了。上次来，她受到怀馨的冷遇。而这次，她没想到竟受到了如此热情的招待。于芳对舅舅已没什么印象了，因为她只是在很小的时候见过他一面。她还记得，舅舅在出国前去过北京一趟，送给她一枚用红丝线穿着的小小的干菱角。那么小巧可爱，她一直挂在自己的床边。要不是因为生了那场大病，也许到现在也不会丢呢！吴妈见了根生，也向他述说起天香在弥留之际的情景，根生又不免伤心地流了许多眼泪。

大家坐定后，根生简要地介绍了他这次回国的目的和经过。他还当众特地感谢怀柔带他来找姐夫。说到这里，他和怀柔好像都有些不自在。俗话说旁观者清，继昌这位年近八十岁的老人，竟一眼看出了根生的心里。但他故意不点破，而是请他俩都住在家里。趁四下没人的时候，他又悄悄地捅了捅根生："怀柔可是个好姑娘啊！我虽出过点钱供她上学，但她能大学毕业，那可全是靠她自己的努力呀！可惜鬼子打来了，害得她没能找到工作。不然，她一定是把理财的好手！"

晚上，映竹也回来了。不用继昌说话，她也邀他们来家里住。说完，她还和吴妈准备了丰盛的晚饭。

来到餐厅，怀柔感触很深。现在，她看到的是其乐融融的一家人，可从前呢？她不由得想起怀馨羞辱继淑的那一幕。她好惭愧，当时自己扮演的是个什么角色啊！她当时还以为，自己和母亲不会受到那样的侮辱。谁知不久，她们也像继淑一样被赶回了苏州那个小院。

席间，继昌夫妇再次邀请根生和怀柔住下。盛情难却，他俩只好接受了邀请。几天后，继昌经过反复琢磨并和映竹商量后，决定玉成这桩亲事。那天晚饭时，孩子们吃完先走了，继昌还要根生陪他喝酒聊天。他借着酒意说起笑话来："听说有一种鱼，公的两只眼全长在左面，母的两只眼又全长在右边。所以不配成对，谁都不好过。只有合起来才能一齐往前游。"

怀柔听了，脸一下子就红了。根生心里也十分明白。映竹见状，连忙解围说："喝多了不是？他舅，他姨，千万别见怪啊！"继昌对映竹的劝解毫不理睬，还接着说："解放了，我也用不着像以前那样，整天板着脸打官腔了。直说了吧，我看你俩年纪相当，又是青梅竹马，能不能给我个面子，让我帮你们把各自的那双眼合成一双眼？"

映竹在一旁也不住地说合，于芳更是高兴得鼓起掌来。根生和怀柔相互看了一眼，就算同意了。此时根生才吐露，物色一位中国式的妻子，本来就是他此行的目的之一。现在他高兴极了，因为能找到一位像怀柔这样懂会计、会外语、性格又十分温柔的女性做妻子，已远远超出了他原有的期望。怀柔有点腼腆，但也十分高兴。她又一次感谢继昌在生活和学习上给她的资助，使她长大成人并学业有成，现在又玉成她的终身大事。对她来说，他简直就是她的再造父母。她对根生也是赞不绝口，说他从小就老实厚道，虽念书不多，但肯动脑筋。现在他不但厨艺高明，还能讲流利的英语，将来一定前途无量。她相信老先生不会看错人的。

"那我以后就得叫您舅妈了！"于芳打趣地对怀柔说，"省得我一叫姨，就觉得那么别扭。但是，您以后还得称我爹为姐夫。不过，此姐非彼姐哟！"于芳的话里不仅有祝贺，还捎带着点泄愤的情绪。好在大家的心情都十分高兴，谁也没多心。两天后，映竹在家里给根生和怀柔操办了一个简单的婚礼。

回苏州不久，怀柔去居委会交代了工作，办好了结婚登记，并将房子交给他们代管，由他们支配使用。

最后，夫妻俩商量，临行之前一定要去见一下怀馨。怀柔是要把房子的事向她交代清楚，免得她来找麻烦。而根生只是为了让她看一眼，气气她。对怀馨这种人，他其实根本就不屑一顾。

出国的前一天，他们来到魏家。那个家又脏又乱而且乌烟瘴气，外人一看便知，主人是个懒鬼。见来了客人，怀馨忙不迭地把脏东西四处乱塞。怀柔很有礼貌地向她介绍："这是我先生，我们刚结婚，过几天就要去美国了。今天是来向你辞行的。"

怀馨觉得此人面熟，好像猜到了什么，正想发怒。一听怀柔说他们马上要去国外，她原本拉长了的面孔顿时又变短了。她连忙回过身去倒茶。恰巧这时魏如圭回来了，怀柔又一次介绍，还特别加重了语气说："这是我先生沈根生老板。"怀馨这回听清了，也明白了，她气得直哆嗦，手里的茶杯差点掉到了地上。她想说话，却又气得说不出来。怀柔向她交代了房子的事，告诉她产权已过户给了杨继昌夫妇，现在暂时由居委会使用，别人不得强占。说完，他们就转身告辞了。在他们的背后，传来了一阵阵的哭骂声："你们是来向老娘我示威的，是不是呀？真是墙倒众人推啊！"怀馨嘴里不停地骂着，可心里却在嘀咕："这阿二，这沈根生竟然还能翻身！真想不到，根生比魏如圭可出息多了！好后悔哟，要是自己当初就跟了他……"

第 十 八 章

光阴似箭，一晃又是十年过去了。一九六五年的前后，风调雨顺，全国农业大丰收，各条战线一片兴旺。

杨继昌现在已是年近九十的高龄老人了。已过了六十岁的映竹，在当了五六年中学副校长之后，为了照顾继昌，也在这年暑假办理了退休手续。吴妈虽比映竹还大几岁，但她劳动惯了，身体依然健康，一家人吃饭的事主要还是靠她安排，映竹只是帮她打打下手。

于芳还是保育院的院长，正值事业的鼎盛时期。欣欣已考上了医科大学，赤峰也上了高中。

有人问于芳："你当了这么多年的保育院院长，难道还没当够吗？换了别人早就升上去了。你就没点啥想法？"

于芳笑了笑说："想法当然有啦。我只怕自己做不好工作。这一两百个孩子交给了我，他们的生活和教育就得由我来负责。要保证他们健康地成长，凭我这点水平已经很不容易了。思想稍稍一开小差就会出问题，我哪还有空再去想别的啊？再说，我爱孩子，我离不开他们，他们也爱我……"她还有一句想说又没有说出来的话，那就是："星星的惨剧再也不会发生了！"

秋天的上海到处呈现出农村丰收的喜悦。商店的橱窗里除了平时的糖果点心外，还增加了许多红红绿绿的时鲜果品。最诱人的，要数熟食店里那橙红色的大闸蟹了。

继淑在慈惠医院当护士长已经很多年了。现在她年纪也大了，也准备年底就退休。这天下班后，她特地到商店里买了两大包点心、水果和几只大闸蟹去看大哥。

她带来一个好消息，就是姐姐继贤夫妇就要回国了。她说："范超在美国得了博士学位后，就一直在医学院当教授。不久前，他接受了邀请，去北京参加一个学术会议。他们夫妇俩准备会后顺便去天津看二哥，然后再一起来上海。"

听到这个好消息，映竹立即建议说："这么好的机会，不如约他二叔全家一起也到上海来住几天，不好吗？"继昌非常赞成。

于芳听到后，遗憾地嘟曩了一句："可惜今年不是爹的九十大寿。要是他们在爹过生日时能来祝寿，那就更好了。"这话启发了映竹："对呀！那咱们就提前给你爹过九十大寿吧！赶快给她大姐也发请帖，写信叫亦雄、亦蔺、亦莼，还有容蓉也都来。要是于芳她舅也能来就更好了。全家难得有这么好的机会团聚……"继淑、于芳和吴妈都连声称好。

"你们的胃口还真不小。来那么多人，住哪儿啊？"继昌虽然心里赞成，但同时也感到有些为难。

继淑很希望大家能热闹地聚一聚，便说："大哥别发愁。老许还在国外，我那几间房子，足够二哥和大姐他们两家人住的了。"几年前，许云天分到一套三室一厅的公寓房子，所以他们的住处比较宽裕。

吴妈也帮忙出主意说："对，我那里也可以挤一挤。于芳两口子和孩子们都可以和我住到三楼去，把一层二层两套房子都腾出来，让于芳大姐和亦雄他们两家住，不就解决了吗？另外我想，咱们也应该请一下老李两口子。他们离得近，可以不住在这里。"

"吴妈的主意不错。就让亦雄一家住一层，亦荃两口子住二楼吧。可万一她舅舅两口子来了，怎么办呢？"映竹又有点犯难了。

"没关系。万一他们来了，就叫他们住饭店去。听说舅舅的生意做得不错，就叫他多花点钱吧！"于芳好像很了解她舅舅似的，她为这样的安排感到满意。可紧接着，她好像又想起了什么似的，自言自语地说："还有几个妹妹怎么办呢？"想了一下，她又接着说，"有了！我和欣欣、小阿姨，还有我娘，都住到三楼那两间小屋去，叫她们姐妹几个住三楼的套房。至于程宜嘛，叫他带着赤峰还有几个妹夫，都去住他部队的招待所吧！"

房子的事就这样定了，可是钱怎么解决呢？这么多嘴，光吃饭每天就得上百元。此外，还有路费呢？恐怕也会有人支付不起吧？在座的人都一下子沉默不语了，每个人心里都想自己多承担一点。

继淑第一个打破沉默说："我和老许的负担较轻，现在二哥的生活也不需要我负担了。我出几百块钱没问题。"

于芳也抢着说："有二位客人对我来说很重要，就是我的救命恩人蔡叔两口子。他们的路费和饭费我全包了。另外我再交给妈二百块，你们看行吗？"

吴妈跟着说："蔡成是好人，我也很想见见小玉，是该请他们来。钱不够，我也能凑点。"

听到这里，映竹赶紧阻止他们再说下去。她怕大家的话，又会引起继昌的回忆。她像发布命令似的说："都听我的！这钱，你们谁也不用出。你们只要说个数就行了。两千块够不够？"

大家都吃了一惊："这么多，你有？"

"我有！你们听着。"映竹故意卖着关子慢吞吞地说，"这可不是贪污来的，也不是我的私房钱。"继昌越听越糊涂了，急忙问："那你是捡来的？还是人家送你的？"

"都不是。你们都忘了？那年他舅来，不是给于芳和她哥几百美金吗？他俩都不收，我就留下了。后来，我又换成人民币存进了银行。到现在已存了十年了，连利息一共有一千多呢！还有，困难时期，他舅和继贤又寄来过一些钱，我也都存起来了。现在加在一起，已有两千出头了。再说，这几年我和你爹的工资也还有点富余。所以，这钱足够了，用不着你们出了。"

继淑说："这不合适，我总得出点，还有于芳……"

于芳还没来得及开口，映竹忙打断继淑的话说："这样吧，你们别争了，都听我的。我毛遂自荐当主帅，于芳娘和她二姑当副帅，行吗？"见大家都不反对，她又接着对继淑说，"她大姑、二叔都要住你家。你总得准备一些铺的、盖的，可能还得吃几天饭，这笔钱你出。你看公平不？"

她又转过身来对于芳说："你也别急，我和你娘主要忙家里的活，到外面去买个什么零碎的东西，就靠你和程宜了。我会叫你贴不少钱呢！到那时你可别讨饶哟！"大家都乐了。她又叫于芳转告程宜，他走路不方便，就只管招待几个妹夫吧。

继昌也乐着赞许道："好！好！这个主帅还挺像穆桂英的。可你别忘了，容蓉那么远，又不富裕，得给她寄点路费去。蔡成也是我的客人，也该由我出路费。"

当晚，继淑就给她大姐和二哥写了信。于芳也给根生舅舅、蔡成叔叔和二哥亦雄写了信。其余的人，都由映竹出面邀请。

祝寿的日子定在重阳节，前后不超过一个月。这主要是考虑到范超开会的时间是在十月中旬，估计他十月下旬就能到上海，正好赶上农历九月初九重阳佳节这个好日子。

一个星期后，映竹就陆续收到了回信。

周之强现在已退休了，老母也已经故去。两个孩子大学毕业后，各自都有了自己的家和理想的工作。他退休后，每月仍能拿到近二百元的退休金，生活过得悠然自得。比起日本鬼子时期的牢狱之苦和国民党时期那整天揪心的生活来说，他现在的日子，真像是神仙一般了。他正准备和亦荃一起去南方旅游一番。所以，老丈人的邀请正中他的下怀。

继茂是铁路局的老职员了，又在战争时期帮助过地下党，解放后很得局领导的重视。现在已经退休，他的两个孩子也都各自成了家。孙桂英如今也是当奶奶的人了，听说要去上海，她兴奋得都睡不着觉。能有机会到从没去过的大城市走走，她当然高兴得合不拢嘴了。可她又有点犹豫，总觉得没脸去见于芳。她仍十分清楚地记得：那天夜里，她明明听到小芳在门口哀号，却就是狠心地不起来开门，害得她走投无路去自杀。虽然已过去很多年了，但这件事仍在缠绕着她。她只得常常强迫自己："忘了它！忘记它！"可她哪里忘得掉啊？每当继茂听到她嘀咕这事时，就不耐烦地说："你就是小心眼。人家于芳是老革命了，怎么会跟你计较这个？可话又说回来了，要是你当初对她好一些，何至于现在担惊受怕呢！"

亦雄工作很忙，不过他正好有事要到南方出趟差。他和妻子樊琪商议，可以把家里的事都托付给保姆。好在孩子们都已上中学，也没什么不放心的了。他俩准备请两天假，先去上海给父亲祝寿，然后就去办公事。

亦莼夫妇的孩子有公公婆婆照看。她和小夏也商量好，借这个机会来上海轻松几天。

亦菡没有再婚，一直在师范学院党委工作。盼盼现在是北京理工学院的高才生，学习太忙，不能来了。

容蓉远在甘肃，她最想家了，结婚后一直没有机会探亲。这次映竹给她寄来二百元钱，路费足够了。她可以借探亲之机，与她的石坚还有三岁的小石头，一起到上海和苏州好好地玩它一次。她对怀馨的感情比两个姐姐深，所以一定要去看看她的亲娘。

根生接到于芳的信后，算了算日子，估计现在订飞机票还来得及。他和怀柔准备先去苏州安葬严老板的骨灰，并给两家的父母扫墓，然后再去上海。另外，根生此行还另有一个目的，就是要认领一个孙子。他想等自己老得不能动弹时，有人可以替他掌管这个家业，也希望有人能侍奉他们颐养天年。

怀柔却有她自己的想法。她到美国后，严老板见了，很满意根生的选择。这闺女虽然年龄大了一些，但身体却很健康，又是大学生，性情随合，又很尊敬老人，还有什么可挑剔的呢？不过，彼此怎么称呼呢？他怕怀柔为难，就先开口说道："依咱们老家的规矩，如果女儿早丧，女婿续取的媳妇就要认前妻的父亲做爹，不知你嫌弃不嫌弃我？"怀柔连忙按中国老式规矩磕头认了爹。以后，她也真的把他当作自己的亲爹一样对待。这个中式家庭，除了怀柔不能生养这一条外，可说是样样都十分美满。

严老板活到七十多岁，身体一天不如一天，根生两口子虽细心照料，但他终究是心力衰竭，无药可治了。临终前，他嘱咐根生两口子："我虽身在异国他乡，可心里却一直在想着回去。当初是怕你一个人忙不过来，所以我没走。现在，你经营得不错了，可是我又不能动了，恐怕……"他知道自己今生今世再也不能回去了，只好把身后之事托付给了根生，"根生啊，我老家已没有别的亲人了。我死后，你可千万要把我的骨灰带回苏州安葬啊！我有你们这对好女婿、好女儿，一切都可以放心了。但是你们没儿没女的，将来怎么办呢？还有，咱们中国人老死在国外，总不是个道理吧？你们不如趁现在年纪还不太大，回苏州买下一些房产，将来也好落叶归根啊！要是能认领一个孩子那就更好了，连我也好跟着沾沾光，坟上就有烧香扫墓的人了。"

老人又看看怀柔说："现在这个店主要是根生挣出来的，我死后就由根生继承。但怀柔这几年也出了不少力，她又是我女儿，我想抽出几万块钱给她，算是我这个当爹的给她的遗产吧。"

老人去世后，根生专门在银行里给怀柔开了个户头，存上了二十万美元。

现在，怀柔一想起继父的遗言就不禁想起许多往事：她在来美国之前，可以说从来没有挣到过钱。她的大部分生活费，都是继昌和亦菡资助的。所以，她打算这次回国，一定要准备一些像样的礼物，送给那些以前帮助过她的人以及他们的晚辈们。

根生心里早就盘算好了，既然当初于芳夫妇在自己生死不明的情况下就叫赤峰改姓了沈，那她心里也许就是打算把这孩子当作沈家的后代来养的。这次去上海，不妨就向她提出认赤峰做孙子的事，大概不会有问题吧？怀柔对此找不出理由反对，因为赤峰是男孩，完全可以继承祖业。可她心中相中的却是一个女孩，那就是盼盼。她吞吞吐吐地说出了她的想法，不料根生一听却非常高兴，他连连说："好！好！好事成双嘛！一男一女两朵花，就依你！"

他们在美国住长了，觉得美国什么好东西都没有。还是怀柔有主意，说干脆到香港去买，也省得坐飞机带太多的行李。到香港后，她买了一大堆的毛衣毛线，又给孩子们买了些文具、玩具和糖果之类的东西。

除了根生外，其他的几个家庭也都忙碌了好多天，这可是继昌和映竹没有料到的。尽管映竹在信中一再提醒大家不要破费，但因为很多人都是第一次见面，谁也不好意思空着手来。结果各家都带了很多好吃的东西来：有甘肃的白兰瓜、百合、枸杞子；有东北的大松子、猴头菇；还有南京的板鸭、香肠……堆满了一大屋子。映竹把能保存的东西都妥善保存好，又分出几份礼物准备给路远的亲戚们带走。

继贤带来的东西最为稀罕。为了报答大哥的恩情，她除了送来两盒美国西洋参外，又特地从香港买了一台电冰箱。这玩意儿可真神了，通上电就能冒冷气儿，真是帮了映竹的大忙了，那些稀罕的食品就不怕坏了。

根生到上海之前，亦莼和容蓉就已经带着她们各自的爱人，先到苏州去了。映竹想留住她们，于芳开玩笑地对她说："叫她们去吧。上回我和我娘都没吃到容蓉骗来的鸡蛋。这回，说不定她们还能骗到更好吃的东西，来犒劳犒劳我们呢！"

亦菡不肯去苏州，过去的事使她伤透了心。她情愿在大姑没到上海之前，先住到二姑家去。她们说好，等两个妹妹从苏州回来，就叫小夏、小石都随程宜住到招待所去，而姐妹们全都住到三楼那个曾经是怀馨和李氏夫人住的套房里去，五姐妹在一起相聚还是有史以来第一次，要好好热闹热闹。

在去苏州之前，根生就迫不及待地和于芳讲了要过继赤峰的事。于芳征求程宜的意见，程宜说："以前叫他姓沈，不过是个心意。现在他怎么当真了？不过，我看反悔也不合适，还是先跟爹商量商量再说吧。"

继昌得知此事后并不反对，他说："当初让赤峰姓沈，我也是同意的。根生要带他走也并不是件坏事，只是怕你娘感情上受不了。"映竹也表示同意，只有吴妈暗暗流泪。于芳和程宜只好掩饰住自己的心情，反倒过来劝慰吴妈。

既然连老爷子都不反对，根生和怀柔马上就带着赤峰去苏州了。他们刚刚住进苏州饭店，亦莼就把怀馨带来了。亦莼对怀馨说："好了，我的任务完成了，你们谈吧。我还得陪别人去逛网师园呢。"

怀馨明知自己不受欢迎，却偏偏要硬着头皮找上门来，以为自己主动来讨好一下，根生他们就不好意思对自己发作了。所以，她没等根生开口，就先假装热情地说起来："我是来看看，你们有什么事要我和老魏帮忙的？听说你们要看坟地，又要扫墓。正好，我也要给爹爹、姆妈坟上烧点纸，不如咱们一起去吧！"

怀柔冷冷地说："这些事，我们早就托付给居委会了。明天孙主任会亲自陪我们去，再加上赤峰，就已经四个人了。人多了，一辆车也坐不下呀！"

吃了这顿抢白，怀馨一点也不脸红，又厚着脸皮对根生说："老魏嘱咐我了，一定要请你们到家里来吃顿便饭……"

根生不等她把话说完，就冷冰冰地打断了她的话："你是说魏如圭吗？我们可不敢高攀啊……"他故意把圭字读成了鬼字。

其实，魏如圭根本就没说过请根生吃饭。相反，当他听说怀馨要去看根生时，根本就不赞成："现在又不是清明，你给爹妈上坟什么时候去不行，何必凑这个热闹？你不是去自找没趣吗？"这话果然应验了。

怀馨回到家，对魏如圭什么也没说，可她肚里的花花肠子又翻腾开了。她准备在给继昌祝寿时，去大闹一场。

亦莼和小夏在苏州玩够了，吃够了，临走又叫魏如圭买了几斤活虾，并连夜做成油爆虾，准备带走。容蓉跟她妈有些难分难舍，怀馨也动了感情。她不禁想起容蓉她爹容承的音容笑貌，感到有些伤感。可往事不堪回首，她只能偷偷塞给她两百块钱。

根生在回上海前，托居委会孙主任帮忙买了两筐大闸蟹。自从他们夫妻俩出国后，居委会就搬进了他那个小院。前进房子用来办公，后进房子开了个裁缝铺。这次他回来，孙主任高高兴兴地帮了几天忙，怀柔也感到好像回到了娘家。

仅仅四天时间，扫墓和安葬骨灰的事就都已办好了。赤峰也在严老板和沈阿福夫妇的坟前磕了头，算是认祖归宗，正式过继给根生夫妇做孙子了。然后，大家又去祭奠了张才夫妇。这一家三口，在尽情地享受过苏州的美景和品尝了各种名吃之后，做出了一个决定：再过十几年，一定要回苏州来定居。

回到上海后，根生就赶紧去给赤峰办出国手续，不想却未获批准，看来此事一时解决不了，根生决定尊重赤峰自己的意见，等他高中毕业以后再办。

根生还没从苏州回来之前，继贤夫妇已到了上海。继淑和姐姐分别将近三十年了，真不知怎么亲热才好。范超发现自己根本插不上嘴，就趁机到上海的几所医院去看老同学了。

亦雄、周之强和蔡成也都在祝寿的前一天到达了上海。继昌忙不迭地看看这个，又看看那个，心里别提有多美了。但最使他高兴的，就是见到了蔡成两口子，他们已经分别整整三十年了。看见蔡成，继昌不由得想起了他救于芳的恩情，继而又想起了于海，想起了北京那个大院，想起了老娘和天香活着的情景，激动得直落泪。映竹连忙岔开话题。她知道，老年人是不能过于伤心的。

看到继昌停止了落泪，蔡成这才继续讲述他的故事：离开杨家后，他就用继昌给的那几百块钱买了五六亩地。不料抗日战争爆发了，农村待不住了，夫妻俩只好到保定去做点小生意。直到解放后，他们才又回去种地，土改时被评为下中农。后来他大儿子参了军，提了干，所以又成了军属。女儿在城里当了工人，也结了婚。他自己做了几年大队会计，现在已退休了。闲着没事，他就和小玉两口子帮着队里照看几头大牲口，日子过得还不坏。

蔡老太太解放后也过了几年好日子。她去世前，于芳专程去看过她。蔡成孩子小的时候，于芳也多次寄钱和粮票给他。这会儿日子好过了，他怎能忘记杨家的恩情。一听说要给老人家庆寿，他就马上装了两大口袋白薯干、柿饼、红枣之类的土产，来到了上海。

听完蔡成的故事，继昌不停地念叨："咱家的人，除老许在国外工作回不来外，可以说都来了。我这辈子能有这么一天，也就满足了！闹鬼子那时候，我们这一家子死了好几个人呢！最让我难过的是于海。要不是遭了鬼子的害，他今天也能来，那该有多好啊！"

继昌没有提亦麒，因为继贤来上海后对他讲过，亦麒现正在一家外国人的公司任职，生活还过得去，就是不肯回家。继昌也相信亦麒就是这个怪脾气，所以也不愿在众人面前提他的事。吴妈听继昌提起老于不由得抹开了眼泪，映竹想起她可怜的老娘也感到很难过。小玉见状，连忙岔开话题说："老爷子，您别难过了。我给您说点高兴的事吧！"

接着，她就兴致勃勃地讲开了：现在，她和蔡成在自留地里种了不少的蔬菜，有土豆、萝卜、大白菜，还有豆角呢！他们还养了几头猪，有一头母猪都快下小猪崽了！自家养的十几只鸡，每天都能下十来个蛋。最让人高兴的是，他们帮队里照看的毛驴，今年还生了个大骡子，队里还表扬了他们呢！现在农村日子也很好过，要是继昌能去看看就好了。小玉的话，讲得像机关枪似的那么快，把继昌逗得非常开心。看到这番情景，大家又不禁回忆起，当年那个专门侍候老太太的可爱的小姑娘。

重阳节终于来了。下午四五点钟，各家各户全都到齐了。映竹看着有这么多人，便想出了一个好主意。她把年轻人都找齐了说："今天天气不冷不热，又秋高气爽。这三个桌子放在屋里太挤了，咱们不如干脆搬到院子里去吃晚饭，你们说好不好？"

大家都认为这主意不错。但当大家正要动手干的时候，映竹忽然又叫他们先停一停，她说："几天前，我受老爷子之命挂帅，所以现在你们都得听我指挥。"大家鼓掌表示赞同。映竹接着说，"既然大家都同意，那我就来分工：男的搬桌子、椅子；女孩们摆盘、擦桌子；厨房里于芳娘当司令员，于芳是联络员；亦菡你们姐妹三个端菜、盛饭。吃完饭后，程宜带几个男孩打扫卫生，女孩子由小阿姨指挥收拾桌子、洗碗。"

亦荃急忙问："我呢？"

"你吗？你当桌长，负责第一桌。你要帮我照顾好这一桌的客人，让他们都吃好、喝好。还有，老爷子也托付给你啦。吃少了不行，吃多了更不行。葡萄酒可以少喝点，肥的、硬的，还有蟹黄什么的都不许他吃。怎么样？这任务还能让你满意吗？"见亦荃同意了，她又对亦雄说，"你也跑不了。这第二桌的桌长是你和樊琪两人当。今天，你李叔、蔡叔和两位大婶都难得来，程宜他两口子又里外忙，这桌就全靠你啦。你娘一时也来不了，你得陪他们先吃着。"亦雄两口子也接受了任务，其实田妈和小玉早就张罗开了。

映竹又冲亦菡说："你也是桌长。两个姐姐和你哥都有任务了，今天就封你当孩子王吧。所有的妹妹、妹夫、外甥全归你管。你要让他们吃饱、吃好，还得防备他们抢吃抢喝，打起来。"亦菡还没来得及说什么，那小石头却不知从哪里钻了出来："外婆，外婆，还有我呢？"映竹想想说："对了，怎能把你给忘了！等会儿你出个节目，跳个舞、唱个歌好吗？"小石头也蹦蹦跳跳地走了。其实亦菡可管不住这帮年轻人，还多亏了亦莼帮她压阵。

映竹又请出继淑来当三桌总司令，四处巡视，发现缺什么就及时向厨房传话，又说："待会出节目也由你主持。"

最后，映竹又对大家说："这次为老爷子祝寿，准备的东西本来就不少，他舅今早又从苏州带回两大篓螃蟹。一会大家摆好桌椅后，就先喝酒、吃冷盘。可要注意哟，这四道冷盘里可有一道是苏州名菜油爆虾，这是亦莼变出来的。冷盘过后，跟着便是大闸蟹，然后是四荤、四素，还有烤鸭春饼，最后是水果和点心。请大家腹中有数，千万别吃个肚歪啊！"映竹的话音未落，四周就响起了一片欢呼声。

映竹没打算去惊动周之强、范超、根生和继茂夫妇，想让他们好好陪陪继昌，尽情地享受一下这天伦之乐。但是继茂还是听到了院子里的喧闹声，就踢踢旁边的妻子，示意她去帮忙。孙桂英悄悄地走了出来，正碰上樊琪。樊琪明白她的心思，就拉她一同来到厨房。不等别人指挥，她们就和大家一起七手八脚地干了起来。

不一会儿，院子里就收拾停当了。三张桌子刚好摆在楼前的那块空地上。程宜还叫两个妹夫帮忙，挂上了两盏一百瓦的电灯，再吊上十几个小红灯泡，显得十分明亮、热闹。

院子中央亮堂了，可四周就显得更黑暗了。在靠墙脚处，有一块凹进去的地方，这里原来是个后门。那次法国巡捕房来抓人时，亦麒的同学就是从这里逃走的。后来为了安全起见，就用砖头和灰浆把它封死了。日子一长，有些灰浆脱落了，砖头之间就露出了一些小小的缝隙。此时此刻谁也不会想到，就在这堵墙的后面，正有一双眼睛透过那些缝隙向院子里窥视。院内的一切都被看得清清楚楚的，而里面的人却丝毫没有察觉。

那正是怀馨的眼睛，她是来找碴儿滋事的。

想滋事，凭什么理由？是自己要离开这个家的，是自己伤害了这个家里那么多的人。她有些亏心，不由得暗想："我总得找个理由啊……还是先听听再说吧！"

院子里好热闹啊！别说怀馨这几年一直偏安一隅，根本见不到这样的场面，就是在继昌最有钱的那几年，她所见过的最大的场面，也不过是两桌麻将客而已。眼前这样大的排场，得花多少钱哪？好让人羡慕啊！

仔细看看客人都是什么人呀？哟！原来大部分都是自己认识的。"连用人也成座上客啦！"怀馨气得牙根子痒痒。那宴会的主持人，不用说，肯定是梁映竹啦。"站在那里的应该是我！她算个什么东西！"怀馨咬牙切齿地低声骂着，不过根本没人听得到。

冷盘端上来了，最醒目的果然是那红红的油爆大虾。在座的几位最年长的人中，除继昌外就数继茂了。这时他第一个站起来，举杯向继昌祝酒："我先敬大哥一杯。祝您健康长寿！祝您今年过九十大寿，十年后，我们再来庆祝您的百年大寿！"大家都随着举杯。等继茂和继昌干了那杯酒后，其他人也想敬酒，但都被映竹一一阻止了。可她没想到，这样一来，她自己却"引火烧身"了。亦莼忽然提议说："今天'司令'没给大家准备节目，先罚她一杯。然后大家轮流出节目，谁演不出来就罚谁，你们说好不好？"

"谁说没准备节目？"映竹连忙辩解道，"我今天特地从千里之外请来个跳舞明星。他躲到哪里去了？"她边找边喊，"小石头，快出来，该你表演了！"

听到"命令"，小石头大大方方地走了出来。她穿着一身新疆服装，粉红色的大裙子外面罩了一件黑色镶着亮片的小背心，头上还戴着一顶方方的新疆小帽。她先向大家深深地施了一个礼，然后，就在父亲的口琴伴奏声中跳起了新疆舞。大家这才看出，这小石头原来是个女孩。她那一双黑黑圆圆的大眼睛，真像她妈。这孩子又漂亮，又很有礼貌。

往下，主持人继淑对继昌说："大哥，您今天可是寿星佬，下面的节目得先从您这里开始。要记住，演不出来可要罚酒呀！"

继昌笑着说："你罚不了我，我能演。朋友们、孩子们，我先谢谢大家这么老远来到这里给我庆寿。希望你们一定要吃好、喝好，还要多住几天。"接着他又说，"我既不会跳，又不会唱，就给你们说个桃花源的故事吧。"说着，他就背起了《桃花源记》："晋太元中，武陵人捕鱼为业。缘溪行，忘路之远近。忽逢桃花林，……"背到这里他停了下来，似乎是忘了。赤峰见状赶紧打圆场说："外公，我替您背吧。"

"不，"继昌说，"我不是要背诵这篇文章，而是要给你们讲个故事。你二舅和你妈小的时候，就是被这篇文章迷住了。那时他们都不过十来岁，就从家里跑了出去，想去寻找那个桃花源……"

赤峰迫不及待地打断外公的话说："那到哪里去找啊？一辈子也找不到！"

"不，他们找到了！我后来才终于弄明白：他们要找的桃花源，其实就是像现在这样的幸福美好的新社会。他们从小就有这个理想，长大后，还一直在为这个目标奋斗着。现在他们所做的这番事业，就是为了实现他们儿时的理想，建立起他们心中的那个桃花源。"

继昌又接着说："其实人人都有自己理想中的桃花源，我也有。年轻时，我也曾想报效祖国。可后来却总想着做官、发财，最后我失败了……"

继茂说："那小东西呢？她心中也有桃花源吗？"

继昌说："有啊。她从小就羡慕杜十娘的百宝箱，攒了一大盒首饰，又拐走我很多钱……"

老李说："都怪她心术不正，现在……哼！"

蔡成说："当年我娘就说过，她会有报应的，现在果真应验了。"

顾及亦蔺姐妹的面子，大家都不再说了。

继淑连忙岔开话题对映竹说："你是寿星婆，该你了。"毕竟当过多年的教师，映竹在众人面前讲话非常大方，她十分干脆地说："好，我就唱一个歌。"她先用英语唱："Happy birthday to you，……"接着又用中文唱道，"祝你生日快乐……"大家有的跟着一齐唱，不会唱的就跟着鼓掌、打拍子。

轮到范超和继贤演节目，他们要求排到最后，继淑同意了。周之强代表亦荃，来了一段德国民歌。轮到根生了，怀柔说："等一下我俩有重要节目，先请别人演吧。"下面该继茂演了，他红着脸，吭吭哧哧地说："好，好，那……那我来段大兵的歌吧。可我说不清它是哪朝哪代的噢。"说完，他就用低哑的声音唱道，"约，约，约斤馒头，早晚两顿粥，小米窝窝头，老咸菜，还不给加油……，一，二，三，四！"年长的人一听，马上就联想到解放前国民党那些残兵败将的形象，都忍不住哈哈大笑起来。

继贤笑得前仰后合，她一边喘气一边说："我二哥从小就只会唱这么几句。不算，不算，让二嫂再来一个。"

孙桂英站起来结结巴巴地说："我……，我这次来是……是给小芳和她娘赔不是的。那大野猫是我放进来的，我还跟于海吵嘴，让他们待不下去……"

亦雄一听，心想："不好，不能再由她说下去了。"忙说："二婶，过去的事，大家早忘了，您又何必再提它呢？"于芳明白哥哥的意思，忙接着说："我都记不清了。再说，那会儿您不是也还年轻吗？"

大家也都劝了几句。此时，继淑走上前来半开玩笑地说："你说话也不看场合，罚你和二哥一人一大杯！"

大家说的话，怀馨站在黑暗处都听得清清楚楚。正当她暗自庆幸孙桂英没有把她扯进去时，没想到马上就有人骂到她头上了。

下一个轮到亦雄了。他也不会唱歌，他就把小时候用笔记本垫在裤子里，躲过父亲打屁股的故事说了一遍，把大家逗得眼泪都笑出来了。连继昌也乐了，他假装嗔怪道："看你，把孩子们都教坏了！"

说到这段往事，大家的话题马上就转到了刘妈身上，都知道是她把亦麟教唆坏了。蔡成也回忆起了那件事情的经过。他告诉大家，当时刘妈明知道于芳没死，却非要把她活埋。听到这里，老李气愤地说："这事我全知道，都是那小东西和刘妈合谋搞的。她俩呀，干的那些缺德事真是数也数不清。要是一件件都查清并写出来，够编一本新包公案啦！"

田妈赶紧扯了扯他的袖子，不让他再说下去了。大家也怕伤害亦蔺姐妹，都不说了。为了打破这尴尬的局面，老李连忙唱了一段河北梆子，算是他和田妈的节目。小玉也代表蔡成唱了一段。

程宜看大家都表演了节目，便连忙拉着于芳和二哥二嫂，高声齐唱了八路军军歌。亦莼也不甘示弱，她拉着小夏和三姐共同合唱了一首新四军军歌。

石坚一时没了主意，被亦莼罚了一大杯。继淑想溜到亦蔺背后却被发现了，遭到了大家的"谴责"："你这个主持人不带头，还想溜！不唱就罚酒！"
继淑只好唱了一支《渔光曲》。最后一个表演的是容蓉，她唱了一首陕北民
歌——《翻身道情》，还真有点郭兰英的韵味。

怀馨躲在黑暗处，一边听容蓉唱《翻身道情》，一边恶狠狠地嘟囔："翻身！
翻身！你们姓杨的翻了身，我他妈的却翻了车！"她知道要是现在出去捣乱，就
是有一百张利口，也只能是邪不压正。人家人多势众，说不定还会招来批斗，
恐怕连女儿也不会站在自己一边……"唉，我现在可真像那朱买臣之妻了。"

好像有人走过来了。她吓了一跳，赶紧把身子一缩，躲到了黑暗处。她
感到此地不宜久留，便赶紧离开了杨家。慌乱中，她叫了部三轮车，直奔火车
站。此时已是晚上八点多钟了，街上行人稀少，四周非常安静。不知是谁家的
收音机，正播放着评弹选段。她最喜欢听评弹，很想借机放松一下她烦乱的心
情。可她竖起耳朵仔细一听，播放的正好是朱买臣休妻一段。

她赶紧堵住耳朵，心中真是又气又恨："真他妈的晦气！连收音机都跟我作
对。老娘真是倒了霉运了！"

与此同时，继昌的寿宴已进入了又一个高潮。冷盘早已被消灭光了，吃螃
蟹的"战斗"开始了。这几个年轻人真是不争气，原想吃它十只八只的，到动
真格的了，又个个眼大肚子小，结果每人才吃掉两三只螃蟹。

别人的节目都演完了，这时范超主动走出来说："我来演个节目，要找一个
聋子和我配合才行，只怕你们找不出。"

继淑忙指着程宜问："他只有半只耳朵，能行吗？"

范超说可以试试。说着他从兜里掏出一个小玩意儿，戴在程宜耳朵上。程
宜立刻从椅子上跳了起来，说："我能听见了，我不聋了。"

继淑接着问根生夫妇："你们俩的节目呢？你们可别想溜啊！"怀柔笑嘻嘻
地站起来说："我们的节目就是要告诉大家一件事。我不准备讲过去的故事，只
想说说未来。借用姐夫刚才说过的一句话，就是要说说'理想'。"

她清清喉咙，接着说："我从小家里穷，是姐夫培养我读到大学毕业，我
才有了今天。前两年，我继父——也就是根生的老丈人去世了，给我留下
二十万美元，可我完全用不着这笔钱。所以我想，既然我是受别人恩惠完成学
业的，我为什么不能也用同样的方法，去帮助其他人继续深造呢？所以我和根

生就把这笔钱存入了银行，用它设立了一个基金。以后，我们每年都可以从银行里拿出一些利息，供一两个孩子到美国去读硕士或博士。"停顿了一下，她又说，"这就是我们的节目。我们就是要向在座的各位宣布：今后你们的孩子中有谁大学毕业了，又品学兼优，愿意出国深造，可以写信给我。我和根生都愿意效力。现在，我们已经找到一个目标了，那就是亦菡的孩子盼盼。可惜她没来。只好请亦菡把这个消息转告给她，叫她明年毕业后马上到美国来。"

她的话音刚落，四周就响起了热烈的掌声。

根生示意大家静一静，然后他接着说："我提议，这个基金就叫作继昌奖学金吧！"

继昌坐不住了，一边摆手一边说："不合适，不合适。这笔钱原是严老板的，用我的名字来命名就太对不起他了。我看，不如叫重阳奖学金吧。一来纪念今天这个好日子，二来取重阳二字也图个吉利，你们说呢？"又是一片欢呼声，寿筵也随即达到了最高潮。

主菜端上来了，四道荤菜有：北京烤鸭、火腿鱼翅、松鼠鳜鱼和猴头菇烧海参，并把客人们从全国各地带来的有地方特色的食品都摆上了餐桌。

虽然这些都是一些家常菜，但每道菜都饱含着亲人们浓浓的情意，也饱含着人们对幸福生活的祝福。大家都尽情地畅饮，尽情地享受。欢呼声、祝寿声、歌声、笑声此起彼伏，一浪高过一浪。

尽管已经很晚了，但映竹还在忙活。她从剩下的佳肴中选出一部分让继淑、老李和帮忙的厨师带走，并留下一些螃蟹准备做炒蟹粉、蟹黄包，要让根生美美地吃几天家乡风味的饭菜。

两天之后，周之强夫妇去杭州游玩了。范超为了让继昌兄妹尽情享受团聚之乐，自己就和同行们去切磋医术了。

于芳陪蔡成两口子去苏州玩了两天，说好过两年一定去廊坊看他们，然后，他们才依依不舍地告别了。

根生两口子安排好赤峰的事，就和继贤夫妇一起回美国了。亦雄还有工作，又多住了几天。继茂两口子自己到处逛了一个够，其他人也都尽兴而去。

第二年春天才是继昌真正的九十大寿。他是正月初一的生日。正好这一年春节前，许云天驻外三年任满回国。映竹也没请别的客人，只有云天夫妇和程宜两口子，还有吴妈，又找来老李两口子。大家在一起，给老爷子过了他最后的一个生日。继昌很满足，见云天一面是他最后的愿望。这个愿望已经实现了，他也就没什么可挂念的了。

杨继昌，这位白发苍苍的老人，在他人生的道路上已整整地走了九十年，他的精力已日渐衰退，他太累了。回首往事，他没想到自己竟成了中国这近百年兴衰史的见证人：他不仅见证了清王朝的腐朽没落和彻底消亡，也见证了国民党政府的贪污腐败和仓皇出逃；他不仅见证了日本侵略者从骄横残暴到彻底失败投降，更见证了新中国从一贫如洗到逐步走向民主繁荣昌盛。

他凭借着自己的智慧，在历史的舞台上左右逢源，不断地变换着角色：他曾是为祖宗增光的清末进士，他也曾是胸怀远大理想的赴日留学生。军阀混战时期，他是踌躇满志的政客；国民党时期，他又弃政从商，成了四处逢源的商人；太平洋战争，日本鬼子又使他彻底破产、家破人亡，沦落成了家境贫寒的平民百姓；新中国成立后，他竟老骥伏枥、重获新生，参加了社会主义建设。

他的一生，经历了无数的风风雨雨、无数的坎坎坷坷，忽而被政治的风波涌向巅峰，忽而又被历史的转折摔向谷底。他做过不少好事，但也做过很多错事。不过，他暗自庆幸的是，他不是那种总想着坑害别人的人，也没有丧失中国人最起码的气节而沦为汉奸！在这最后的时刻，他的心情十分坦荡、平静。

这年夏天刚过，大街上高音喇叭的喊叫声和游行队伍的喧闹声，像潮水似的涌进了杨家大门。庆幸的是，继昌什么也听不到了，他已平静地、安详地、永远地睡去了……

除了继昌和国外的亲朋外，其他所有人都经受了那十年风风雨雨的考验。

于芳和程宜一起下放回了山东老家，还带上了吴妈和于欣。杨家被抄，映竹也被赶出了家门。恰好此时云天又一次出国，继淑家就成了她的避难所。亦雄的两个孩子，还有那个小石头都因父母下放，来到上海。映竹和继淑就承担起了教育孩子们的任务。恢复高考后，孩子们都考上了大学。赤峰没去美国，去了兵团，几年后，考上了医科大学。后来，他和姐姐、妈妈一样也当了医生。

十年以后，映竹和程宜一家搬回了原处。二十世纪八十年代初期，吴妈病危，亦雄、于芳和孩子们都在身边给她送终，吴妈满意地逝去。

继贤夫妇已年过七十，不想常住国外。他们在上海买下了一套公寓，决定在这里安度晚年。他们和映竹、继淑几家常来常往，生活得十分安逸。

盼盼在"文革"之后出国深造，获得博士学位后和她的丈夫一起回到北京，在母校当了教授。

在那十年里，怀馨也与她那个小丈夫一起被下放到了她出生的那个村子。村长指着她家的旧居说："你应该认识，这就是你出生的房子。你家曾经还算是贫农，可你已堕落成为不法资本家。所以你必须在这里老老实实地接受劳动改造！"第二天，村长就安排他们到地里去劳动。怀馨哪里吃得了那种苦，魏如圭一人劳动，一天也挣不了几个工分。农村每个工分的钱本来就不多，一个月干下来，他们连吃饭都困难。但是怀馨的劣性却依旧不改，仍偷着吃香的、喝辣的。几年下来，她就把存的那点老本全花光了。钱没了，魏某的面孔也更加难看。最后，两人打了一架，从此再也不肯在一个锅里吃饭了。回城后，他们索性分居了。怀馨把房子分了一半给魏如圭，而魏某每月只给她一点生活费。两个孩子一人一个。

改革开放后，怀馨见几个女儿的生活都比她好，就厚着脸皮到各家去混吃混喝。但她身上那些自私自利、好吃懒做、坑蒙拐骗的坏习气简直叫人无法忍受。女儿们担心她会带坏了她们的下一代，只好决定：每人每月贴她一点钱，把她交给了魏如圭的小女儿去照料。回到苏州后不久，她就得了心脏病，从此便卧床不起。她明知这是自然规律，但她却总是把所有的一切都归罪于别人：她憎恨杨继昌、埋怨容承、痛骂魏如圭、诅咒沈根生。她怪来怪去，全怪自己的儿女们不管她的死活。她恨这恨那，更恨苍天让她错投了胎。

自从离开上海后，又经过二十年的奋斗，根生和怀柔的生意已做得非常顺利了。原来的餐馆已变成了饭店，还开了几家连锁店，公司的名称也改叫沈氏集团了，根生已成了一个不大不小的资本家。但他们始终没有忘记严老板要他们叶落归根的遗愿。二十世纪八十年代中期，他们把绝大部分资产都变卖掉后回到了苏州，并在盘门八字桥附近盖起了一座大楼，墙面镶满了宝石蓝色的大玻璃，楼顶上还有一个钟楼，这就是他们理想中的苏州工艺学院。不知道是巧合还是天意，这座钟楼正好俯瞰着怀馨家的窗户。她睡在床上也能看到。在阳光充足的日子里，那玻璃晃得她睁不开眼睛。特别是那钟声，别人听起来觉得悦耳动听，可她一听到就感到全身发抖，似乎听到了丧钟，不由得回想起她所欠的几条人命。

二十世纪九十年代末期，在学院大楼即将落成前，怀柔向所有的亲戚朋友都发出了邀请，请他们到苏州来聚了一聚。但遗憾的是，老一辈的人都已经过世了。现在，于芳、亦雄他们也都八十岁上下了，他们的弟妹们也全都退休了。离开苏州后，大家就都回家去过自己的清闲日子了，只有亦菡，应根生的邀请留在苏州帮她办学。

根生把学院交给亦菡和盼盼后，自己打算在苏州买一处住宅养老。一天，赤峰带着爷爷奶奶去看他托人买下的房子。不料，这所住宅正是继昌买下、又被怀馨卖掉的那座带花园的楼房。怀柔不愿意要，但根生说，应该买下来教育后世子孙。

夕阳偏偏要照射到那镶满宝石蓝玻璃的钟楼上，反射过来的光线刺得怀馨眼花流泪。小女儿告诉她，那就是怀柔阿姨新盖的苏州工艺学院，名誉校长是三姐亦菡，校长是戴盼盼。怀馨气急败坏地说："不，不，那是我的，它本该属于我的！"她使出全身的力气，歇斯底里地在空中抓挠着。但随即，她的双臂就有气无力地摔到了床上。

在这弥留之际，怀馨呆呆地凝视着窗外。此刻，那宝石蓝色的玻璃在夕阳余晖的映照下，呈现出了五彩斑斓的颜色，这颜色在不断地变换着，也把怀馨带入了梦幻般的世界：她仿佛看见了一座金光灿灿、五颜六色的珠宝山，那都是她挖空心思坑骗来的金银财宝啊！她兴奋地扑了过去，想要抓住它们。可是无论她如何地拼命，它们却都像空气一样一件件地不翼而飞了，只剩下她——朱买臣之妻，孤零零一人在空荡荡的宇宙中飘荡。

夕阳的余晖渐渐地暗淡下去了。忽然，从漆黑深邃的宇宙深处，传来了那个算命先生的声音："你是大富大贵之命。但是……"但是？但是什么？她睁大了眼睛，使劲地倾听那个声音，身躯也跟着痛苦地扭动了一下。然而，那个声音却渐渐地远去了，她的灵魂也追随着那个声音，向着漆黑而深邃的宇宙中飘去。

窗外，那轮夕阳终于完全地落了下去，宝石蓝的玻璃也随之变得一片漆黑。它像一片乌云，遮住了怀馨眼睛，使她眼中那最后的一点点光亮也渐渐地消失了……

后　记

　　二十世纪九十年代，我去上海和我三位九十岁上下的老姑母团聚。这些出生于二十世纪初的老人们一想起过去那多灾多难的岁月，就情不自禁地谈起她们亲身经历的磨难和当时的奇闻逸事，感慨万千。她们时而又哭又骂，时而喜笑颜开，最后谆谆嘱咐我："你一定要把这些往事写成书，流传下去，让下一代、再下一代人都知道现在的日子来之不易，让年轻人一定要懂得热爱祖国，保卫祖国，决不能再受外国强盗的欺侮。"

　　两年后，我将老人们的回忆和我自己的一些见闻写成初稿，又用了两年时间在子女们的帮助下输入电脑。但由于不具备出版条件，只好搁置多年。现在三位老人都已先后故去，我也年近九十岁。为了不辜负老人们的嘱托，只得试印样书数十本，以便广泛征求意见。

　　书中所涉及的历史事件和很多故事情节都是真实的，但所有人物均属虚构，万万不可对号入座。

　　本书暂定名为《梦萦桃花源》。每个人心中都有一个"桃花源"，这个"桃花源"就是他或她的理想。书中两个孩子离家出走，去寻找"桃花源"，反映了当时有觉悟的青年寻求出路的思想。而另一些人由于理想不同，所走的道路也不同。最后结局是善有善报，恶有恶报，这也是历史发展的必然。

　　原稿很粗糙，文字错误也不少，经过陈中多次修改、反复校对才得以问世，特此致谢。

　　各位看过此书后，请不吝指正。

万奕

2006 年 8 月